新世纪作家文丛 第五辑

后来

聚焦男女
生死和情义
在舒缓从容波澜不惊的
叙述背后
展现强大的情感力量

葛水平 

長江出版傳媒 | 长江文艺出版社

图书在版编目（CIP）数据

后来 / 葛水平著. -- 武汉 : 长江文艺出版社,
2019.12(2024.8 重印)
（新世纪作家文丛. 第五辑）
ISBN 978-7-5702-1260-6

Ⅰ. ①后… Ⅱ. ①葛… Ⅲ. ①中篇小说－小说集－中国－当代②短篇小说－小说集－中国－当代 Ⅳ. ①I247.7

中国版本图书馆 CIP 数据核字(2019)第 206285 号

责任编辑：李　艳　　　　责任校对：毛季慧
封面设计：颜森设计　　　　责任印制：邱　莉　王光兴

出版：长江出版传媒 | 长江文艺出版社
地址：武汉市雄楚大街 268 号　　　邮编：430070
发行：长江文艺出版社
http://www.cjlap.com
印刷：三河市百盛印装有限公司

开本：880 毫米×1230 毫米　1/32　　印张：11.25
版次：2019 年 12 月第 1 版　　2024 年 8 月第 2 次印刷
字数：248 千字

定价：59.80 元

《新世纪作家文丛》编委会

“新世纪作家文丛”总序

白　烨

摆在读者诸君面前的，是长江文艺出版社接续着“跨世纪文丛”，新推出的“新世纪作家文丛”。

在20世纪的1992年至2002年间，长江文艺出版社聘请资深文学评论家陈骏涛，主编了“跨世纪文丛”，先后推出了7辑，出版了67种当代作家的作品精选集。因为编选精当、连续出书，也因为是一个在特殊时期的特殊文学行动，“跨世纪文丛”遂成为世纪之交当代文坛引人注目的重要事件。当时，主编陈骏涛在《“跨世纪文丛”缘起》中说道：“‘跨世纪文丛’正是在新旧世纪之交诞生的。她将融汇20世纪文学，特别是80年代以来中国文学变异的新成果，继往开来，为开创21世纪中国文学的新格局，贡献出自己一份绵薄之力，她将昭示着新世纪文学的曙光！”这在当时看来实属豪言壮语的话，实际上都由后来的文学事实基本印证了。“跨世纪文丛”出满67本，已是21世纪初的头两年。《中华读书报》曾经在一篇文章中这样写道：“在新世纪的钟声即将敲响的时候，它暂时为自己画上了一个圆满的句号。这套文丛创始于7年以前的1992年,其时正值纯文学图书处于低迷时期,为了给纯文学寻求市场、为纯文学的发展探路,陈骏涛与出版家联手创办了这套旨在扶持纯文学的丛书。丛书汇聚了国内众多名家和新秀的文学创作成果,王蒙、贾平凹、莫言、梁晓声、韩少功、刘震云、余华、方方、池莉、周梅森等59位作家均曾以自己的名篇新作先后加入了文丛。几年来,这套丛书坚持高品位、高档次,又充分考虑到读者的阅读需求和阅读期待,为纯文学图书闯出了一个品牌。"这样的一个说法,客观允当,符合实际。

也正是自1992年起,在邓小平南方谈话精神的强劲指引下,国家与社会的改革开放,加大了力度,加快了步伐,社会生活真正开始以经济建设为中心,经济建设以市场秩序的确立为重心。社会生活的这种历史性演变,对于未曾接受过市场洗礼的当代文学来说,构成了极大的冲击与严峻的挑战。提高与普及的不同路向,严肃与通俗的不同取向,常常以二元对立的方式相互博弈。正是在这种日趋复杂的社会文化背景之下,以严肃文学的中青年作家为主要阵容,以他们的代表性作品为基本内容的"跨世纪文丛",就显得极为特别,格外地引人关注。究其原因,这既在于"跨世纪文丛"不仅以高规格、大规模的系列作品选本,向人们展示了当代作家坚守严肃文学理想和坚持严肃文学写作的丰硕收获,还在于"跨世纪文丛"以走近读者、贴近市场的方式,给严肃文学注入了生气、增添了活力,使得正在方兴未艾的文学图书市场没有失去应有的平衡,也给坚守严肃文学和喜欢严肃文学的人们增强了一定的自信。

大约是在20世纪90年代中期,在"跨世纪文丛"出满5辑之际,我曾以《"跨世纪文丛":九十年代一大文学奇观》为题,撰写了一篇书评文章。我在文章中指出:"跨世纪文丛"是张扬纯文学写作的引人举措，而且“有点也有面地反映了80年代以来文学发展演进的现状与走向。在纯文学日益被俗文化淹没的年代，这样一套高规格、大规模的文学选本不仅脱颖而出，而且坚持不懈地批量出书，确乎是90年代的一大文学景观”。我在文章的末尾还这样期望道：“热切地希望‘跨世纪文丛’坚持不懈地走下去，并把自己所营造的90年代的文学景观带入21世纪。”

好像是冥冥之中的一种缘分，我当年所抱以期望的事情，现在正好落在了我的身上。

因为种种原因，“跨世纪文丛”在文学进入新世纪之后，未能继续编辑和出版，因而渐渐地淡出了读者视野与图书市场。约在2014年岁末，在新世纪文学即将进入第十五个年头之际，长江文艺出版社决意重新启动这套大型文学丛书，并希望由我来接替因年龄和身体的原因很难承担繁重的主编事务的陈骏涛先生。无论是出于对于当代文学事业的热爱，还是出于对于长江文艺出版社的敬重，抑或是与亦师亦友的陈骏涛先生的情意，我都盛情难却，不能推辞。于是，只好挑起这副沉甸甸的重担，把陈骏涛先生和长江文艺出版社共同开创的这份重要的编辑事业继续下去。

2015年1月7日，在北京春节图书订货会期间，长江文艺出版社借着举办《中国年度文学作品精选丛书》出版20周年座谈会，正式宣布启动大型重点出版项目——“新世纪作家文丛”。由此开始，我也进入了该套文丛的选题策划和作者遴选的准备工作。当时的“新浪·文化”就此报道说：“面对新的文化格局、新的文学现象，出版人仍然应该‘有自己的事情要做’。‘跨世纪’有跨世纪的机缘，新世纪同样有着它的使命召唤。在一片喧扰之中，一大批严肃的理想主义文学者，仍然怀揣着圣洁的执著，身负着难以想象的重压蹒跚而行,出版人当然没有理由旁而观之。这正是《新世纪作家文丛》的缘起。”

经与长江文艺出版社的社长刘学明、总编尹志勇、项目负责人康志刚几位多次沟通和商议,我们大致达成了以下一些基本共识:一、新的丛书系列以“新世纪作家文丛”命名,即以此表示所选对象——作家作品的时代属性,又以此显现新的丛书与“跨世纪文丛”的内在勾连与历史渊源;二、计划在5年时间左右,推出50~60位当代实力派作家的作品精选集,每辑以8~10位作家的作品集为宜;在编选方式上,参照“跨世纪文丛”的原有体例,作品主要遴选代表作,并在作品之外酌收评论文章、创作要目等,以增强作品集的学术含量,以给读者、研究者提供读解作家作品的更多资讯。

事实上,文学在进入新世纪之后,在社会与文化的诸种因素与元素的合力推导之下,越来越表现出一种史无前例的分化与泛化,创作形态也呈现出前所少有的多元与多样。文学与文坛,较前明显地发生了结构性的巨大变异,我曾在多篇文章中把这种新的文学结构称之为“三分天下”,即以文学期刊为阵地的传统型文学(严肃文学);以市场运作为手段的大众化文学(通俗文学);以网络科技为平台的新媒体文学(网络文学)。在这样一个有如经济新常态的文学新生态中,严肃文学的生存与发展,传统文学的坚守与拓进,就显得十分重要并具有非同寻常的意义。因为这一文学板块的运作情形,不只表明了严肃文学的存活状况,而且标志着严肃文学应有的艺术高度,这也在一定程度上影响和引领着整体文学的基本走向。而就在与各种通俗性的、类型化的不同观念与取向的同场竞技中,严肃文学不断突破重围,一直与时俱进;一些作家进而脱颖而出,一些作品更加彰显出来,而且同90年代时期相比,在民族性与世界性、本土性与现代性等方面，都更具新世纪的时代特点和新时代的审美风貌。即以最为显见的重要文学奖项来说，莫言获取2012年度诺贝尔文学奖的殊荣自不待说；近几届的茅盾文学奖、鲁迅文学奖，不少出自“60后”和“70后”的作家频频获奖、不断问鼎，获奖作者的年轻化使得文学奖项更显青春，文学新人们也由此显示出他们蓬勃的创造力与强劲的竞争力。这一切，都给我们的“新世纪作家文丛”的持续运作，提供了丰富不竭的资讯参照，搭建了活跃不羁的文学舞台。

我们期望，藉由这套“新世纪作家文丛”，经由众多实力派作家姹紫嫣红的创作成果，能对新世纪文学做一个以点带面的巡礼，也经由这样的多方协力的精心淘选，对新世纪文学以来的作家作品给以一定程度的“经典化”，并让这些有蕴含、有品质的作家作品，走向更多的读者，进入文学的生活，由此也对当代文学事业的繁荣与发展，乃至对社会主义精神文明建设，奉上我们的一份心力，作出自己的一份贡献。

我们将为此而不懈努力，也为此而热切期盼！

2015年8月8日于北京朝内

目　录 —— Contents

001 德吉梅朵

064 喊山

114 空山·草马

170 浮生

223 夭殇

283 后来

334 男女、生死和情义

——2004 年葛水平的中篇小说《喊山》及其他 / 孟繁华

343 创作年表

德吉梅朵

一

德吉梅朵 14 岁时阿爸死了。

是一个大雪纷飞的冬天，在琼结县措杰村临马路的一座石头房子里，阿爸仁青措躺在靠近火炉的睡床上，弟弟次仁罗布往火塘里添加一些杨木树枝和牛粪，青烟缭绕着，如同煨桑。阿妈达瓦卓玛站着，手足无措，一只手轻抚着衣袍，一只手拭着脸颊的泪水，没有声音，似乎此时的任何声音都可能带走自己的丈夫。

这个要丢下全家远走的人，在最后的关口没有多余的话。

德吉梅朵是一个瘦小的女孩，像一只出生不久的羔羊，还没有长成。曾经每天早上和黄昏，在房前蹦蹦跳跳的身影，阿爸仁青措穿着一身灰色的藏袍看着下学回来的德吉梅朵笑，一口白牙，阿爸说："噢吔，我们家的女学生回来了。"

三年前，仁青措得了胃病，走在治病的路上，家里就没有笑声了。流泪成为家常，全家人都希望仁青措好起来，有 15 亩地等着种青稞，家里的日常开销需要有人外出打工，两个孩子需要读书，6 头牛，5 只羊，仁青措不能不劳动。

胃病一天比一天重，见不得一点风寒，吃不进饭，一米八几的个子瘦成八十来斤，夏天天气炎热时裸出瘦骨嶙峋的身子，像一头抽干力气的老马。弟弟次仁罗布把青稞一粒粒摆放在阿爸的肋骨间，阿妈达瓦卓玛一双眼睛盯着次仁罗布走过来狠狠打了一下儿子。仁青措把儿子搂在怀里，用手捂着儿子的眼睛，仁青措看着达瓦卓玛掉下了两行眼泪。

过了秋天，进入冬季，仁青措躺在睡床上就没有起来，他一生的力气都耗尽了，肠胃里装不进青稞，人开始高烧不退，一只小小的温度计，家里人实在是不知道它的用途，只是常常由母亲达瓦卓玛放入仁青措的嘴里，然后很仔细地透着光看。德吉梅朵觉得母亲像是发现它有什么奥秘似的，当然不会有什么奥秘藏在其中。

阿爸不认识字，阿妈不认识字，温度计是医院让带回家，说是量高烧的，但是，阿爸和阿妈很快就忘记了医生的叮嘱和使用忠告。

德吉梅朵在阿妈不注意时拿着温度计透着光照，明亮的玻璃细管里红色的水银汞柱似乎凝然不动，她试着在火塘前烤了一下，它的汞柱突然就升起来，然后她学着阿妈达瓦卓玛的样子用劲甩了几下，里面的汞柱有些降落。弟弟看见了想抢过来看，被德吉梅朵拒绝了。

阿妈达瓦卓玛每天都往丈夫仁青措的嘴里塞温度计，似乎塞进去丈夫的病就减轻了，似乎一只温度计可以让身体羸弱的丈夫强壮起来。每天都在昏睡的仁青措任由达瓦卓玛重复这一动作，然后透着光看，然后用劲甩几下，然后放在仁青措的枕头旁边。

这一动作的结束是因为温度计碎了。

次仁罗布有一天偷拿了温度计，学着姐姐德吉梅朵的样子伸进火塘里烧，一声“砰”，温度计碎了，汞柱很快消失并落入火塘燃起一股火苗。吓了次仁罗布一跳，他下意识地看了一下四周，没有看见德吉梅朵，也没有看见阿妈达瓦卓玛，他飞快地捡起玻璃碎碴跑往马路对面，扔到了碎石中。那一瞬间，次仁罗布被吓坏了，他认为自己的行为可能让阿爸的病情加重。

达瓦卓玛发现温度计不见时，温度计就再也找不见了。

仁青措在冬天最冷的季节走了。他一生吃进肚子里的青稞在最后那一刻消化成了两行泪水，含着泪水的眼睛看着女儿德吉梅朵，他知道自己的离开是给家里欠下了债务，女儿就不能上学了，这么小的人要背负一家人的债务活着，他还有什么颜面说话？这是一个十分喜欢识字的女儿，她才 14 岁。

仁青措闭上了眼睛，达瓦卓玛试图伸手去擦干净仁青措的眼角，却发现，那地方一点都不潮湿。假如不是温度计丢失，仁青措也许还会活着，高烧把仁青措的眼泪烧干了。达瓦卓玛盯着德吉梅朵大声喊：“是你弄丢了它！”

德吉梅朵没有接话，假如不丢阿爸就不死吗？阿爸死了，阿爸死在最冷的天气里。

这一年藏历年是从十二月二十九日开始的。仁青措的离开让一家人怀疑，日子是否真要这样在没有仁青措的出现中一天一天走下去?

临近藏历新年时，家家户户都忙于准备年货，类似汉族的春节。为了欢度藏历新年，一般从藏历十二月初就开始准备“切玛”，炸“卡赛”，添置新衣，购买糖果、点心了，一年中，或许这一段时日是最最忙碌的。因为仁青措的离去，达瓦卓玛过藏历年的心情全无，有时候望着空空的火塘旁边的睡床长叹一声。德吉梅朵走过去拉着阿妈的手，阿妈又长叹一声，坐在火塘前，总得要过藏历年吧。

达瓦卓玛在藏历年的晚上，还不到下午五点，就在厨房里忙开了。家里的老人都走了，以前总是母亲和阿爸忙着一些传统的事，丈夫仁青措悠闲地喝着甜茶，现在，不该走的都走了。

达瓦卓玛看着女儿德吉梅朵说：“今天晚上，各家各户都要吃‘古突’，虽然你们的阿爸仁青措走了，但是吃古突不能少，这是一个十分重要的事情。”

做“古突”开始了，达瓦卓玛端来一盘盛着牛肉、水果糖、麻辣羊肉干和红糖之类的东西，然后扯一块面来回捏。达瓦卓玛看着女儿说：“记住了，做‘古突’要故意包一些东西，以测试家人在新的一年里的运气。过去做古突，往里包瓷片、辣椒、牛粪等。现在生活好了，其他的都改了，瓷片换成水果糖，辣椒改为麻辣羊肉干，牛粪换为红糖。”

达瓦卓玛为了让孩子开心，还是故意在巴团里分别包了石子、辣椒、羊毛、木炭、硬币。这些东西代表“心肠硬”“刀子嘴”“心肠软”“黑心肠”“发大财”。

德吉梅朵配合阿妈达瓦卓玛麻利地做好了30个“古突”，做好后和年夜饭一起端到桌上。一家三口开始吃“古突”，达瓦卓玛看着姐弟俩说：“吃到什么要吐出来，吃到水果糖说明好吃懒做，吃到麻辣羊肉干说明嘴如刀子，吃到肉说明想着祖先，吃到红糖表示经常会有好运气。”

“吃到羊毛和木炭呢？”次仁罗布问。

阿妈达瓦卓玛说：“那就是‘心肠硬’‘刀子嘴’。吃着了要及时吐出来。”次仁罗布把嘴里咬了一半包着羊毛的古突扔进姐姐碗里，德吉梅朵夹起来往嘴里送时发现是包着羊毛的古突。

弟弟次仁罗布说：“德吉梅朵吃着了羊毛，她是‘心肠硬’，她是‘刀子嘴’。”

德吉梅朵迅速吐出来，达瓦卓玛说：“吐出来就好了，吐出来就不是‘心肠硬’，就不是‘刀子嘴’了。”

德吉梅朵说：“一个古突真能决定一个人的命运吗？”

达瓦卓玛说：“能。”

德吉梅朵望着正堂藏柜上“竹素琪玛”的木斗，那里装着酥油拌成的糌粑、炒麦粒、人参果等食品，上面插上青稞穗和酥油花彩板。然后是琪玛、卡赛、青稞酒、羊头、水果、茶叶、酥油、盐巴等。

达瓦卓玛说：“德吉梅朵，你走神了。”

德吉梅朵说：“阿妈，我不能上学了吗？”

达瓦卓玛说：“你阿爸仁青措走了。”

德吉梅朵说：“阿爸走了就不能上学了吗？”

达瓦卓玛说："你阿爸仁青措不回来了，你上学有什么用处。"

德吉梅朵说："阿妈，我想识字。"

达瓦卓玛生气了，说："你刚才吃了包了羊毛的古突。"

德吉梅朵不说话了，笑起来，一家三口人在欢声笑语中吃完九道"古突"。达瓦卓玛举着火把，放起鞭炮，呼喊着"孩子们都出来"！母子仨走到十字路口望着远处的雪山，祈望给来年带来好运。

二

德吉梅朵果然不上学了。

过了藏历年，有人来介绍德吉梅朵去琼结县当保姆，说是照顾一个 1 岁的孩子，一个月 500 元。

达瓦卓玛收拾好德吉梅朵的日常用品，没有多余的话，叫人领了德吉梅朵走了。

走到马路上的时候，碰到寒流袭来，让人从脚直冷上来，她打了一个哆嗦。她想起了阿爸仁青措，想起了阿爸的大手抚摸她的头发，便有一股温暖流贯全身，便会联想起阿爸活着时的劳作，联想起阿爸的许多教诲、许多慈爱，从肠子头上涌起一阵热潮，一直涌到双眼！突然觉得眼前的世界变得模糊，随即又变得格外清晰。一种生死两茫茫的无情隔离随即想通了。纷繁的思绪沉静下来，飘游的思念得以依托，她回过头看着阿妈达瓦卓玛说："我要让阿妈和弟弟过上神仙一样的好日子。"

那个领她走的人用摩托车带着她往琼结县走，她还没有去过琼结县，她想着高中要到琼结县读，没有想到命运让她过早到了琼结县。

德吉梅朵当保姆的家庭是汉族三代，男主人叫张红生，女主人叫熊小英。这样的家庭对德吉梅朵是陌生的，她还没有住过楼房，而且是有厕所的楼房。

德吉梅朵看着女主人怀里的孩子，那么小的孩子看着她笑，她也笑，笑得眼泪都快要出来了。德吉梅朵感觉回到了从前，和弟弟次仁罗布的从前，一只奔跑的羚羊和一只成长的小鹿又见面了。

女主人熊小英第一件事是要德吉梅朵洗澡，洗去她成长的泥尘。这也是德吉梅朵第一次面对一个陌生女人脱衣裳，她十分羞涩，太阳晒暖的水从水龙头里哗哗哗哗流出来，落在自己肌肤上紧张得很。有神秘，也有乌云一样的不情愿。换洗了干净衣裳，熊小英一一告诉了儿子大宝的尿布、奶粉、玩具，大宝在德吉梅朵的怀里用红红的嘴巴吸吮她的手背，她的手背上有冻伤，有些痒，她又开始笑，大宝也笑。

熊小英惊讶地说："不可以这样，不能让大宝舔你的手背，那上面布满了细菌。"

德吉梅朵的心里为难得忧伤了一下，还是愉快地答应了，轻轻把大宝放下，大宝开始哭，她又抱起，像从小抱着弟弟次仁罗布一样，在客厅里抱着大宝走来走去。她看到男主人站在窗户前看什么，很专心的样子，她也走到窗户前，看见院子里有一个 3 岁的小孩手里拿着苞谷饼子吃，一只大红公鸡大摇大摆靠近他，用它硬硬的嘴啄他手里的饼子。从高处往下看，公鸡似乎比小孩还长得高，小孩子吓得哭了。突然出现了一个男人抱起孩子，冲着那只红公鸡跺脚，那只公鸡吓得架起翅膀兔子一样跑掉。孩子和大人一起嘎嘎嘎嘎大笑，德吉梅朵的眼睛被云朵罩住，潮湿朦胧了，看人家，有阿爸多好。

张红生看着公鸡跑起来，莫名的兴奋，回头冲着妻子神秘一笑，然后迅速走进了一间房子。

汉族人的家里，有一些不一样的东西，德吉梅朵不只稀罕人家的装饰，每一次上厕所都觉得屁股怎么可以坐在这么白净的东西上。尤其是冲水时，她甚至有想再撒尿的欲望。

14 岁的德吉梅朵觉得自己到了一个神仙居住的地方，整个心都变得莫名其妙紧张，常常小心地去偷看一些什么，疑惑一些东西到底是用来做什么。

突然有一天早上，她发现了床单上有一抹刺目的鲜红，准备尖叫时又吓得捂住了嘴。然后突然间悲伤地明白，那些无知傻笑的日子已经走了。等大宝阿爸阿妈上班走了，她小心地去卫生间洗干净，一边洗一边哭，哭了很久却发现床单上还是留下了斑斑驳驳的印子。

熊小英下班回来后，德吉梅朵喊她到自己的房间，然后僵硬地站在那里用手指着床单，并告诉她："我流血了，它没有和我请假就来了。"

熊小英笑着说："这是少女的初潮，德吉梅朵，它不会和你请假，你要长成大姑娘了。"

德吉梅朵有明亮的眼睛、健康的笑容，成长就这样开始了。

一个月过去后，德吉梅朵拿到了 500 元。她沾着唾沫数钱，一遍又一遍，20 元一张，数起来也还是很吃力。钱真是一样好东西啊，阿爸看病欠下的债务可以还一部分，有两年时间就可以还清了。钱在她的手里响，鸟叫一样，钱是有声音的，她抬起手，无可辩驳准确地把钱放在耳朵边“咔咔咔咔”响，是整齐的节奏。心开始紧张痉挛，会想起童年掘草根的刺痛感，还有青稞穗。阳光发出淡淡的暖橘色，她闷闷地向大宝沉下头颅，贴着大宝的额头，像贴着羊羔子一样，觉得大宝是她的福气。

大宝笑，德吉梅朵也笑，笑凝住了眼中的泪水。

张红生在琼结县文化局上班，喜欢饭后闲余时间用毛笔画画儿。毛笔杆儿尾部是骨质，有红丝绳，笔帽是黄铜的，打开，张红生告诉德吉梅朵是羊毫。那笔尖上还残留着没有洗净的墨迹。张红生画公鸡，扯着嗓子打鸣的那种，踮着脚尖，使劲儿的。

等上班的人走了，德吉梅朵偷偷进去发现秘密。看着公鸡画，德吉梅朵总会想到第一天来时从窗户望见的那只大红公鸡。站在张红生画好并挂在墙上的公鸡画前看，这张画嵌入了她的记忆，立于画前，她觉得有一股尘土要吸附在她的头发上。她想起田里的青稞、油菜、豌豆、土豆花，阿爸无休止地劳动，劳动间歇，阿爸坐在日夜流动的雅江边，唱一首古老的歌谣。这首民歌是措杰村人在打青稞穗时所吟唱的。

“从小一起生活，长大爱如大蒜；倘若父母剥皮，我俩无法分手。”

德吉梅朵开始小声唱，一边唱一边翻书，她是一个 15 岁的女孩，开始漂泊，为了阿妈、为了弟弟、为了家。她甚至在窗口看见了一只山鹰，一只盘旋的自由的山鹰，那山鹰是飞在风中的，风沿着山势而上，风把山鹰托得高高的，那是山鹰自由的高度。

她看见桌子上放着一摞书，是汉语书，简单的字能挑出几个，具体意思实在是不明白，长长的句子到底写了什么？她轻轻翻动它们，大宝睡着，此时一切都是永恒的静止，时间凝住她的眼睛，对此她迫切想认识它们，书本的声音和数钱的声音，那音质震动耳鼓，愈来愈快，她想认识世界上所有的一切。钱让她自由幻想，如山鹰一样，如公鸡一样，如窗外的风和云朵一样。

熊小英下班回家后听见动静，循着翻书声看见安静凝神的德吉梅朵，她知道这个藏族女孩想认识字了。

德吉梅朵看见女主人时不由自主红了脸，她羞涩时很好看。尤其是笑时，白白的牙齿，眯着眼，像是做错了什么事情，两朵绯红挂在脸颊。

熊小英抚摸着她的头发看着窗外说："想学汉语了是吧？"

德吉梅朵羞涩地点了点头。

熊小英说："我用藏语给你讲一个藏族故事，然后翻译成汉语，用故事学汉语学起来更快。"

"从前有一个兔阿妈和它的儿子相依为命地活着，它们经常受到老虎、豹子、熊的袭击，为了避免兔儿子们的生命危险，它们从山上逃到平地，到处找安全的地方生活。在平地里它们看见了村庄，噢吔，走进村庄后首先看见了一口井，这是什么？走得太累了，就坐到井沿边歇息一下吧。这时从井旁边一棵高大的老树上掉下一片树叶，大大的叶子被风吹落在井中，发出'恰'的声音，恰巧被走神的兔子们捕捉到了，它们往井里一看，结果呢，井里呈现出自己的影子，因为不知道是什么动物，吓得撅起屁股就往回跑。"

德吉梅朵急迫地问："然后呢？"

熊小英故意说："明天再然后吧。"

德吉梅朵很羞涩地说："我不该问然后，可是我太想知道然后了呀。"

熊小英笑了："说明你是听进去了，好吧好吧，我们就开始讲然后。老虎、豹子和熊又一次来侵犯兔子母子几个时，兔阿妈说：'你们就是敢欺负我们，我们现在可是不害怕你们了。'老虎大笑着：'哈哈哈，没有我蹄子大的小东西居然敢对抗我。'狮子说：'我现在肚子饿得咕噜咕噜叫呢。'熊吭哧着说：'你们敢说这样的话吗？'兔阿妈说：'我们发现了一个比你们都厉害的动物，它说话轻声细语，和我们同一个长相呢，它太厉害，一般是不动手的。'老虎、豹子和熊不相信，要求兔子带它们去村庄看，结果呢？"熊小英故意不说了。

德吉梅朵说："是啊，结果呢？难道是它们看见了自己？"

熊小英说："聪明的德吉梅朵，它们果然看见了自己，它们冲着井里的'恰'发火，指手画脚，它们气得七窍出血，它们发誓要跳到井里去抓住'恰'，当一个一个被自己气着去拥抱自己的影子时，兔子阿妈看到'恰'吃了它们，从此兔子们的日子就太平了。"

没等熊小英用藏语讲这个故事，大宝睡醒了，咿咿呀呀的说话声，似乎他也听明白她们在说什么。德吉梅朵跑到隔壁逗着大宝，不时用汉语讲兔阿妈的故事，断断续续，讲着讲着自己也笑了。似乎意思知道，话却说不出来。德吉梅朵想，我要从一个藏族初中生回到汉族小学生，从头开始学起，藏语太简单了，汉语太丰富多姿了。

阿妈达瓦卓玛在发工资的第二天来取钱，带来了糌粑、酥油茶。达瓦卓玛第一次走进有工作人的家，憨笑着不敢进门，害怕自己藏袍上沾了牛粪、羊粪，弄脏了干净的屋子。达瓦卓玛看见德吉梅朵穿着汉人的衣裤，那一身衣服太扎眼了。两条分叉的腿没有规矩地站着，达瓦卓玛不敢多说什么，毕竟是在汉人家里干活，但她骨子里不喜欢德吉梅朵穿汉人的服装，汉人的服装只有汉人穿了好看。

熊小英要达瓦卓玛进来，她执意不进门，把拿来的东西放在门口，接过德吉梅朵递过来的钱，圈成筒用橡皮筋圈紧的钱很暖手，握在手心，达瓦卓玛笑着告辞走往楼下。

消瘦的达瓦卓玛，身后拖着两条长长的辫子，辫子上结着红绿丝线，仔细看会发现头发上沾着灰蒙蒙的沙尘，酥油茶的味道，或者就是奶渣的味道，下楼的达瓦卓玛发出腾腾腾的脚步声。

熊小英和站着目送的德吉梅朵说："你阿妈的腰和腿都不好，走路脚重。"

德吉梅朵说："是，是，阿妈有大骨节病，不能种田，不种田没有青稞，阿妈喜欢喝酒，只有喝了青稞酒，阿妈才会高兴得笑。"

德吉梅朵羞涩地低下了头，泪水跌落在地板上。一个 15 岁的孩子，也该是唱歌的年龄。熊小英想起了藏族的歌声，音域宽广，高可遏云，低胜燕鸣，在歌声中成长的一代一代藏民，当女人们仰起紫红色的脸颊，当小伙子甩开膀子，藏靴、氆氇长袍、单耳金丝灌边礼帽，舞蹈起来，所有的苦难都是快乐，都无所畏惧。

熊小英看着德吉梅朵轻声唱：

"富人骑着马匹，穷人骑着驴子；琼结吉如大叔，给狗套上鞍子。"

听到"给狗套上鞍子"，德吉梅朵露出白白的牙齿笑出了声。

德吉梅朵的脸涨得通红，熊小英的歌声从墙壁和一些探不到的角落传出来，这一种家庭气息让德吉梅朵新奇，像瞥见了人世间珍贵的一角。

三

春末，灰黄的大地上流淌着斑斓的色彩，弥漫着牛粪、羊粪味儿的春寒中传播着夏的气息。高原上从春跨到夏，泥土便在火辣辣的阳光里一股一股地从地下冲向碧蓝的天空。

夏是繁茂的季节，农田里的青色植物为高原带来多彩的景致。夏也是漫长的季节，青色越多，景致越多，每一个景致都蒸腾着藏民咸咸的汗气。

德吉梅朵回了一趟措杰村，看到阿妈和弟弟，她把钱递给阿妈时，阿妈的笑让她开心。

仲夏的农活多，达瓦卓玛顾不上和德吉梅朵说话，知道是德吉梅朵回来过星期天，要她在家里做午饭。

中午阿妈还没有从田里回来，她先是看到放学回来的弟弟次仁罗布，10 岁的弟弟个子在往高长，黑黑的脸膛，一双眼睛内外分明，看到姐姐在就想看姐姐买了什么回来。德吉梅朵一边指给次仁罗布看从熊小英家带来的糖果、图画书，一边用教育的口吻和次仁罗布说：

“你要好好读书，读会汉语和英语，如果不读会这两种语言就没有知识，知识让人聪明，社会是聪明人的社会。就在刚才我回家的路上，在客车上我依稀看见有一家餐馆写着招收服务员，明码标价会汉语的工资要高过不会汉语的呢。”

次仁罗布拿着糖果跑到外面，他最反对认识字了，最大的乐趣是种田，到田里把力气撒野在田里多好，和阿爸一样。

德吉梅朵知道次仁罗布无法像阿爸那样，阿爸没有读过书，弟弟是马上要读初中的人了。德吉梅朵不安分地伸长了自己的目光，渴望走进年仅10岁的弟弟的心里，辨识一下他心里对未来日子的希望和好奇孰轻孰重。

德吉梅朵看见蹦蹦跳跳的次仁罗布走在阳光下，居然没有看带回来的图画书，他是一个不喜欢读书的人。这个漠视过程进入了德吉梅朵的记忆，从弟弟的这个漠视开始，德吉梅朵想：就算没有机会上学了，自己也要好好和汉族人学汉话。

太阳当空，达瓦卓玛从地里回来，赶着四头牛，肩上的锄头高高翘起来，锄头挑着太阳，太阳将激情似火的热刺进地心。

德吉梅朵走过去接过阿妈的锄头，阿妈脸上流着汗水，湿湿的汗水挂在阿妈的头发梢上。没有阿爸的日子里阿妈是屋子里最主要的劳动人，可是阿妈有大骨节病，有头痛的病，靠喝青稞酒解烦闷的阿妈心里一定有比病痛更难过的事。

德吉梅朵是黄昏时离开家去往县城，石头墙呈现着黄昏的色调，一抹夕阳照着路边的花草，风轻摇着德吉梅朵的裙子。黄昏似乎就该是怀旧的命定的色调，她再一想起阿爸，阿爸喝酥油茶时，总是偷偷将一块酥油悄悄抹到她的嘴角，她用手抹下来，末了将手指一只只舔干净。她回头看了一下空空的屋子，阿爸已经隐入了岁月深处，不留踪迹。

返程时，坐在客车上的德吉梅朵想着阿爸，浓浓大大的眉眼没有被皱纹嵌入阿爸脸上时的样子，阿爸挑着担子奔跑在田间的道路上和坡堤上，阿爸咬着腮帮，汗水淋漓混沌地在阿爸脸上、身上奔流。不应该想阿爸病痛时的样子，要想阿爸甩开膀子劳动时的样子。

客车走过一家饭店门口时正好有人下，德吉梅朵也提前下车了，她想在大街上走走，时间还早。路过“阳光拉萨”饭店门口时，她突然又看到了招收懂汉语服务员的招牌。这下她彻底看清楚了，会汉语的一个月 1500 元。比当保姆多出了 1000 元。

德吉梅朵走进饭店找见店老板说：“我会汉语，能够和任何人把汉语说流利了。”

饭店老板才仁巴桑说：“好吧好吧，会说汉语的藏族姑娘我欢迎你。”

德吉梅朵用奔跑的速度跑往熊小英家，飞奔上楼，敲开门。开门的是张红生，他看着上气不接下气的德吉梅朵惊讶地说：“什么事情让你如此慌张?”

熊小英抱着大宝看着德吉梅朵说：“出什么事情了吗?”

德吉梅朵说：“出大事情了。”

张红生说：“出什么大事情了?”

德吉梅朵说：“我要离开你们家了，因为我看上了另外一份工作，这份工作我更喜欢。”

熊小英和张红生对视了一下，要德吉梅朵坐下来说。

张红生说：“你找到了比这里更好的工作对吗?”

德吉梅朵说：“我太兴奋了，我找到了比在这里赚更多钱的工作。”

熊小英的心踏实了一点，一个 17 岁的女孩要走向社会了，她一旦决定那一定是要开始行动了。你看她兴奋的脸上，像被一层从未有过的美丽笼罩着，带着生动的梦想，生活会对这个女孩出现什么不同寻常的事情呢？既然是更好的工作，那是一个什么样的工作呢？

张红生望着窗外，四周的山，全都一色的苍劲和雄健，近来他开始画山水了，暮色下静默的冈底斯山给人感觉非常奇特，树以叶为形，风以动为行，天以云为形，生活本无常，到无中去生有，这就是生活。

熊小英有些不高兴，说走就走，不给人一点缓冲，看着德吉梅朵不知道说什么好，就希望张红生说句话，或者挽留一下，等找到带大宝的新保姆再走也算是一个交代。

冈底斯山的轮廓凝重了张红生的视野和思维，他的爷爷从河北来西藏，留在山南，是不是也被这大野无声震撼了？留下来，背井离乡，说走就走，没有流连，生命重塑了故乡这一概念，故乡有了新的内涵。张红生由山而想得更远，当年祖先来西藏是被什么诱惑了？是被远古的呼唤吗？祖先走来时，身后没有任何路标，脚窝踩出即被风沙淹没，不再回盼留望，走进高原就不想离开，为什么从来就没有想过画这高原上的山水呢？

听得身后重重传来一声喊：“张红生，明天你不用上班了，在家看大宝！”

张红生想转过身说话，似乎已经来不及了，他听见熊小英和德吉梅朵说：“这么小的年龄心里就没有疼痛吗？”

德吉梅朵说：“姨姨在和我说话吗？我去的地方比这里多 1000

元，等于我一个人做了三个保姆的活，你知道我家里多么需要钱吗？阿爸看病借了许多钱，钱对我的家庭来说就是幸福。”

熊小英说：“你到底找到了一份什么样的工作？什么样的工作让你如此心动？”

德吉梅朵说：“饭店服务员呀。”

熊小英惊讶得长嘘了一声。

张红生觉得说任何话都是多余，不能说自己家好，饭店不好，更不能说自己家里可以教育她学会知识，难道生活不是知识吗？

熊小英说：“难道你现在就要离开吗？”

德吉梅朵说：“就是啊，我现在回来是来告辞的。”

熊小英一时无语，说是回去过星期天，结果回去重新找了工作。而且没有一点征兆，说走就走，什么工作也不能不过夜就走啊。

张红生穿好衣服站在房门前，然后打开门，这个在自己家生活了两年的藏族女孩，或许他根本就不了解她。她的性格中有急迫的东西，她说走，谁都没有权力拦。

德吉梅朵从熊小英怀里抱过大宝，3 岁的孩子已经学会叫姐姐。

大宝不知姐姐已经抛弃他，流着哈喇子伸出手喊：“姐姐！”

德吉梅朵突然抽搐了一下，整个脸皱起来，丑丑的样子，也是她心酸的样子，泪水串珠一样掉下来，她抱起大宝贴在自己脸上，然后迅速放下大宝，不再说什么，从敞开的门走出去。

坐上车，德吉梅朵依旧一脸兴奋，从打开的车窗看高远处的天空，一轮皓月，四野被映照得格外幽深，像被一层从未有过的美笼罩着。生活，不同寻常的生活，对一个刚涉世的女孩子来说只能往前走。张红生送她前往新的工作岗位，一路上张红生不知道该表述什么。车行一段路后他很认真地回过头看着副驾座上的德吉梅朵说：

“你的选择没有错，只要是成长都没有错。要错就错在人的本性和成长的痛苦。我不会说你不懂事，只是遇到了你自己必须决定的事，你想冲出大人们包围的茧，迟早的事情，以后我们不会呵护你了。本来我有许多想在你身上实现的奇迹，没有想到仅仅学会了流利对话的汉语你就想飞了。但是你要记下我的手机号码，发生任何过不去的事情都可以打我的电话。高原上生活的你太纯真了，你不会受到别的伤害，但是你会受到男人的伤害。”

德吉梅朵惊讶地抬起头，她的脑子里一时还装不下这么多东西，她很兴奋自己找到了新的工作，赚钱，没有多余目的，想远了脑仁子疼，就是赚钱。

她笑着指着前方说：“我记着呢，等我赚钱了买下手机记手机里，现在我记在脑子里了。”

猛一抬头看见了“阳光拉萨”，德吉梅朵说：“停车停车，喏，就这里。”

张红生靠边停下车，打开车门，目送德吉梅朵走进去。这女孩几乎是飞奔过去，甚至没有回头，她是兴奋的。

一个神奇的民族，一个神奇的地方。张红生开车往前走，天边还有一缕红云游丝一样，很美。他突然想走进雅拉香布，吐蕃在这里诞生。

张红生开车往城外驶去。一路上想着吐蕃王朝的辉煌真是无与伦比，它雄踞高原，八面来风，内连盛极一时的唐王朝，外连当时亦较为强大的尼泊尔，在中原政权衰微时，吐蕃则开疆拓土，与唐王朝在多处展开了长期势均力敌的争夺。不仅如此，它文化璀璨，兼容并包，奠基了今日高原的历史性和民族性。

作为文化工作者，这段历史长久以来为所有藏人追慕谈论，而它的滥觞之地——山南也因此有了独一无二的地位。

历史永远都与一条河和一座山交集，他所在的核心地域雅砻河流域，长久以来成为山南的代称。爷爷当时为了生活从河北老家走来，祖先是做盐巴生意的，从小张红生就知道雅拉香布是雅砻河的发源地，这里也成为吐蕃王系的诞生地。传说中，雅拉香布接连天地，吐蕃赞普均为天神幻身，第一代至第七代赞普均顺一条光绳由此山下到凡间，完成使命之后再由此返回天界。直到第八代赞普，才因光绳被斩，无奈居留人间，雅砻部落从此走向发展壮大。

有几年妻子熊小英常唠叨想回去，哪怕是回到成都，绝不留在高原，说孩子上学时一定要回内地，她受不了高原的风、高原的日照。这几年回内地看到冬天的雾霾，有时让人无法喘气，熊小英也不再坚持要离开高原了。

张红生是不愿意离开，不离开的道理就是山南的文化，他出生并成长在这里，熟悉的东西很难拒绝，它是和一个人的精神气质连带着的。

车行路行，没有想到走到了一条岔路口，路标指向桑耶寺。吐蕃强盛时期，山南雅砻河流域及雅鲁藏布江沿岸，成为西藏的“粮仓”并延续至今，保障了一个王朝的仓廪，其重要性不亚于江南之于中原王朝。而佛教传入吐蕃后，佛苯相争，山南再担重任，成为佛法生根之地，赞普赤松德赞主持修建西藏第一座佛、法、僧三宝俱全的寺院——桑耶寺。首派七名藏人剃度为僧成为“七觉士”，并从印度和汉地请来诸多高僧，在桑耶寺翻译佛经，弘扬佛法，最终开创了西藏佛教前弘期的盛况。琼结，藏语的意思是“屋角悬起多层”。

天色已经暗下来了，他看到山的轮廓，脑子里想着四围的山，每个人都是一个在世修行的人。美好的画面感，想着回去一定要画出来。

手机的铃声打断了张红生的遐思，接起电话看是熊小英打来的。电话里熊小英一肚子气说：“我们应该压她一个月工资，那样也许不至于跑这么快。她让我们措手不及，明天怎么办？大宝是不是要送到幼儿园？你怎么会走这么长时间不回来？”

张红生说：“我这就回呀。”

放下电话，张红生掉头往回走，琼结已经看不到悬起多层屋角的宫殿了，但青瓦达孜宫的断墙残垣仍然高高矗立在城东的高山上。

路过“阳光拉萨”餐厅，张红生特意停下来，想走进去看看，结果第一眼看到了面前的招牌，上面赫然写着：招收服务员，月薪1000，会说汉语的比不会说汉语的每月增薪500元。

这对德吉梅朵来说是一种荣耀。

她是一个爱钱的女孩。难怪她如此急迫。进出吃饭的人形形色色，为了前途，每个人都四处奔走招租房子、糊口、脚底起泡、捉襟见肘，或许这里才是德吉梅朵的人生开始。

四

德吉梅朵成长中的第一次爱情来了。

天空的云朵白莲花似的，毒辣的阳光从来没能晒得败它，肆虐的风沙也掀不翻、扑不灭它。

白莲花似的云朵，蓬勃、兴盛，它是生命的颜色和光彩的梦想。

桑多带着几个兄弟走进阳光拉萨时是下午 1 点。他们的身影挡住了门前的阳光。桑多的兄弟高喊："我们要吃饭，来一个包间。"

德吉梅朵迎上来说："203 包间，来客人了。"

有服务员走过来带着他们往楼上走。不一会儿服务员跑下来和德吉梅朵说："他们是一群不讲道理的人，刁难我，我无法满足他们的要求。"

德吉梅朵没有多说话，直接往二楼 203 包间走，看见进来的德吉梅朵，桑多说："我还是那句话，县长吃啥我吃啥。"

桑多身边的女人花枝招展地笑。

德吉梅朵笑了，这是一个有钱不知道怎么花的西藏人，她毫不客气地指着菜谱点了一桌菜。

桑多说："你点的菜都是县长吃过的吗？"

德吉梅朵说："都是县长吃过的。"

桑多说："那就好，我就想和县长一样，县长吃啥我吃啥。"

德吉梅朵想：自己哪里见过县长？县长吃什么自己也不知道啊？既然要和县长一个标准，那就点贵菜呗。

一桌子人吃肉喝酒，个个儿红着眼睛大着舌头，桑多更是挥着手说："谁也不许走，再吃一遍。"

桑多旁边坐着一个藏族女孩，她的氆氇服那么美，宽松的衣服包裹着她丰满的身躯，脸上红光照人，酒精的作用，她像天上的太阳一样热力四射。她叫阿夏，桑多用迷离赞赏的目光看着她，阿夏受到鼓励，站起来，她的两颗乳房饱满张扬。

阿夏开始唱歌：

> 我们不是康巴，
> 但要欢唱康歌。
> 幸福就在羊卓，
> 羊卓草种齐全；
> 草种是否齐全，
> 请看嘎林草原。

如果不是地方小他们就会一起唱“果谐”（跳圆圈舞）。

德吉梅朵站在一边艳羡着，回过头看其他服务员，她们也傻傻站着，每个人都裹一团灰扑扑的颜色，不起眼地扎在那里，望着歌声穿透墙壁的远方，在这一群富裕人明媚富丽的映衬下，她们显得寒酸。

突然酒桌上有人指着服务员中一个说：“喊你倒酒呢，你傻站着不动，一看就是低保户。”

这句话一下刺进了德吉梅朵的心里。

在这种背景下她看见听见了羞辱，低保户和明丽的衣服像植在一个人身体上的皮，培养了德吉梅朵的性情，叛逆与容忍，幻想与自卑，奔放与拘谨，激情与忧郁，这些彼此悖逆的血液天然地混合在体内，开始涌动。

她拦下那个被喊“低保户”的女孩，走过去倒酒，然后站在一边用汉语唱：

“富人骑着马匹，穷人骑着驴子；

琼结吉如大叔，给狗套上鞍子。”

德吉梅朵眼睛里射出的不是目光，而是一种不屑。她说：“如果你们的肠胃还能装下一桌酒菜，那么我通知厨师不要下班，让你们都把嘴唇吃成豁子。县长可不是你们这样，县长彬彬有礼，从不占用我们的休息时间。”

阿夏想发作被桑多拦住了。

桑多和德吉梅朵说：“你生气时很美。”

这句话把德吉梅朵吓了一跳，此时她觉得美是一件“可耻”的事情，如果别人说她美就说明她不是一个好服务员，整天知道和客人搔首弄姿，像桑多旁边不时拿出小镜子往脸上涂粉的女人一样。

德吉梅朵的这句话让一群人离开，离开时阿夏用恶毒的眼神盯着德吉梅朵，走到门口时还扭回头又盯了她一眼，阿夏骄傲的样子让德吉梅朵难过，她开始明白“美”是重要的，美丽的氆氇服装能让美变得重要起来，但是美丽的氆氇服装不能罩住一个灵魂上的丑陋。在他们的心里没有平等，没有呵护，他们的行为冻疮一样烂在了她心里。

桑多走后又来过几次，身边的女孩不断变换，有人说他把自己的路虎车改装成了霸道，他认为有钱人就一定要和县长看齐。

桑多是琼结县有钱人家的儿子，喜欢被众星捧月，有仗义的一面但也有虚荣的一面。他的朋友和他的女人一样在变换，桑多始终是这个群体中的太阳，不管换了多少人，来到这个群体，必得维护桑多，这是桑多这个群体中的大是大非，稍有轻慢，别怪桑多对你不客气。桑多在“阳光拉萨”吃了一年多饭，德吉梅朵见识了他身边形形色色的人，能长久留下来的人不多。有些时候意见不合，吃饭中就分裂成了两个阵营，辩论辩论吵几句已经解决不了问题，有人拿出了藏刀，后来就干脆发展到了打架的地步。

有一天德吉梅朵看到横卧在大街上的桑多，烂醉如泥，通红的脸，脸上还有凝结了的血痕。德吉梅朵走过去叫醒他，跌跌撞撞搀扶着他走到饭店。德吉梅朵帮助他清洗了脸，倒了酥油甜茶，等他慢慢回过神来。这是一个太年轻、太没有阅历的青年，他根本不知道，征服一切要付出什么，而那种征服又是多么不可挽回啊。

桑多睁开眼就不停地要酒，他喊着："我有钱，我要喝县长一样的酒！"

然后桑多又喊："让我醒过来干什么呢？"

可桑多毕竟是醒过来了。

等桑多更清醒的时候，桑多看着德吉梅朵说："做我的女人吧。离开这个酒店。"

德吉梅朵的脸白莲花似的，太阳没能晒得败她，肆虐的风沙也吹不裂她，她长成大姑娘了。对桑多的感情德吉梅朵一时想不明白，是一种非常说不清楚的感情，并时时感到一种莫名其妙的惶恐。当她试图自己要问明白这是为什么时，自己又完全解释不清楚，也许是桑多长得高高大大的样子吸引了她。

爱情是什么？也许是两个偶然碰撞的心相遇，共同怀一腔同情和惊喜，虽然有酸涩和磨难，但凡是种子总是要发芽。成熟像一把浸透了水变得柔软的蘑菇，每一个细胞都在张开。言行、表情、个性，爱情点燃了德吉梅朵的自信，她走在大街上，买了手机，第一个电话就打给了桑多，可似乎她已经忘记了此前。忘记就忘记吧。

桑多最大的好处是有钱，钱是好东西，钱让桑多的友情一拨一拨换人，只有烂醉如泥时会想起德吉梅朵。

德吉梅朵请了一天假，她和桑多去雍布拉康玩，这座寺庙在泽当镇 11 千米外的扎西次日山上。“雍布”意为“母鹿”，因扎西次山形似母鹿而得名，“拉康”意为“神殿”。民间也叫母鹿后腿上的宫殿。

他们走上去时云朵遮挡了太阳，走上寺庙的台阶，攀爬上最高处时，强劲的风从高空袭下来，掀起他们的藏袍和长发，有风铃发出撞击声。瞬间，一场大雨顷刻袭来，云朵里有闪电，雨点从四面八方扑击他们，他们俩相拥着，风来吧，雨来吧！

德吉梅朵微微颤动，她躲在桑多怀中，脸埋在藏袍中，什么也看不见，唯有厚重的雨幕敲打着她的后背，两人同时生出了一种孤独无援的安静，没有人说话，风雨声那么急切，把开腔的念头压了下去。

也只有十几分钟时间，很快，这番风狂雨骤就过去了，天空明朗，他们看到更高处的风马旗，更远处的山脚下，山与山重叠着，山路崎岖、山气浓重。一些牵马的牧民，他们是专门送那些不想走路想骑马往雍布拉康旅行的人。这些马，风来雨往，平均寿命 19 年，其实它们在第 15 年时就登不动山了。它们这一生走了多少路，朝拜了多少次雍布拉康，它们的命运在来世会改观吗？

往山下走，看到马淋得通体精湿，它们打着响鼻，马头上挂着红花，黑黑的牵马人吆喝着马，有人上马、照相，牵马人牵着马往高处走。

杂草的种子乘机跟着饱满爆芽，在石块的缝隙里成长起来。德吉梅朵好像是跟不上趟的出操队员，走走停停。桑多走过来扛起她，咯咯咯咯的笑声扬起来，所有的人看他们。看吧，来看吧，他们是自然的一个景象，如同草叶上晶莹的露珠，你们就看一眼吧。

山间小道都是草草开就，不平中就有嶙峋石块浮出路面，行走时非得时时盯住路面，以免柔软的脚指头无辜踢到。当他们发现山间行走的人越来越稀少，环顾四周都是草木遮蔽山体的绿色，有身披五彩的山鸡张皇失措地往远方飞，顷刻又淹没在草丛中，有啁啾声，不是一只是一双。有潺湲的声响，有沙沙的声响，是鸟和水与草木的交错所致，汉语说万籁无声，稍一细听则无处不出声响。让德吉梅朵感到，自然空间是如此丰富充沛，它们在各自的空间内，按自己的方式存在着：草木往上长，雪水往下流，藤蔓横着攀爬。

走到车跟前，两个人坐进去时无来由地互相望着哈哈大笑，外面如此阔大的空间，为什么不尽量舒展自己的身体呢？山风、山雨、山气、山色则满目都是，他们有足够的自由，足以让他们伸长手臂，爱情的视野里没有疆界，除非不是发自内心。脱下被雨水淋湿的衣裳，迎面而来，彼此呼入对方的气息，在没有周转的空间内，泥土涩涩的味道、流水清冽的味道，酥油茶、奶香，草木将更加青翠发亮，流水更加激越畅快。心爱的人啊，我们的血液里流着互相交融时对风雨的敏感。

五

桑多换女人了。

阳光拉萨的服务员小姐妹次珍告诉德吉梅朵时，她先是下意识地笑了一下，她的笑有点羞涩，更多的是掩饰不住的聪颖与灵智。

德吉梅朵已经怀孕两个月了，如果不是不来例假她都没有往那方面想。

AB 血型的桑多，有着性格极端的两面，活跃时不拘小节，性格外向，口无遮拦，置身再大的场面不惊不悚，面对再大的人物无拘无束，有钱撑腰，不理解他的都可以成为朋友。但在另一面，他又有着异乎寻常的寂寞和孤独，伴随着驱之不去的孤独感，他对女人有一种不能抑制的追求与渴望。每当做爱时他近乎失去理智的疯狂，似乎是想把身体里的孤独甩出去。

肚子里的孩子怎么办？德吉梅朵决定去找桑多。

想找到桑多是很容易的事，他喜欢到人多的地方去，这个时节他会去哪里呢？他一定去 K 歌的地方，是去那种花钱贵的地方。

德吉梅朵走在城市的道路上，她再一次和城市的人群亲密地打了回交道。这是一次非理性的行为，她要和这个人决裂。她走到“偶遇”酒吧门前时，发现了桑多的改良车霸道。她匆匆走进去，每一道门都是打开的路径。她突然觉得这种行为很荒唐，反身回到门前的台阶上，颓然地坐在路边，想理清楚眼前的事情。

这是无法理清楚的事情。

心情迷乱，德吉梅朵还是起身往里走，有服务员拦住她，她说找桑多。谁不认识桑多？大名鼎鼎的桑多。

德吉梅朵推开 204 号门，没有人会关注进来的是什么人，只有进来的人关注到里面的人群中有桑多。高大的身影拥着一个女人，这是一个姿态暴露而挑衅的女人，拿着话筒唱《青藏高原》，她的嗓门出奇好，在最后的高音处，口哨和掌声一起响起。

酒精刺激的作用，桑多抱住女人亲了又亲。

狼毒花的根，桑多是一个有毒的男人。

德吉梅朵走上去，推开桑多怀中的女人。黑，真是最简单的颜色，似乎可以遮蔽一切，包括肮脏。快乐走得太快了，如云朵被风刮走。

女人说："这个捻线陀螺一样的女人，她是谁？"

桑多不假思索说："村子里的低保户。"

德吉梅朵眼睛大大地盯着桑多，这是一句惊天动地的话，她被这句话缠住了，就像布网的蜘蛛一样。

桑多居然没有羞耻，依旧拉着那个女人，女人招摇着一头秀发，嫣然百媚的风致，暗红的唇，笑起来如风吹金箔。

第一次发现笑能把人的心灼伤。

德吉梅朵说："桑多，你的脑子坏了，心也坏了吗？"

醉酒的桑多说："你这个瘟疫一样的女人。"

德吉梅朵说："桑多，因为和你的纠缠，我肚子里怀了你的孩子。"

桑多说："把那个小东西处理掉吧，我不想当一个孩子的爹。"

四下里的人笑，笑桑多这句话有哲理，接着他们起哄说："我们不想当孩子爹。"

德吉梅朵摔了门跑出来，她的胃极度不舒服，头也跟着胀痛。在藏族人的经卷里这是不能饶恕的罪过啊！阿妈说过，世上的人都是老天爷赐予的神物，罪过呀，天大的罪过呀！

外面到处是喧闹，到处是人声、歌声，德吉梅朵的眼泪棉线一样落在地上，没有力量。

跌跌撞撞走回到“阳光拉萨”，因为爱情她已经不好好上班了，老板几次提醒她，因为有桑多，因为有爱。现在她什么也没有了，多么没有道理。她脸色苍白地坐在饭店椅子上，像一个蜜蜡做的女人。

都是热热闹闹的声音，喝过酒吃过饭，还没有过滤掉的热闹在行走中继续，只有德吉梅朵是安静的。

饭店老板要她回去休息，她也不多说什么，饭也不吃就离开了。

回到住地躺下，很痛苦也很疲惫，可就是睡不着，但愿电话不响，但愿没有人知道我生病。她现在抗拒一切，包括食物，就像抗拒那些无处不在的虚假的爱情。她不爱谁，也不相信谁，此时，她连自己也不爱。

桑多本来就是现在的样子，是自己不由自主爱上了一个混蛋。

德吉梅朵把外面的袍子脱下来，暗红色的内衣，一样不要，这些全部是桑多的钱买下的。她裸着自己，皮肤有一种针尖麦芒般的刺痛，找出自己的旧衣裳换上，有点眩晕，想抓住什么，可是能抓住她看到的影子吗？

拉窗帘时，兀然看到一弯明月，仿佛她痛苦无妄的爱情，在这个世界上，你和这个人好，又不能完整说出理由，单纯是不成熟，可什么是成熟，谁能告诉她？

可是为什么心里还想着有电话打进来？又期待着什么？

德吉梅朵妊娠反应得厉害，已经到了无法上班的地步。阿妈达瓦卓玛来“阳光拉萨”看她，难过地说：“你遇见了魔鬼，回家吧女儿。”

魔鬼的孩子也是神赐予的神物，是天爷爷的宝贝，堕胎是天爷爷不可饶恕的，会让堕胎者几世受罪。德吉梅朵跟着阿妈回家，依旧穿着旧衣裳，那些或许有过爱情的衣裳已经没有意义了，她把它们毫不留情地送了人。

穿过琼结县城的街道，阳光和人群，昼夜轮回，四季流转，从前是什么样子已经没有意义了。天上会下雨的云朵都是从她心里飞出去的，她无法想象藏族人的祖先是怎样培养出了这样的男人，魔鬼降临人间了。

弟弟次仁罗布长高了，不喜欢读书，整天逃课或者躲在同学家看电视。德吉梅朵的回家让阿妈更操劳，对日常投入的精力更多，妊娠反应越来越重，有时候想到是一个梦，一缕一缕的阳光会化开这个梦，会被山上的风吹散这个梦，睡一觉也许就回到了从前。桑多就像一个过去的坏习惯长在了她的脑子里，努力不去想，可是努力的事情总是又不能忘记。

有几次她想给桑多打电话，可准备打时又觉得自己没有出息。

阿妈达瓦卓玛已经为这个家损耗了太多精力，对弟弟的牵肠挂肚导致身体抵抗力下降，偶尔性的头疼变成经常性的头疼，疼起来需要扶着墙站下。

撑过六个月，德吉梅朵稳定了，似乎妊娠反应小了，也能正常吃饭，有些时候还可以下地劳作。

天气已经是冬天，在屋子里某个被阳光照射到的地方，德吉梅朵闻到了一股奶香，她默默坐着感觉肚子里的胎动，她试图找到那只小脚丫，和捉迷藏的小猫似的，很长时间又没有任何动静了。门前的阳光金子似的拉长了她的影子，那个影子无限阔大，她忽地看见了阿爸，阿爸还是当年的那个样子，站在那里笑。那股奶香奇异而美好，难道是自己的身体散发出来的奶香吗?

阿爸仁青措笑着离开。德吉梅朵看到风吹过草原，摇动草地深处所有站立的茂茂草和滩上爬着的荒草。阳光把风揉成金黄色，把空气切成碎块，然后雪片似的从天上飘落。总觉得阿爸在慈祥地注视着她，给她从来没有过的力量。

阿妈从外面走回来，晚霞的光辉像巨大的梦境铺天盖地而来，阿妈笑着说："领到低保的钱了，这样生娃就有保障了。"

一沓钱放在坐床上，很扎眼。

德吉梅朵说："阿妈，你说什么?"

阿妈说："低保啊，从你没有工作那天起到现在，你也可以拿国家的低保了。"

德吉梅朵说："阿妈说我在拿国家的低保对吗?"

阿妈说："对啊，你没有工作了，我们家没有人有能力为这个家进钱。"

德吉梅朵感到从未有过的落寞和孤单。她盼着孩子赶快出生，她想到桑多用鄙视的眼光盯着她说："低保户。"那一句刺耳的话像一只失群的羊羔，灵魂在旷野里迎风呼叫，往日思念着桑多的念头突然就结住了。

那一夜德吉梅朵惊醒过来，她发现自己的手放在胸口上，她似乎完全清醒着，似乎又无法动弹，静静地呼吸着这种能让她产生幻觉的气息。这种气息是那样的坚挺有力，她挣扎着，睁开眼睛望着上空，眼睛在朝阳升起时深沉得像一潭湖水，波光粼粼，美丽得令人心碎。

阿妈达瓦卓玛用劲喊她，说她在做噩梦，阿妈像呵护一头牛犊一样看着她，用手在轻轻抚摸着她的头发。阿妈的抚摸感动了她，她突然又想到，我要不要在孩子出生前找到孩子的阿爸呢？

矛盾的德吉梅朵，她在孕期受到了伤害，没有一点计策。

达瓦卓玛说："只要你不怕他像魔鬼一样再伤害你。"

阿妈的回答就像昨天从屋顶上滚过的雷声一样让她身体颤抖起来。似乎又成为一种斗志，她要去找他，不能让孩子的出生没有阿爸，更不能让孩子出生就吃低保。

德吉梅朵带着她荒唐的想法坐车前往琼结县城。

天气似乎比想象的要暖和，有些时间不知道桑多的动向了。她下车后先是站在街边看了一会儿人群，城市对她有一种诱惑，如果不是肚子里的孩子，她的月工资还会涨。身上裹着厚厚的棉衣，临出门时还被阿妈套上了一条围巾，一辆车走过带起的风扬起一股肃杀。拿出电话拨通桑多的手机，一直是忙音，再打，依旧是忙音。此时的桑多会在哪里？K歌厅或是酒吧？

电话突然响了，不是桑多，是拨错的电话，电话里的人认定这里应该有一个他要找的人，一遍一遍问，最后核对电话号码，结果少了一位数，然后那边又很突然地就挂了。

德吉梅朵往桑多常去的酒吧方向走，果然在酒吧门口看见了桑多的改装车。心跳加速，手脚都出汗了。她走上前抬起脚照着桑多车的轮胎踢了两脚，心里的气无法出，她的委屈不是一般的。

哪知桑多的车报警了，有保安走过来指着德吉梅朵说："你赶快走开，这里不是你这样大着肚子的人来的地方。”

德吉梅朵说：“我找这辆车的主人，我肚子里的孩子也是他的孩子。”

保安进去找人时，德吉梅朵觉得就让你这辆车喊你吧。她不停地用力踹车轮子，好大的车轮子，眼泪出来了，汗水出来了，车叫声引来几个围观人。

桑多出来了，他身边永远站着一个妖娆的女人。保安上去制止德吉梅朵，桑多很平静地笑着，这个没有穿高跟鞋，矮矮的女人，大肚子像圆鼓一样，整个人看去像一只母鹅。

桑多发怒了：“你这个瘟疫一样的让我丢尽脸的女人，你这个疯女人！”

那张红脸在日照下，嘴唇显得很怪异，德吉梅朵还惊奇地发现，桑多整个脸的上半部布满了雀斑，密密麻麻，以至于从稍远处只看得见深红一片。他的眼睛只剩眼黑，眼白发红几乎和脸是一个颜色。

桑多一发怒，他的狐朋狗友便知道下一步该怎么做，有几个人走过来就要走近了，德吉梅朵突然心酸了起来，事实证明她来找桑多是错误的，这个聪明面孔笨肚肠的人，这个绣花枕头一包草的人。

德吉梅朵惊魂不定望着桑多身边的女人，陌生的脸庞，无奈而且尴尬。她曾经站在她的位置上，那也是德吉梅朵的栖身之地，说不清怎么回事，自己便爱上这样一个人，像一条披着人皮的毒蛇奔窜在逐渐枯死的青草间。

德吉梅朵尖叫了一声，冲着那个女人喊：“你难道没有看见你的下场吗？桑朵，我肚子里怀着一个‘低保户’，你这个魔鬼来吧！”

女人眉眼生动，突然纵情笑着搂着桑多撒了一下娇，桑多甩开她，这是一个不生气就难过的人，是被钱财捧红的野味，是热闹的充饥物，这是一个不能坐下来说话的人。

桑多说：“有钱的后人永远不是低保户，马蹄溅起的粘泥已经贴近我的嘴巴了，你不想我赶走你，你就不要在这里羞辱我的脸面。”

德吉梅朵说：“你配有脸面？脸面已经糊了你的脑袋，你自作聪明的下场便是暴死荒野。”

桑多大喝一声：“让这个不知天高地厚的歹毒的女人去死吧！”

德吉梅朵想：来吧，看看你桑多怎么对付一个女人，好和坏、对和错、有理和无理，所有的脏水和孩子，你连孩子一起干掉吧，你会有报应的。

明天就是放弃今天，结伴而来的痛和苦，来吧，德吉梅朵豁出去了。

刹那间一个人影横插在了一群人中间，她大喊一声，然后她拽起德吉梅朵的袖子，在所有人不明白发生了什么事情时，她们已经走出很远。

是阿妈达瓦卓玛。阿妈怕德吉梅朵受罪，一直跟着走，她祈求死去的亲人来保护德吉梅朵，不要让人间盛开苦难和忧愁。

达瓦卓玛一边拽着德吉梅朵跑，一边气喘吁吁说：“魔鬼在诱惑你，他用肚子里的孩子诱惑你，那个诱惑早已成为一个坏结果。为什么要鸡蛋碰石头呢？你和他的纠缠已经结束，这是仁青措家的后代，不是魔鬼的后代。”

母女俩跑往人多的地方，离开恶狼的办法就是快速逃离。

六

德吉梅朵和阿妈拉着手走，从琼结往措杰村走。

街道上很安静，就像在长长的一年平常的日子以后，迎来即将到来的藏历年一样，突然松懈了，什么也不想了。

谁家的酥油茶和着最后的夕阳一起缭绕过来，街道边上有人推车子卖橘子，她突然想吃橘子。一个小女孩牵着阿妈的手等阿妈买橘子，女孩穿着粉红色牛仔裤和长筒皮靴，女孩的眼睛很大，像火一样燃烧。德吉梅朵下意识摸了摸自己的肚子，等那母女俩走远了，女孩后脑勺上还烙着德吉梅朵的眼睛。

太阳刚刚落山，晚霞的余晖将冬日那一望无际、苍黄的群山涂抹得色彩斑斓，纵横的河汉沟渠闪耀着暧昧的暖色，红色的晚风轻拂在脸上。

二斤橘子走着吃着，很快就没有了。

走着走着，突然就觉得身体有点失重，有点气喘吁吁，有阿妈的汗味笼罩着她，显然德吉梅朵并没有意识到自己头重脚轻。

天慢慢暗下来，远处稀稀拉拉散开的村庄，有零星灯光闪耀。每路过一户藏民家，都是大同小异的气息，肚子开始叫，偶尔碰见一两个藏民，一两群牛羊，全都是黑乎乎一片。

月亮升起来了，德吉梅朵抬头看了一眼月亮升起的地方，突然又觉得后腰处像坠了一块石头，重得屁股都无法抬起来。慢慢地那块石头又移到了她肚子上，像马蜂蜇了似的酸困。

德吉梅朵说："阿妈，我饿得腿脚没有力气，像踩在棉花上，膝盖快要跪下了。"

阿妈说："坚持一下，月亮替我们照着路呢。"

不知道为什么德吉梅朵的心情突然陷入了孤独中，疼痛越来越阔大，她实在是烦累了，停下脚步，看着走在前面的阿妈，她站着，不知道马上要发生什么事情，月亮冷冽的清光湿漉漉地包围着她，有什么东西越来越沉重地压迫着她。

达瓦卓玛发现德吉梅朵没有跟上来时，回转身发现没有人。

达瓦卓玛大声喊："德吉梅朵，女儿！德吉梅朵，女儿！"

德吉梅朵倒在地上，她透不过气来，心头慌乱得差点儿想大喊救命。

德吉梅朵说："阿妈，我的肚子疼死了。"

达瓦卓玛循着声音走过来，看着倒在地上的德吉梅朵，经验告诉她，德吉梅朵要生产了。

荒郊野外，达瓦卓玛的诵经声响起，传递着令人压抑的气氛，偶有几声狗吠，听不见人声。月亮虽然不圆，冷冽的清光在这空旷的乡野里显得格外明亮，地上白花花的，真似蒙了霜，伸手摸摸身边的小草，感觉特别凉。达瓦卓玛哭了，身边没有强劲的身影，她感觉到了惧怕。

达瓦卓玛觉得自己必须去找人，可达瓦卓玛又不能丢下德吉梅朵。

两难中达瓦卓玛说："女儿，打桑多电话吧，阿妈求他，只有他可以来救你，此时，我们没有一点办法。"

德吉梅朵掏出手机打桑多电话，依旧是忙音，再打，电话有人接起，是桑多，电话里的桑多大声说：“你是一个不吉利的女人，你这个低保户。”

德吉梅朵说：“我要生了，我要生了，你来救救我。”

电话早已挂断。夜死了，没有一星半点气息。

达瓦卓玛手足无措，德吉梅朵哭着忍着疼，翻着手机电话，她脑海里突然掠过张红生的电话，这个电话原本是要记在手机里的，因为什么事情一直没有记。她输入号码打通电话，期待着，接电话的是一个男人。

德吉梅朵说：“是张红生，大宝阿爸吗？”

电话里问：“请问你是哪位？”

德吉梅朵说：“我是德吉梅朵，我要生孩子了，在回措杰村的路上，您来救救我。”

张红生在电话那边迟疑了一下，他的迟疑是因为没有听明白对方在说什么。

德吉梅朵急切地说：“我要生孩子了，我的孩子没有阿爸，我被男人伤害了。”

张红生脑子“嗡”一声，有几年没有联系这藏族姑娘了，快，德吉梅朵需要帮助。熊小英已经穿戴好衣裳，两个人迅速下楼开车往措杰村走。

路边看到德吉梅朵母女俩时，羊水已破裂，熊小英的心里一阵子疼痛，两位疲惫不堪的母亲，她闻到了空气中的血腥味道，迅速搀扶她们上车，疼痛让德吉梅朵不断呻吟，车上的每个人都对她肚子里未来的小生命充满了担忧。

德吉梅朵入院不久很快就生下了女儿，这个早产的女儿，两只黑黑的眼睛，降临到人间时，她没有哭声，大拇指含在嘴里，看到母女平安，张红生夫妇松了一口气。

达瓦卓玛在孩子屁股上狠打了一下，“哇——”德吉梅朵的女儿哭声嘹亮，惊世骇俗，使得张红生和熊小英如同产床上的母亲，幸福得产房都微微战栗。这实在是破天荒的事情啊，这个藏族女孩到底经历了什么？

太阳升起时逼退了清晨的寒风，女儿来到她身边，一夜之间，德吉梅朵成熟了许多，她的悲哀已不放在脸上，微笑中有几分刚强。累了一夜的张红生和熊小英想着一个人在家的大宝不放心，急急告辞出来，临出门时说：“有事打电话。”

达瓦卓玛送他们出来，因为语言不同无法和达瓦卓玛沟通。熊小英说：“回去吧达瓦卓玛，好好照顾你女儿。”

达瓦卓玛茫然无措地挥挥手。

在德吉梅朵的激动中，窗外飞过去一朵云，像白度母的化身。这样，孩子的名字就出现了——“卓嘎”。达瓦卓玛说：“我的卓嘎。”

这是一个多么非同一般的奇迹啊。卓嘎，粉嫩粉嫩的，躺在阿妈身边。藏族没有非婚生子女和重男轻女的陋习，卓嘎的到来成为达瓦卓玛家的佳音，也成为德吉梅朵嘴边开口时的第一句话。

出院那天，熊小英带来奶粉、肉松和各种大宝小时候用的玩具，她有点喜欢这个女孩，因为身体原因她已经不能再生育了，如果大宝有个妹妹就好了。德吉梅朵希望熊小英给卓嘎起个汉族名字，熊小英脑子都没有动就说：“叫熊二丫。”熊二丫已经是熊小英的疼爱了，万千故事必然在后头紧跟着。

一百天的卓嘎已经脱掉了人之初最先的混沌，对周围事物的感知有了某种自觉的意识，喜欢笑，对四周做出相应反应的是笑容。有时候德吉梅朵拍拍手，她就笑；舅舅次仁罗布拍拍手，她也笑，笑得十分自如、喜悦和甜蜜。

德吉梅朵的手机里全部是卓嘎的笑脸，她的鼻子，她的眉眼，简直就找不到缺陷。

卓嘎双手双脚并用，慢慢地能坐了，会爬了。德吉梅朵突然想到张红生讲过的故事，说有一个古埃及的神话，它被描述为长有翅膀的怪，通常为雄性，是“仁慈”和“高贵”的象征。当时的传说中有三种斯芬克司——人面狮身的，羊头狮身的（阿曼的圣物），鹰头狮身的。亚述人和波斯人则把斯芬克司描述为一头长有翅膀的公牛，长着人面、络腮胡子，戴有皇冠。到了希腊神话里，斯芬克司却变成了一个雌性的邪恶之物，代表着神的惩罚。因为希腊人把斯芬克司想象成一个会扼人致死的怪物。传说天后赫拉派斯芬克司坐在忒拜城附近的悬崖上，拦住过往的路人，用缪斯所传授的谜语问他们，猜不中者就会被它吃掉。这个谜语是：“什么动物早晨用四条腿走路，中午用两条腿走路，晚上用三条腿走路？腿最多的时候，也正是他走路最慢，体力最弱的时候。”

俄狄浦斯猜中了正确答案，谜底是“人”。

斯芬克司羞愧万分，跳崖而死（一说为被俄狄浦斯所杀）。

她的女儿是一个人。

远处的雪山静伫着，缄口不语。夕阳涂抹在走过的牛群身上、脸上，德吉梅朵抱着卓嘎骑在牛背上。鲜花盛开的季节，卓嘎已经开始牙牙学语，德吉梅朵听不懂她的话，但她母性本能地领悟到她的话是一种呼唤。

次仁罗布休学了，他不喜欢读书。

德吉梅朵和他谈了一次话。不读书的人只能种地，地里长不出钱。钱不能生钱，只有读书可以改变命运。

次仁罗布说："钱可以生出钱，不读书照样可以活着。"

德吉梅朵拿出20元钱递给次仁罗布说："我看你怎么生钱?"

次仁罗布拿着钱跑出家门，他要和同龄人去打麻将，要证明钱是可以生钱的。20元很快就没有了，两手空空，空得如心。

过日子很为钱恼火，丢失的钱永远不会回来了。

德吉梅朵说："钱走了就走了，不知去向，它虽然走了，但是绝不会消失。它在泥土里，在修建的楼房里，在牦牛的脊背上，在喜欢读书人的理想里。钱不会消失，因为它是钱，钱什么时候都不会死，我们不能把钱看轻了。"

卓嘎长到八个月时，措杰村开始建蔬菜大棚，需要工人。德吉梅朵报了名，这是男人干的活计，一个女人报名垒墙，虽然说起来稀罕，但也不足为怪。一个月干足25天可以赚6000元。

德吉梅朵选择坚持和勇气，她的心中有一分清醒和希望，只有劳动可以改变命运。

阿妈达瓦卓玛觉得德吉梅朵体质弱，一天干不下预期的活计，恐怕一个月拿不到那么多钱，不希望她把身体累坏了，毕竟来日方长。

德吉梅朵对劳动的执着是九头牛也拉不回来的。

七

蔬菜大棚建在措杰村东北角上，建棚的老板是汉族人，他娶了一个小女人做老婆。在山南建筑行业的山头中不算大老板，电话不离手的汉族何老板常常用来听别人对他的发号施令，那个别人不是别人，是他的妻子。

措杰村的蔬菜大棚有一定规模，干活人中间女孩子少，为了不显得自己扎眼，德吉梅朵穿着弟弟的衣裳，密密麻麻的日头中，如果不仔细分辨还发现不了德吉梅朵。工地上虽然也有女孩子来干活，可她们总是站得远远的，就像督战一样，每天上工时都不少她们，少了她们又太煞风景，女孩不能和男孩比，她们干活就那样停停歇歇。

很奇怪的事情，没有人觉得德吉梅朵是女人，别人吃饭了，她还在干活，甚至想要干很多很多活，连吃饭的时间都不舍得停歇，就为了干完自己的活早一点回家看卓嘎。有时候饿得心跳加速，背转人吐一口酸水，说是去野地里上厕所，其实是跑回家看女儿找吃食。

措杰村建蔬菜大棚不仅仅有措杰村人，还有其他县的工人。一个叫次仁德杰的小伙子看上了德吉梅朵。这一代藏族男女再不可能像他们的父辈那样保守，文明随着物质，必然在一代一代的进化中得以更高的提升。

恋爱毕竟应该是一件含蓄而秘密的事情。次仁德杰喜欢在夜幕的庇护下，因为，那样会使他感到温暖而安全。德吉梅朵则在夜幕时分需要回家带自己的孩子。次仁德杰目送德吉梅朵的背影，有时候在后边轻声喊一下：“嗨，你怎么这么早就走?”

德吉梅朵羞涩地笑一下，离开对次仁德杰显得残酷了点。

恋爱毕竟是一件含蓄而秘密的事，需要远离人群，远离住处找一个说话的地方，德吉梅朵匆匆忙忙的离开让他无从下手。

德吉梅朵说：“我有一个女儿，刚刚一岁，我的女儿卓嘎还离不开阿妈。”

次仁德杰跟在德吉梅朵身后说：“我能为你女儿做些什么事情?我给她买一个玩具吧?”

德吉梅朵说：“卓嘎还小，还不知道玩具好玩。”

次仁德杰说：“可是我最想做的事情是成为卓嘎的阿爸。”

德吉梅朵再一次羞涩地笑了：“你像狮子的嘴巴一样，太夸张了。”

次仁德杰说：“我说的是我心里想的话。”

德吉梅朵说：“我还不想恋爱，我对男人不信任。”

次仁德杰说：“男人是不一样的，有好男人，我就是。”

德吉梅朵说：“我就要到家了，我要见我的卓嘎。”

两个人就这样你一句我一句，有意无意说着话。一个看似在诉衷肠，爱意无限的样子。一个心里有心事，也没有很决绝地讨厌对方。

山南这个地方昼夜温差很大，寒凉对于此时情境下的男女根本没有意义。

夜凉了，次仁德杰想握住德吉梅朵的手，几次伸手让自己挨得近一些，越近就越能感觉到对方，越感觉到对方，就越有一种燃烧不能自抑。

听见卓嘎的哭声了，德吉梅朵快速跑了几步，一下子距离就拉开了，等次仁德杰也跑了几步时，德吉梅朵已经跑回了自家的院子，女儿牵着她的心呢。

黑暗中次仁德杰徘徊在马路上，天空有星星有月亮，有夜鸟飞过，他想德吉梅朵劳动时的背影，这个女人朴素得让人喜欢。

德吉梅朵干活实在是累了，一回家搂着女儿，一边让女儿吃奶一边端着碗吃饭，狼吞虎咽的样子让达瓦卓玛看着直发笑。饭毕搂着女儿卓嘎倒头在尿味乳香中立竿见影就睡。

第二天一早，依旧昏然入睡的她被电话吵醒了，是次仁德杰喊她上工地。

放下电话，德吉梅朵想：我又被一个魔鬼惦记上了。

蔬菜大棚有可能很快就完工了，那么接下来该做什么？去哪里找工作呢？此时她还想不到爱情，偶尔也多看次仁德杰几眼，和桑多比较，次仁德杰长得不够高大，人显得憨厚一些。现在德吉梅朵必须放弃已有的一些好坏参半的东西，比如说，伤害和痛苦与曾经厌倦了的思念而去要一些新的东西，而那些新的东西同样也与好坏长短对错一起要结伴而来——当这些东西来到我身边时，很容易满足我此时的孤独，可是无可奈何的日子还很长啊，会不会再出现伤害呢？

张红生曾经说过的话再一次想起：你总会被男人伤害。

德吉梅朵想：我现在还不能要爱情，爱情还不符合我的想象，短暂的疼爱会过去，我不过是一个过平常卑微日子的人，任何人的温情脉脉都是假象，我的平凡的令人激动的好日子就是陪伴着阿妈、弟弟和卓嘎，卓嘎的出现已经不是原本的生活了。我要把此前的日子收拾起来装进一个纸盒子，再系上时间和忘记的绿色丝带，将它放置在心头，时时提醒自己，一切还不是时候，自己还有目标没有实现，不能被当下的没有结果的东西打乱了日常。

再见次仁德杰，德吉梅朵就不理他了。

次仁德杰觉得德吉梅朵是一个诱惑，她以微笑和美好引领他向那个方向望去，他无法控制自己要向那个方向走去，他觉得自己的未来是和她连接在一起的，世界一定会像自己想象的那样豁然开朗的。

措杰村街心里有两三个孩子追逐耍逗，他们的笑声与小鸟的婉转啼鸣一起在树丛中回旋。没有拖拉机的声音，也没有大人在一旁不断的监视和呵斥，发现阳光下有两只鸟在打闹，起起落落、上上下下、前前后后追逐。

次仁德杰站在旁边看他们，鸟叫声像是私语，能够想象那些小生命同自己一样开心得发疯，只是苦于听不懂它们的语言。此时他穿过街心就为了去见德吉梅朵，他要向她表白，不再躲躲闪闪，虽然她不理自己了，那也没有关系，爱情是追来的，功夫一定要舍得下。

措杰村的蔬菜大棚盖起来了，一点收尾工作，对于重劳力已经找不到下力气的地方了，就等结算工钱了。

德吉梅朵在青稞地里拔草，偌大的青稞地站起来看仿佛没有尽头一般。弟弟在远处，埋在青稞中，这个不读书的年轻人终于把自己安顿在了青稞地。读书才好改变自己的命运啊，她一定要卓嘎将来读书，读大学，做一个有本事的人。

汗水打湿了她的头发，呼着粗重的气息，她又开始想卓嘎的样子了，一岁多的孩子已经开始叫阿妈了。

青稞地里静悄悄的，阒无人声，像所有的中午时分，路上连自己的影子都没有。一行行的青稞，还有远处的油菜花，像诗歌一样。她不知道诗歌是什么样子，但是，此刻她便已经知道诗是什么样子了，心里敏感诗一样的东西，一下就感觉到了过日子的滋润和欣悦。

德吉梅朵唱着歌，起起伏伏，青稞地就活泼了。

次仁德杰站着远处听，慢慢走近想吓她一跳，对德吉梅朵不理他的事情已经忘到脑后了。

“嗨，德吉梅朵!”

德吉梅朵吓了一跳，她迅速站起身应答了一声，看到是次仁德杰，她一下就扭转了身。

次仁德杰说：“你知道我有多么喜欢你吗德吉梅朵?”

德吉梅朵说：“你快走开，我讨厌你。”

次仁德杰说：“我说的是认真的，我就喜欢你，答应和我好吧。”

德吉梅朵突然想到最近刚学到的一个汉语词汇“不尽如人意”。

“我的当下的生活不尽如人意，我的将来也不尽如人意，所以我不喜欢你。”

次仁德杰说：“我们的将来到来时一定不尽如人意，我们把将来变作现在，将来还是在远方，我会等待那个不尽如人意，牛奶会有的，面包也会有的，我们就一起不尽如人意吧。”

德吉梅朵瞪大了眼睛听着，然后喊了一声：“次仁罗布，次仁罗布，你赶快过来赶走这个坏蛋，你赶快来呀!”

听到呼喊的次仁罗布从青稞地跑过来站在次仁德杰身边，小伙子长得高出了次仁德杰半头，身子骨虽然看上去单薄，但是脸上显示出了愤怒。他准备打架了，只要对方敢动手，第一次打架，他把力气全部用在两只拳头上，他可不是一个孩子了，他要保护这个家里的所有女人。

次仁德杰后退了一步，他可不想和这个未来的小舅子打架。

“我自己会离开，总有一天我们会成为一家人，等着走着看着吧。”

次仁罗布眼珠血红，他被姐姐喊过来是为了收拾这个男人，并用力量来纠正他的过错，怎么能轻易就放走了他。他往前多走了几步拦住次仁德杰，太阳的光涂抹在两个青年男人身体上。

德吉梅朵窒息了，她被这种场面震慑了，吓得说不出话，眼前的景象凝固成一幅全息照片，一幅被阳光和风塑成的即将开战的照片，进入了德吉梅朵的脑海里。

四周安静得近乎原始，无法感知的暴风骤雨就要来临了，没有说话声，只有粗糙的呼吸声，次仁德杰也捏起了拳头。

德吉梅朵一阵眩晕，脑子里突然幻影出一队羊羔的影子，这种白色而温暖的亮点，亮点穿过看不清楚的远方停滞下来。这种柔和的停滞给了她无限欢乐，她突然喊道：“停下来！任何一个人先出手都不应该，我们要像汉族人一样学会礼貌。”

出乎意料的是两个人并没有放松自己的身体，包括脖子和眼睛。

德吉梅朵跑过去，这件由她而引起的对峙，她突然认识到自己做了一件坏事，把自己的好恶强加给了次仁罗布，不能再让事情发展下去了，发展下去没有任何意义，她冒出这个想法时，她就想把事情说破，说明白了。

“次仁德杰，我不喜欢你，我有心上人，我不想把话说破，更不想我的生活多出一双盯着我的眼睛，我想着你的眼睛爬在我的双肩，飘在我的头顶，或长在我的后背，这让我不快乐。你走吧，次仁罗布放他走，我们不是仇人。”

次仁罗布听完姐姐的话依旧没有让步。次仁德杰横走一步走了，太阳照着他的后背：德吉梅朵是属于我的，她总有一天要接受我，我有足够的爱来追她。

八

午觉醒来，外面突然起风了，德吉梅朵抱着女儿坐在窗户前，窗玻璃被风吹得“咔咔”作响。因为看见了什么，卓嘎笑起来，原来是一只猫在地上玩阿妈达瓦卓玛的线团子。

满身阳光的卓嘎，喊着：“阿妈，阿妈！”

卓嘎把所有看见的喜欢的人都喊作阿妈。

措杰村的扎西顿措来德吉梅朵家，想问一下德吉梅朵愿意不愿意出去干活，比如去砖厂，不是琼结，是另外的地方扎囊县。按工计活，干好了一个月可以拿到 6000 元，而且可以长久干下去。

德吉梅朵当然喜欢了，她觉得眼下最喜欢的就是钱，谁会对钱惧怕和讨厌呢？这几天她正为出门干活忧愁呢。现在听了扎西顿措的话她立马就答应了，说自己愿意去，阿妈在家照看卓嘎，弟弟也长成人了，可以和阿妈一起种地，外出做工赚钱的事就交给自己吧。

扎西顿措说：“那就好了，明天我们就出发吧，恰巧这个砖厂有和汉族老板打交道的事情，老板还想要一个懂汉语的人，我看你就正好。”

送走扎西顿措，德吉梅朵想，自己是生活在高原上的人，会说汉语和汉族人打交道，因为汉语赚钱还比别人多，心里一阵子窃喜。起身放下卓嘎，开始收拾明天要带走的东西。

扎囊离琼结不远，毕竟也是山岭重叠，山路崎岖，不过也有赖于这高原，世代生活于此的高原人家，生活秩序没有多大改变，生活语言仍然沉浸在泥水里。这种一脉相传的生活，温馨而又平静。

山野是相当广袤的，但是可作为耕种的田，却并不多，还要依山势划割成，许多机械很难进入，所以，牛、犁、镰刀、锄依旧是惯用的工具。这样，风来雨往，有时就牵挂人心，担心自己去扎囊后，天久不雨而旱，又担心山风逆吹会扫落饱满的青稞。

阿妈达瓦卓玛放牛回来知道德吉梅朵要出去工作了，心里有说不出的喜悦和担心。她安慰德吉梅朵说，放心走吧，卓嘎有我，地里的活计有次仁罗布。现在家家户户都有电视了，可以从天气预报中得知风雨信息。

德吉梅朵说：“可是天气预报有些时候还是关心不到我们村子一带。”

达瓦卓玛笑着说：“哪里可能那么细微到村，就靠自己的体验吧。你阿爸活着时把上辈人的经验化为实用，阿妈没有读过书，但是对你阿爸牵挂风雨的事情都记得很清楚，对四季不同的风来雨往，除了手中的能力，还要和邻居互换劳动，你就放心走吧，扎囊离家也没有多远。”

晚上的时候德吉梅朵和弟弟次仁罗布说话，主要是安顿她走了后家中的事情，不希望弟弟每天看电视，要多替阿妈做一些事情。

德吉梅朵说：“我们种了15亩地，这可不是一个小数目。你虽然不读书了，但是身体还没有长成，才16岁，你要帮助阿妈干活，但也不要累坏了自己。土地归属是自然，除了劳动能力付出之外，还是要靠天吃饭。四季好时，不在于今年和去年下气力有多少差别，在于天气好，天气好也不是太阳好，总得有雨有风有雪。每一场雨有每一场雨的作用，每一阵风有每一阵风的意义，阿爸活着时知道凭风向可以决定收割南边或北边的青稞。收割青稞时雨多了也是大麻烦，少了不足，多了为害。”

次仁罗布还没有想那么多，对季节到来心里没有提示，觉得姐姐有些唠叨就不想听，把电视的声音开得很响。

德吉梅朵喊道：“你难道不知道阿妈有头疼的毛病吗？你不可以这样。”

次仁罗布降低声音说：“我的血脉里流着阿爸对土地的敏感，现在我虽然什么也不知道，但不是姐姐的道理让我明白的，是一天一天往下走的日子告诉我的。我没有远大理想，农田里那点事儿，我可以从明天中学来，你就放心去打工赚钱吧。”

德吉梅朵突然觉得次仁罗布长大了。

夜暗下来时，卓嘎睡了，德吉梅朵想出去走走，沿着马路走，明月当空，地上一片银白。走在山间小道上，任何一条道都是草草开就，不平的路面就有碎石块凸出路面，行走时非时时盯住路面，以免柔软的鞋无辜被踢破。环顾四周都是草木遮蔽的绿色，人显得渺小起来。不知什么东西在草丛中划过，有啁啾声响起，停下来稍一细听则无处不出声响，让她感觉到自然空间是如此丰富充沛。看不见，听不见，就如自己一样。

德吉梅朵在月光下转了一个圈，她不想那么多了，每个人的视线都没有疆界，从明天开始她要慢慢抵达远方，如果老年时能去拉萨最好，赚钱，赚更多钱，去拉萨，去北京，去世界上她想去的地方，不让一些人小看她，那么就从明天做起吧。这样想着，德吉梅朵又笑了一下，觉得周围的动静有看出她心事的，就小声说：

“你们不要笑我，我想一想还不行吗？你们不要挡了我的想，你们知道我的秘密，但是，这秘密实现起来会很难，难也不怕，风雨抽打过我的人心，我经历过了，不怕难。”

德吉梅朵不想去否认自己，日子是朝着快乐的方向发展的。

扎囊的砖厂在县城外，四周无村，所有的工人就只能住在厂子里。老板叫索朗旺堆，个子不是很高，人看上去很厚道。第一天，他向新招工的工人们训话，讲了厂子里的规章制度。讲话结束后又问：“听说有人懂汉语，懂汉语的举手。”

德吉梅朵举手，也有几个零零落落的人举手。

索朗旺堆举着一本书说：“哪位能朗读下这本书？”

因为距离的原因，德吉梅朵看不清楚是一本什么样的书。

索朗旺堆说：“是《走过西藏》。”

这下没有人再举手了，只有德吉梅朵。她走过去接过书，认真翻阅了一下，然后选择一页打开阅读：

“对于未来者，西藏是个令人神往的佛界净土；对于此在者，西藏是一种生活方式；对于离去者，西藏，你这曾经的家园让多少人魂牵梦绕——西藏，就其实在的意义来说，更是一个让人怀想的地方。

“有些时候我希望自己能被西藏所怀念。在怀念的时候，被怀念者本来的价值也许就会一点一点地呈现出来。但西藏在想起我来的时候，我是一个怎样的形象呢？是一个逗留得太久，热情也持续得太久的行吟诗人吧，是一个喜欢张望人家的生活情景、喜欢打探人家的人生之秘的好奇的旅人吧，是一个执迷投入但始终不彻不悟不知圣者为何物的朝圣香客吧。西藏看我在这片高大陆上走来走去，一定很纳闷——

“那么多年了，她在找什么呢？”

索朗旺堆很欣赏地看着德吉梅朵，他让德吉梅朵停下阅读。说：“你从现在开始跟着我搞销售。”

德吉梅朵说：“请问索朗旺堆老板，销售工资和工人的工资是怎么算？”

索朗旺堆说：“工人在一线，干的活多工资多，搞销售相对要轻松，当然没有工人的工资高。”

德吉梅朵说：“原谅我，索朗旺堆老板，我喜欢到工地去，我现在需要赚钱。”

索朗旺堆挥手叫大家散去。德吉梅朵也散去，许多解释在这个姑娘身上似乎不起作用，她喜欢钱，一个喜欢钱的女人总有一天她会很虚荣。

女人们一起住在砖厂宿舍，空心砖砌就的床铺，门是一扇红黄镶嵌的木板门，板门外面装着蓝色铁门环，一天都在工棚里做砖，只有夜里才回到宿舍。卓嘎不吃奶水了，德吉梅朵的胸前湿漉漉的，是奶水溢出。

几个月活计干下来，她突然觉得和这个世界有一种距离，连话都少了，埋头干活，抬头看天。来时还带着一本书看，其实干了一天活，夜晚倒头躺下时连说话的力气都没有了，哪里能够睁开眼睛。

工棚和宿舍中间有一道栅栏门，天亮后吃饭，然后许多人向栅栏门走去。栅栏门前站着穿蓝制服的检查员，所有的腿在向前迈进，她突然很喜欢这扇栅栏门，无论她的心境平静，抑或躁动，一旦走进这个栅栏门，她又觉得通过劳动得来的钱有多么幸福。

又几个月下来，德吉梅朵开始想卓嘎和阿妈还有弟弟。每天的生活就两个场景，此前的生活经历好长一段时间都是门里门外，门里的家，门外的世界。现在的门里门外是门里想怎么多赚钱，门外依旧是养足力气多赚钱。

半年回一次家，德吉梅朵不舍得多请假，回家一趟只停留三天。卓嘎已经不认识她是阿妈了，她哭着说："卓嘎，我是阿妈。"

卓嘎躲开她，有几次试探着用小手去抚摸她的藏袍，很快就缩回来了，蹦蹦跳跳躲到一边去悄悄窥探。

看到地上有许多玩具，德吉梅朵以为是弟弟和阿妈买的。伸手捡起来递给卓嘎，让她近前来拿。卓嘎说："叔叔买。"

德吉梅朵看着阿妈达瓦卓玛。

达瓦卓玛说："是一个年轻人，他半月来看一次卓嘎，每次来都买玩具，问他叫什么他也不说，每次送来东西问一下你的情况就走了。”

德吉梅朵想，一定是桑多醒悟了，他一定是碰了钉子，或者是马蹄子踢了脑袋，那些啃绵羊头的人，意在吃它的眼珠子，他终于明白了。

德吉梅朵把半年的工资交给阿妈，阿妈又递给德吉梅朵几个零花钱，带了换洗的衣服很不舍地离开了措杰村。

到了县城转乘往扎囊县的车，因为晚到了，车已经发动，她远远地招手追赶着车希望车停下来，如果今天赶不回去，明天就要误工，一天工资就没有了。

车在远处停下了鸣着喇叭，但是，她追赶奔跑的途中摔倒了，一切发生得太凶猛。德吉梅朵迅速站起来时，觉得额头有点儿潮湿，她用手捂着追赶到车前扒着车门上去时，车上有人惊叫了一下“血”！此时她才发现有一股黏黏糊糊的东西顺着额头糊住了她的眼睛，她把手放下来看，全是血，用右手抹了抹脖子，手心立即殷红，抬头看着车上的人怕吓着他们，赶紧从包裹里拽出一件上衣擦干净，笑着解释说：“一点皮，被石头疼爱了一下，就擦破一点点皮。”

有人问她还有哪些地方疼？

她摇着脑袋表述再没有地方疼痛了。

但是，她感觉捂住伤口的地方有一股温热又冒出来，能够明显感觉手心又潮湿了，而且不能被她手掌覆盖的暖流顺着发根、额头，缓缓向后脑勺以及耳朵方向流下来，她明显感觉耳朵的耳郭部分已被血充满。一会儿，耳轮里的暖流便溢出去，向耳外后脑部流去，有头发遮挡着，就让它流吧。

德吉梅朵使劲回忆到底自己碰撞到了什么地方？是什么绊倒了自己？什么也想不起来了。慢慢地她觉得血不流了，也不觉得疼，迷迷糊糊就睡着了。

醒来时，发现车到了终点站扎囊县，下车后她还得走将近一个小时才能到砖厂。走吧，此时谁也帮助不了你，就是破了点皮，有什么怕的。

走到砖厂已经是夕阳西下。

夜里睡下去她才知道了疼痛，坐下来闭上眼睛，一切安静了。她突然想起了阿爸，没有衰老的阿爸有一天会回来吗？会拉着阿爸的胳膊，看他满不在乎的微笑吗？夜里居然梦见了阿爸，依旧是活着时的样子，他对德吉梅朵招招手，悄然微笑地飘过，慢慢地隐入了墨色的高空，她惊恐地喊："阿爸，你不能就这样走了，我们都想念你！"阿爸摇摇头，不停往高处走，很快什么都看不见了，阿爸再也不回来了，和逝去的亲人比，自己这点疼算什么啊。醒来时，发现所有人都睡得呼呼的。

脑袋疼得钻心，她突然想到了死亡，如果再睡过去是不是就是死亡来临？她再一次看见阿爸，阿爸梦幻似的突然就消失了，她不想打扰工友，小心穿衣走出外面，脑子嗡嗡响，刀割似的疼，她担心自己会疼死。受不了，她把整个脑袋放在外面的水龙头下，让冰冷的水冲走疼痛，不能死呀，一定不能死呀！

德吉梅朵醒来时，发现一切都是白的，阳光是白的，夜晚是白的，错综迷乱的记忆是白的，当发现自己躺在医院里时，白色像一个口袋把她的一切装进去，包括身体。

穿白色大褂的护士说：“你差点死去，假如不是用冷水冲洗你自己。你被送进医院时高烧40度，伤口感染加脑膜炎，你差点死去。”

德吉梅朵说：“是谁送我来了医院?”

护士说：“是你们的工人一早发现你倒在水龙头下，是你们的老板送你来的，你为了赚钱不要命了吗？高烧都不知道吗?”

德吉梅朵说：“脑子疼得让我忘记了火炉子似的高烧，快点让我好起来吧，那样我好去工地做工赚钱。”

护士摇摇头说：“钱把你的心买走了。”

索朗旺堆第五天上来把德吉梅朵带走。一路上索朗旺堆都没有说话。

快到砖厂时德吉梅朵很忐忑地打破了沉默说：“索朗旺堆老板，住医院的钱你接下来扣我的工资吧。”

索朗旺堆看了她一眼，脸上的表情是难堪而痛苦的。

“你太不怕死了，减去不怕死再加上爱钱，就是德吉梅朵。”

德吉梅朵羞涩地笑了：“索朗旺堆老板，难道你开砖厂不是为了爱钱?”

索朗旺堆说：“爱钱也不能不要命啊。看你爱钱的样子，这几天的工资就不扣除了。”

德吉梅朵惊讶地瞪大眼睛：“难道你真相信钱长进了我的心眼儿里了？难道你真认为钱已经成为我的疾病？索朗旺堆老板，你该知道藏民家的青稞从来不出售，出售的永远都是自己的力气，力气可以赚钱，麻烦永远不能。”

索朗旺堆哈哈笑着，猛一踩油门，车飞奔起来，他知道，所有善良人的心灵都是相通的，就算是雪山高高在上，也没有融不掉的积怨，更没有接不住的绳索。

九

有一天，砖厂来了一位小朋友，是个小女孩，大大的眼睛，鬈鬈的头发，怀里抱着一条白色的泰迪，毛茸茸的，通身纯白，雪团似的。她站在砖厂栅栏门前，看着进进出出的工人，不畏惧，甚至放下狗，狗对进进出出的人狂吠，尤其是女人吓得尖叫着躲开跳着走。女孩咯咯咯咯笑着。女孩叫达娃，是砖厂老板索朗旺堆的女儿。

狗很尽职，知道它自己的使命，只要达娃挪一步，它保管不离左右，跟前跟后。这几天达娃成了砖厂工人心中定格的风景，那么风姿绰约，特别当夕阳西斜的时候，人和狗的影子都被夸张地拉长，这小人小狗的欢叫和笑声，便点缀得砖厂忙碌紧张的日子充满了生机。砖厂的人没有不认识达娃的，德吉梅朵尤其喜欢达娃，看见达娃就想起了卓嘎，常常走近达娃抱一抱。

达娃说："你好。"

德吉梅朵说："你好。"

达娃会说汉语，从小就普及了三种语言：藏语、汉语、英语。

德吉梅朵突然就哭了，也许是因为卓嘎，也许是因为别的什么，抹着眼泪准备走了，院子外传来了马达的轰鸣声，接着，一阵蹬蹬的脚步声从砖厂院子外走进院子内。上货的来了。栅栏门大开，走进来的都是年轻人，他们穿着工装，工装上沾着灰土，脸晒得黑里透红，眼睛晶亮晶亮的，眼睛大都看着地上的达娃和她怀里的狗。

其中有一个人朝这边看了一眼，很熟悉的一个人，他拿着一个玩具走近达娃，好像达娃和他很熟悉，主动求抱。德吉梅朵想起了次仁德杰，这个人是次仁德杰。

她快速离开，午夜的明月从对面的山上浮起来，像奶锅那样大，比奶锅还要大，红彤彤的，有些像傍晚时那舔着了地平线的落日。

她急急地跑起来，急急地，好像月亮要轧着她的脚后跟似的。

她想，我躲过这个人了。

曾经无数个夜晚，放下手中的书关掉灯，把自己放置于黑暗中，对眼前发生的一切苦思冥想，未来会是什么样子呢？爱情会是什么样子呢？一切来不及想瞌睡就来了。赚钱吧，她很满足自己的生活，赚了钱以后再考虑自己的生活也不迟。因为工作，他们家的低保比例已经降低了，曾经可以不工作而享受社会福利，自己对社会的责任也需要赚点钱，赚了钱不当低保户。想起桑多的眼神，桑多的眼神让她充满着难言的惆怅。怅然中面对无边无际的天空，天空可以任由小鸟展翅，可是没有谁告诉小鸟应该怎样筑巢、寻找水源、觅取食物，对于没有归宿的人和鸟来说，自由是一种奢侈的装饰，人和鸟一样都得背负责任。

德吉梅朵回到砖厂宿舍，拉砖车已经开走，空荡荡的院子，进入已经黑灯了的房间，和衣躺下，突然觉得自己躲避的东西很无聊，假如今天晚上次仁德杰认出了她，她想，我一定要和他喝青稞酒。

躺下去，片刻就昏然入睡了。

也许是第二天早上，或者是第三天早上，索朗旺堆从工棚里喊出德吉梅朵，他希望德吉梅朵跟着他跑交易。现在汉族人在山南搞建筑的人太多了，有些话说长了很麻烦，他一时不能够理解意思，要停顿很久才能慢慢明白。

德吉梅朵说："那要给我一线工人一样的钱，否则我汉语就太不值钱了。"

索朗旺堆说："假如我给你更多的钱呢？"

德吉梅朵说："索朗旺堆老板，虽然我喜欢钱，但是多余的东西拿着了总是要烫手。"

索朗旺堆等了她近一年时间的虚荣，那虚荣还是被她自己掐断了。

索朗旺堆说："我喊你出来是因为我有个弟弟还没有女朋友，想介绍你们认识，我的弟弟和你一样也是一个固执的人，不过固执的人总是听不进别人的建议。也许你们很有缘分呢。"

德吉梅朵羞涩地说："也许我们没有缘分呢，两座山头上的树，永远不能闻着风的味道寻找。"

索朗旺堆说："牛羊走向羊圈就是缘分，你在山头上问候一声看一眼就是缘分，我们在天空和大地之间就是缘分。你还是砖厂的工人，难道我们没有缘分？"

德吉梅朵说："索朗旺堆老板，那就见见看看我们的缘分吧。"

砖厂的工人在周末有了一次聚会，年轻人抬出仓库里的一只老木鼓，异常陈旧的鼓，木帮、鼓皮泛出黑色，击出的鼓点有点破声破气，但是，也有苍凉悲壮感。大家围着木鼓敲出的鼓点开始跳果谐，大家唱着：

这里走向圣地拉萨的人们，要学会检验那黄金是什么；
如果不会检验黄金是什么，怕黄金与汉地黄铜分不清。
这里走向圣地拉萨的人们，要学会检验松耳石是什么；
如不会检验松耳石是什么，怕松耳石与聪石混淆不清。
这里走向圣地拉萨的人们，要学会检验那海螺是什么；
如要不会检验海螺是什么，怕海螺与象牙之间分不清。

一个人牵着一个人的手跳舞，那个牵德吉梅朵手的人紧紧牵着，手掌心都出汗了，德吉梅朵在回头的瞬间，发现那个人是次仁德杰。

他冲着她笑，这是一个多情的人，高高低低的月亮在他跳跃的头发间闪烁，把目光送到天空去，把思绪牵回到每一次踏步的脚下，他的眉目传情和爱的倾吐，曾经的拒绝都土崩瓦解了。即使刚才还有一些烦乱的心情，也会如秋水般平静，披着月光跳舞的民族，披着月光摔跟头，月下有许许多多的故事都很美很美。

次仁德杰牵着德吉梅朵的手离开果谐，走往远处的青稞地，月下风光的美妙和心境的愉悦，怎么看德吉梅朵都是一个羞涩的少女。

月光照着扎囊，映着山势，绵延着的群山，蓝莹莹的湖水，有微风吹来，飘动着青草和野花交融的异香。月亮很大，也很低，透明的轮廓清晰而线条分明。

次仁德杰突然跪下来说："美丽的姑娘，嫁给我，做我的妻子吧。"

德吉梅朵羞涩地笑，一丝微妙的暖流从胸口划过，她第一次有了初恋的羞涩和愿望，此前是欲，是虚荣，是被一个外貌迷惑的错误。

月色辉映着对方的轮廓，也迷蒙着对方的脸庞，这是多么美妙的情境啊。

我们恋爱吧！

次仁德杰告诉德吉梅朵，他是索朗旺堆的弟弟，但是，他不会因为索朗旺堆办了砖厂，就做索朗旺堆砖厂的寄生虫。为了得到德吉梅朵的爱，他策划了招工砖厂的名额，知道德吉梅朵会说汉语，希望索朗旺堆不要让德吉梅朵太受苦，一直到现在，索朗旺堆要介绍的男朋友就是他。

砖厂的歌声还在唱：

从这里去东方背山上观看，遇见明媚月亮和温暖太阳。
这明月是照亮雪域的需要，这太阳是温暖四季的需要。
从这里去东方背山上观看，遇见白色公牛和黑色母牛。
那公牛是雪域耕地的需要，那母牛是雪域挤奶的需要。
从这里去东方背山上观看，遇见格萨尔王和森江珠牡。
这军王是雪域降敌的需要，这珠牡是雪域抚亲的需要。

听着歌声，踩着细碎的月光，次仁德杰和德吉梅朵走在布满碎石的小路上，他们轻言细语，怕惊扰了草丛中的虫子。此时砖厂里已经人少声寂，脚下的干草沙沙作响，月光、花木、雪水，似专门为他们走过而铺设。

德吉梅朵指指高处的月亮说：“汉族人说，那是月老。”

次仁德杰已经不会犯“不尽如人意”那样的错误了。他说：“这是一个尽如人意的夜晚。”

噢吔，太阳哺育了生命，月亮培育了爱情。

十

这是2016年的冬天，就要过藏历新年了。措杰村村民小组迎来了一对新人。他们走进村委办公室，第一句话说：

“我们是来退出低保的。”

一种被阳光猛烈照射之后，眼前出现的短暂而温柔的黑色眩晕，让村委会接见他们的人次仁索拉在潮湿的幻觉之后开始走神。他有点不明白他们俩在说什么，这是两张被黑红的太阳狠狠亲吻过的脸，他们应该明白，国家的钱是可以白拿的。

他们俩互相对视了一下，德吉梅朵的笑就显得羞涩了，在热烈的阳光下眯起眼睛，她说：“这是我们家开会决定了的事情。”

次仁德杰伸出手臂，有力地和次仁索拉握了一下手。

这件事次仁索拉是无法做主的，他要去喊干部们来决定。

次仁索拉的离开让四周安静下来，风在门外跳舞，一只狗就地滚了一下，很舒服地滚进树阴下，又滚了一下，滚到了太阳底下。可能是困意和香气一起袭来了，它展开长长的腰闭上了眼睛。

门口第一个人走进来，又有第二个、第三个、第四个人走进来。

他们觉得德吉梅朵的举动很不成熟。这个他们看着长大的女孩子，有明亮的眼睛、健康的笑容，疯玩疯跑疯笑的女孩，真是不知道她脑子在想什么？

德吉梅朵站在四人对面，严肃地说：“我要退出低保。我阿妈和弟弟都已通过。”

“为什么？国家每年补助给你们小一万元呢，你要好好想想。”

“你还没有长大呢。你阿妈知道，那等于是一头牛的价值。”

德吉梅朵说：“我听见城市里有人喊，别理她，低保户！他们的表情不是装出来的，有嘲笑在里面，当然不是说我，恰巧我听见了。”

“听见了又能如何？你们家还有你女儿卓嘎呢。”

德吉梅朵指着次仁德杰说：“我女儿有她的阿爸。”

次仁德杰抬起眼睛来，暖暖地笑。

德吉梅朵羞涩地笑了，长发披下来，就好像闪光的水流温柔地流淌。她没有办法解释她的行为，在她的心里，充满了未明的不安与懵懂的罪恶，但是，她无法停止。

“我们得去你家里调查，这不是你可以决定了的。”

德吉梅朵说：“当然。我代替不了母亲和弟弟。”

“是因为宗教吗？”

德吉梅朵说：“不是。”

“仅仅是因为‘低保户’对你是一件丢人的事情？”

德吉梅朵说：“有。也不完全对。”

“那是因为什么？”

德吉梅朵说：“是电视。”

“噢吔？”

德吉梅朵说：“电视里我看到了比我更苦难的人，我省出来的钱总归可以给一个家庭资助。我们现在不需要太多的钱，钱已经够了。”

“钱还有够的时候？小姑娘，吃低保的人像树叶一样伸着手等，你真是一个有高尚品德的人，要知道拿回家里的东西是没有送出去的理由。”

德吉梅朵说：“您这句话像‘低保户’一样打击了我，胳膊伸长了总是要长皱纹，挖太多的草，草原的肌肤就要受损。是酥油就要化，我是一个有手脚的人，还有一颗活着的心。”

次仁德杰看着德吉梅朵，时光静止，只有空气在流动，一切美好而纯净。

德吉梅朵说：“射出的箭，说出的话，我们再没有话可以说了。”

屋子里的人知道，藏族人一旦发愿，十八头牛也拉不回来。

喊　山

一

太行大峡谷走到这里开始瘦了，瘦得只剩下一道细细的梁。从远处望去，赤条条的青石头悬壁上下，绕着几丝云，像一头抽干了力气的骡子，瘦得肋骨一条条挂出来，挂了几户人家。

这梁上的几户人家，平常说话面对不上面，要喊，喊比走要快。一个在对面喊，一个在这边答，隔着一条几十米直陡上下的深沟，声音倒传得很远。

韩冲一大早起来，端了碗吸溜了一口汤，咬了一嘴黄米窝头，冲着对面口齿不清地喊："琴花，对面甲寨上的琴花，问问发兴割了麦，是不是要混插豆?”

对面发兴家里的琴花坐在崖边上端了碗喝汤，听到是岸山坪的韩冲喊，知道韩冲想过来在自己的身上欢快欢快。斜下碗给鸡们泼过去碗底的米渣子，站起来冲着这边喊：“发兴不在家，出山去矿上了。恐怕是要混插豆。”

这边厢韩冲一激动，又咬了一嘴黄米窝头，喊：“你没有让发兴回来给咱弄几个雷管？獾把玉茭糟害得比人掰的还干净，得炸炸了。”

对面发兴家里的喊：“矿上的雷管看得比鸡屁眼还紧，休想抠出个蛋来。上一次给你的雷管你用没了?”韩冲咽下了黄米窝头口齿清爽地喊：“收了套就没有下的了。”

对面发兴家里的喊：“收了套，给我多拿几斤獾肉来啊!”

韩冲仰头喝了碗里的汤站起来敲了碗喊：“不给你拿，给谁？你是獾的丈母娘呀。”

韩冲听得对面有笑声浪过来，心里就有了一阵紧一阵的高兴。哼着秧歌调往粉房的院子里走，刚一转身，迎面碰上了岸山坪外地来落户的腊宏。腊宏掮了担子，担子上绕了一团麻绳，麻绳上绑了一把斧子，像是要进后山圪梁上砍柴。韩冲说：“砍柴?”腊宏说：“呵呵，砍柴。”两个人错过身体，韩冲回到屋子里驾了驴准备磨粉。

腊宏是从四川到岸山坪来落住的。到了这里，听人说山上有空房子，就拖儿带女地上来了。岸山坪的空房子多，主要是山上的人迁走留下来的。以往开山，煤矿拉坑木包了山上的树，砍树的人就发愁没有空房子住，现在有空房子住了，山上的树倒没有了。獾和人一样，在山脊上挂不住了就迁到了深沟里，人寻了平坦地去，獾寻了人不落脚踪的地藏。腊宏来山上时领了哑巴老婆，还有一个闺女、一个男孩。腊宏上山时肩上挑着落户的家当，哑巴老婆跟在后面，手里牵着一个，怀里抱着一个。哑巴的脸蛋因攀山通红透亮，平常的蓝衣，干净、平展，走了远路却看不出旅途的尘迹来。山上不见有生人来，惹得岸山坪的人们稀罕得看了好一阵子。腊宏指着老婆告诉岸山坪看热闹的人，说："哑巴。你们不要逗她，她有羊角风病，疯起来咬人。"岸山坪的人们想，这个哑巴看上去干净利索的，要不是有病，要不是哑巴，她肯定不嫁给腊宏这样的人。话说回来，腊宏是个什么样的人——瓦刀脸，干巴精瘦，豆豆眼，干黄的脸皮上有害水痘留下来的窝窝。韩冲领着腊宏转一圈子也没有找下一个合适的屋，转来转去就转到韩冲喂驴的石板屋子前，腊宏停下了。

腊宏说："这个屋子好。"韩冲说："这个屋子怎么好？"腊宏说："发家快致富，人下猪上来。"韩冲看到腊宏指着墙上的标语笑着说。标语是撤乡并镇，村干部搞口号让岸山坪人写的。当初是韩冲磨粉的粉房。磨坊主要收入是养猪致富。韩冲说："就写个养猪致富的口号。"写字的人想了这句话。字写好了，韩冲从嘴里念出来，越念越觉得不对劲。这句话不能细琢磨，细琢磨就想笑。韩冲不在这里磨粉了，反正空房子多，就换了一个空房子磨粉。韩冲说："我喂着驴呢，你看上了，我就牵走驴，你来住。"韩冲可怜腊宏大老远的来岸山坪，山上的条件不好，有这么个条件还能说不满足人家？腊宏其实不是看中了那标语，他主要是看中了房子，石头房子离庄上远，他不愿意抬头低头地碰见人。

住下来了，岸山坪的人们才知道腊宏人懒，腿脚也不勤快。其实靠山吃山的庄稼人，只要不懒，哪有山能让人吃尽的？但腊宏常常顾不住嘴，要出去讨饭。出去大都是腊月天、正月天，或七月十五、八月十五，赶节不隔夜，大早出去，一到天黑就回来。腊宏每天回来都背一蛇皮袋从山下讨来的白馍和米团子。山里人实诚，常常顾不上想自己的难老想别人的难，同情眼前事，恓惶落难人。哑巴老婆把白馍切成片，把米团子挖了里边的豆馅，摆放在有阳光的石板上晒。雪白的馍、金黄的米团子晒在石板地上，走过去的人都要回过头咧开嘴笑，笑哑巴聪明，知道米团子是豆馅，容易早坏。

腊宏的闺女没有个正经名字，叫大。腊月天和正月天，岸山坪的人会看到，腊宏闺女大端了豆馅吃，紫红色的豆馅上放着两片酸萝卜。韩冲说："大，甜馅就着个酸萝卜吃是个什么味道？"大以为韩冲笑话她，就翻他一眼，说："龟儿子。"韩冲也不计较她骂了个啥，就往她碗里夹了两张粉浆饼子，大快步扭回身搂了碗，进了自己的屋里，一会拽着哑巴出来指着韩冲看，哑巴乖巧的脸蛋冲韩冲点点头，咧开的嘴里露出了豁牙，吹风露气地笑，有一点感谢的意思。

韩冲说："没啥，就两张粉浆饼子。"

韩冲给岸山坪的人解释说："哑巴不会说话，心眼多，你要不给她说清楚，她还以为害她闺女呢。"

挖了豆馅的米团子晒干了，煮在锅里，米团子的味道就出来了。哑巴出门的时候很少，岸山坪的人觉得哑巴要比腊宏小好多岁，看上去比腊宏的闺女大不了几岁，也拿不准到底小多少岁。哑巴要出门也是在自己的家门口，怀里抱着儿，门墩上坐着闺女，身上衣服不新却看上去很干净，清清爽爽的小样还真让青壮汉们回头想多看几眼。两年下来，靠门墩的墙被磨得亮汪汪的，太阳一照，还反光，打老远看了就知道是坐门墩的人磨出来的。

岸山坪的人不去腊宏家串门，腊宏也不去岸山坪的人家里串门。有时候人们听见腊宏打老婆，打得很狠，边打还边叫着：“你敢从嘴里蹦一个字出来，老子就要你的命！”岸山坪的人说：“一个哑巴你倒想让她从嘴里往出蹦一个字？”

有一次韩冲听到了走进去，就看到腊宏指着哆嗦在一边的哑巴喊着“龟儿子，瓜婆娘”，看韩冲进来了，反手攥了两个拳头对着他喊起来：“谁敢来管我们家的事情？我们家的事情谁敢来管？”腊宏平常见了人总是笑脸，现在一下黑了脸，看上去一双豆豆眼聚在鼻中央怪凶的。韩冲扭头就走，边走边大气不出地回头看，怕走不利索身上沾了什么晦气。

现在韩冲驾了驴准备磨粉。他先牵了驴走到院子一角让驴吧嗒两坨驴粪，然后又给驴套上嘴护、捂了眼罩驾到石磨上，用漏勺从水缸里捞出泡软的玉茭填到磨眼里。韩冲拍了一下驴屁股，驴很自觉地绕着磨道转开了。

韩冲因为家境穷，三十岁了还没有说上媳妇。想出去当上门女婿，出去几次也没有找到合适的家户，反复几年下来就这么耽搁了。也不是说韩冲长得不好，总体看上去比例还算匀称，主要问题还是山上穷，山下的哪个闺女愿意上来？次要问题是他和发兴老婆的事情，天下没有不漏风的墙，这种事情张扬出去就不是落到了尘土深处，而是落入了人嘴里，人嘴里能飞出什么好鸟吗？

头一道粉顺着磨缝挤下来流到槽下的桶里。韩冲提起来倒进浆缸，从墙上摘下箩，舀了粉，一边罗，一边擦着溅在脸上的粉浆，白糊糊的粉浆像梨花开满了衣裳。韩冲想，都说我身上有股老浆气，女人不喜欢挨，我就闻着这个味道好，琴花也闻着这味道好。一想到琴花，想到黑里的欢快，他就鸟儿一样吹了两声口哨。他罗下来的粉叫第二道粉，也是细粉，要装到一个四方白布上，四角用吊带拎起来吊到半空往外淋水。等水淋干了，一块一块掰下来，用专用的荆条筐子架到火炉上烤。烤干了打碎就成了粉面，和白面、豆面搭配着吃，比老吃白面好，也比老吃玉茭面细，可以调换一下口味。

甲寨和沟口附近的村子，都拿玉茭来换粉面。韩冲用剩下来的粉渣喂猪，一窝七八头猪，单纯用粮食喂是喂不起的，韩冲磨粉就是为了赚个喂猪的粉渣。做完这些活，韩冲打了个哈欠给驴卸了眼罩和护嘴，牵了出来拴到院子里的苹果树上，眯了眼睛望了望对面，想找一个人。没想到他想找的人现在也在崖边上往这边看，他赶紧三步并两步，用手抠着衣服上的白粉浆往崖头上走，远远地就看见了他现在最想要找的人——发兴的老婆琴花。

“韩冲，傍黑里记着给我舀过一盆粉浆来。”

琴花让韩冲舀粉浆过去，韩冲最明白是咋回事了，心里欢快地跳了一下，他知道这是叫他晚上过去的暗号。还没等得韩冲回话，就听得后山圪梁的深沟里下的套子轰地响了一下，韩冲一下子就高兴起来，对着对面崖头上的琴花喊：“日他娘，前晌等不得后晌，崩了，吃什么粉浆，你就等着吃獾肉吧！”

韩冲扭头往后山跑。后山的山脊越发地瘦，也越发地险，就听得自己家的驴应着那一声爆炸，惊得哥哦哥、哥哦哥地叫。

韩冲抓着荆条往下溜，溜一下屁股还要往下坐一下。韩冲当时下套的时候，就是冲着山沟里人一般不进去，而獾喜欢走一条道，从哪里来到哪里去，一点弯道都不绕。獾拱土豆，拱过去的你找不到一个土豆，拱得干干净净，獾和人一样就喜欢认死理。韩冲溜下沟走到了下套的地方，发现下套的地方有些不对劲，两边有两捆散开了的柴，有一个人在那里躺着哼哼。韩冲的头霎时就大了，满目金星出溜出溜地往出冒。

炸獾炸了人了！炸了谁了？

韩冲腿软了下来，问："是谁？"

"韩冲，你个龟儿子，你害死我了。"

听出来了，是腊宏。

韩冲奔过去，看到套子的铁夹子夹着腊宏的脚丢在一边，腊宏的双腿没有了。人歪在那里，两只眼睛瞪着，比血还红。韩冲说："你到这里干啥来了？"腊宏抬起手指了指前面。前面灌木丛生，有一棵野毛桃树，树上挂了十来个野毛桃，有一个小松鼠鬼鬼祟祟朝这边瞅。韩冲回过头，看到腊宏歪了头不说话了，他忙把腊宏背起来往山上走。腊宏的手里抓了把斧头，死死地抓着，在韩冲的胸前晃，有几次灌木丛挂住了也没有把它拽落。

韩冲背了腊宏回到村里，山上的男女老少都迎过来，看背上的腊宏黄锈的脸上没有一丝血色。把他背进了家放到炕上，他的哑巴老婆看了一眼，紧紧地抱了怀中的孩子扭过头去，弯下腰呕吐了一地。听得腊宏轻轻地咳嗽了一声，哑巴抬起身迎了过来，韩冲要哑巴倒一碗水，哑巴端过来水，突然腊宏的斧头照着哑巴砍了过去。腊宏用了很大的劲，嘴里还叫着："龟儿子你敢！"韩冲看到哑巴一点也没有想躲，腊宏的劲看着猛，实际上斧头的重量比他的劲要冲，斧头咣当垂直落地了，哑巴手里的一碗水也落地了。腊宏的劲也确实是用猛了，背过一口气，半天那气丝没有拽直，张着个嘴歪过了脑袋。韩冲没敢多想，跑出去紧着招呼人绑担架，要抬着腊宏下山去镇医院。岸山坪的人围了一院子伸着脖子看，对面甲寨崖边上也站了人看，琴花喊过话来问："炸了谁了？"

这边上有人喊："炸了讨吃了！"

他们管腊宏叫讨吃。

琴花喊："炸没人了，还是有口气？"

这边上的说："怕已经走到奈何桥上了。"

韩冲他爹扒开众人走进屋子里看，看到满地满炕的血，捏了捏腊宏的手还有几分柔软，拿手背探到鼻子下试了试，半天说了声："怕是没人了。"

"没人了。"话从屋子里传出来。

外面张罗着的韩冲听了里面传出来的话，一下坐在了地上，驴一样哥哦哥、哥哦哥地号起来。

二

炸獾会炸死了腊宏？韩冲成了岸山坪第二个惹出命案的人。

这两三年来，岸山坪这么一块小地方已经出过一桩人命案了。两年前，岸山坪的韩老五出外打工回来，买了本村未出五服的一个汉们的驴。牵回来没几天，那驴就病死了。两人为这事麻缠了几天，一天韩老五跟这汉们终于打了起来。那韩老五性子烈，三句话不对，手里的镰刀就朝那汉们的身子去了，只几下，就要了人家的命。山里人出了这样的事，都是私下找中间人解决，不报案。山里人知道报案太麻缠，把人抓进去，就是毙了脑瓜，就是两家有了仇恨，最终顶个屁用！山里的人最讲个实际，人都死了，还是以赔为重。村里出了任何事，过去是找长辈们出面，说和说和，找个都能接受的方案，从此息事宁人。现在有了事，是干部们出面，即使是出了命案，也是如法炮制。韩老五不是最终赔了两万块钱就拉倒了事？

如今腊宏死了，他老婆是哑巴，孩子又小，这事咋弄？岸山坪的人说，人死如灯灭，活着的大小人以后日子长着呢，出俩钱买条阳关道，他一个讨吃又是外来户，价码能高到哪儿去？

这天韩冲把山下住的村干部一一都请上来，干部们随韩冲上了岸山坪，一路上听事情的来龙去脉，等走上岸山坪时，已了解得八九不离十了。

看了现场，出门找了一个僻静的地方站下来，商量了一阵子，认为最好的办法是按这里的规矩来办。他们责成会计王胖孩来当这件事情处理的主唱：一来他腿脚勤；二来这种事情不是什么好事，一把手二把手不便出面；三来这王胖孩的嘴比脑子翻转得快。

返进屋里坐下，王胖孩用手托着下巴颏对哑巴说："你们住的这房是韩冲原来的吧？韩冲对你家腊宏应该是不错吧？他俩没仇没恨吧？腊宏因为砍柴误踩了韩冲的套子，这种事谁也没有料到吧？"咳嗽了一声，旁边的一个突然想起了什么，有些摸不着深浅地问：“你是哑巴？都说哑巴是十哑九聋，不知道你是听得见还是听不见？要是听见了就点一下头，要是听不见说也白说。”村干部和韩冲的眼光集体投向哑巴，就看到那哑巴居然慌悚悚地点了一下头。

干部们惊讶得抬直身体哦了一声，王胖孩舔了舔发干的嘴片子，尽量摆正态度把话说普通了：“这么说吧，你男人的确是死了……不容置疑。”

说到这里就看到腊宏老婆打了个激灵。王胖孩长叹一声继续说：“真是生死由命，富贵在天啊。你说骂韩冲炸獾炸了人吧，他已经炸了；你说骂腊宏福薄命贱吧，他都没命了。这事情的不好办就是活的人活着，死的人他到底死了；活的人咱要活，死的人咱要埋，是吧？这事情好办的是，你不是一个不讲道理的妇女，你心明眼亮可惜就是不会说话。我们上山来的目的，就是要活的人更好地活着，死的人还得体面地埋掉。你一个哑巴妇女，带了两个孩子，不容易啊。现在男人走了，难！咱首先解决这个难中之难的问题。你相信我这个村干部，就让韩冲埋人；不相信我这个村干部，你就找人写状子，告。但是，你要是告下来，韩冲不一定会给腊宏抵命。我们这些村干部嘛，因为你不是岸山坪的，想管，到时候怕也不好插手，说来你娘母们还是个黑户嘛！”

腊宏的哑巴老婆惊讶地抬起头瞪了眼睛看。王胖孩故意不看哑巴，扭头和韩冲说：“看见这孤儿寡母了吗？你好好的炸什么獾？炸死人啦！好歹我们干部是遵纪守法爱护百姓一家人的，看你凿头凿脑咋回事似的，还敢炸獾？赶快把卖猪的钱从信用社提出来，先埋了人咱再商量后一步的赔偿问题!”

哑巴像是丢了魂似的听着，回头望望炕上的人，再看看屋外屋内的人，哑巴有一个间歇似的默想，少顷，抽回眼睛看着王胖孩笑了一下。

这一笑，让有一种强烈表现欲望的王胖孩沉默了。哑巴的神情很不合常理，让干部们面面相觑不知道她到底笑个啥。

干部们做主让韩冲把他爹的棺材抬出来装了腊宏。事关重大，他爹也没有说啥。韩冲又和他爹商量用他爹的送老衣装殓腊宏。韩冲爹这下子说话了：“你要是下套子炸死我倒好了，现成的东西都有。你炸了人家，你用你爹的东西埋人家，都说是你爹的东西，但埋的不是你爹，这比埋你爹的代价还要大。我操!”

韩冲的脸埋在胸前不敢答话。他爹说：“找人挖了坟地埋腊宏吧，村干部给你一个台阶还不赶快就着下，等什么？你和甲寨上的娘们混吧，混得出了人命了吧？还搭进了黄土淹没脖子的你爹。你咋不把脑袋埋进裤裆里!”说完，韩冲爹从木板箱里拽出大闺女给他做好的送老衣，摔在了炕上。

把腊宏装殓好，棺材准备起了，四个后生喊：“一二，起!”抬棺材的铁链子突然断了。抬棺材的人说：“日怪，半大个人能把铁链子拉断，是不是家里不见个哭声？”

哑巴是因为哭不出声，女儿儿子是因为太小，还不知道哭。王胖孩说：“锣鼓点一敲，大幕一拉，弄啥就得像啥！死了人，不见哭声叫死了人吗？这还是咱们的工作没有做好。这样吧，去甲寨上找几个女人来，村里花钱。”

马上就差遣人去甲寨上找人，哭妇不是想找就能找得到，往常有人不在了，论辈分往下排，哭的人不能比死的人辈分大。现在是哭一个外来的讨吃，算啥?

女人们就不想来，韩冲一看只好一溜小跑到了甲寨上找琴花。进了琴花家的门，琴花正在做饭。听了韩冲的来意后，琴花坐在炕上说："我哭是替你韩冲哭，看你韩冲的面，不要把事情颠倒了，我领的是你韩冲的情，不是冲村干部的面子。"

韩冲说："还是你琴花好。"

看到门外有人影晃，琴花说："这种事给一头猪不见得有人哭。这不是喜丧，是凶丧。也就是你韩冲，要是旁人我的泪布袋还真不想解口绳呢!"

门外站着的人就听清了——琴花要韩冲出一头猪，这可是天大的价码。

琴花见韩冲哭丧个脸，一笑，从箱子里拽了一块枕巾往头上一蒙，就出了门。

走到岸山坪的坡顶上看了一眼黑压压的人群，就扯开了喉咙："你死得冤来死得苦，讨吃送死在了后梁沟——"

村干部一听她这么样的哭，就要人过去叫她停下来——这叫哭吗?硬邦邦的没有一点情感。

琴花马上就变了一个腔："水流千里归大海，人走万里归土埋，活归活啊死归死，阳世咋就拽不住个你?呀喂——呵呵呵——"

琴花这么一哭，把岸山坪的空气都抽拽得麻悚起来，有人试着想拽了琴花头上的枕巾看她是假哭还是真哭，琴花手里拄着一根干柴棍抡过去敲在那人的屁股蛋上，就有人捂了嘴笑。琴花干哭着走近了哑巴，看到哑巴不仅没有泪蛋子在眼睛里滚，眼睛还望着两边的青山。琴花哭了两声不哭了："你的汉们你都不哭，我替你哭你好歹也应该装出一副丧夫的样子吧？"

埋了腊宏，王胖孩叫来几个年长的坐下商量后事，一干人围着石磨开始议事。比如，这哑巴和孩子谁来照顾，怎么个照顾法，都得立个字据。韩冲说："最好一次说断了，该出多少钱我一次性出够。要连带着这么个事，我以后还怎么讨媳妇？"大伙研究下来觉得是个事，明摆着青皮后生的紧急需要，事是不能拖泥带水，得抽刀斩水。

一个说："事情既出由不得人，也是大事，人命关天，红嘴白牙说出来的就得有个道理！"

一个说："哑巴虽然哑巴，但哑巴也是人。韩冲炸了人家的男人，毕竟不是他有意想炸；既然炸了，要咱来当这个家，咱就不能理偏了哑巴，但也不能亏了韩冲。"

一个说："毕竟和韩老五打架的事情不是一个年头了，怕不怕老公家怪罪下来？"

一个说："现在的大事小事不就是俩钱嘛！从光绪年到现在哪一件不是私了？有直道不走，偏走弯道。老公家也是人来主持嘛，要说活人的经验不一定比咱多懂多少，舌头没脊梁来回打波浪，他们主持得了这个公道么？"

王胖孩说："话不能这么说，咱还是老公家管辖下的良民嘛！"

王胖孩要韩冲把哑巴找来，因为哑巴不能说话，和她说话就比较困难。想来想去想了个写字，却也不知道她是否识字。王胖孩找了一本小学生的写字本和一根铅笔，在纸上工工整整写了一行字，递给哑巴看。

哑巴看了看，取过笔来，也写了一行字递过去。韩冲因为心里着急伸过去脖子看，年长的因为稀罕也伸过脖子，发现上面的第一行是村干部写的："我是村干部，王胖孩，你叫啥？"后一行的字歪歪扭扭写了："知道，我叫红霞。"

所有的人对视了一下，稀罕这个哑巴不简单，居然识得俩字。

"红霞，死的人死了，你计划怎么办？要多少钱？"

"不要。"

"红霞，不能不要钱。社会是出钱的社会，眼下农村里的狗都不吃屎了，为什么？就因为日子过好了啊。钱是啥？是个胆，胆气不壮，怕米团子过几天你娘母们也吃不上了。"

"不要。"

"红霞妇女，这钱说啥也得要，只说是要多少钱？你说个数，要高了韩冲压，要少了我们给你抬，叫人来就是为了两头取中间主持这个公道。"

"不要。"

小学生写字本上几行字歪歪扭扭看上去很醒目。大伙觉得这个红霞是气糊涂了，哪有男人被人搞死了不要钱的道理？要知道这样的结果还叫人来干啥？写好的字条递给韩冲，要他看了拿主意，使了一下眼色，两个人站起来走了出去。收住脚步，王胖孩说："她不是个简单的妇女，不敢小看了，她想把你弄进去。"韩冲吓了一跳，脚尖踢着地面张开嘴看王胖孩。王胖孩歪了一下头很慎重地思忖了一下说："哪有给钱不要的道理？你说，她不是想把你弄进去是什么？"韩冲越发不知道该说什么了。王胖孩指着韩冲的脸说："要暖化她的心，打消她送你进去的念头，不然你一辈子都得背着个污点，有这么个污点你就甭想说上媳妇。"韩冲闭上嘴，咽下了一口唾沫，唾沫有些划伤了喉咙，火辣辣地疼。

"这几天，你只管给哑巴送米送面。你知道，我也是为你好，让老公家知道了，弄个警车来把你带走了，你前途毁了，以后出来怎么做人？趁着对方是个哑巴，咱把这事情就哑巴着办了，省了官办，民办了有民办的好处。明白不？"韩冲点了头说："我相信领导干部！"

两个人商量了一个暂时的结果，由韩冲来照顾他们娘母仨。返进屋子里，王胖孩撕下一张纸来，边念边写：

"合同。甲方韩冲，乙方红霞。韩冲下套炸獾炸了腊宏，鉴于目前腊宏媳妇神志不清的情况，不能够决定赔偿问题，暂时由韩冲来负责养活他们母子仨。一日三餐，吃喝拉撒，不得有半点不耐烦，直到红霞决定了最后的赔偿，由村干部主持，岸山坪年长的有身份的人最后得出结果才能终止合同。合同一方韩冲首先不能毁约，如红霞对韩冲的照顾有不满意之处，红霞有权告状，并加倍罚款。"

合同一式两份，韩冲一份，哑巴一份。立据人互相签了字，本来想着要有一番争吵的事情，就这么说断了，岸山坪人的心里有一点盼太阳出来却阴了天的感觉，心里结了个疙瘩，莫名地觉得哑巴真的是傻，互相看着都不再想说话了。

送走王胖孩，韩冲折好条子装进上衣口袋，哑巴前脚走，韩冲后脚卸了炉上的粉走进了哑巴家。

进了哑巴家，韩冲看到哑巴的房梁上吊下来两个箩筐，箩筐下有细小的丝线拉拽着一条一条的小虫，韩冲知道那箩筐里放的是讨来的晒干了的米团子和白馍。哑巴没有停下手里的活，她手里正拿了一捧米团子放在锅台边，一块一块往下磕上面生的小虫，磕一块往锅里煮一块。锅台上的小虫伸展了身子四下跑，哑巴端下锅，拿了笤帚，两下子就把小虫子扫进了火里，坐上锅，听得噗噗地响。

韩冲眯缝着眼睛歪着脖子说："这哪是人吃的东西？"卸下了箩筐走出去倒进了自己的猪圈里。猪好久没有换口味了，咂巴着干巴硬的米团子，吐出来吞进去，嘴片子错得吧唧吧唧响。韩冲给哑巴提过来面和米，哑巴拉了闺女和孩子笑着站在墙角看他一头汗水地进进出出。韩冲想，你这个哑巴笑什么？我把你汉们炸了你还和我笑？但他不敢多说话，只顾埋头干他的活。

这时候就有人陆续走上岸山坪来看哑巴的孩子，有的想收留哑巴的孩子，有的干脆就想收留哑巴。韩冲装作没看见，他想要是真有人把哑巴收留了才好，她一走自己就啥也不用赔了。但哑巴这时候面对来人却很决绝地把门关上了。

王胖孩又来到了岸山坪，要韩冲叫了年长的和有些身份的人走进了哑巴的家。王胖孩坐下来看着哑巴说："今天我来是给你做主的，有啥你就说。"韩冲坐到门墩上琢磨着这个事情该怎么开头，说什么好。就听得王胖孩说："咱打开天窗说亮话，不绕弯子了，这理说到桌面上是欠了人家一条命，等于盖屋你把人家的大梁抽了，屋塌了。

现在，你一个孤寡妇女，又是哑巴，带着俩孩子，容易吗？要我说就一个字——难。红霞，老话重提，你说出个数字来，要多少？”

哑巴抬起头拿过一根点火的麻秆来在石板地上写了两个黑字——不要。村干部接过麻秆来，大大地在地上写了两个字——两万。韩冲低下头看，请来的也低下头看，抬起头互相点了点头，大意是有了韩老五的事情在前面做样板，这样的处理结果也是说得过去的。韩冲说话了：“胖孩哥，两万块暂时拿不出，能不能分期付？如果不行，就得给我政策，让我贷。”

王胖孩想了半天说：“上头的政策主要是鼓励农民贷款致富，哪有让你贷款用来买命的？这事要说也没个啥，摆到桌面上就是个事。你到对面的甲寨上找一找发兴，他儿在矿上，煤炭现如今效益不错，他家里想来是有货的，借一借嘛。琴花虽然是出了名的铁公鸡，毕竟是喝过你的粉浆，吃过你的獾肉，还是你的相好，你炸死的这个人用的雷管还是她提供的，咱嘴上不说，她是脱不了干系的。”

韩冲不好意思地低下了头。

事情说到这里，王胖孩对哑巴红霞说：“按我的意思来，你不要，不等于我们不懂，我们不懂就是欺负你了，这不符合山里人的作风。等韩冲凑够了钱，我再到这山上来亲手递给你，咱这事情就算结束，你也好准备你的退路。一个妇道人家没有汉们帮衬，哪能行啊！韩冲，话说回来大家是为了你办事，光跑腿我就跑了几趟，你小子懂个眼色不懂？”

韩冲大眼套小眼看着王胖孩，王胖孩举起手里的麻秆说：“这，缩小了像个啥？”韩冲想，像个啥？哑巴从王胖孩手里拿过麻秆来掰下前面点黑了的一小截，叼在嘴上咂巴了两口。韩冲明白了，他是想要烟哩。稀罕得岸山坪的长辈们放下手中的旱烟锅子看哑巴，哑巴被看得不好意思低下了头。

韩冲赶紧出去到代销点上买了两条烟递给了王胖孩。王胖孩说："这是啥意思？乡里乡亲的弄这？"说罢，掰开一条烟给坐着的长辈一人发了一包，自己把剩下的夹在腋窝下起身走了。

长辈们看着手里的烟，咧开嘴笑着，心里却不是个滋味，啥态也没表走了两步路就赚了一包烟，很是有点不好意思。韩冲说："算个啥嘛，都是德高望重的人，就是没事我韩冲也应该孝敬你们！"

三

借钱的事情很简单，也很复杂，简单得就像天上的一轮太阳，无际蓝天，没有鸟儿飞翔，看上去空旷；复杂得突然就乱云飞渡，飞渡的云不是瓦片和挠钩状，是黑云压山，兜头浇得韩冲凉飕飕的。

韩冲去对面的甲寨上，要下了沟，绕出山，再转回来上对面，大约要一个半钟点。

这地方的人把吃亏不叫吃亏，叫吃家死，韩冲这一回借钱就吃了大家死。

走上甲寨人们就说："韩冲，还敢不敢下套子了？胆子大啊，那讨吃下那深沟做啥去了？活该要他的命。"韩冲挠了挠头，呵呵笑了一下，很不舒展。不断有人问，韩冲就不断很不舒展地呵呵。

走进发兴的院子里，看到发兴坐在小马扎上抽旱烟，烟锅子在地上磕了一下子，说：“你来了，稀客。有啥事不喊要过沟来说？我可是头一回见你大白天来。也是的，炸獾咋就炸了人了？”

韩冲说：“话不能这样说，大白天不来搭黑来干啥？老哥你就不要瞎猜了，人倒霉了放个屁都砸脚后跟。我也思谋着他下那沟做甚哩，两捆柴好好的摔在一边，手里握着一把斧头不丢，看见我眼睛瞪得快要出血，恨不能把我吃掉，我操。不过话说回来，咱是断了人家哑巴的疼了。”

琴花撩开碎布头拼成的好看的门帘出来，说：“韩冲，以后不要下套子了，那獾又不是光吃你的玉茭。你把人炸了，亏得他是外来的，要是本地的，不让你抵命才怪。”

韩冲低下头看着自己的脚尖，鞋是一双解放球鞋，因为旧了，剪了前边和后边，当凉鞋穿。韩冲看着看着就想把过来的意思挑明。韩冲说：“我过来是有个事情求你们两口帮忙。”

琴花返进去从屋子里端出一罐头瓶水来递给他说：“帮啥忙？跑腿找人的事，发兴帮得上就一定帮。这两天驾驴磨粉了？你不要因为这事把猪饿了，该做啥还做啥，腊月里我大儿要订婚，还想借你一头猪下酒席呢。你要赶不上喂，赶过来我喂，秋口上卖了咱二一添作五分。”

韩冲抬起头看琴花，琴花脸上挂着笑，嘴角上的一颗黑土眼（痣）翘起来顶在鼻子边。韩冲想，琴花脸上的这个黑土眼坏了她好几分人才。

发兴说：“事情最后怎么处理了？说了个甚解决办法？听说有人上来说哑巴，女人要是没了男人，小腰就断了，就拖不动腿了，也怪可怜的。”

琴花说：“傻哑巴不知道哭，看来是真有病。山下有人要她，收拾走算了，省了你来照顾。”

韩冲鼓了鼓勇气说：“不瞒你们两口说，我今儿过来这甲寨上就是想和你们打凑俩钱给哑巴。救个急，误不了你娶媳妇，我韩冲是说话算话的。”

一听说是借钱，琴花就示意发兴闭嘴。琴花走到韩冲的面前看着他说：“说起来是应该帮忙，出了这么大的事情。啊呀，我当时就不敢过去看那死鬼，听人说，下半截整个都没了？吓死了。事情是出了，有事说事，按道理是得赔人家，是不是？按道理谁能帮上就帮，乡里乡亲的，抬头不见低头见，谁家不出个事？古话说了，有啥别有事，没啥别没钱，两件事都让你摊上了。可有些事情摊上了，还真是帮不上你这个忙。我给你说吧，腊月里要给大儿订婚，正月里不娶，明年秋口上也得娶。如今说个媳妇容易吗？屁股后捧着人家还要脱落，敢松口气？我要是真有钱我还真舍得借给你，不怕你不还，可就是没有钱，活了个人带了个穷命，难啊！”

韩冲看着琴花的嘴一张一合的，想自己还亲过这张嘴，嘴里的舌头滑溜溜，有时候也咬一下韩冲的下嘴片子，到韩冲的忘情处会说：“人家都穿七分裤了，你也给我买一条穿穿，我是二尺四的腰，要小方格子的面料。”韩冲会说：“穿那干啥？不好看，憋得屁股和两瓣瓣蒜一样。”琴花说：“你不买，你就给我下来，我看你哪头难受！”韩冲在她身上正忙着，只好忙说：“买买。”

韩冲你给我买一盒舒肤佳香胰子；韩冲你给我看看我的肚皮是不

是松得厉害了，我也想买条裹腹裤；韩冲，我除了不和你住一个屋子，住一个屋子里干的事，咱都干了，也就等于是一家人了，你赚了钱就给我花，我从心里疼你……

韩冲看着琴花心想，你身上穿的从里到外哪一样不是我买的？你琴花疼我了？疼我什么了？关键的时候，说到钱的时候，你就不和我一心了。

发兴说："这不是帮不帮忙的事情，是帮不了这忙，是人命关天。小老弟，都怪你炸什么獾嘛！"

韩冲想，也就是啊，炸什么獾嘛！

琴花的短腿直着一条，斜着一条，直着的硬邦邦地站着，斜着的抖抖地闪，闪得人心中想生气。韩冲说："看在以往的面子上，你们就帮我一回吧。我炸死人，要不是你给我雷管，我拿什么炸他？"

琴花一下把斜着的那条腿收了回来，指着韩冲说："以往怎么啦？以往就吃了你几次粉浆，当是什么好东西啊？给猪吃的东西，从崖下吊给我吃，讨你什么便宜了？韩冲，不是说不借给你钱，是没有东西借给你，你当是清明上坟拓鬼洋，八月十五打月饼，找个模子就现成？我是给你雷管了，我叫你韩冲炸人了？你炸死人怨我的雷管，笑话！既然说到这个份儿上了，我哭讨吃的那头猪不要了，落得送你个人情。"

韩冲说："我多会说要送你一头猪了？"

发兴说："装傻，谁都知道你要给一头猪！要说讨便宜，你是讨了大便宜了，别说是一头猪，十头猪你也不吃家死。别人不知道，我是心知肚明。"

琴花打断了发兴的话："你心知个啥？肚明个啥？不会说不要抢着说。"

韩冲端起罐头瓶一口喝了瓶里的水说："我也就是到了困难的时候才找你们来张嘴，张一回嘴容易吗？张开了难合住，给个面子，没多总有个少吧？这沟里就你们还有俩钱，我也是屎憋到屁股门上了，我要有二指头奈何也不会张嘴求人，琴花，求你了！"

琴花说："韩冲，我是真想帮你这个忙，可就是心有余而力不足。十块八块的又不顶个事情办，三千两千的我还真没见过，要有就借你了。丑话说到头了，你走吧，甲寨上的人在大门外看咱的笑话哩。"

韩冲站了起来要走，琴花又说话了："你欠我多少，不是一头猪能还得了的。走归你走，但你得记清楚了。"这一句话说得不是时候，琴花的本意是想说，要是还想着我，你就来，来就得带零花来。可说这话不是个地方，韩冲都快急得火烧眉毛了他哪里能绕过这个弯。

韩冲一下站住了说："两清了。这钱我不借了，你有本事继续耍你的本事，隔着崖，你是甲寨上的，我是岸山坪的，井水不犯河水。发兴，你老婆本事大啊。"

琴花的脸霎时就青了，这叫人话吗？得了便宜卖乖，不借你钱，舌头就长刺了，这就让琴花难咽这口气。

琴花说："站住，韩冲！"一下就扑过去跳起来照着韩冲的脸掴了一个巴掌。韩冲没有防备，一下就怔住了。

韩冲说："不借钱就算了，你还打我！我打你吧，我不君子；不打你吧，你太张狂了！跳起来打，不够三尺高的人就是毒。我拿雷管炸了人，那雷管我有吗？还不是你给的！”

发兴站起来拖住了琴花，琴花兜头给了发兴一巴掌，跳着脚跑出院外。甲寨上看热闹的人自动让了个场地看琴花表演：“你个缺德鬼，你害了死人害活人，你炸獾咋就不炸了你？讨吃哪天说不定就来勾你命了，你等着吧，不在崖下在崖上，不在明天在后天，你死了也要狼拖狗拽了你，五黄六月蛆轰了你！”

韩冲听着身后的叫骂声，踢着地上的石头蛋走，脑子里轰轰响，石头蛋掀了脚指甲盖，也不觉得疼，自己说得好好的，这个傻×就翻了脸，真是人小鬼大难招架。我操！

四

这是哑巴第一次出门。她把孩子放到院子里，要大看着，她走上了山坡。熏风温软地吹着，她走到埋着腊宏的地垄头上，坟堆堆有半人多高，她一屁股坐到坟堆堆上。坟堆堆下埋着腊宏，她从心里想知道腊宏到底是不是真的去了？一直以来她觉得腊宏还活着。腊宏不要她出门，她就不敢出门。今儿，她是大着胆子出门了，出了门，她就听到了鸟雀清脆的叫声从山上的树林子里传过来。

哑巴绕着坟堆堆走了好几圈，用脚踢着坟上的土，嘴里喃喃着一串话，是谁也听不见的话。然后坐到地垄上哭。岸山坪的人都以为哑巴在哭腊宏，只有哑巴自己知道她到底是在哭啥。哑巴哭够了对着坟堆堆喊，一开始是细腔，像唱戏的练声，从喉管里挤出一声“啊”，慢慢就放开了，唢呐的冲天调，把坟堆堆都能撕烂，撕得四下里走动的小生灵像无头的苍蝇一样往草丛里乱钻。哑巴边喊边大把抓了土和石块砸坟头，她要砸出坟头下的人问问他，是谁让她这么无声无息地活着？

远远地看到哑巴喊够了像风吹着的不倒翁回到了自己的院子里，人们的心才放到了肚子里。哑巴取出从不舍得用的香胰子，好好洗了洗头，洗了洗脸，找了一件干净的衣服换上出了屋门。哑巴走到粉房的门口，没有急着要进去，而是把头探进去看。看到韩冲用棍搅着缸里的粉浆，搅完了，把袖子挽到臂上，拿起一张大箩开始罗浆。手在箩里来回搅拌着，落到缸里的水声哗啦啦、哗啦啦地响，哑巴就觉得很温暖。哑巴大着胆子走了进去，地上的驴转着磨道，磨眼上的玉茭塌下去了，哑巴用手把周围的玉茭填到磨眼里。她跟着驴转着磨道填，转了一圈才填好了磨顶上的玉茭。哑巴停下来抬起手闻了闻手上的粉浆味，是很好闻的味，又伸出舌头来舔了舔，是很甜的味道，哑巴咧开嘴笑了。

这时候韩冲才发现身后不对劲，扭回头看，看到了哑巴的笑，水光亮的头发，白净的脸蛋，她还是个很年轻的女人嘛，大大的眼睛，鼓鼓的腮帮，翘翘的嘴巴。韩冲把地里看见的哑巴和现在的哑巴做了比较，觉得自己是在梦里，他用围裙擦着手上的粉浆说：“你到底是不是个傻哑巴？”哑巴吃惊地抬起头看。驴转着磨道过来用嘴顶了她一下，她的腰身呛了一下驴的鼻子，驴打了个喷嚏，她闪了一下腰。哑巴突然就又笑了一下，韩冲不明白这个哑巴的笑到底是羊角风病的前兆，还是她就是一个爱笑的女人。

大搂着弟弟在门上看粉房里的事情，看着看着也笑了。

哑巴走过去一下抱起来儿子，用布在身后一绕，把儿子裹到了背上，走出了粉房。

岸山坪的人来看哑巴，觉得这哑巴倒比腊宏活着时更鲜亮了。韩冲罗粉，哑巴看磨，孩子在背上看着驴转磨咯咯咯笑。来看她的人发现她并没有发病的迹象，慢慢走近了互相说话，说话的声音由小到大。谁也不知道哑巴心里想着的事，其实她心里想的事很简单，就是想走近他们，听听他们说话。

哑巴的儿子哼叽叽地要撩她的上衣，哑巴不好意思，抱着孩子走了。边走孩子边撩，哑巴打了一下孩子的手，这一下有些重了，孩子哇的一声哭了起来。孩子的哭声挡住了外面的吵闹声音，就有一个人跟了她进了她的屋子，哑巴没有看见，也没有听见。孩子抓着她的头发一拽一拽地要吃奶，哑巴让他拽，“你的小手才有多重，你能拽妈妈多疼？”哑巴把头抬起来时看到了韩冲，韩冲端着摊好的粉浆饼子走过来放到了哑巴面前的桌子上，说：“吃吧，断不得营养，断了营养，孩子长得黄寡。”

哑巴指了一下碗，又指了一下嘴，要韩冲吃。韩冲拿着铁勺子磕了两下子鏊盖，指着哑巴说：“你过来看看怎么样摊，日子不能像腊宏过去那样，要来啥吃啥，要学着做饭。面有好几种做法，也不能说学会了摊饼子就老摊饼子。你将来嫁给谁，谁也不会要你坐吃，妇女有妇女的事情。汉们种地，妇女做饭，天经地义。”

哑巴站起来咬了一口，夹在筷子上吹了吹，又在嘴唇上试了试烫不烫，然后送到了孩子的嘴里。哑巴咬一口喂一口孩子，眼睛里的泪水就不争气地开始往下掉。韩冲把熟了的粉浆饼子铲过来捂到哑巴碗里，就看到梁上有虫子拽着丝拖下来，落在哑巴的头发上，一条两条，虫子在她乌黑的头发上一耸一耸地走。孩子抬起手从她的头上拽下一条虫子来，噗的一下捏死了它，一股黄浓的汁液涂满了孩子的指头肚，孩子呵呵笑了一下抹在了她的脸上。哑巴抹了一下自己的脸，搂紧孩子捏着嗓子哭起来。

哑巴一哭，韩冲就没骨头了，眼睛里的泪水打着转说："我把粮食给你划过一些来，你不要怕，如今这山里头缺啥也不缺粮食。我就是炸獾炸死了腊宏，我也不是故意的，我给你种地、收秋，在咱的事情没有了结之前，我还管你们。你就是想要老公家弄走我，我思谋着，也不怪你，人得学会反正想，长短是欠了你一条命啊！你怕什么，我们是通过村干部签了条子的。"哑巴摇着头像拨浪鼓，嘴居然还一张一合的，很像两个字："不要！"

岸山坪的人哑巴不认识几个，自打来到这里，她就很少出门。她来到山上第一眼看到的是韩冲，韩冲给他们房子住，给他们地种，给大粉浆饼子吃，腊宏打她韩冲进屋子里来劝，韩冲说："冲着女人抬手算什么男人！"女人活在世上就怕找不到一个好男人，韩冲这样的好男人，哑巴还没有见过。哑巴不要韩冲钱的另一层意思就是想要他管他们母子仨。

韩冲背转身出去了，哑巴站起来在门口望。门口望不到影子了，就抱了儿子出来。她这时看到了韩冲的粉房门前站了好多人，手里拿着布袋，看到韩冲走过去就一下围住了他。韩冲粉房前乱哄哄的，先进去的人扛了粉面急匆匆地出来，后边的人嚷嚷着也要挤进去。一个女人穿着小格子裤也拿着一个布袋从崖下走上来，女人走起路来一摆一摆的，布袋在手里晃着像舞台上的水袖。哑巴看清楚是甲寨上的琴花，琴花替她哭过腊宏，她应该感谢这个女人。

琴花上来了，韩冲他爹在家门口也看见了。昨天韩冲去借钱受了她的羞辱，今日里她倒舞了个布袋还好意思过来，这个不要脸的娘们。一个韩冲怎么能对付得了她？好好的三门亲事都黄了，为了啥，还不是为了她？人家一听说韩冲跟甲寨上的琴花明里暗里地好着，这女人对他还不贴心，只是哄着想花俩钱，谁还愿意跟韩冲？名声都搭进去了，韩冲还不明就里。我就这么一个儿，难道要我韩家绝了户？韩冲爹一想到这，火就起来了。他从粉房里把韩冲叫出来，问他："你欠不欠你小娘的粉面？"韩冲说："不欠。"韩冲爹说："那你就别管了，我来对付这娘们。"

琴花过来一看有这么多人等着取粉面，她才不管这些，侧着身子挤了进去。琴花看着韩冲爹说："老叔，韩冲还欠我一百五十斤玉茭的粉面，时间长了，想着不紧着吃，就没有来取。现在他出事了，来取粉面的人多了，总有个前后吧，他是去年就拿了我的玉茭的，一年了，是不是该还了？"

韩冲爹抬头看了一眼琴花就不想再抬头看第二眼了，这个女人嘴上的黑土眼跳跃得欢，欢得让韩冲爹讨厌。韩冲爹头也不抬地说："人家来拿粉面是韩冲打了条子的，有收条有欠条，你拿出来，不要说是去年的，前年的大前年的欠了你了照样还。"

琴花一听愣了，韩冲确实是拿了她一百五十斤玉茭，琴花说不要粉面了，要钱。韩冲给了琴花钱。琴花说："给了钱不算，还得给粉面。"韩冲说："发兴在矿上，你一个人在家能吃多少？有我韩冲开粉房的一天，就有你吃的一天。”琴花隔三岔五取粉面，取走的粉面在琴花心里从来不是那一百五十斤里的数，一百五十斤是永远的一百五十斤。孩子马上要订婚了，不存上些粉面到时候吃啥？说不定哪天他要真进去了，她和谁去要？

琴花说：“韩冲和我的事情说不清楚，我大他小，往常我总担待着他，一百五十斤玉茭还想到要打条子？不就是百把斤玉茭，还能说不给就不给了？老叔，你也是奔六十的人了，韩冲他现在在哪儿，叫他来，他心里清楚。他要是真有个三长两短，你说这粉面还真想要昧了我的吗？”

韩冲爹说：“我是奔六十的人了。奔六十的人，不等于没有七十八十了，我活呢，还要活呢，粉房开呢，还要开呢！”

看着他们俩的话赶得紧了，等着拿粉面的人就说：“不紧着用，老叔，缓缓再说，下好的粉面给紧着用的人拿。”说话的人从粉房里退出来，觉得自己在这个时候来拿也没有个啥，让这女人一点透似乎真有些不大合适，不就是几斗玉茭的粉面嘛。

琴花觉得自己有些丢了面子，她在东西两道梁上，甚时有人敢欺负她，给她个难看？没有！她来要这粉面，是因为她觉得韩冲欠她的，不给粉面罢了，还折丑人哩？

琴花说：“没听说还有活千年的蛤蟆万年鳖的，要是真那样，咱这圪梁上真要出妖精了。”

韩冲爹说：“现在就出妖精了还用得等！哭一回腊宏要一头猪，旁人想都不敢想，你却说得出口，你是他啥人呢？”

琴花说：“我不和你说。古话说，好人怕遇上个难缠的，你叫韩冲来，我倒要看他这粉面是给啊不给？”

韩冲爹说：“叫韩冲没用，没有条子，不给。”

琴花想，和他爹说不清楚，还不如出去找一找韩冲。

琴花用手兜了一下磨顶上放着粉面的筛子，筛子哗啦一下就掉了下来。琴花没想到那筛子会掉下来，她原本只是想吓唬一下老汉，给他个重音听听，谁知道那筛子就掉了下来。粉面白雪雪地淌了一地，琴花就台阶下坡说：“我吃不上，你也休想吃！”

韩冲爹从缸里提起搅粉浆的棍子叫了一声：“反了你了！”

琴花此时已经走到院子里，回头一看韩冲爹要打她，马上就坐在地上喊了起来：“打人啦，打人啦，儿子炸死讨吃了，老子要打妇女啦！打人啦，打人啦！岸山坪的人快来看啦，量了人家的玉茭不给粉面还要打人啦！”

韩冲爹一边往出扑一边说：“今儿我就打定你了！”

哑巴不明白发生了什么事。刚才她回家为琴花做了张粉浆饼子，端了碗站在院边上看，碗里的粉浆饼子散发出葱香味，有几丝热气缭绕得哑巴的脸蛋水灵灵的。看着他们俩吵架，哑巴兴奋了。她爱看吵架，也想吵架，管他谁是谁非，如果两个人吵架能互相对骂、互相对打才好。平日里牙齿碰嘴唇的事肯定不少，怎么说也碰不出响呀？日子跑掉了多少，又有多少次想和腊宏痛痛快快吵一架，吵过吗？没有，长着嘴却连吵架都不能。哑巴笑了笑，回头看每个人的脸，每个人看他们吵架的表情都不同，有看笑话的，有看稀罕的，有什么也不看就是想看热闹的，只有哑巴知道自己的表情是快乐的。

琴花还在韩冲的粉房门前号，看的人就是没有上前去拉她的。琴花不可能一个人站起来走，她想总有一个人要来拉她，谁来拉她，她就让谁来给她说理，给她证明韩冲该她粉面，该粉面还粉面，天经地义。可是现在没有一个人来拉，她眯着眼睛哭，瞅着周围的人，看谁来伸出一只手。她终于看到一个人过来了，这一下她就很踏实地闭上了眼睛——过来的人是哑巴。哑巴端了碗，碗里的粉浆饼子不冒热气了。哑巴走到琴花的面前坐下来，两手捧着碗递到埋着头的琴花脸前，哑巴说："吃。"

这一个字谁也没有听见，有点跑风漏气，但是，琴花听见了。

琴花吓了一跳，止住了哭。琴花抬起头来看周围的人，看谁还发现哑巴会说话了。周围的人看着琴花，不知道这个女人为什么突然噤了声！

琴花木然地接过哑巴手里的碗，碗里的粉浆饼子在阳光下透着亮，葱花绿绿的，饼子白白的，琴花的眼睛逐渐瞪大了，像是什么烫了她的手一下，她叫了一声"妈呀"，端碗的手很决绝地撒开了。地上有几只闲散的走动觅食的鸡，吓得扑棱了几下翅膀跑开了，扭头看了看发现了地上的粉浆饼子，又很小心地走过来，快速叼到了嘴里，展开翅膀跑了。琴花站起身，看着哑巴，哑巴咧开嘴笑，用手比画着要琴花到她的屋里去。琴花又抬起头看周围的人群，人们发现这琴花就是不怎么样，连哑巴都懂得情分，可她琴花却不领情，连哑巴的碗都摔了。

琴花弯下腰捡起自己的面口袋想，是不是自己听错了？却觉得自己没有听错，她突然有点害怕了，一溜小跑下了山。岸山坪的人想，这个女人从来不见怕过什么，今儿个怕了，怕的还是一个哑巴。真的没明白。看着琴花那屁股上的土灰，随着摆动的屁股蛋子，一荡一荡地在阳光下泛着土黄色的亮光，弯弯绕绕地去了。

五

炕上的孩子翻了一下身蹬开了盖着的被子，哑巴伸手给孩子盖好。就听得大从外面蹦蹦跳跳地进来了。大说：“我有名了，韩冲叔起的，叫小书。他还说要我念书，说人要是不念书，就没有出息，就一辈子被人打，和娘一样。”哑巴抬起头望了望窗外，黝黑的天光吊挂下来，她看到大手里拿着一包蜡烛，她知道是韩冲给的。

哑巴用麻秆点燃了蜡烛，找来一个空酒瓶子，把蜡烛套进去，有些松。她想找一张纸，大给她拿过来一张纸，她卷蜡烛往里塞时，发现那张纸是王胖孩给她打的条子，上面有她的签字。她抬起手打了大一下，大扯开嗓子哭，把炕上的孩子也吓醒了。哑巴不管，把卷在蜡烛上的纸小心剥下来，又找了一张纸卷好蜡烛塞进酒瓶里，放到炕头上。拿起那张条子看了半天抚展了，走到破旧的木板箱前，打开，找出一个几年前的红色塑料皮笔记本，很慎重地夹进去。哑巴就指望这条子要韩冲养活她娘母仨呢，哑巴什么也不要！哑巴反过来摸了大的头一下，抱起了炕上的孩子。这时候就听得院子里走进来一个人，是韩冲。韩冲用篮子提着秋天的玉茭棒子放到屋子里的地上，说：“地里的嫩玉茭煮熟了好吃，给孩子们解个心焦。”

韩冲说完从怀里又掏出半张纸的蚕种放到哑巴的炕上，说：“这是蚕种，等出了蚕，你就到埋腊宏的地垄上把桑叶摘下来，用剪刀剪成细丝喂。”

蚕种是韩冲给琴花订下的。琴花说：“韩冲，给我定半张秋蚕，听说蚕茧贵了，我心里痒，发兴不在家，你给我订了吧。”韩冲因为和琴花有那码子事情，韩冲就不敢说不订。琴花就是想讨韩冲的便宜，人说讨小便宜吃大亏，琴花不管，讨一个算一个，哪一天韩冲讨了媳妇了，一个子儿也讨不上了，韩冲你还能想到我琴花？现在秋蚕下来了，韩冲想，给你琴花订的秋蚕，你琴花是怎么对我的？还不如哑巴，我炸了腊宏，哑巴都不要赔偿，你琴花心眼小到想要我猪啦、粉面啦，猪见了我，猪都知道哼两哼，你琴花见了我咋就说翻脸就翻脸了呢？

韩冲说：“一半天蚕就出来了，你没有见过，半张蚕能养一屋子，到时候还得搭架子，蚕见不得一点脏东西。哑巴，你爱干净，蚕更爱干净，好生伺候着这小东西。”

哑巴想，我哪里还知道什么叫干净呀，我这日子叫爱干净吗？

夜暗下来了，把两个孩子打发睡下，哑巴开始洗刷自己。木盆里的水汽冒上来，哑巴脱干净坐了进去，坐进木盆里的哑巴像个仙女。标标致致的哑巴躬身往自己的身上撩水，蜡烛的光晕在哑巴身体上放出柔晖。哑巴透过窗玻璃看屋外的星星，风踩着星星的肩膀吹下来，天空中白色的月亮照射在玻璃上，和蜡烛融在一起，哑巴就想起了童年的歌谣：

天上落雨又打雷

一日望郎多少回

山山岭岭望成路

路边石头望成灰

蜡烛的灯捻哔剥爆响，哑巴洗净穿好衣服，找出来一把剪刀剪掉了蜡烛捻上的岔头，灯捻不响了。摇曳的灯光黄黄的铺满了屋子，倒出去木盆里的脏水，看到户外夜色深浓，月亮像一弯眉毛挂在中天上，半明半暗的光影加上阒寂的氛围，让哑巴有点嗒然，潜沉于被时间流走的世界里，哑巴就打了个战，觉得腊宏是死了，又觉得腊宏还活着，惊惊地四下里看了一遍，她的思维在清明和混沌中半醒半梦着。走回来脱了衣裳，重新看自己的皮肤，发现乌青的色淡了，有的地方白起来，在灯光下还泛着亮，就觉得过去的日子是真的过去了。哑巴心头亮了一下，有一种新鲜的震惊，像一枚石头蛋子落入了一潭久沤的水池子，泛了一点水纹，水纹不大，却也总算击破了一点平静。

现在的季节是秋天，刚入秋，天到晚上有点凉，白天还是闷热的。摸索着从窗台上找到一块手掌大的镜子，举起来看，看不清楚，镜子上全部是灰。下地找了块湿布子抹了两下，越发看不清楚了。一着急就用自己的衣裳抹，抹到举起来看能看到眉眼了，走过去举到灯影下仰了看。慢慢地举了镜子往上提，看到了自己的脸，好久了不知道自己长了个啥样，好久了自己长了个啥样并不重要，重要的是挨了上顿打，想着下顿打，眼睛盯着个地方就不敢到处看，哪还敢看镜子呀。

突然听得对面的甲寨上有人筛了铜锣喊山，边敲边喊："呜叱叱吆——呜吆吆吆——”

山脊上的人家因为山中有兽，秋天的时候要下山来糟蹋粮食兼或糟蹋牲畜，古时传下来一个喊山。喊山，一来吓唬山中野兽，二来静夜里给游门的人壮胆气。当然了，现在山上的兽已经很少了，他们喊山是在吓唬獾，防备獾趁了夜色的掩护偷吃玉茭。

哑巴听着就也想喊了。拿了一双筷子敲着锅沿，迎着对面的锣声敲，像唱戏的倚着架子敲鼓板，有板有眼的，却敲得心情慢慢就真的骚动起来了，有些不大过瘾。她起身穿好衣服，觉得自己真该狂喊了，冲着那重重叠叠的大山喊！找了半天找不到能敲响的家什，找出一个新洋瓷脸盆。这个脸盆是从四川挑过来的，一直不舍得用。脸盆的底上画着红鲤鱼戏水，两条鱼在脸盆底上快活地等待着水。哑巴就给它们倒进了水，灯晕下水里的红鲤鱼扭着腰身开始晃，哑巴弯下腰手伸进去搅啊搅，搅够了掬起一捧来抹了一把脸，把水泼到了门外。哑巴找来一根棍，想了想觉得棍敲出来的声音闷，提了火台边上的铁疙瘩火棍出了门。

山间的小路上走着想喊山的哑巴，滚在路面上的石头蛋子偶尔磕她的脚一下；偶尔，会有一个地老鼠从草丛中窜过去；偶尔，恓惶中的疲惫与挣扎，让哑巴想惬意一下，哑巴仰着脸笑了。天上的星星眨巴了一下眼睛，天上的一钩弯月穿过了一片云彩，天上的风落下来撩了一下她的头发，这么着哑巴就站在了山圪梁上了。对面的铜锣还在敲，哑巴举起了脸盆，举起了火棍，张开了嘴，她敲响了：

当！

新脸盆上的瓷裂了，哑巴的嘴张着却没有喊出来。当！裂了的碎瓷被火棍敲得溅起来，溅到了哑巴的脸上，哑巴嘴里发出了一个字：“啊!”接着是一连串的当当当——“啊啊啊——”从山圪梁上送出去。哑巴在喊叫中竭力记忆着她的失语，没有一个人清楚她的伤感是抵达心脏的。她的喊叫撕裂了浓黑的夜空，月亮失措地走着、颠着，跌落到云团里，她的喊叫爬上太行大峡谷的山脊，使山上的植被毛骨悚然起来。直到脸盆被敲出了一个洞，敲出洞的脸盆喑哑下来，一切才喑哑下来。

哑巴往回走，一段一段地走，回到屋子里把门关上，哑巴才安静了下来。哑巴知道了什么叫轻松，轻松是幸福，幸福来自内心快乐的芽头正顶着哑巴的心尖尖。

六

韩冲赶了驴帮哑巴收秋地里的粮食。驴脊上搭了麻绳和布袋，韩冲穿了一件红色球衣牵了驴往岸山坪的后山走。这一块地是韩冲不种了送给腊宏的，地在庄后的孔雀尾上，腊宏在地里种了谷。齐腰深的黄绿中韩冲一纵一隐地挥舞着镰刀，远远看去风骚得很。看韩冲的也没有别的人，一个是哑巴，一个是对面甲寨上的琴花。琴花自打那天听了哑巴说话，回来几天都没有张嘴。琴花想，哑巴到底是不是哑巴？不是哑巴她为啥不说话？琴花和发兴说。发兴说：“你不说没有人说你是哑巴，哑巴要是会说话，她就不叫哑巴了。人最怕说自己的短处，有短处由着人喊，要么她就是个傻子，要么就像我一样，由了人睡我自己的老婆，我还不敢吭个声。”

琴花从床上坐起来一下搂了发兴的被子，说："说得好听，谁睡我了？我还不是为了这个家，你少啥了？倒有你张嘴的份了！你下，你下！"琴花的小短腿小胖脚三脚两脚就把发兴蹬下了床。发兴光着身子坐在地上说："我在这家里连个带软刺的话都不敢说，旁人还知道我是你琴花的汉们，你倒不知道心疼，我多会管你了？啥时候不是你说啥就是啥，我就是放个屁，屁眼都只敢裂开个小缝，眼睛看着还怕吓了你。你要是心里还认我是你男人你就拽我起来，现在没有别人，就咱俩，我给你胳臂你拽我？"

琴花伸出脚踢了发兴的胳臂一下，发兴赶紧站了起来往床上爬，琴花反倒赌气搂了被子下了床到地上的沙发上去睡。琴花憋屈得慌就想见韩冲，想和韩冲说哑巴的事情。

琴花有琴花的性格，不记仇。琴花找韩冲说话，一来是想告诉他哑巴会说话，她装着不说话，说不定心里怄着事情呢，要韩冲防着点；二来是秋蚕下来了，该领的都领了，怎么就不见给她订的那半张？站在崖头上看韩冲粉房一趟、哑巴家一趟，就是不见韩冲下山。现在好不容易看到韩冲牵了驴往后山走，就盯了看他，看他走进了谷地，想他一时半会也割不完，进了院子挎了个篮子，从甲寨上绕着山脊往对面的凤凰尾上走。

韩冲割了五个谷捆子了，坐下来点了根烟看着五个谷捆子抽了一口。韩冲看谷捆子的时候眼睛里其实根本就看不见谷捆子，看见的是腊宏。腊宏手里的斧子、黄寡样、哑巴、大和他们的小儿子。这些很明确的影像转化成了一沓两沓子钱。韩冲想不清楚自己该到哪里去借。村干部王胖孩说："收了秋，铁板上钉钉。"韩冲盘算着爹的送老衣和棺材也搭进去了，给不了人家两万，还不给一万？哑巴夜里的喊山和狼一样，一声声叫坐在韩冲心间，韩冲心里就想着两个字：亏欠。哑巴不哭还笑，她不是不想哭，是憋得没有缝，昨天夜里她就喊了，就哭了。她真是不会说话，要是会，她就不喊“啊啊啊”，喊啥？喊琴花那句话：“炸獾咋不炸了你韩冲！”咱欠人家的，这个“欠”字不是简单的一个欠，是一条命，一辈子还不清，还一辈子也造不出一个腊宏来。韩冲狠狠掐灭烟头站起来开始准备割谷子。站起来的韩冲听到身后有沙沙声传过来，这山上的动物都绝种了，还有人会来给我韩冲帮忙？韩冲挽了挽袖管，不管那些个，往手心里吐了一口唾沫弯下腰开始割谷子。

韩冲割得正欢，琴花坐下来看，风送过来韩冲身上的汗臭味。琴花说：“韩冲，真是个好劳力啊。”韩冲吓了一跳抬起身看地垄上坐着的琴花。琴花说：“隔了天就认不得我了？”韩冲弯下腰继续割谷子，倒伏在两边的谷子上有蚂蚱蹿起蹿落。琴花揪了几把身边长着的猪草不看韩冲，看着身边五个谷捆子说：“哑巴她不是哑巴，她会说话。”韩冲又吓了一跳，一镰没有割透，用了劲拽，拽得猛了一屁股闪在了地上。韩冲问：“谁说的？”琴花说：“我说的。”韩冲抬起屁股来不割谷子了，开始往驴脊上放谷捆。韩冲说：“你怎么知道的？”琴花说：“你给我订的半张蚕种呢？你给了我，我就告诉你。”韩冲说：“胡日鬼我，你不要再扯淡！咱俩现在是两不欠了。”

韩冲捆好谷子，牵了驴往岸山坪走。琴花坐下来等韩冲，五个谷捆子在驴脊上耸得和小山一样，琴花看不见韩冲，看见的是谷捆子和驴屁股。琴花看到地里掉下的谷穗子，捡起来丢进了篮子里；想了想站起来走到韩冲割下的谷穗前，用手折下一些谷穗来放进篮子里；篮子满了，看上去不好看，四下里拔了些猪草盖上。琴花想，谷穗够自己的六只母鸡吃几天，现在的土鸡蛋比洋鸡蛋值钱，自己两个儿，比不得一儿一女的，两个儿子一说媳妇，不是个小数目，得一分一厘省。

韩冲牵了驴来到哑巴的院子里，哑巴看着韩冲进来了，赶快从屋子里端出了一碗水，递上来一块湿手巾。韩冲抹了一把脸接过碗来放到窗台上，往下卸驴脊上的谷捆。这么着韩冲就想起了琴花说的话：哑巴会说话。韩冲想试一试哑巴到底会不会说话。韩冲说："我还得去割谷穗，你到院子里用剪刀把谷穗剪下来，你会不会剪？"半天身后没有动静。韩冲扭头看，哑巴拿着剪刀比画着要韩冲看是不是这样剪。韩冲说："你穿的这件月白方格秋衣真好看，是从哪里买来的？"哑巴不好意思地低下头，抬起头来时看到韩冲还看着她，脸蛋上就挂上了红晕，低着头进了屋子里半天不见出来。韩冲喝了窗台上的水，牵了驴往凤凰尾上走。韩冲胡乱想着，满脑子就一个人，嘴里小声叫着："哑巴——红霞。"就听得对面有人问："看上哑巴啦？"

一下子坏了韩冲的心情。韩冲说："你咋没走？"琴花说："等你给我蚕种。"韩冲说："你要不害怕丢人败兴，我在这凤凰尾上压你一回，对着驴压你。你敢让我压你，我就敢把猪都给你琴花赶到甲寨上去，管她哑巴不哑巴，半张蚕种又算个啥？"

琴花一下子脸就红了，弯腰提起放猪草的篮子，狠狠看了韩冲一眼，扭身走了。

韩冲一走，哑巴盘腿裸脚坐在地上剪谷穗，谷穗一嘟噜一嘟噜脱落在她的腿上、脚上，哑巴笑着，孩子坐在谷穗上也笑着。哑巴不时用手刮孩子的鼻子一下，她想让孩子叫她妈。首先哑巴得喊“妈”，哑巴张了嘴喊时，怎么也喊不出来这个“妈”。

哑巴小的时候，因为家里孩子多，上到五年级，她就辍学了。她记得故乡是在山腰上，村头上有家糕团店，她背着弟弟常常到糕团店的门口看。糕团子刚出蒸笼时的热气罩着掀笼盖的女人，蒸笼里的糕团子因刚出笼，正冒着泡泡，小小的，圆圆的，尖尖的。泡泡从糕团子中间噗地放出来，慢吞吞地鼓圆，正欲朝上满溢时，掀笼盖的女人用竹铲子拍了两下，糕团子一个一个就收紧了，等了人来买。弟弟伸出小手说要吃，她往下咽了一口唾沫，店铺里的女人就用竹铲子铲过一块来给她。糕团子放在她的手掌心，金黄透亮的糕团子被弟弟一把抓进了嘴里，烫得他哇哇喊叫，她舔着手掌心甜甜的香味看着卖糕团子的女人笑。女人说：“想不想吃糕团子？”她点了一下头。女人说：“想吃糕团子，就送弟弟回去，自己过来，我管保你吃个够。”她真的就送回了弟弟，背着娘跑到了桥头上。

桥头上停着一辆红色的小面包车，女人笑着说：“想不想上去看一看？”她点了一下头。女人拿了糕团子递给她，领她上了面包车。面包车上已经坐了三个男人。女人说：“想不想让车开起来，你坐坐？”她点了一下头。车开起来了，疯一样开，她高兴地笑了。当发现车开下山，开出沟，还继续往前开时，她脸上的笑凝住了，害怕了，她哭，她喊叫。

她被卖到了一个她到现在也不清楚的大山里。月亮升起来时一个男人领着她走进了一座房子里，门上挂着布门帘，门槛很高，一只脚迈进去就像陷进了坑里。一进门，眼前黑乎乎的，拉亮了灯，红霞看着电灯泡，想尽快叫那少有的光线将她带进透亮和舒畅之中，但是，不能。她看到幽暗的墙壁上有她和那个男人拉长又缩短的影子。她寻找窗户，想逃跑，她被那个男人推着倒退，退到一个低洼处，才看到几件家具从幽暗处突现出来。这时，火炉上的水壶响了，她被吓了一跳，同时看到了那个男人把幽暗都推到两边去的微笑，那个男人的眼睛抽在一起看着她笑。她哆嗦地抱着双肘缩在墙角，那个男人拽过了她，她不从，那个男人就开始动手打她——红霞后来才知道腊宏的老婆死了，留下来一个女孩——大。大生下来半年了，小脑袋不及男人的拳头大，红霞看着大想起了自己的弟弟。在这个被禁锢了的屋子里她百般呵护着大，大是她最温暖的落脚地，大唤醒了她的母性。红霞知道了人是不能按自己的想象来活的，命运把你拽成个啥就只能是个啥。她一脚踏进这座老房子，就出不来了，成了比自己大二十岁的腊宏的老婆。

一个秋天的晚上，她晃悠悠地出来上厕所，看到北屋的窗户亮着，北屋里住着腊宏妈和腊宏的两个弟弟。北屋里传出来哭声，是腊宏妈的哭声，她看不见里面，听得见有说话声音传出来。

腊宏妈说：“你不要打她了，一个媳妇已经被你打死了，也就是咱这地方女娃不值钱。她给咱看着大，再养下一个儿子来，日子不能过坏了。下边还有两个弟弟，你要还打她，就把她让给你大弟弟算了，娘求你，娘跪下来磕头求你。”果真就听见跪下来的声音。

红霞害怕了，哆嗦着往屋子里返，慌乱中碰翻了什么，北屋的房门就开了，腊宏走出来一下揪住了她的头发拖进了屋子里。

腊宏说：“龟儿子，你听见什么了?”

红霞说：“听见你娘说你打死人了，打死了大的娘。”

腊宏说：“你再说一遍!”

红霞说：“你打死人了，你打死人了!”

腊宏转身想找一件手里要拿的家伙，却什么也没有找到，看到柜子上放着一把老虎钳，顺手够了过来扳倒红霞，用手捏开她的嘴揪下了两颗牙。红霞杀猪似的叫着，腊宏说：“你还敢叫?我问你听见什么了?”红霞满嘴里吐着血沫子说不出话来。

还没等牙床的肿消下去，腊宏又犯事了。日子穷，他合伙和人用洛阳铲盗墓，因为抢一件瓷瓶子，他用洛阳铲铲了人家。怕人逮他，他连夜收拾家当带着红霞跑了。卖了瓷瓶子得了钱，他开始领着他们打一枪换一个地方。腊宏说：“你要敢说一个字，我要你满口不见白牙。”

从此，她就寡言少语，日子一长，索性便再也不说话了。

哑巴听到院子外面有驴鼻子的响声，知道是韩冲割谷穗回来了。她站起身把睡熟了的孩子放回炕上，返出来帮韩冲往下卸谷捆。韩冲说：“我裤口袋里有一把桑树叶子，你掏出来剪细了喂蚕。”哑巴才想起那半张蚕种怕孩子乱动，放进了筛子里没顾上看。她掏出叶子返进屋子里端了筛子出来，把剪碎的桑叶撒到上面，看到密密的蚕子，心里就又产生了一种难以割舍的心痒。游走在外，什么时候才觉得自己是活在地上的一个人呢？现在才觉得自己是活在地上的一个人！心里深处汩汩奔着一股热流，与天地相倾、相诉、相容，她想起小时候娘说过的话：天不知道哪块云彩下雨，人不知道走到哪里才能落脚，地不知道哪一季会甜活人呀，人不知道遇了什么事情才能懂得热爱。

哑巴看着韩冲心里有了热爱他的感觉。

七

蚕脱了黑，变成棕黄，变成青白，蚕吃桑叶的声音——沙沙、沙沙，像下雨一样，席子上是一层排泄物，像是黑的雪。

日子因蚕的变化而变化。眼看着肉乎乎蠕动的蚕真的发展起来，就不是筛子能放得下了。韩冲拿来了苇席，搭了架子，韩冲有时候会拿起一只身子翻转过来的蚕吓唬哑巴，哑巴看着无数条乱动的腿，心里就麻爪而慌乱，绕着苇席轻巧快乐地跑，笑出来的那个豁着牙的咯咯声一点都不像一个哑巴。韩冲就想起琴花说过的话："哑巴她不是哑巴。"哑巴要不是哑巴多好，可是她现在却不会说话，不是哑巴她是啥？

韩冲端了一锅粉浆送给哑巴。送到哑巴屋子里，哑巴正好露了个奶要孩子吃。孩子吃着一个，用手拽着一个，看到韩冲进来了，斜着眼睛看，不肯丢掉奶头，那奶头就拽了多长。哑巴看着韩冲看自己的奶头不好意思地背了一下身子。韩冲想，我小时候吃奶也是这个样子。韩冲告诉哑巴："大不能叫大，一个女娃家要有个好听的名字，不能像我们这一代的名字一样土气。我琢磨着要起个好听的名字，就和庄上的小学老师商量了一下，想了个名字叫小书，你看这个名字咋样？那天我也和大说了，要她到小学念书，小孩子家不能不念书。我爹也说了，饿了能当讨吃，没文化了，算是你哭爹叫娘讨不来知识。呵呵，我就是小时候不想念书，看见字稠的书就想起了夏天一团一蛋的蚊子。”

韩冲说：“给你的钱，我尽快给你凑够，凑不够也给你凑个半数。不要怕，我说话算数。你以后也要出去和人说说话，哦，我忘了你是不会说话的。琴花说你会说话，其实你不会说话。”

哑巴就想告诉韩冲她会说话，她不要赔偿，她就想保存着那个条子，就想要你韩冲。韩冲已经走出了门，看到凌乱的谷草堆了满院，找了耙子来回搂了几下说：“谷草要收拾好了，等几天蚕上架织茧时还要用。”

说完出了大门，韩冲看到大趴在村中央的碾盘上和一个叫涛的孩子下“鸡毛算批”。这种游戏是在石头上画一个十字，像红十字会的会标，一个人四个子，各摆在自己的长方形横竖线交叉点上。先走的人拿起子，嘴里叫着鸡毛算批，那个“批”字正好压在对方的子上，对方的子就批掉了。鸡毛算批完一局，大说：“给！”涛说：“再来，不来不给。”大说：“给！”涛说：“没有，你不下了，不下了就不给。”大说：“给！”涛学着大把眼睛珠子抽在一起说：“给！”说完一溜烟跑了。韩冲走过去问大：“他欠你什么了？我去给你要。”大翻了一眼韩冲说：“野毛桃。”韩冲说：“不要了，想要我去给你摘。”大一下哭了起来说：“你去摘！”韩冲想，我管着你娘母仨的吃喝拉撒，你没有爹了我就是你的临时爹，难道我不应该去摘？韩冲返回粉房揪了个提兜溜达着走进了庄后的一片野桃树林。野桃树上啥也没有，树枝被害得躺了满地。韩冲往回走的路上，脑子里突然就有一棵野毛桃树闪了一下，韩冲不走了，侧了身往后山走。拽了荆条溜下去，溜到下套子的地方，用脚来回量了一下，发现正前方正好是那棵野毛桃树。韩冲坐下来抽了一根烟，明白了腊宏到这深沟里干啥来了。

腊宏来给他闺女摘野毛桃来了。韩冲想，是咱把人家对闺女的疼断送了，咱还想着要山下的人上来收拾走他们娘母仨。韩冲照脸给了自己一巴掌，两万块钱赔得起吗？搭上自己一生都不多！韩冲抽了有半包烟，最后想出了一个结果：拼我一生的努力来养你母子仨！就有些兴奋，就想现在就见到哑巴和她说，他不仅要赔偿她两万，甚至十万、二十万，他要她活得比任何女人都快活。

天快黑的时候，从山下上来了几个警察，他们直奔韩冲的粉房。韩冲正忙着，抬头看了一眼，从对方眼睛里觉出不对。韩冲下意识地就抬起了腿，两个警察像鹰一样地扑过来掀倒了他，他听到自己胳臂的关节咔吧吧响，然后就倒栽葱一样被提了起来。一个警察很利索地抽了他的裤带，韩冲一只手抓了要掉的裤子，一只手就已经被戴上了手铐。完了完了，一切都他妈的完蛋了。

审问在韩冲的院子里，韩冲的两只手被铐在苹果树上，裤子一下子就要掉下来，警察提起来要他肚皮和树挨紧了，韩冲就挨紧了，不挨紧也不行，裤子要往下掉。一个男人要是掉了裤子，这一辈子很可能和媳妇无缘了。苹果树旁还拴了磨粉的驴，驴扭头看着韩冲，驴不知道因为什么主人会和自己拴在一起。驴嘴里嚼着地上的草，嘴片不时还打着很有些意味的响声。

警察问了：“你叫腊宏?”

韩冲说：“我叫韩冲，不叫腊宏。我炸獾炸死了腊宏。”

警察说：“这么说真有个叫腊宏的？他是从四川过来的?”

韩冲说：“是四川过来的。”

警察说：“你只要说是，或者不是。你炸獾炸死了人?”

韩冲说：“是。”

警察说：“为什么不报案?”

韩冲看着警察说：“是或者不是，我该怎么说?”

警察说：“如实说。”

韩冲说：“獾害粮食，我才下套子炸獾。炸獾和网兔不一样，獾有些分量，不下炸药不行，我下到了深沟里。那天我听到沟里有响声泛上来，以为炸了獾，下去才知道炸了人，把他背上来他就死了。人死了就想着埋，埋了人就想着活人，没想那么多。况且说了，山里的事情大事小事没有一件见官的，都是私了。”

警察说：“这是刑事案件，懂不懂？要是当初报了案，现在也许已经结了案；就因为你没报案，我们得把你带走。你这愚蠢的家伙!”

韩冲傻瞪了眼睛看，看到岸山坪的几位长辈和警察在理论。

韩冲斜眼看到岸山坪的人围了一圈，看到他爹拄了拐棍走过来，韩冲爹看到韩冲，脸上霎时就挂下了泪水。韩冲一看到他爹哭，他也哭了，泪水掉在溅满粉浆的衣裳上。韩冲说：“爹，我对不住你，用你的棺材埋了人，用你的送老衣送了葬，临了，还要让老公家带走。

我对你尽不了孝了，爹呀，你就当没有我这个儿子算了。”

韩冲爹用拐杖敲着地说：“我养了你三十年，看着你长了三十年，你娘死了十年，我眼看着养着个儿，说没养就没养，说没长就没长了？你个畜生东西！”

韩冲看到王胖孩大步走小步跑地迎过来，边走边大声问：“哪个是刑警队长同志，哪个是？”

王胖孩看到韩冲旁边站着的警察，赶快走过来一人递了一根烟，哈了哈腰说：“屋里说，屋里说。”一干人就进了韩冲的粉房。

韩冲搂着苹果树，看身边的驴，耳朵却听着屋子里。屋门口围了好多大人小孩，屋外的警察走过来把他们驱散开。韩冲不敢扭头看，怕一下子扭不对了裤子会掉下来。就听得屋子里的人说：“我们是来抓腊宏的，你把腊宏的具体情况说一下。”村干部说：“这个腊宏我不大清楚，毕竟他不是我的村民，我给你们找一个人进来说。”村干部王胖孩走出来，踮着脚瞅了一圈岸山坪的人，指着韩冲爹很是神秘地说：“你，过来。”韩冲爹就走了过来。王胖孩小声说：“不是抓韩冲，误会了，是抓腊宏。逃亡在外的大杀人犯，炸死了，韩冲说不定还要立功。你进去反映一下腊宏的情况，如实的基础上不妨带点色。”重重拍了拍韩冲爹的脊背。

两人走了进去，接下来的话就有些听不大清楚了。隔了一会又听得有话传出来：“真要是说上边查下来，你这个代表一级政府的村干部也得玩完。”“是是是！”外面的人吵得乱哄哄的，有说腊宏是在逃犯，有说韩冲炸他炸对了，就把屋里的说话声压了下去。听不见说话声，韩冲就看驴，驴也看他，相看两不厌。

韩冲想，驴就是安分，人就不如驴安分，驴每天就想着转磨道，太阳落了太阳升，太阳拖着时间从窗户上扔进来，驴傻傻地转着磨道想太阳闪过磨眼了，落下磨盘了，驴蹄踩着太阳了，摘了捂眼就能到苹果树下吃料了，青草儿青，青草儿嫩啊。驴也想韩冲，别看他平日里吁唬我，现在和我一样拴在树上了，我的四个蹄子还可以动一动，他连动都不敢动，他一动旁边的那个人就用他的裤带抽他。哈哈，人和驴就是不一样，驴不整治驴，人却整治人，以前你韩冲吁唬我，可算是有人要吁唬你了，替我出了恶气。驴这么想着就想叫，就想喊了。

哥哦哥，哥哦哥，哥哦哥——

驴不管不顾不看眼色地喊叫，带动着万山回应，此起彼伏，把人的说话声压了下去，良久方歇。

不大一会，粉房里的人都出来了。警察递给村干部韩冲的裤带，村干部王胖孩走过去给韩冲塞到裤襻里，紧了裤，韩冲才离开了紧靠着的苹果树。一个警察过来打开了韩冲的手铐，并没有放韩冲，而是让他从树上脱下手来，又铐上了，要韩冲走。韩冲知道自己是非走不行了。走到爹面前停下来，腿不由自主地跪了下来，安顿了几句粉房的事情，最后说："哑巴的蚕眼看要上架了，上不去的要人帮助往上捡，她一个妇女家，平常清理蚕屎都害怕，爹，就代替我帮她一把。咱不管他腊宏是个啥东西，咱炸了人家了，咱就有过。"

韩冲爹说："和爹一样，嘴硬骨头软，一辈子脖子根上就缺个东西。啥东西？硬骨头。"

韩冲抬了脚要下岸山坪的第一个石板圪台的时候，身后传来一声喊：“不要！”

岸山坪的人齐刷刷地把小脑袋瓜扭了过来，看到哑巴抱着孩子、牵着小书往人跟前跑。

警察不管那个女人是谁，只管带了人走。韩冲任由推着，脑海里就想着一句琴花的话：哑巴她会说话！哑巴她真会说话！

八

哑巴手里拿着那张条子，走过去拽住村干部王胖孩。

哑巴比画着的意思是：你打了条子的，怎么说把人带走就带走了，要你这村干部做啥？

王胖孩说：“说，说！你明明会说话，要我拐着弯子办事。你要是早说话，咱还用打条子？”

哑巴半天憋得脸通红了才憋出一个字：“不。”

王胖孩说：“那你现在是哪里在发声？”

哑巴哭了，低着头看着自己的脚尖尖。十年了，失语十年了，很难面对一张嘴巴迎出一句话来，她的话被切断了。十年来，过的日子可以用两个词来概括：疼痛和绝望。韩冲爹走过去拉了小书的手和王胖孩说：“要她跟着个杀人犯逃命，还要说话？绝了话好！”

外面传说哑巴会说话，但哑巴还是不说话。

韩冲爹找来村上的一个人要他来看一天粉房，他想进城里去看看韩冲。

韩冲爹说：“你只用把火看好，不要让火灭了，火好粉才好干透，下来的粉面才不怕老浆臭，老浆臭的粉面不出货，还不够筋道，谁也不想要。午后喂一次猪，七八头猪要吃三桶粉渣。你做好这两项就好了，我搭黑就会回来。”

韩冲爹第二天就进了城里。在看守所里见到了韩冲，知道还在调查中。韩冲的雷管从哪里来的？琴花给的。琴花的雷管从哪里来的？发兴从矿上取回来的。发兴从矿上哪里拿的？从他的保管儿子的仓库里找的。这样下来一件事情就拉长了战线。现如今才调查到了矿上，发兴的儿也被看守起来了。

韩冲问他爹粉房的事情，他爹说：“好好，都好。那哑巴是真会说话。”

韩冲说：“会说话就好。”

韩冲爹瞅了韩冲一眼没吭声。

韩冲觉得有一句话憋在嘴里想说，却又不知道该怎么说，就说了：“回去安顿哑巴，就说我要她说话！”

韩冲爹啥话也没说，点了一下头扭身走了。

回到岸山坪，看到家户都黑了灯，唯有粉房亮着灯，村人正把火上烤的粉往下卸，一块一块地打碎。村人的身影映在墙上像个小山包。一伸一缩的，在黑黝黝的山梁上看着这么点光亮，这么点晃动的影子，心里酸酸的，那个人就是我啊，我在替我儿子还债哩。

韩冲爹掏出两盒烟走进门放到磨顶上，说：“小老弟，舀一锅浆拿两包烟，我搭黑了，你也辛苦了。”村人说：“谁家里不遇个难事，说啥客气话嘛！”

韩冲爹觉得门外有个东西晃，反身走出去，看到是哑巴。韩冲爹看着哑巴半天说了一句："韩冲要你说话。"

月光下，哑巴的嘴唇翕动着，她感到了一种前所未有的东西撞击着她的喉管，她做了一个噩梦，突然被一个人叫醒了，那种生死两茫茫的无情的隔离随即就相通了。

秋天的尾声是悄无声息的。蚕全部上了架，蚕在谷草上织茧，哑巴看蚕吐丝看累了想到外面走走。因为长年闭门在家，很少到山间野地晃荡，深秋是个什么样子她还真是不怎么知道。山头上的阳光由赤红褪成了淡黄。哑巴抱了孩子站在崖头上望，看到所有在地里劳作的农民脸上挂了喜悦的色彩。哑巴想，在地里劳动真好啊。四处看去，但见天穹明净高远，少许白云似有若无，望过去显得开阔而清爽。之后，山风涌动，凉意渐生。她在粉房里看着驴磨着泡软的玉茭从磨眼里碎成浆落下来，就是看不到韩冲。看到岸山坪的人们一挑一挑地往家挑粮食，就是没有韩冲。哑巴的心里颤颤地有说不出来的东西哽在喉头。哑巴回头教孩子说话。

哑巴说："爷爷。"

孩子说："爷爷。"

秋雨开始下了，绵绵密密地下个不停，泥脚、墙根、屋子里淤满霉味和潮气。天晴的时候，屋外有阳光照进来，哑巴不叫哑巴了叫红霞。红霞看到屋子外的阳光是金色的。

空山·草马

一

进山的路只有一条。早些年铺了水泥路，也只几年光景，水泥路就爆皮了，它缠绕着悬挂在半天云里。顺着山路爬上去，一个窄窄的山口拐弯处，看见了村庄。村庄四面环山，原始老林把肥沃的腐质土经年累月地积向村庄，村庄四周的土地就呈现出了黑色，花儿和草都长得格外肥硕。早些年村庄拥着乡下人真实的笑脸，几乎村庄里的人都牵扯着亲戚关系，走哪儿都是吆五喝六的。不知什么时候村庄里的人就走失了，留下的一些石头房已经少了屋顶，少了屋顶的房子等于是张口要喊魂了。没有人能够听得懂它喊什么，它的声音遭逢着时日磨洗，已经浑然不清。村庄因为黑色土质，叫了黑山背。

黑山背还住着一户人家。进山的路停滞在此，可看到石头垒墙的屋，石板铺地的院，一个黑衣黑裤的老人坐在院边的条石上，手里端着搪瓷茶缸，茶缸上模糊着一行红字“为人民服务”。一双黑皮粗糙的手捧着茶缸，水汽缭绕着他的鼻尖，一双浑浊的眼睛眯着，不时抬头望一眼进村的路。一条黑狗感觉到了什么，突然出溜蹿上了对面屋顶，狂吠着，有一股狠气在吠声中弥漫。

常年雨水零落，进村的路杂草茂密地滋生，细细的路藏在此中。有什么晃动了一下，似乎停下了脚步也望着这边，有几分不舍和无奈。老人的耳朵已经聋了，浑浊的眼睛可望远，但也望不见远处的进村路。黑狗嘴里一呼一呼地，耳朵随着呼出的气息一激灵一激灵地扇动，脑袋越发昂扬起来，随时准备射出自己的身子。在老人看来黑狗从事着既神秘又缺乏意义的工作，它根本就不知道它的来自与去往之间的因缘。

老人叫郭腊替。

家中还有一条黑白相间的花狗，是黑狗的娘，郭腊替叫它花妞。只见它懒散地走出屋，张目望着狗儿子叫声响起的地方，然后淡然卧在院子里，脑袋贴地。似乎依然不怎么舒服，脑袋蜷进自己的胸口，胸口上的毛柔软地护住了它的嘴，一只耳朵上落着几只苍蝇，耳朵扑啦扑啦扇动了几下，苍蝇飞起又落下。

老人无话，没有多余的人可说话，除非和狗。阳光停留在黑山背上空，沟沟岔岔铺满了绿。山是庞大的，大地是宏阔的，黑山背让两种伟大之物相互融合与依托，老人是它们之间填充的卑微的物。真是一个毫无瑕疵的世界，自然，美好。偶尔的狗叫声是时间些许的松动，高远处渐渐洇开的浅灰里有一群鸟飞过来，老人喉结上下滚动了一下，一口口水咽下去，鸟从头顶而过。日子庸常得很。老人是黑山背的螺钉，紧拧着黑厚的泥土，他知道泥土中暗藏着凶器，凶器时不时走近他，他偶尔被刺到被伤到，可最怕凶器的，不是皮肉，是比皮肉更柔软的东西——心。心一痛，周身痛彻。

黑山背风水很好。

早些年有懂得阴阳的人说。

郭腊替在黑山背住了七十一年，一直到现在，黑山背没有出过干部。原来的黑山背有十几户人，大小人口六十多个，一天的时间不够忙乱，鸡飞狗跳，人声嘈杂。黑山背依山而建的石头房参差不齐，屋后人很可能把前屋的屋顶当作自己家的院子，热闹起来。屋顶上是黑山背人的饭场地，屋下的人坐到自家院边仰起头来聊天，话头像长流水似的，在高高矮矮的房子和院落中来来回回穿梭，谁家的屋顶上没有过几回凌乱的笑声。因了土质黑，黑山背村前山沟里流过一条河也叫乌嘴河。不知什么时候，乌嘴河卷走了黑山背那些笑声，那些笑声仿佛还在枝头上坠着，做着一个跟黑狗一样的关于笑声浪起来的梦。

黑山背没有出过干部，连村一级小干部都没有出过。唯一一条母狗，也就是郭腊替家的花妞叫隔山村主任宝福家的公狗贝儿睡了，生了和爹一个模子的黑狗儿子，郭腊替叫它“龟孙”，不知道算不算是黑山背的好风水。

每每想起来，郭腊替就会看着黑狗龟孙笑。觉察到笑时龟孙从院头上走到郭腊替身边，郭腊替抬手抚摸了它一下。龟孙满足地离开，再一次走到院边上，身子卧下时脑袋耷在院边的石头上，头冲着村口。

乌嘴河流出哗哗的声音，阳光明晃晃照着，那些青草在能生长的地方冒出绿来，可以闻到草香。草香是黑山背唯一的香。

所有的黑山背塌落的和没有塌落的屋门上都贴着红红的对联，对联上没有写字。这些对联都是郭腊替贴上去的。只要村庄有一个人在，黑山背就得有个村庄样子。郭腊替起身泼掉茶缸里的水，走到柴火堆前抽出一根柴，要生火做饭了。斑驳的石头墙上生出了一大片苔藓，苔藓衬出他苍老的影子，他长叹了一声说："我吃饭是为了好生出力气来死啊。"

龟孙突然跃上一户屋顶，犹不解气，冲着进村的窄路狂奔而去。黑山背进村路上一条老黑狗在徘徊，它是村主任家的贝儿，说明宝福又回山里来护林防火了。龟孙雄健地飞奔而去时，那条有可能不知道自己是龟孙爹的老黑狗迅疾不见了身影。

二

黑山背的天空不是黑下来的，是蓝、深蓝、黑蓝，然后蓝黑了。天空布满了星星，一个半圆的月亮吊在那里，石头砌出的房子在月明下幽暗闪亮，仿佛不是普通石头，是花岗岩，是汉白玉。一只白色的猫在一所石头屋前看着什么叫着。郭腊替走近它，从口袋里掏出一块红薯放在屋前的粗瓷老碗里。白猫眼睛深情地望着他。郭腊替蹲下身子，他突然感觉到了冷。他和白猫说：

"星星和月明都在天空呢。"

“你看看我满是皱纹的脸。”

“这黑夜啊，干净得像一碗水，让人心难过呢。”

“你不离开这黑屋，总是思摸着回来看看，你还想着她能回来，是不？回不来了。”

“月明月明光光，它和星星都在咱们的头顶，我和她阴阳相隔。我和你之间更是隔着难过，我也是畜生啊，可惜我们不通言语。”

白猫喵喵叫两声，它最喜欢的食物就是红薯。

郭腊替起身打着手电往别的屋子里去，塌落了的屋子能望见天。走进去和走出来，郭腊替都熟络得很。一院一院走，黑粘在墙壁上，他抚摸着黑，回想着，这屋子的顶是一场雨淋塌的。一场雨下了一星期，他一直在屋子里没有出门，出门时发现黑山背的屋子塌了好几户。一点响声都没有。那场雨过后，他就坐在自己家的院边上流泪。身体中似乎还有血性在涌动，他走近那些塌落的屋前，毫无例外地感受到了伤害。他想吵架，大张着嘴，一股干涩的沙土吸进来，他开始往出咳土，连咳带吐仍然不清爽。塌落了的石头把一截梁砸断了，碴口上挂着墙皮，掺和了麦秸的墙皮，他抓起一把来不及细想就塞进了嘴里。满嘴土，他憋着气咀嚼着，尽量不让喉咙里的痒发作。

“死呀，死呀。我也要死呀！叫土噎死我吧！”

少了许多瞪眼、跺脚的年轻人后，郭腊替就想听到他们没办法活下去又回到了黑山背来的消息。可是黑漆漆的夜里那消息走绝了似的，那些笼罩着童真的顽皮和胡闹的“恶作剧”，再也听不见骨关节落在他们头上的梆梆声了。

人这一辈子发愤图强就是为了个背井离乡呀。

郭腊替串一圈门下来，心里好受一些，回屋里倒头，一觉就天亮了。

连片的秋野簇拥着早晨的日头，视觉是真实的，感觉却是恍惚的，可能是空了的黑山背对人心理的巨大阴影吧，活着还得活，还有欲望在。日头正顶，收回来的玉米棒子将院子涂抹成一片金黄，四下里静悄悄的，黑山背呈现出令人揪心的荒芜，只有玉米的金黄给这荒芜涂抹了最后一丝温暖。

人这一辈子不敢想。谁能想到黑山背最后会是这个样子？

郭腊替坐在凳子上剥玉米，猫在玉米皮上跳起来，伏下去，顾自玩耍。他俯下身和猫说：“中午吃啥呢？两个老鼠一锅煮，三个蚊子一盘菜，行不行？”猫仰躺着伸出爪子希望和他逗闹一会。他近距离看见了自己的手臂，褐色的手背上暴着蚯蚓般的血管。地上青苔、墙边野草、屋角蛛丝，尽在眼底。黑山背似乎总有些东西牵扯着他，那东西也许就是黑山背吧，抑或是手里的玉米皮，过去的岁月一片一片在复活。

有一天黑山背走得只剩下了最后两个老人：郭腊替和王翠平。

和王翠平住在一起的是她的白猫。王翠平比郭腊替大一岁，七十二岁。她走起路来脚底生风，满口好牙一颗不掉，石头院子里坐着剥玉米，矮小孤单的样子。早年间黑山背的男人和女人多话，村小人口少，稍有一些不注意都要叫人传闲话，因为男女之间的闲话，日常吵架和打架是常有的事。谁家都有可能残缺不全，就是没有想到会剩下两户人。曾经两家人各自都兴盛时就闹过不愉快。郭腊替大儿子郭怀和王翠平家小女儿韩云谈恋爱，最后没有弄成是一个芥蒂。后来王翠平男人韩路平死前，知道自己命不久了，自己走后黑山背就剩两个人了，孤男寡女的日子，他嫉妒哇。他叫他们死都不要说话。他死了，上天已经不公平，他无端恨活着的人。因为郭腊替是两个儿子，儿子的脸面都搁在正统家庭和社会上呢，又何况人老了就得有个老样子，孤男寡女一个村庄就够山外人议论成一景了，一把年纪的人再说话，想象空间就大了。其实，韩路平活着时郭腊替就已经不和王翠平说话了，不说话就不会有胡作非为的以后。

土里刨食是黑山背人的命。王翠平的丈夫韩路平死于夏天，活着时患有肺气肿病。黑山背石头垒砌的石径高低起伏，韩路平走在上面气喘如牛，汗如雨下，背上衣裳湿了一片，兴致却高。王翠平生了两男一女，儿女们虽然没有大出息，但是也都出山到了大村落户，这也是他敢在人前抬头说话的理由。那时黑山背就剩下他们仨了。对一个普通的生命而言，要证明自己的存在无非是日常好恶。仨人也有闹别扭的时候。老实说，郭腊替不喜欢王翠平的丈夫韩路平，总是寻找他认为得体而又不失理智的方式，顶撞对他的看不惯。两个人闹完别扭又走到一起说话，一说话就开始抬杠。从来都是韩路平找郭腊替，就算是走到郭腊替家要多走几个台阶，多出几身汗，韩路平也要走。韩路平不让郭腊替去他家，因为黑山背就一个女人了，他害怕郭腊替多看王翠平一眼，多一眼，悲凉都会穿透后背。这些心事，郭腊替也看得出，尽量避免见王翠平，见了也不多看她，更是不主动搭话。

王翠平坐在槐荫下做女红，偶尔也下地，在河边上洗衣裳、洗菜。韩路平病重时，地里活就全靠王翠平。下地的人都得过河，郭腊替只要看见王翠平在河边上走就一定要扭转身抽一袋烟再下地。韩路平的眼睛天生就刁，他不通文墨，可他有一双看护自己东西的眼。每看到这样的情形，他就站得远远的猜他们的心事。郭腊替在地里边干活边往这边张望，他是张望王翠平是否离开地给了他一条回家的路。可韩路平认为他在张望王翠平。有几次韩路平为了试探郭腊替就叫王翠平和自己端了碗，到郭腊替家院子里吃饭。

王翠平仰脸听他们说话。苍白温润的脸上，一双细细的杏核眼，鼻梁小巧挺拔，肩膀瘦削溜窄，一副杨柳腰，手里端着碗，低头抬头之间和面对韩路平时不一样。坐到郭腊替家的院子里时，韩路平就看郭腊替的表情。郭腊替坐在厚实的四条腿的板凳上，板凳没有靠背，没有颜色，是一整块木头，他既不起身让座也没有表情显现，顾自吃饭。眼神望着黑山背的绵绵青山，青山上移动着一片浮云。

韩路平说："听说你儿叫你出山，你没有走的意思？"

郭腊替说："这年岁还走啥？走哪儿都没有经济基础。不挪窝了。"

王翠平搭话："是呀是呀，闭着眼在黑山背都能摸到家，出了山睁眼找着的不是你家。"

郭腊替不搭话。

韩路平说："养儿是养祖宗。受吧，受死才算福尽了。"

王翠平说："活着哪里享过福？都是梦里吃糖呢，想着甜，想着有福。"

郭腊替不搭话。

韩路平说："听说过去请客七碟子八大碗的宴席现在不让吃了，就只能吃大烩菜了，山外抓了好多吃席的公家干部，要我看还是抓得少。"

王翠平说："是呀是呀，抓的都是要横的人。咱黑山背吃席没有人管，就怕摆下一桌坐不满人。"

韩路平像看贼似的盯了王翠平一眼。

一股风刮过来，风把王翠平的头发吹得遮眉挡眼，乱蓬蓬的。王翠平站起身要过韩路平的空碗往家走，她举起袖口撩了一下头发，眼睛翻了一下闪出了一丝光亮，嘴角似乎还为刚才他们的对话高兴，不自觉地翘起了幸福喜色。

韩路平又贼一样盯着郭腊替看。

郭腊替只给了他一个背影。他走进做饭屋子盛饭。自己动手，丰衣足食。

王翠平端着碗走来时，没等走上台阶话先来了。

王翠平说："腊替呀，你老是不和我说话，哪股筋抽着了？扭转掉转就仨人，有一天剩下你一个人的时候，我看你和谁说话？"

韩路平的心绪一下从沸点被拖拽到了冰点，他觉得王翠平就是一个贱胚子，就愿意犯病，心里瞀乱得一下站了起来跟谁怄气似的说："腊替，我要送你一条母狗。"

郭腊替看到灶间还有一些明火，他用火筷夹出燃烧的柴用水浇灭，然后拿起几个土豆埋进火灰里。他妻子活着时喜欢吃烤土豆，每天他都要烤两个土豆，等熟透了取出放在她的灵位前。她走时没有留下什么遗言，只说："剩下你一个人了。"

一个农村妇女，目不识丁，但她知道留下一个人不好活。

王翠平递过碗去说：“你去哪儿给他弄条狗？狗就狗，还弄母狗。”

韩路平说：“山外狗成群了，咱大儿说狗生了，一窝四个，我打电话叫他逮回黑山背一条狗来。”一狗，一猫，一女，二男，这就是黑山背的人口，咋说都不能叫郭腊替闲了。

王翠平白了他一眼说：“神经！”

韩路平夺过碗翻了一眼郭腊替晃动的影子说：“我神经？神经人不说话都在肚子里秘事呢。”

王翠平从碗里夹出一块红薯扔到了院下，自己的猫在院子里就等这一口呢。她伸出脑袋看了一眼，不小心把筷子掉在了地上，捡起来伸出筷子在条石上梆梆磕了几下，磕得有些重，虎口上有几点麻星蹦。王翠平“哎哟”了一声。

郭腊替出门时看了一眼自己家的磨道，现在谁还喜欢这笨重的手艺？磨盘有一扇掉在了地上，地上的草长得有一尺高。磨道后有一棵干死的香椿树，树干突兀，曾经遮天蔽日。香椿过了能吃的季节。院里宛如一座亭子，有月光的晚上，香椿的影子就像墨一样泼在地上。都说香椿显着灵气，因此也有着传说。香椿下的磨道里印着灰白的路径，自己的女人在上面走过，磨道里还能听到她赶着驴吆喝两个娃娃快去上学的声音。山环水绕，充满了离奇，过了一辈子，过成一家人，苗条的身段被日子过臃肿了，玲珑的骨架被日子过松塌了，曾经那水葱般的、瓷白细腻、软绵无骨的一双巧手，最后被日子过得粗糙得骨关节裸露，指头肚上裂着厚厚的口子。她倒在磨道里是春天，没有一点声音，驴停下了行走，他看见她喘着气，跑过去扶她起来，她嘴里只轻声说了句："剩下你一个人可怎么活呀？"

女人走了，走一个人如此容易。他掀下最上面的磨扇，废了它，它累死了他的女人，从来没有娇滴滴说过一句话的女人。

越过王翠平的"哎哟"声，郭腊替站在了磨道前，他不看任何女人，任何女人都没有自己的女人好。一个小东西在草丛中动了一下，地上的动静似乎韩路平也看见了，紧着走过去，发现地上是一只走惊慌了的小松鼠。可就在抬头那一瞬间，郭腊替发现韩路平眼眶周围布满了浓浓的黑晕，嘴唇泛紫。韩路平咳嗽了一下，似乎止不住了，骨关节似乎要被咳声震裂了，一口痰咳出去，痰里团着殷殷的血丝。郭腊替轻轻捶着韩路平的背，他有一种可怕的预感，韩路平的生命火花濒临熄灭了。

郭腊替叫了一声："快去屋里倒一碗开水给路平压痰。"

王翠平的喉头嚅动了一下急急起身。韩路平坐在磨石上，听见他们俩说话时，眼角咳出一滴凄凉的泪。

韩路平一字一句说："我走了，你们不要来往，不要说话。你们活着就赚大了，我死了也要看着你们。你们就是想我早死是不是？我知道，我早知道。"

郭腊替知道，是死亡叫韩路平恐惧了。

韩路平没有等到入伏就走了。他的儿子们回黑山背打发老人，也带着一条狗回来。五个月大的狗活蹦乱跳。王翠平坐在灯影里，她木木的身影，木木地沉浸于灯光里，窗外有细微的风吹过，坐得太久了，她就勾着头看前来吊孝的侄儿外甥们，他们和自己的儿子们一起有说有笑，死鬼韩路平在地上，没有人能够惊扰了他，他的死亡对所有进山来吊孝的人都是一个任务，没有悲伤和难过。

那些人不时地大笑，笑狗在棺材前叼走那些祭奠用的食物。

韩路平的死亡对郭腊替是一个打击，他好像看到了自己的那天的到来。一直到出殡，几日里似睡非睡，人也变得很惶惑。

山里的天气热也热不到哪里，可棺材里的人第二天就臭了。一开始阴阳说要停殓一周，韩路平的儿子们觉得自己山外的事情等着，哪里有一周的时间等？要破旧立新，就三天。守灵的人不好好守灵，都野在河道边摘香椿。香椿树脆，手一揪枝条就断了，摘过香椿的树下和日本人扫荡了一样。

出殡了韩路平，黑山背一下就静了。

郭腊替总算是睡了个好觉，早早睡下，早早就醒了。透过窗玻璃望黑漆漆的远山，眉似的下弦月，远了，淡了，一丝云笼着月，先是透出亮白，慢慢地就沉出了灰，月和云几乎变成了一个颜色。这时的天，被无边森冷的烟青笼罩着，天底下是黑魆魆的山形，手掌一样伸出的树木，山头上透出了青白，慢慢地隐现出了晓色，一层深褐，一层浅橘，渐渐地能看出近山的绿了。郭腊替坐起来揉了揉眼窝，想着韩路平的名字，要不了多久，这仨字没有人会记得了。黑山背庄户人家的名字里有：张国宝、张青山、张林润、张林书、韩宽有、韩世忠、韩秋凤、韩路平、郭怀庆、郭怀仁、王秋爱、王女虹、王万英，这些人都走了。他们的后代都出山了。眼下的黑山背就只剩下了两个人：王翠平、郭腊替。两个动物：一条狗，一只猫。

郭腊替决定从现在开始不和王翠平说话，本来孤男寡女住一个村就容易叫人猜想，不说话也是好事呢。说下了，就不能反悔，黑山背还有人笑话？郭腊替认为猫狗也会笑话人。他一边穿衣裳一边趿拉鞋准备去河道边看看那些人摘香椿是不是糟蹋了自己的麦地。打开门时叫他惊讶了一下，王翠平抱着狗坐在门前的廊石上。这哪里还是王翠平，几日工夫，人就脱了形，嘴唇单薄灰白，两只眼睛凹在眼眶里黑髅髅的。看见开门的郭腊替，王翠平迎上去把怀里的狗递给他。

郭腊替诧异地接住狗。人嘴里有刀，一开口，乱事就割毛了。王翠平扭身往自己屋里走，没有回头也没有说话。郭腊替不看她的背影，一时间还想着韩路平在。

郭腊替抱着狗往乌嘴河道里走。狗在怀里叽叽歪歪叫，放下狗，狗跟着郭腊替的脚疾行。河边的麦地里，麦子一片一片熟黄，地垒边上有伏倒的麦子，郭腊替走近了一株一株扶起来。麦子由绿变黄，由软变硬，由秕变饱，由湿变干，该磨镰刀了。他开始想王翠平的麦子地，想了想觉得黑山背只有自己家有麦子地，死鬼韩路平把自家的地都种成了玉米。一时无事，抱起狗来，看了看果然是母狗，气一下来了，带着气就想笑死鬼韩路平心事重。想叫风捎话给他，如今黑山背剩下两个老人了，我肯定不和你女人说话。我没有女人了，你拿一条母狗寒碜我，我不怕你寒碜，就因为我活着你死了才不计较你。

郭腊替回到屋子里找出镰刀，收拾出粮袋来，老鼠在粮袋上咬了个洞，他担心屋子里的粮囤太小装不下今年的麦子，麦子看上去是要丰收了。找出碎布头开始补补丁，一根针穿线怎么都穿不进去。院边上闪出王翠平吆喝猫的声音，他听她在自己家门口吆鸡骂猫的声调，就知道她在宣泄心里的不高兴呢。他觉得不用缝补了，打电话叫孩子们回家收麦时多带几个蛇皮口袋。

几天时光麦子就黄熟了。一个月后该割麦子了。儿子们打电话说回不来，事忙着，叫他一个人慢慢收。放下电话他好一阵子失落，种地真的不重要了。重不重要自己都得收割。日头红了几天，他决定割麦，拿了镰刀戴了草帽进了麦田。他觉得有个地方在腾挪呢，晃动着，一小片麦子已经倒在了地上。仔细看是一个人在忙活，是王翠平。难道王翠平是想自己吃新麦？他不言语，装着看不见，揪着麦子割，唰唰倒下一大片。为了不影响那个割麦人，他当天不往回挑，想叫她多往回拿几把新麦。

第二天一早郭腊替去看麦地，他希望有奇迹发生，比如少了好多麦子，也许能够安慰他不和她说话的小心思，毕竟村子里只剩下了一个女人，比不得男人，就算大声吼两声也能把黑吼出个洞来。奇迹果然发生了，原来割倒的一小片麦子扩大了。罢罢罢，抡起臂膀开割，一上午河边麦地里的麦子全部伏倒。郭腊替依旧不往回挑，留足够的空当叫对方拿，你那小身板能拿多少？放了胆子叫你往回拿。郭腊替哼着小调，身后跟着那只花狗，一会前一会后。郭腊替说："干脆叫你花妞吧。"

"花妞妞！"

花狗"旺旺旺"。

郭腊替顾自笑了，笑对青山。多少年都不见笑了。那些年打麦时，黑山背人脸上像天空似的灿烂。迎面见着了总想开个啥玩笑，麦场上光屁股的娃娃们吵闹得就像捅了一扁担马蜂窝，呜，跑那边了，呜，跑这边了，都不想下河逮蚂蚱、捞螃蟹，就想在麦场上翻筋斗。

割得早的人先把碌碡拽进场，有小孩早早从家里拿了笊篱站在旁边，牛拖拽着碌碡小快步在场上转，不知谁大声喊一句：“牛屙下了。”一群孩子拿着笊篱一起往牛屁股下伸。打麦场上的日子要红火好久，一场接一场打，女人们一簸箕一簸箕把麦粒簸出来，再一簸箕一簸箕装进粮袋里。收完麦子种豆、锄地、搂草，罢了就开始收秋粮了，热闹是一场接一场啊。

麦子在河边地里倒放了一星期，郭腊替打远就能看清楚，麦地没有人动，她只是想帮自己割麦。不过这个女人自己不能去心疼，就算是心疼也只能是心里疼一下了事。郭腊替把麦子挑回自己的院子，院子就是场，以前的场早就荒草丛生了。

他用镤柄打麦，打好的麦就铺在自家的院子里晒。上下两院人躲避着碰面，碰面了不能不说话，不说话肯定要笑场。窗户和门缝成了两个人互相监督的洞，一个瞅着一个下河滩地了，一个就往山上走；一个走着正路往村走，一个就绕远走小路，避免相遇。无数次不经意间就要相遇了，这时候一个就停下脚步拐往别处。两个人多熟络啊，可就是不说话。

三

离黑山背不远有一个村庄叫牙门村。原来是有寺庙的，叫牙门寺。都是从前了，现在，寺庙连庙基都没有了。后来的县衙叫衙门，有人考证说应该叫“牙门”，牙管着肚子里的事情呢。牙门村没有人了，死的死，迁走的迁走，每年秋天牙门村支书黄宝福都要领着他的黑狗回村来住几天。一是应付护林防火检查，另是他种了几分秋地正好回来收粮食。其实人家早就在县城里买了房，儿女也都落户在县城了。宝福的狗叫贝儿，贝儿跟着宝福坐车回到牙门村，打开车门的瞬间它就闻到了狗的味道，一边好奇这山里的草木，一边开始狂躁不安。

刚好是雨后，台阶上长满了青苔，带着雨珠的青苔肥硕得很，贝儿蹽蹄子上去时滑了一下，忍不住呼了一声。宝福开了自家屋门，第一件事是戴上护林防火的袖套，然后换上雨靴下地去看自己的玉米。下过雨，地里泥稀得无法下脚，于是就领了狗往黑山背走。道路两边开着一摊一摊米粒大的黄雏菊，朝阳的地方开得放肆，从山的南坡漫过来，覆盖了北坡和西坡。宝福觉得离开这地方真是个错误，可是不离开似乎也不对，这地方到底还是太寂寞。太寂寞的地方人没有出路。这地方真应该开发旅游，石头屋、石头路、满山黄花，这地方要放到城市里哪轮得上老百姓去住。

时间已经到了傍晚，雨后出现了夕阳，夕阳在对面的山顶上一闪就落到山背后去了。还好，宝福站在山脊盘山道上，独享了这如血残阳，也够幸福的了。他叫了一声贝儿。贝儿兴奋地看着宝福，脸上洋溢着激动，它知道宝福是一个能人，落在宝福手里那是它的幸福。黑山背母狗的味道直冲鼻子而来，它希望宝福领着它去见母狗。

下了一道坡，拐了一道弯，上了一个坡，再拐一道弯，宝福看见了远处弥漫着暮霭的黑山背。今晚宝福就住在郭腊替的屋子里，宝福害怕寂寞，正好屋子也潮湿住不得人，这几天宝福决定也吃在腊替的屋子里。宝福不想做饭，当了村支书的人怎么好自己动手做饭。

一条狗和一条狗的相遇居然没有声音，村口上它们俩互相嗅着对方转圈圈。花妞好久都没有见过同类了。宝福冲着贝儿说：“要去吧!”

两条狗转眼就跑得没有了踪迹。

宝福看见了挎着篮子从河道里走上来的王翠平。篮子里有南瓜、豆角、葱，还有一把老香椿。

宝福说：“你怎的没有跟着娃娃们过？我听说韩路平走了。你一个人在黑山背咋过呢?”

王翠平说：“你这是回来收秋了是不?”

宝福说：“哪里！是回来护林防火。”

王翠平说：“秋天山里的湿气重，没有人的山里防啥火?”

宝福突然悟到了什么说：“人心里的火也得防。这黑山背就你和郭腊替了，我倒觉得你和郭腊替打了伙计，两个人一起合灶也是一件好事。”

王翠平低头黑了一下脸说：“快不要乱说了，传出山外叫人笑话。我是守着地给儿女们种些蔬菜。我们俩话都不说。”

宝福稀罕了，两个人在一个村庄住着不说话，这叫什么事情？想来是王翠平故意给两个人的生活打掩护。宝福决定晚饭在王翠平家吃，叫王翠平多做些饭，说自己也是下乡干部吃派饭，就想吃王翠平的饭。其实宝福刚五十出头，可是人一旦身上有了职务，什么叔了婶了，那都不叫称呼，就叫王翠平，就叫郭腊替，开他们俩的玩笑那是干部给他们待遇呢。

郭腊替坐在门当中看落日下山，听见宝福叫：“郭腊替，你还活着呢吧?”

郭腊替知道是宝福回来护林防火了，就直起身站在院边上笑着说：“龟孙子，我还活着呢，一时半会死不了。”

郭腊替好久没有说话了。除了和狗说话。遇见宝福了竟然还能骂出来。

宝福拍了拍郭腊替的肩膀，肩膀还有抗力。宝福说：“你为啥不和院下的合了灶?两个人柴火都省下少烧一膛。你还能做啥呢?两个人一起能省下力气活长些。”

宝福很暧昧地接着又说：“不过不好说，拍上去你挺结实，老骨头吃重，说不好啥都能行。”

郭腊替吓得大气不敢出，拽着宝福就往屋里走。

郭腊替说：“我和人家快两年了没有说过一句话。死鬼韩路平临走时说下了，叫她死都不和我说话。”

宝福瞪着眼说：“为啥?”

郭腊替要宝福坐到床上听他说。

“活着时黑山背就剩下了两户人家，人家屋里有女人，我屋里没女人，人家以为我稀罕呢，他哪里知道我压根就不稀罕，黄土埋脖子了稀罕她做啥呢?”

宝福说：“他是瞎扯淡，你也是瞎扯淡，死了死了，能管了活人?”

郭腊替一摆手说：“不扯淡。我也还有一口气，也知道羞耻呢。”

宝福知道晚饭一起吃是不可能了，想着还有些日子呢，就想着这些个日子里不信叫他们说不成话。两个人简单聊了一些山里的事情，宝福就去王翠平的屋里了。他有些嘴馋，急着就想吃山里人的饭。

宝福走到王翠平院子里，看见院子收拾得干干净净，一只猫在院边的柴火上弓着腰准备抓捕什么，宝福的到来惊吓了它，“喵”一声避开了生人。

宝福掏出烟，拿到鼻子前闻了闻，又仔细看来看去，不时瞭一眼进进出出的王翠平。她穿着红毛衣，秋天清凉的微风里，这红毛衣穿在一个老年女人身上，让他感觉到了山里的好。他低头点烟的那一瞬间，一只白猫走过来，拖长了腰，冲着他“喵喵喵”叫。落山的日头和月亮都在天空呢。也许，他惊奇于自己的发现，看看太阳，又看看月亮，似乎在用眼睛估量它们之间的距离。突然想起了什么，从地上抱起猫直戳戳看着忙乱和面的王翠平，这个女人满身是岁月的痕迹，他想不出来用什么口气和她说那件事情，他们俩就像天空的日头和月明互相照得见，互相又不说话。同时他看见王翠平在一个人笑，她的笑容，纯净得像一杯水，干净得如秋雨落在了山菊花上。

“要说住在城市里真没有黑山背好，你看那日头和月明都在咱的头顶，多么好的日子。在月明和日头下说说话，哎，我这想法好哩，要不咱叫上屋顶上的郭腊替一起吃顿黑来饭？”宝福说。

王翠平伸出和面手来害怕什么似的摆摆，怯生生说：“你吃你的，快不要招惹多余的人来。”

宝福笑了：“这黑山背要说有多余的人，那也应该是我。”

王翠平说：“敢说宝福是多余的人？你是折我寿呢。”

宝福有些惊讶地说：“哎，你说这人的一生有多短，从前的黑山背和牙门村，大人小孩苍蝇似的，乱得走哪儿都不清净。现在，你看看，我要是走了，这山上就你们俩，你们俩还不说话，一个人迎面走来招呼都不打，恐慌不?”

王翠平说：“人是活的，不是死的，想不碰面，就能躲得开。”

宝福说：“我不信，我要在走之前给你们开个会，护林防火人人有责。对国家的政策不能没有意见，有意见要提出来，我们完善意见把护林防火工作进一步搞好。我一旦回城，黑山背的工作都压在你们肩上，你们俩就是我留在黑山背的工作监督人。你们不说话，我的工作就没有办法开展。”

王翠平紧抿着嘴角很认真地听，火膛里的火烧得欢，铁锅里的水开了，就等下面。王翠平一边想着宝福的话，一边煮面，活到这把岁数了还有工作责任? 猫突然在宝福的怀里跳下去，恶恶地叫了一声喵嗷，阴气十足。他们同时看见两条狗走进院子来，宝福的狗看见猫呼了一声想扑过来，猫低吟着做出随时逃跑随时出击的样子。郭腊替的狗叫了两声，宝福的狗就松垮了。

宝福说：“腊替的狗都知道呵护你的猫，你和人家不说话，我看就是你的不对。”

王翠平不接话。天黑了，像平常一样开始黑了。人世间哪里有那么多不对? 这个年龄的人依旧要坚持着，不对的事情也对了，习惯就是对，接下来的天，怕是夜要长了。

吃罢饭宝福回郭腊替屋睡觉，看见床上的被褥都换了新的。简单洗漱了一下两个人就躺了。黑了灯，两个人开始说话。说白了是宝福说宝福的话，郭腊替说郭腊替的话，两个人好像不是一个社会的人，要说的话互相都不理解。两条狗卧在脚地，许是玩累了各自没有任何动静闹出，只是不时支棱起耳朵听屋外的动静。

宝福说：“你这样下去不是一个事情，迟早得出山跟娃娃们住。”

郭腊替告诉宝福，自己就是舍不得那地，多好的地，长庄稼长得好呢。

宝福说：“长庄稼再好的地也发不了财，发财的人都不是种地打粮食的人。和你说你也不知道，你这种人，咋说你呢？我就是不明白，放着能讨便宜的事情不做，一个人偏偏要黑活。你太固执了。活人被死人看着，说出来都是笑话。你和韩路平有隔阂，你和王翠平又没有隔阂；你和死有隔阂，你和活也没有隔阂吧？”

郭腊替和宝福讲不说话的道理，宝福根本就没有听进去。

黑漆漆的夜，心里笼罩着一层童贞的顽皮和胡闹的“恶作剧”，宝福显然是激动了，一下从床上坐起来，地上的狗们呼一下站在了门口，狗眼睛晃过来，晃得宝福心里一热，他很清醒，也觉得很有意思，比打着旗号护林防火贪国家那几个钱还有意思。他伸出手在空中比画，许久才说出话：“我想不通，难道日子把你们过傻了？就说人老了做不动啥事了，你们互不来往也正常，可问题来了，要知道，黑山背就你俩，说出去都是传奇，表面强装啥大雅呢？就算做了见不得人的事情，问题又来了，见啥人？黑山背没有多余的人啊。”

郭腊替清醒着听宝福说话，脑子一片空白，甚至不知道该如何应他。黑，沉得有了质感和分量，他听到宝福的出气声，那气息中有一股怨冲着他靠近来。宝福说：“你好好想想，活人不能长了死脑筋。”

这句话让他有了惶恐不安的感觉，脑筋似乎活泛了，身子却不敢动，怕宝福看透他有想法，两条胳膊在胸口上别样的酸麻，短暂失去的记忆突然被什么东西叫醒了。

去年秋天，山洪把黑山背两岸的玉米地淹了。山洪过后，玉米地里疯长出许多苦苦菜和三菱草，洪水落了，地稀得叫人落不下脚，稀泥掩住了倒伏的玉米。王翠平心疼粮食，顾不得稀泥黏脚，挽着裤腿下地扶玉米。哪知稀泥里的钻脚虫啃住了她的腿，虫子钻进了肉里一半还多。被钻脚虫钻着了，不能往出拽，用劲拽它就拼命往肉里钻，都说钻进去就会顺着血管进入心脏要人命。一旦被钻上了要用手用劲拍它钻进去的头叫它往外退。王翠平就坐在石头上用力拍腿，响声弥漫在河道里。拍着拍着，王翠平就哭了，嘤嘤的，哭声不大，气息也短，但是很揪人心。郭腊替在地里弯腰整理红薯秧子，隐约听见了那哭声。张着嘴支着耳朵听了半天，听见拍打声和哭声是从一个地方传来，就知道是钻脚虫叮着了腿，正准备迈开步走，又觉得女人的哭声是一个信号，心被什么轻轻抽了一鞭，一群麻雀起起落落，他突然觉得自己应该躲开这逼人的事情。他忙乱得不敢停下手里的活计，怕向前走一步乱了分寸。毕竟那嘤嘤的哭声揪人心呢，那哭声和着拍击声乱得郭腊替心里毛毛的。想着人家给自己割过麦子，忍不住停下手里的活计往河边走，人走得慢，也走得胆怯。

突然的，拍击声和嘤嘤的哭声停止了，郭腊替反倒惊慌了一下，来自一种从未有过的陌生感，一种与世隔绝的难过。他眼睁睁看见王翠平赌气似的站起来，挎起篮子跺了一下脚，扭身往玉米地深处走了，这个动作弄得郭腊替很没意思。

那时间他站着不动，远处蓝天高远，近处青草恣肆，万物都蓄着一腔生命的朝气呀，只有他的胸腔里固执地告诉他，老了。这年龄的人，黄土埋到脖子，不生事了，心早该锈死。喉结上下滚动了一下，准备反身走，可又觉得自己不是个汉子。走近那些倒伏在稀泥里的玉米，能扶的扶起来，扶不起来的一穗一穗掰下嫩玉米扔到干黄的草地上。做完这件事后，他心里反倒坦然了，也算是回报了一次。

郭腊替想和宝福再说会话，听见躺在对面床上的宝福早开始打呼噜了。地上的狗安静地睡过去，屋外什么动静也没有。睡如小死，睡。

四

半上午的阳光那么暖，站在乌嘴河低洼的河道里，高高的与白晃晃的晴空相接的两岸挡住了视线也挡住了风，四周静极了。宝福要郭腊替和王翠平帮助自己收秋，就为了黏合他们。宝福左勾搭一句话，右勾搭一句话，各答应各自的，秋天的风，松软的阳光下，两个人自顾自挎着篮子掰玉米，只有宝福不下力气，心里设计着这两个没意思人的有意思事。

快正午时宝福说："歇息一会，日子长着呢，今天开始我们仨互相收秋，今儿是我，明儿是王翠平，后日是郭腊替。反正秋粮食也没有多少，就当是打发时光。"

王翠平说："我的不用，我娃明天回来收，妇道人家的力气不能和你比，那样子你吃亏。我去地尾掰了，能掰多少掰多少，掰少了你不要嫌弃就行。"

一转眼王翠平就走入了玉米地深处，感觉明显是要拉开距离。郭腊替没有表情，很认真地掰完一篮往公路上送一篮，宝福的车就停在那里。

宝福一下就笑了，是一种无法控制的笑，他蹲在玉米地，笑得眼泪都出来了。宝福拉着郭腊替也坐下来，他觉得这两人都倔，倔得要死。郭腊替说："快快干完活，天气不给人晴天，你是干部你坐着歇息。"

宝福一定要郭腊替坐下来，递过去一根纸烟。郭腊替抹了一下嘴看河水闪烁着，属于黑山背的鸟们，无忧无虑起起伏伏在青草地上逗耍。他们的脚下开着一大捧山菊花，黄灿灿的，宝福拽了一把在鼻子前闻。宝福说："城市里的茶楼卖菊花茶，叫什么来着？噢，叫米菊，就这东西，能卖钱。咱这山上你看看，漫山遍野地开。不过人家那是没有开了的苞，开了的不算茶。"

郭腊替也抓了一撮放进嘴里嚼，干涩，药味道，沾满了舌尖，不自觉地吐了出来。

宝福说："想想也难喝。放糖好喝，现在城市里糖尿病人多，没人敢吃糖。也有说这东西喝多了伤肾。伤了肾那还了得。腊替，我问你，你还行不？"

郭腊替疑惑地："啥行不？"

宝福说："啥，夜里在床上行动的事么。"

郭腊替看着宝福说："你嘴里咋就没有正经话呢？"起身提了篮子走进玉米地。

日头晒得醉人，宝福走到半山腰上想看看自己离开后，掰玉米时两个人有什么交接，先给他们创造一个在一起的时间。电话此时就响了，是镇政府通知，电话里说要来黑山背检查护林防火，午饭就在黑山背吃，一行来五个人。宝福叫王翠平赶快回家做饭，说：“县里来人了，一年时间也就来这一回，你就做香椿烙饼、鸡蛋汤。”王翠平说：“哪里有香椿，早叫驴友们摘完了。”

宝福说：“你没有告诉他们这是镇政府的香椿树？”

王翠平笑着说：“哪个告诉我这是镇政府的香椿树了？打小里黑山背的香椿树就长这样，在谁的地边上就是谁家的，人走没了，留下来的人谁下手快就是谁的。”

宝福一脸认真：“我现在就安顿你，黑山背周边的香椿树都是镇政府的，谁敢乱摘，那就是以身试法。什么驴友？一群野山野岭的没王蜂！什么驴友？我瞅见他们男女一个架势就不舒服。你赶紧回去做饭，金银面切疙瘩（一种白面和玉米面和在一起擀好切出来的面条）。回头我也给你和腊替弄个红袖套箍在胳膊上，他们一来你俩就戴了坐在香椿树下。看香椿树也是护林防火！”

王翠平一边走一边问：“也是护林防火？那就要拿补助的。”

宝福不可能叫她护林防火拿补助，做这件事是撮合他们以后合作过日子。宝福不搭话，只要涉及实际问题，宝福的话永远都是半句。

午后两三点钟了也不见人来，一案板、一簸箕的切疙瘩艺术在那里。王翠平催促宝福打电话。山里信号不好，电话一直是无法接通。

郭腊替在屋子想着还要不要下午去帮忙掰玉米，知道宝福在王翠平家吃饭，因为不说话也就不好问，一个人在院子里抽烟。突然的，他看见山那边有一股团烟冒起来，第一感觉是失火了，第二感觉首先想到的就是驴友们野炊。顾不得距离急忙跑到王翠平院边上高声吼叫着：“宝福，西山背失火了。”

宝福和王翠平一起跑出来看，一团团黑烟涌往山头。宝福二话不说，拾起外套就往起烟的地方跑。郭腊替也跟了去，只有王翠平留下看家，不是从前了，她做不了急生活了。

两个人气喘吁吁跑往起火的地方，才发现是几个检查护林防火的人学古人野外煮茶，用火不当点燃了山。好在火势不大，折腾了近两个钟点，明火算是灭了，一些烟的地方还有暗火蓄势。宝福看见五个人中间有两个女人，煮水喝茶应该是女人的主意。女人在这个世界上，有如草本植物，一旦挣脱了泥土束缚，就会野疯。再看她们，灰头土脸，衣衫不整，如同硝烟中撤出，一脸的惊慌失措。宝福不认识这两个女人，拽过副镇长鲁希望问：“这两位领导你没有介绍，我不敢轻易和人家搭话。”

鲁希望喝了几口山泉水骂骂咧咧说：“想着这季节，又刚下过雨，山里潮湿，哪想到欢乐的事情弄得他妈的这么被动。一旦上边有个啥风吹草动，这火是你们黑山背人点的，都他妈是烧秸秆引起的山火。”

宝福看了一眼郭腊替。

郭腊替的脸蜡黄蜡黄，像黄杨木的雕件，像色调深重的油画中那个父亲。郭腊替双唇翕动，却似言又无，扭转身去山上检查那些暗火去了。

宝福说：“好说，好说，领导安排的事情都好说。”

鲁希望指着两个女人说：“市领导的朋友，弄茶的。本来想到你们黑山背闲情一下，不小心碰上了你们黑山背人烧秸秆，要不是我们帮助你们灭火，山火都可能酿成大祸。”

宝福马上答：“是是是，黑山背两个人，两个人日常不说话，烧秸秆各自烧各自的，一个燃了一个不帮，任由燃，火大了，要不是碰见了鲁镇长一行来检查护林防火工作，后果那是真不能想。”

鲁希望补充：“是不堪设想。因为，那边就是国家林场。”

两个女人看着听着，一起笑了。一个说：“工作这么做有意思。”另一个说：“原来工作都这么做呀！”

鲁希望说：“工作就是即兴应景。遇事说事，遇桥过桥。”

宝福问他们吃了饭没有，黑山背有饭呢，土饭，金银面切疙瘩。

他们都说不吃了，要往回返，吓都吓饱肚子了。鲁希望说：“明天一早县里开会要汇报下乡结果，饭就不吃了，刚垫补了茶点，都他妈叫这事情吓饱了。收拾，赶紧收拾，估计山外也看到燃烟了，山上没有信号，领导联系不上，主要是咱们都在救火一线，电话无法联系也在情理中。宝福，你是护林防火员，话不可讲乱了。”

宝福问：“我就想知道明天的会鲁镇长咋汇报呀？”

鲁希望大手一挥说：“所见所做如实汇报，这时代哪个敢弄虚作假？”

宝福说：“鲁镇长，我去不去？那我可是有不能推卸的责任在里面啊！你知道，我这几天就在黑山背看护呢，睁眼看着叫林木失火了，我的责任重大呢！”

鲁希望指着郭腊替说：“那个人叫啥？”

宝福看了看郭腊替远处的身影说：“农民郭腊替。”

鲁希望说："明天汇报就他了。他不往山外走，住在山里不看电视不看报，还以为是从前呢。现在都雾霾了，他还一厢情愿烧秸秆，那要产生多少啊儿屁二五。"

两个女人越发笑得弯下了腰。

宝福想了想说："我看还是汇报一个叫王翠平的女人比较好。黑山背就他俩，怕外人笑话孤男寡女二人世界，他们就克制自己不和对方说话。事情往往是小事情弄大，郭腊替知道失火的来龙去脉，让他顶，他肯定不干，让王翠平顶，他肯定不会去说，他说了就等于承认了他和王翠平有关系，他俩山外的孩子们肯定会闹不和。为了不让孩子们笑话一把老骨头了搞风流，他们就决定到死都不说话。再说了，咱们弄一个女人点火，火燃大了，女人都胆子小，只会哭。这节骨眼上正好碰见了进山检查的你们，之前就我和农民郭腊替在救火，眼看火势太大，天降神兵的你们来了，你们是及时雨啊。咱们要说像了，要说圆了，更要说得拿出去普通人能信能服气才好，对不？"

鲁希望一边招呼大家上车，一边要其中的两个跟随者记下了王翠平的名字。关上车门摇下玻璃拍拍宝福伸过来的手说："还是基层有经验，这事情弄不好还能上上报纸，没有后台背景靠宣传走上层路线也是一个正道。明天我就叫人找报社的人来写。宝福，弄好了我一提拔，就把我现在的角色给你干干，你也是有政治前途的人呀！"

宝福看着绝尘而去的车，一时进入了情景，以前从来没有想过，现在也能想想哦，假如有一天自己当了副镇长，农村工作那是太好做了，自己就是农村生农村长，一旦当了副镇长，就有希望当镇长、副县长，政治前途可以说是步步台阶，人生也就最满意了。曾经有算卦的说老黄家要出一个副县级干部，难道就验证在未来他的身上？宝福很兴奋，就地拽了一把野菊花塞进嘴里，嚼那一口涩，让自己脑子清醒一些，或者说是更清醒地设计一下自己的命运。首先自己的命运是和鲁希望绑在一起；其次，自己的命运靠自己努力；最后，这一场火烧得好；再最后，黑山背两个人不说话好，最好让他们永远不说话。

天要叫一个人成事了，那是步步都为他在设计。他突然看见山坡上自己的狗，它好像恋爱了，一点也不绅士，追着郭腊替家的土狗，趔趔趄趄追逐着、嬉戏着，情绪酝酿足了，跳到塄坎下，两条狗开始欢爱了。

郭腊替似乎也看见了，撂过来一句话："日你妈，狗东西!"

宝福站起来看烧毁的灌木，估摸有两亩地大，这么大的面积是要上报县里的；因为潮湿火不旺，不然大面积燃烧那是要惊动市里的。不大的火灾也是灾，火烧官运开。宝福的脑子变得格外聪明，不大一会，脑海装进去许多日常不想的东西。山是铁青色的，满山的黄菊花，山泉水顺着村庄流过，所有的暗示都是快乐的。宝福进一步想，我就从这里开始吧，原来我的福气就一直搁置在破败的山里，自己是多么看不起这穷山恶水啊，那些看不起的情绪和焦虑都顺着一场火烟消云散了。宝福要和郭腊替谈谈话，也算有个交代，叫他配合工作不要乱讲。因为自己也要出山，明天到县上汇报少不了自己呢。自己走后，黑山背不能有事发生。

宝福喊："腊替哎，你下来，我走咧，要交代你几件事。"

郭腊替往山下走，一边走一边踢一下有青烟的草坨子，抬脚跺跺，跺灭那残余的烟气。

看着走近的郭腊替，宝福说："这场火不大不小是场火，估计山外也看见了。现在社会上告状的多，生怕所有人的关系不乱，见不得人有一点好。其实这火并不大，才烧了两亩乱草，乱草该烧，野火烧不尽，春风吹又生，老祖宗文学下的话。假如有人拿黑山背这火说事，说污染了空气，这火不能往干部头上放，你应该是明白的。凡是有了事，对老百姓都好说，这无知，一切可带过去。更不能说是下乡检查防火点了火，说出去根本就不会有人信。咋说放到农民头上都比较自然。我觉得这把火放到王翠平头上那就更自然了。你以为?"

郭腊替想不到宝福的脑子转得如此快，更想不到的是说王翠平点了火，她现在明明是在家等着他们吃饭呢，这里的人倒开始算计她的名声了。他无法表态，因为和事实不符。对或者不对都要给对方一个理由。他只能不言语。

宝福斜睨着眼睛看着一个地方说："也不是什么大事，又不罚款。假如我顶替了，我是知法犯法，不能开脱自己是护林防火责任人的罪名。你肯定不能顶替，这黑山背没有其他人了，反正你也不和王翠平说话，正好，你也不可能告诉她。不过有一天她要知道了，那就是你告诉的，表面不说话，你们暗地互动。"

郭腊替开口了："胡扯淡。"

宝福一下笑了："我就知道你不会和她说话。等我哪天当镇长了，我给你弄贫困户，找一个富裕单位承包你，你呀，就不用种地打粮食了。这事就这样了，也不用放心里，过不了几天啥事情都没有了。我出山呀，明天去县里汇报护林防火呢，罢了会再回来收秋。"

宝福走到自己的车跟前，招呼了一下贝儿，狗从一个地方蹿过来，跳上车。宝福冲着狗吼了一句：“回山里偷情还愉快?!”

郭腊替的狗站在郭腊替腿前看着这边，张望着，有几分不舍。郭腊替说：“回!”

一股热涌上了花妞的脊梁，它冲着天呜呜呜叫了几声。

一高一矮两个活物，花妞抚着腿肚子。遥远的过去，尽管覆上了时间的尘衣，但并不能让郭腊替回避，王翠平嫁给韩路平，那是受了一辈子呀，她如今知道了，心里的委屈真叫难以形容。本来她就是一个人躲在自己的角落，睁着戒备的眼，以防一不小心就遭到伤害，可如今，好好的人叫无来由伤害了。

五

王翠平站在院边上张望村口，心里有不能言说的焦虑，切疙瘩被风吹得干皮了，湿布盖着，可也挡不住时间往长走。山背面没有烟气了，火是扑灭了呀，可不见人来。灶火里的柴添了又添，锅里的水加了又加，进进出出的间隙始终不忘看着中堂方桌上的菩萨。正襟危坐的菩萨，年复一年，迎受着虔诚的目光。沐手焚香后，她很认真地磕了仨头，她对着菩萨默念：“火不敢点了庄稼地，不敢烧了人，要救火的人都平安。”

这念头一冒，就想到了郭腊替。事实是明摆着的，她的祈求里也包括对他的护佑。不管如何，就算一份乡情她也应该求菩萨叫他平安。

黄昏被晚霞铺满，扑鼻而来的牲畜体味和谐地裹挟了黑山背，由于降低了目力的敏锐，使得王翠平的瞭望多了几分谨慎。渐渐地，她看见草丛在晃动，一条狗露出了身子，是郭腊替的狗，咋不见了宝福的狗？她的瞭望越发混沌一团，难以辨析事情到底怎么样了。起因和结果，无从追究的困惑，在心里七上八下。她想多走一段路，不知道为啥，腿软得迈不开步，一种被遗弃的难过。她看见郭腊替走了过来，她尽量躲开他的眼光。听脚步郭腊替是走回了他自己的屋里，没有人声，没有畜叫。她缓缓移到自己的门口，听见屋子里火着得欢快，锅中的水噗噗噗开得欢快，等还是不等呢？黄昏助长了她的疑虑，她想去问问郭腊替。对，去问问他。人是活脸呀，问啥呢？问他，他要是不言语呢？从前也和他说过话，他从来都不言语，这次他还不言语呢？骂他？对，骂他！不能骂呀，恐怕剩下的日子连互相不说话的帮助也没有了。

黄昏让她饥肠辘辘，想起来自己还没有吃午饭呢。她干脆啥也不想了，返回屋子抓了两把切疙瘩扔进锅里。逍遥浪漫的切疙瘩在锅里滚得欢，自己已经被宝福忘了，谁还记得她活着呢？这年龄谁和自己不是擦面而过？人家说一句话，不花销二两力气，自己就当真了。人家举手投足间偏偏就不看你、不理你，可见人家小看你到了什么地步。她又想到了郭腊替。更可恶的是宝福，好赖有个话捎回来，做了这么多切疙瘩叫谁吃？她一边用笊篱往碗里捞一边怨气十足地拿笊篱磕着锅沿，猫喵喵喵跳上火台冲着她叫。她弯腰拾起地上的猫食碗，也不管人和畜生的距离有多远，把锅里的切疙瘩细细捞出来扣在了猫碗里。

王翠平看着门外，对面的幽暗处就是自己一辈子仰望过的山，杂树杂草一辈子没有认全，秋风祸乱得它们死了生，生了死，谁记得它们呀？犹如没有人会记得黑山背走了的人。黑山背最里面住着的人，早先是谁来呢？想起来了，那家人姓王，早出山了。自己还种着他的地，这些年地荒得可惜，草长得比人高，没有人愿意把力气下到地里了。早些年郭腊替的女人改娥活着时，黑山背的人还多。那时的黑山背已经显出了败象，有些房子已经塌了部分，已经没有人养猪了，家家还喂养着狗，还有人喂着驴和牛，不知道什么时候旧家什和老的劳动工具，比如磨、碾都不用了。那时候，改娥来家里串门，说一些心里话，总算不用推磨推碾了，两个人兴致勃勃地说好日子来了呢。哪知，说着说着，黑山背就没有人了。改娥在磨道得病的那一年，她还去郭腊替家看她，改娥的脸仰着，眼睛望着屋棚，皱着眉头，她已经不会说话了，谁也不敢打扰她。王翠平拉着改娥的手，那手冰凉冰凉的。那是王翠平最后一次进郭腊替的屋，改娥走后，郭腊替就不和她说话了。人情是凉薄的，命也是自然给你规划好的，有一天都要走，走到奈何桥上碰见了不知道说话不？王翠平想到这里突然就笑了，好你郭腊替，今天的事咋说你都应该告诉我一声，你闷驴一个，不声不响，我是要记仇的，我倒要看着你有一天躺在床上，没人给你做饭，你儿也不在，那时呀，你爬着出门喊我，我都不理你，我就和你怄气，怄到死，孤独死你！

王翠平想着明天孩子们回黑山背收秋，也就不再埋怨宝福了，脸上就挂出了释然的笑容。灭火、刷锅、洗碗，再想郭腊替，心中就涌起了难以言说的悲悔和自责。都不容易，往事如昨，细细数来，他也不是坏人。都怨自己的死鬼丈夫韩路平心眼小，走了的人不善也叫你活着的人不安生。可死的人死了呀，活的人怎么就不能活泛一些呢？王翠平反反复复想着，天就黑透了。

郭腊替也是无法入睡，今天的事情叫他难忘。拖着疲倦的身体回到屋里时，他两眼望着虚空，事情怎么逆转成这个样子呢？狗在院子里卧着，看着他一副疑惑不解的神情，似乎也不像往常那样要走近他给他安抚。恋爱一场，狗很累，沉沉地闭上了眼睛。

郭腊替想着要不要去说一声，说啥呢？说这火是你王翠平点的。难道没有出门的人，手长得能伸到了山背面去，那是神仙啊。王翠平不是神仙。人常说，善有善报，天道公正。这话没有本事的人都相信。和公家人比呢，人家说把事情弄成啥样子，就能弄成啥样子。但愿这事不是事情，没有人认真追责，走了过场，当了笑话了事。反正，他是不能去见王翠平，自己的清名不能叫宝福拿住，农民不能在干部面前丢了尊严。

胡乱吃了一口饭，人就蜷曲着躺下了。拉灭灯，有几个秋蚊子找过来，在耳朵边上嘤嘤飞。他照着蚊子要落的脸上呱唧一下，又后悔打自己的脸。一辈子因为这小东西打了多少回自己的脸，从入夏打到秋末。别看这蚊子，有本事的人也怕蚊子呀。蚊子扰得睡不着，要是平常早累得倒头就睡，哪能听见蚊子的声音？没办法，他起身找了一截子端阳节晒下的艾草，点燃了吊在门闩上。这样子越发叫他清醒了。他索性披了衣裳开了门走出去，看到一钩明月在天空挂着，四面环山的黑山背是一个世外桃源的地方，庄稼丰收，六畜兴旺，温饱无忧。这日子说散就散了。郭腊替尽量不让自己去想这些，不去比较，年轻人的活法，不能叫自己拉后腿。无来由又想起了自己的大儿子郭怀想娶王翠平女儿韩云的事情。那年，韩路平在河对面逮着了两人在一起谈恋爱，韩路平抓着韩云就是一顿饱打，一边打一边骂："你愿意一辈子不出山你就嫁给这个穷鬼。"

这句话叫郭腊替很堵。郭腊替拉着郭怀往地里走，深一脚浅一脚，父子俩不说话。走上窄窄的田埂，走进地里，他当时正在地里锄草。蹲下去时他又抬头看着郭怀说："你要知道，你是一个穷鬼。"

郭怀说："在黑山背我就是个穷鬼。我穷死也要死到山外，爸，你找人山外去给我落户。"

郭腊替拿着钩锄的手微微颤抖，他知道这是一个绕不过的话题。谁家姑娘愿意嫁到黑山背来？黑山背有的人已经去山外落户了。出了黑山背，后生都是好后生。如果不是韩路平也是个穷鬼，韩云没有见过世面，她怎么会喜欢上郭怀？谁愿意一辈子住在山沟里？人心都野。年轻人成了黑山背最有牢骚的一群，那些庄稼地里找不见后生的影子了，山外的闺女没有愿意嫁到黑山背来的。一直以来郭腊替都不愿面对，这下是得认真想了。一想到这些，他就有无限的惶恐。郭腊替说："落户山外，你就得和韩云断了，我受不了穷鬼骂穷鬼的样子。"

郭腊替出山去找嫁到山外西庄的妹妹，他直接就说想叫儿子来这里落户，不知道好不好落，妹妹说好落。郭腊替没有想到没本事的妹夫，居然能说通西庄的村干部叫郭怀落户西庄，从前可是天大的事呢。后来郭腊替才知道，西庄也是空村了。两千户的大村只剩下了不足三十户。一旦进了城，人就都不想回乡下了，从前来钱路都是庄稼的长势，现在地里的东西不值钱了。看着西庄大面积闲置的土地，青草长了老高，好像它们年年就是这样占着开好的地长着，那青草不长瓜，不长豆，这岁月是越来越见恐慌越见老了。

两个年轻娃最后没成，两家到底是芥蒂结下了，谁知道越结越拧巴，到最后韩路平都不叫王翠平和他说话，世道叫死人都恐慌了。

有蛐蛐叫，在没有屋顶的房子里，脚地上长了草，它们立在草叶上，姿态端庄，翅膀潮湿。过不了多久，黑山背就要被这些虫子和植物包围了。没有人的黑山背留下两个人来回忆，两个人死后，谁还会想起黑山背呢？既然睡不着就绕黑山背走一圈，串串门，看看那些下了死力气垒上去的墙，是什么力量把它们掀翻了，去看看那些月明下的草丛和塌落了的屋子，那是花了大价钱盖下的屋子，如今成了虫子的家。

走下台阶，有一处暗，暗中长了一丛西番莲花，花色是那种纯正如血的红色，月明下黑墨一样。突然有什么响，动了一下，似乎是一个人绊了一下，匆忙地想要走开。

郭腊替吼了一声："谁？"

暗处听到动静的王翠平直戳戳说："我。"

郭腊替调转身子就往回返。心里责怪自己，明明知道是王翠平，黑山背没有多余的人，自己糊涂得居然吼了一声。他快速进了家门，闩上门，倒头躺到了床上，什么也不想，就想努力装睡。

暗夜中王翠平在骂猫："你死呀，半夜不睡叫我到处找你，你找下啥了？连老鼠都没有见你找下。叫你跑，叫你躲着我，看叫狐狸吃了你！"

“回哦，回哦——”

那声音透足了人间温情，也叫装睡的郭腊替流出了眼泪。

六

郭腊替在梦中听到狗压抑着嗓子呼呼地叫。狗叫声似蚊子在他耳边蜻蜓点水，扰乱了他的安宁。他有些气恼，抡着胳膊想制止狗叫，绵软无力的胳膊抡起来软塌塌跌落在床沿上。脑子沉沉的，有些场景似乎是黑山背的现在，又似乎是黑山背的从前。有个女人盯着他，五官是雾样的模糊，想和他说什么事，他不说话，加重了对方的局促，她想制造一些轻松，她笑了，秋天的风，一阵阵地吹拂，刚好背对着秋风，凌乱的头发遮挡了她的脸，她的眼睛若隐若现地看着他。他咳嗽了一下，不知道为什么，她就不见了。他开始伸出手呼唤：“改娥，过来呀，你往哪里去呢？”伸出的手臂在床沿上落空了。狗过来舔他黑黢粗糙的手，他嘴里含含糊糊说着什么，一下就醒了。

郭腊替看了一下墙上的钟，已经是上午11点了。他想着刚才的梦，极力回忆，却是什么也没有了。多少年都没有做过梦了。郭腊替坐起来看窗外，看到远处有人影晃动，贴近玻璃看，好像是王翠平的儿子和女婿回来收秋了。临近早晨才睡着，没有睡醒，脑袋嗡嗡响。他趿拉着鞋打开门让狗出去，狗箭一样地蹿了出去。狗在远处冲着晃动的人影叫，虚张声势的样子。

郭腊替洗了一把脸，往地锅里添了水，走到房后取了柴火开始烧水做饭。他一边烧火一边想着早上的梦，想那个女人是谁呀，是郭怀妈改娥？好像也不是。也许就是郭怀妈呢，看来自己的日子不会太长了，她来喊了。两个儿子因了今年外出打工，都不回来收秋，说往返路费都比收下的粮食贵。看看这世道成啥了，钱占了上风，人间就要没有亲情了。晌午饭后他也要下地去收自己的玉米，今年种下的粮食少，越往后越种不动地了，贪几亩地荒着，费力气种下收不回来，看着难过哇。

狗回到院子里，沉着脸，在自己的地盘上很傲气地抛出一长串叫声。

吃罢饭，郭腊替提了篮子拿了蛇皮袋子往自己家的玉米地走。他看到王翠平的儿子和女婿开了两辆三轮车，满满当当的秋粮堆在上面。他很好奇，王翠平没有见怎么动弹居然种下了这么多粮食。这女人过日子的心劲还很贪呢，受罪命啊。

午后的黑山背被日头罩着，那些开着的花朵发出耀眼的光芒，当风吹过来的时候，别致的花仿佛要呼之欲出，真的是楚楚动人，郭腊替有点不舍得去看。

宝福午后也进了黑山背，相跟着来的还有两个县报社的记者，说是来实地采访和拍照，要写一篇报道，树立一个典型。宝福叫记者采访郭腊替，他去做王翠平的工作。火并没有造成火势，她能答应下火是她烧秸秆造成的，这典型人物就树立成了。要树立的典型人物不是宝福，是副镇长鲁希望，宝福有自己的念想在里面。

宝福的狗大远处就把郭腊替的花妞勾走了。

先说郭腊替这个头，如好剃，事情也能成一半。宝福叫记者采访前他单独又安顿了郭腊替几句，叫他配合记者采访，多余话不说。郭腊替没有言语。宝福走后两个记者来到了地边上。

两个记者娃蹲在田埂上说："歇息一会吧，大爷。"

郭腊替抬起头看了一眼，低头继续掰玉米。无语。

两个人面面相觑，一个示意另一个要打开他的嘴巴。

一个记者娃蹲在田埂上说："大爷，黑山背没有人了，待不住了，庄稼不值钱，种地还开销大，你这么大岁数了还辛苦呢，你是最可爱的人。"

郭腊替面色如土，手臂和挽起袖管的胳膊暴起很粗的青筋。一行玉米一篮子，看似七零八落倒在地里，实际是有规矩的。

一个记者娃跳下田埂说："我来帮你掰。"

郭腊替知道这不是面对一般人讲话，是面对记者。事情从开始他就没有答应过，他不能说真话，也不能说假话，这俩娃娃是在撬他的嘴巴，一旦撬开就不好绕开他们预设的话题。说王翠平烧秸秆点了火，良心不容许，两个黄土都埋到脖子跟前的人了更不能互相伤害。说宝福说谎，也不能，和宝福没有深仇大恨，每年镇上有救济什么的人家想着自己呢。

蹲在田埂上的记者娃说："大爷，每年收罢了秋，秸秆不还田，都点火燃，是不？"

郭腊替这回说话了："地边上都是去年的秸秆倾在那里。"

记者说："啥呀！去年的都在，那昨天山那边的火是咋起的？"

郭腊替知道自己进了他们的话语圈套，不能再说了，便弯腰把地上的玉米捡到蛇皮袋子里，扎住口袋撂到肩头，头也不回地走了。田埂上的两个记者大眼瞪小眼。一个说："这老头倔着呢。"一个说：

“警惕性挺高。”

之所以一定要叫他们下乡采访，是因为如今的假新闻多，都是一方面提供，新闻听不到来自民间的声音。鲁希望给新上任的总编讲了他的救火事例，总编就一定要叫记者实地采访，现在和以前不一样了，新闻监督回到了新常态。两个人看着郭腊替的背影商量，用什么样的聊天方式才好叫他讲真话呢？

再说王翠平这里。

宝福没有进院时就叫了一声：“老姐姐，昨天的事情太不好意思了。临时有事情就直接回县里了。我还安顿郭腊替告诉你呢，他可能昨天累得没有顾上，把事情给忘记了。老姐姐哎，你先不要答话，我知道是我错了，来来来，这就补偿。这是一百元，不多，都是按下乡标准给你，你拿着。”

王翠平想，宝福可是从来没有叫过自己老姐姐。王翠平就笑眯眯安慰说：“也就是一顿饭，山里不缺粮食，我也不缺工夫，用不着拿一张大钱来贿赂我呀。”

宝福说：“这就是你王翠平的胸怀，心里藏着一颗仁厚的心呢。这得拿着，你若不拿我就得落下个贪污罪名。”

一百元扔到了屋里床上，宝福觉得有什么问题，又掀起褥子压在下面，无事一样坐在上面。

王翠平说：“不缺粮食呀，看你，快拿走，叫人知道了笑话我，我家又不是开饭店的。”

宝福坐在床上，王翠平也不好过来争抢，只好叹口气给宝福倒水。

宝福说："老姐姐年轻时候也是个美人啊。可惜活在了黑山背，活在城市里哪里轮得上韩路平。韩路平讨了多大的便宜，真是便宜他了。"

王翠平捂着嘴笑，笑宝福会说话，当了干部的人就是不一样。笑到激动处，被皱纹挤住的眼睛还露出一丝亮光。门口的天光打在她身上，她禁不住放下捂嘴的手，很高兴地说："韩路平年轻的时候也是好后生呢，人长得直撸撸高，老了，抽了，看不见年轻时候的好了。"

宝福根本就听不进王翠平的话，只想着接下来的事。掏出纸烟想摸火，只见王翠平从床头另一端的被子下摸出一盒火柴，划亮了颤巍巍点给宝福。抽了一口烟，宝福说："我活得不如你好，我身上有使命，当了干部就由不得自己了，官帽就是紧箍咒哇。这不，昨天没来吃饭，都是山火惹下了事。上面知道了，要追查责任，我说是山火，他们硬要说是烧秸秆引起的。你知道的，咱们什么时候烧过秸秆？从前吧，我还见过你点火烧秸秆，昨天是真没有。上边一定要说是烧秸秆，我也只好说是我点火了，可上面的领导说，一个护林防火的人怎么可能自己拿着防火工资一定要点火烧钱？没有办法，我不能说是郭腊替烧秸秆，你知道，他倔得要死。可我也不能说是你老姐姐点火烧秸秆呀。"

王翠平问："火烧了多大面积？"

宝福说："一两亩地大。差一点就烧了国家林区。"

王翠平说："又不打雷，咋就起了山火？日怪呢。"

宝福看到王翠平彻底放松了警惕，就说："要不我和上边汇报就说是你老姐姐烧秸秆点了火？一个妇道人家，他们不能咋你。这个年龄你也不怕背黑锅。你是明理人，和那些啥话都听不得、啥事都当大事看的乡下人不能比，你就是比他们有水平。”

王翠平止住笑说：“宝福，说正经事，昨天那火我可不能顶头上，我是多少年都不点火烧秸秆了，孩子们怕我乱点火，都是他们回来把秸秆搂到地垒下，几场雨几场雪，来年那秸秆就沤烂了。”

宝福不说话，很认真地看着王翠平。尽管这个女人的脸上布满皱纹，可她心里明白得很。他是有点低估了她，白费了半天口舌。宝福不甘心，站起来在脚地走了两圈，想着，不知道郭腊替那边采访结束没有，假如郭腊替也承认是王翠平点了火，那么，昨天的事就必须放到她身上。宝福盯着王翠平说：“我是护林防火员，我有权力说是你点火了，你不是烧秸秆点的火，你是给韩路平烧纸钱点的火。为什么呢？因为韩路平的坟就在山背面，就那地方着火了，这事不是我说了算，有郭腊替证明你呢。”

王翠平的脸一下就拉下了：“他郭腊替敢说是我点了火，我还敢说是他点了火呢。”

这句话叫宝福开悟了，赶忙拿出手机点开录音，顺着一句气话往下问：“郭腊替点秸秆了？”

“点了。时常见他点。大地大火，小地小火。那火我看就不是山火，就是他郭腊替点了。他恨韩路平，就因为韩路平活着时叫他穷鬼，他就想把韩路平的坟地烧了。他不和我说话，把我当了死鬼韩路平留在黑山背的那口仇恨，他记恨我，他不是人呀！”

王翠平一边哭一边数落。宝福觉得事情总是在他需要的时候就会有反转，什么叫命好，好命人总是有一只无形的手罩着。心里一阵子窃喜，觉得录多了露怯，有她这几句话就够。他关了录音走近抚着王翠平的肩膀说：“老姐姐，有我宝福在，咱把那一口仇恨扔给他郭腊替，你不要伤心了。老话说了，鸡不和狗逗，男不和女斗，他郭腊替是气量小的人，你怕他我不怕他。这事说到此处就好，日子是咱自己过，咱把咱自己的日子过好，叫他生气去。”

刻薄的、伤心的、冤屈的，越想就越难过，人心不能做比较，不管那些了，所有苦日子中的记忆都起来了。感觉郭腊替坏呀，不说人情也说地理呢，咋就坏到这种地步呢？她闭紧了嘴看着宝福，半天后说：“你给我报仇。他谁都不怕，就怕村干部。”

宝福正要安顿她，两个记者走进院子里，宝福急忙走出去拦下两个人说：“你们采访了个啥？”

一个记者说：“啥话都没有说。我们这就是来找当事人采访呢。”

宝福小声说：“采访不成，她正生气呢，我这儿有她的录音，事情有反转，不会叫你们白跑一趟。”

两个记者娃说：“那现在做啥，黄主任？我们还等着明天的新闻呢。”

宝福说：“回去写稿子呗，我说了不会叫你们白跑。有事实有依据，我宝福办事没有不靠谱过。”

来不及回去道别，宝福拉着两个记者，招呼自己的狗贝儿走出了黑山背。

黑山背一下就又静了。静得和没事发生一样。

七

人间无声，也就不知道发生了什么样的变异和曲解。

王翠平黑坐在炕上对着黑下来的黑山背蓄满了一腔怨气，无声化解得她没有丁点力气。想叫自己当下生出力气，就算是借着骂猫也要野着骂两嗓子，可这腿脚酸软得一点也不听使唤。她想不明白为啥郭腊替要害她，是郭腊替对她生出了啥意思，自己没有迎合他，他就变着法想害自己？白猫嫌冷跳到她的怀窝里，她发狠似的把猫扔出去。白猫惨叫一声再跳往她的怀窝，她很坚决地又把它扔出去多远。白猫很无奈也很难过地喵喵叫着看着黑影王翠平。屋里的空气无端就黏稠了，满是一个人过日子的委屈，那过往的委屈挂着数不清的疼，这些疼像风吹着沙子一样荡来荡去，敲打着她的皮肉。她跌跌撞撞站起来想冲出门外，冲往郭腊替的屋子前，想把自己撞到他的门上。一把老骨头了，我就拿命撞你，看看你想做啥？到底想啥？是不是就是想着合灶叫我伺候你呢？

想着自己一生都在争斗中度过，生活是越老越无序了，这一生啊，真是领略了多少体验，难过得想流泪，但是她也决不怕这最后一回。

早年间自己从山外嫁到黑山背，那时黑山背的后生一个赛一个，看见哪个都怦然心动呢。有了这样的心情，人就打扮得清爽。也不是要招蜂惹蝶，想来是那份过日子的心劲，就想和村庄里嫁过来的女人攀比。比穿、比戴、比家务、比生娃。想起来真是要笑死人，自己还真是看中过郭腊替。觉得他比韩路平知道疼媳妇，时时处处疼。有几次就想叫韩路平知道郭腊替是咋样疼媳妇的，韩路平问咋样疼？还记得她说了，有一次见郭腊替背着媳妇过乌嘴河，两只手不是捏着耷拉在胸前的手，是两只手托着改娥的屁股，迈一步拍一下改娥的屁股，改娥那老实的人在郭腊替的脊背上笑得能岔了气。韩路平一下就捂过来一巴掌，那眼光变得冷冷的，又有很深的怀疑，仿佛在说，你是不是心里也想叫郭腊替拍你屁股？王翠平还想说什么，一口唾沫吞食了到喉咙的话，退了回去。一辈子就嫁了一个这么多疑的人，稀里糊涂生下一大堆娃，除没有成活的四个，活下来两个闺女一个儿，好端端的日子过得叫人沉闷，越活越没有比头。说心里话，这一辈子真要有人背着她过乌嘴河，走一步拍一下她的屁股，那也是一种好呀。

再后来黑山背的人急慌慌都往山外走，过日子的心劲就成了比看谁有能耐把子孙后代送往远方。那能耐是自家男人的能耐，那比就成了心里苦和世上的病，一辈子治不好了。

一股风贴在窗棂上，垂挂在屋檐下的旧谷穗被吹拂得纷纷扬扬地抖动和飘落着，藏在胸口上这颗脆弱的心，也禁不住瑟缩地颤抖起来，于是浑身都觉得像浸透在凉水里一样寒冷。赶紧绕着炕头底下凹凸不平的地急急走了几步，扶紧了门，望着被烟火熏染得漆黑的屋顶，觉得一个人活到现在到底活着是为了什么？是为了一口气！一时又觉得那口气憋满了她的胸脯，她踉跄着用力把门打开，冲出院子，乌嘴河在凛冽的风声里哗哗哗震响，挂在山尖上的半个月明冰凉得如一个人的心肠。她狠闭了一下眼，拽着能拽着的藤蔓往郭腊替的屋子前走。爬上台阶时，她看见了亮着灯的窗户，窗户上郭腊替坐在床上的影子，那影子摇来摇去。她还不想撞他的门，就想知道他摇来摇去摇晃什么呢。她闭住气贴着窗户听，听见他在打电话。风声越来越大了，伴随了雨点，她不怕下雨，她就想知道他和谁说话。她听见了郭腊替说："是韩云妈点了。"

这句话叫她是彻底心死了。心里顿时感到了一阵说不出的悲凉，这穷乡僻壤里的多少人、多少事都经历过了，从来就没有想过要经历伸黑手害她的人，她要撞上去了，禁不住仰起头颅。把命撞向这个人值得么？那是要叫村外的人笑话呀，叫宝福笑话呀，宝福会说，黑山背两个不中用的人临梢末了，活得不知道要脸了。王翠平踉跄着，迎着呼啸的夜风，回到自己的屋里，在幽暗和凄惨的光亮中，铺开了厚厚的棉被，悄悄地钻了进去。聆听着窗外凛冽的风，她实在是想不通郭腊替为什么要害她。

天黑时下了一场雨，细雨沙沙敲打着屋外的树叶。家里的每件物什，都有一定的搁置地方。下雨，明天一早不能下地了。郭腊替取了抹布擦洗农具，用一种欣赏的表情拾掇着，擦洗干净；再看，灯光下闪着亮光；末了，疼爱地端详着摆放好。铁家伙不能有一点锈斑，锈是要传染的。脱了鞋，郭腊替不急不慌地坐在床头，拿出压在枕头下的手机看，看见有好几个未接电话，是大儿子郭怀打进来的。急忙拨过去，电话那头郭怀焦急地问：

"爸，你是不是叫人弄起来了？"

郭腊替说：“弄啥？”

电话里说：“老家微信群里说你点火烧了山，要不是下乡检查，火势不可估量。你没有事情吧？早和你说过了，种庄稼不赚钱，死守着几亩地，不出门，不见世面，更不能点火烧秸秆，捅下娄子还得回去替你处理。人老了，不能叫脑子也糊涂了。”

郭腊替说：“你说谁点火烧了山？我一天都好好在黑山背，现在下雨，我盘腿坐床上给你打电话，没有人把我弄起来。”

电话里说：“黑山背失火了没有？”

郭腊替说：“失了。面积不大。扑灭了。”

电话里说：“是你点了？”

郭腊替说：“是韩云妈点了。不对，我说错了。是护林防火的人点了。”

电话里说：“韩云妈说是见你点了。”

郭腊替说：“你远在天边，你知道是韩云妈说了？乱说啥？我不知道你说啥。我没有点，世上还有比住在黑山背更稳当的日子？你好好在外，不要管我，有事我会打电话给你。”

电话里说：“那就是假新闻，吓死我了，以后电话就装口袋里，别老一天都放在枕头下，有个三长两短都找不见你。”

郭腊替怕浪费电话费，提前把电话挂了。挂了电话反倒心慌了，难道宝福把我弄成了那个点火烧山的人？他越想越不自在，决定再打一次电话问问郭怀。

电话那头说：“咋了爸？”

郭腊替说：“你说那烧山的事情是咋的写了？”

电话里说："大概意思是说郭腊替年老糊涂不小心点了山，自己还不知道，多亏了山里还有人住，正好撞见进山检查组领导鲁希望，大火才扑灭了，不然就可能烧了国家林场。说你糊涂得啥都不清楚，还是王翠平老人指认了你，才知道火是从一处坟地烧起。"

郭腊替越听越像是说书，编着故事吸引人。心里的气就来了，是对王翠平的气。

电话里说："咋不说话了爸？你别闹事啊！"

郭腊替似乎又清醒了，说："闹啥事？我的骨头还不想散架，山里活久了，真傻了，任意叫山外人糟蹋，坏我名声。我没有点过火，都是龟孙子宝福编的故事，拣软柿子捏。"

电话里说："没事就算了，都这么大岁数了，有啥名声？老家新闻里也没有把火说多大，只是突出了干部下乡的重要性。这种新闻，过三五天就换别的了。我挂了爸。"

怎么能没有名声？人活着到底是为了啥？就是为了一世的名声啊。和王翠平不说话是为了啥？也是为了自己的名声啊。活着事小，名声事大。不能临死背着个烧山犯的罪名！郭腊替穿好鞋，他是要毫不犹豫地去和王翠平对证。

推开门，夜是寂静的，是温和的。细雨下过，云彩躲开了，明月在天上，石头应对着明月泛出亮光指引了他脚下的路。他要为自己的名声去斗争，也从来没煞费苦心去自我防卫过，自我辩解过。可他从来都不怕为自己的名声辩解。他走得急也走得脚步重。

呱嗒呱嗒，呱嗒呱嗒。

一片清新的空气袭来，他的鞋一寸寸洇湿，他的呼吸像风箱吹足火焰时发出的声音。走着走着，他回了一下头，黑山背就他一户亮着灯光。黑山背的人呢？叫日子黑走了。

呱嗒呱嗒，呱嗒呱嗒。

他看见王翠平的花布门帘了，帘子的花式都是彩色布块拼出来的五瓣瓣花朵，他要张开手撕下她的门帘子，她的日子凭什么一定是花朵一样开放？有什么拖长的声音传过来，突然他感觉到了不安，好像要发生什么事情，头发奇怪地干蓬着，里面藏着一大团静电。

起风了，风裹着哨声掠过村庄，那声音如他的脚步。呱嗒一声，有谁家的屋顶子又被风吹塌了，那声闷响传过来，撞击得他不由自主地激灵了一下，急忙扭头往回返。在雨后，在明月的清辉里只走了几步就走完了他的力气。他爬着坐定在那座新塌落的房子前。月影下豁豁溜溜的墙壁碴口处，这户人家搬走之前用谷草编结的送灶王爷上天的坐骑——一匹草马被大梁挑了出来。马头还在，身子已经散架了。马脖子上的红布还在，如少年脖子上系着的红领巾。草马脖子上的铜铃铛响了，顺风扑面而过，只是一丝丝响。他看到没有带走的镰刀，单薄地插在屋子的墙角，犁、耙都散架了，房梁塌落下来砸烂了一口水缸，那些年他是看中过这口水缸的呀，他曾经也想买这样一口水缸腌浆水菜，到处打听才知道已经没有人烧缸了。坐在这里如同面对一场激战后的战场，孤寂、悲凉、单调、杂陈，他看不到锋芒、棱角、生动。时间一如既往地往深里黑，赤裸裸的黑叫他无助成一团，他被伤害了，不是宝福，也不是王翠平，是黑山背的黑夜，是一处处塌落的屋子，那屋子让他承受了精神的折磨。从前，每一个黑夜他都能预感到明天，现在，他连黑夜也无法预感了。

花妞来到他身边，看着他。他像狗一样四肢爬着，青筋暴跳的手，弯弯曲曲抓紧土地。花妞不知道他张扬的内心，只是用它柔软的舌头舔他湿漉漉的手臂，舔他湿漉漉的头发。

王翠平第二天被韩云女婿开着三轮车接走了。走之前王翠平叫韩云女婿进郭腊替的屋子里安顿他一些话。韩云女婿走进郭腊替的屋子时，郭腊替的额头上搭了一块湿毛巾。韩云女婿看见了说："腊替叔，你这是咋了?"

郭腊替有些难过地说："感冒了。昨天遭了雨，淋感冒了。你又进黑山背拉秋粮来了?"

韩云女婿说："不是，叔。接我妈出去检查一下身体，昨天我们回来拉秋粮时，她说她心口疼。正好我借了别人一辆三轮车，能用几天，就想今天拉她去县医院检查一下。一辈子没有进过医院，不想去，这回她是难受得厉害了才叫我拉她去检查。我来是安顿你，猫在黑山背，你养它几天，几天光景就回来了。"

郭腊替说："好说好说，快去县医院给你妈好好检查一下。到年龄了，一辈子没有享过福，叫她好好看看外面的花花世界。"

韩云女婿说："多喝水，叔。其实猫不管它也饿不死它，黑山背的地老鼠多，它找得到吃食。我妈怕饿死它，叫我来安顿你管它几天。几天后她就回来了。"

郭腊替没有想到王翠平能叫女婿来传话，一时就想多说几句话，又不知道该说什么，只是一个劲说："我能照顾好猫，我能照顾好猫。"

韩云女婿笑着就走了。

听见村口三轮车发动时，郭腊替急忙趿拉了鞋往出走，草长得一人高遮挡得却是什么也看不见，三轮车的声音就远了。

清凉的空气中突然出现了一团白，他皱着眉惶惑了一下，看清楚是王翠平的白猫蹭着他的裤脚。花妞蹿出来唬了两下，白猫弓着脊叫着想躲开又不忍心。郭腊替弯腰捉住猫抱在了怀里，抚着它的脑袋说："没娘喽，没娘喽。"

花妞躁乱得在院子里走来走去，它不希望郭腊替抱白猫，多少年都没有见他抱过自己，他轻抚白猫的样子真叫花妞好生嫉妒。

王翠平走了半个月，没见回来。

郭腊替每天都去王翠平院子里看看，有时候风吹得院子里的柴四散跌落，他捡起来重新搁置好。秋天的风吹得满院子落叶，一些潮湿的石头地缝长出了野草，他拔掉那些野草，扫干净院子，做完这些时就坐在王翠平家的门墩上抽两口旱烟。他向周围左顾右盼，耳朵却警觉地探听进出的路口，他盼望听到三轮车声，或者狗冲着生人狂叫的声音。秋天嘈杂的树叶落尽了，风在不停地旋转，吹来一些塌落了的屋子里的旧纸片、旧草屑、碎布头，还有各种各样没有用的东西，树枝、鸟的羽毛。他的脑袋里飞快地掠过许多忧伤的想法，童年、少年，许多无益的、已经无用的记忆中的事情都出现了。自己的生活，以及黑山背人的生活，越来越清晰。他甚至想要强行打开王翠平家的门，日头好时，他想晒晒她的屋子，长久没有开门，屋子里潮气一定把锅碗瓢盆都潮烂了。

冬天来了，下了一场雪，一股卷着雪沫的风打碎了王翠平家窗户上的一格玻璃，他找了一块石头挡住了那格窗户。他看到了屋子里收拾得干干净净的床铺，墙上的年画、锅边的碗筷，都在等着王翠平回来。

花妞在冬天的一个夜晚生下了两只小狗。猫惊讶地看着那些蠕动的小东西，时不时地想去动它一下，花妞就狂叫。郭腊替觉得屋子里有了生气，说不清楚的过日子的生气。有些时候就看白猫轻手轻脚走近它们，伸出它的爪子去撩逗它们，花妞怒吼着扑过来，猫选择了撤退，花妞的警戒心并没有放松，叼着它的狗儿子到处跑。这样子有一只小狗就被它叼来叼去病死了。剩下一只小公狗，它居然表情丰富地摇动着前爪向猫示威。郭腊替想到许久没有见到宝福了，这小公狗还是宝福家贝儿的后代龟孙呢。想着宝福弄下的事，一肚子恨，就想着叫这小公狗龟孙吧。一山不能容二害，龟孙长大了一定要拦下宝福的贝儿，不叫宝福进黑山背，宝福一进黑山背呀那是猫狗不宁。

进入腊月时郭腊替听到三轮车响了，是王翠平回来了。

躺在三轮车上的王翠平已经昏迷不醒。这是一个不好的兆头，王翠平得了食管癌，做了手术。人在化疗期间，因为县城里冬天的雾霾重，体质弱的她又感染了肺部，恐怕连年都无法过去。

果不其然，回黑山背的第二天，王翠平就走了。迟早的事，有生就躲不开死。郭腊替无法控制自己的眼泪，他哭着收拾出箱子里去年清明上祖坟多余下的金箔纸，认认真真叠着金元宝，叠好后摆放在篮子里，一层层摞起来。他用谷草编了一匹草马，找出一只铃铛拴在草马的脖子下，草马的身子披了红布，它的尾巴用了几缕麻扎紧，披散开。

郭腊替走进王翠平的院子里，挽着他准备好的东西，没有人和他打招呼。他看见回黑山背奔丧的人，这些人脸上没有悲伤，他们嬉笑着说着山外的事情，山外真是一个巨大的诱惑啊，那诱惑让黑山背奔丧人忘记了哭声。地上的棺材只是一个摆设，王翠平躺在里面，永远都不会和他说话了。郭腊替弯下腰，取出他叠好的金元宝，一个一个点燃。他生怕没有燃透，没有燃透的金元宝到那边成色不好。燃烧完金元宝，他告诉王翠平的儿子说："你们离开黑山背时把草马烧了，屋子里没有人了，灶王爷要离开了，不能不给他老人家一个坐骑。"

那些人看着郭腊替笑，郭腊替在他们的笑声中哭着离开。

八

因为死亡，黑山背回归了那片土地。

山脊上走满了日头的光芒，日头照不到的地方积满了雪。花妞乏困地卧在雪地里，它的儿子龟孙跟着它在远处扑动着四个爪，雪下的那些荒草随着它的扑动大片大片地撩起。明年春天草还会绿，会疯长，只有黑山背的人没有再生能力了。

年关将至，儿子们打电话说不回来过年了，过年值班在企业里是双份工资。郭腊替叫他们不要操心自己，过年也就是一个日子，过了这个日子就过年了，这把年纪都害怕过年，过了年谁知道会是什么样子呢，他们不回来正好。罢了又安顿他们好好过年，过年是年轻人的事情，还能多赚钱，有热闹，就不要担心他了。

放下电话，郭腊替有些难过，其实他是渴望孩子们回来过年的，毕竟是年，一年时间经历了春夏秋冬，经历了那么多的事，他想和他们说说话。可是现在的人谁愿意听他说这些车轱辘话呢？床头的墙壁上，有一个斑驳的紫红色相框，里面都是从前的照片。他看到郭怀妈改娥坐在凳子上，双手放在膝盖上，茫然地看着什么，头发弯弯地卷在耳朵后，眼角微微地挑着，因为照片有些发黄，她的眼神迷离着。郭腊替拿干净毛巾轻轻拂去玻璃上的浮灰，有些地方灰尘积厚了，他吹了一口热气用劲擦了一下，眼前就浮现出了从前的景象来。

从前的年腊月里，炊烟袅袅，灶火间缭绕着年香，掀开蒸笼时，白面馍馍花朵一样散发出面香。两个儿子跑进来急慌慌要吃馍馍，郭怀妈说："还没有祭灶家爷呢，馋嘴东西们快走远远的。"坐在灶火前添柴的郭腊替就把试碱的小馍馍拿给孩子们吃。郭怀妈看见了就吆喝："那也要先给火神吃。"赶紧揪一团生面扔进灶膛。

年影子似的跟在庄稼人的身后，庄稼人怕过年，只有娃娃们盼过年，恨不得一个跟头翻到大年初一早晨，去吃那守岁夜包好的饺子。长年累月在灶间，郭怀妈的脸膛红红的，啥时候望见了都觉得是一脸喜悦。照片上看不出那一抹红来，那红入了从前的记忆。

如今的社会啊，钱把人的手脚绊住了。

一个人的黑山背也要过年，过年不能没有热闹，不能没有红对子。郭腊替找出红纸来，一条条剪出对联，扳着指头数，看有几户人家的屋子还立着，门还在。有六户的门还挂着锁，那就要贴六户人家的对联。王翠平走了，她的屋子应该贴黄对联。找出黄纸来同样裁出两副对联，因为王翠平还有一间灶房。郭腊替拿着对联和糨糊往村子里走。对联上无字，字在黑山背没用了。他贴一户打扫一户院子。没有人的院子里还有生灵，不能叫它们小看人，除非黑山背没有人了。最后贴王翠平的屋子，他看到好久没有打扫的院子里到处是鸟粪。过年了，年把你搁置在这厢了，回家来过个年吧。打扫干净院子，贴上黄纸对联。他坐在门墩上歇息了一下，突然想说话。

“那边没有冷暖是吧？没有冷暖也就没有年。过年了，你是离我最近的人，活着时没说话，想想都好笑，活人怕死人，怕个毛。我现在就跟你说话，你活着时的样子我还记得，我心里惦记着你，有一天我见了你啊，我一定想办法把咱黑山背的人集中起来，还住在黑山背，那时就没有死亡了。我养着你的猫，它胖了，你离开黑山背的那几个月里它叫过一次春。不怕你笑话，黑山背所有人家的屋顶它跳着叫来叫去，小孩叫一样，哇哇叫得人难过。我想明年叫山外的人逮一只公猫来黑山背，可我就是不敢说，怕人家笑话，传出去都是黑山背人的笑料。就算黑山背留我一个人了，也不能叫山外的人说黑山背还有一个活死人，还在制造笑话。明年开了春我就自己出山，找一只公猫回来，没有什么理由，就是不想委屈了你的猫。我知道韩路平和你在一起呢，但是，我就是不鸟你韩路平。你叫我把活人的日子过成了死人的日子。我现在就要把死人的日子过成活人的日子，天天来和你说话。哎哎，总算和你说话了，我知道你脸红得不好意思开腔，明年你闲置的地想种啥？我帮你种，明年就不用偷偷摸摸了。”

年腊月二十三，郭腊替找出今年的新谷草来编了草马，灶王爷要回天庭汇报工作，要把灶王爷的坐骑打扮好。走前还要给灶王爷吃甜点，糊住灶王爷的嘴，好让他在玉皇大帝面前多说几句人间的好听话，来年多给人间一些风调雨顺的日子。郭腊替一早就开始烧柴慢火熬甜饭，下了黏米后又煮了枣、红豆、柿饼、花生、黑软枣，盛饭时还加了红糖。甜饭摆放在了灶王爷牌位前。吃罢饭，灶王爷就要骑草马上天了。

天空星星出全时郭腊替放了一个炮，点了一把火烧了草马，口里念念：“上天言好事，回宫降吉祥。”

从前大人们说有灵性的小娃娃还能听到灶王爷叮叮当当的出行声。黑山背怕是再都见不到有灵性的小娃娃了。

过了小年就是大年，郭腊替丝毫不敢轻薄了年，穿了干净衣服，打扫了屋子，擦洗了玻璃。年三十夜包了素饺子，接回来祖宗，敬奉了菩萨，破天荒歪歪扭扭写了一个斗方“开门见喜”，贴在了进出门上。先煮了饺子给猫狗，然后自己吃，一边吃一边安顿猫狗，告诉它们新年了，长岁了。

平静的黑山背响了一串长鞭，两只狗冲着鞭声叫了很久。假如没有这一串长鞭，黑山背该有多寂寞啊。郭腊替不想和年做简单的无奈的话别，他用他一个人的仪式过年，年揪着疼和他一起黑了亮了。

年就过了。

浮　生

一

西白兔是种植玉茭和洋芋的村庄，十年九旱，常常是一年里不见一星星雨。冬天偶有雪下，西白兔人总是争抢着把雪收拢到地里，盖了土，驾牛，拖了碾磙把地压瓷实了。别人都是等下种的时候要把土地弄松软，西白兔人却要用石磙子把土地压紧，想保住地下那点浮墒，怕被天空的风抽干了。

春天到下种的时候，扛了犁，半尺深的土里不见墒，西白兔人知道那落土的种子，肯定是不会发芽，但是，春天总得下种吧。就想着或许会有雨来，或许干爽的天空会有云来，哪怕天空孕育着一丝潮湿，西白兔人望天的脸上都会挂上喜悦。

种子埋在地下长不出，只有耐旱的洋芋年年在这里开着白色的花，结着拳头大的块茎。高寒，干旱，山大沟深，交通不便，让西白兔人一直生活在困顿中。就是这样一个恶劣的小气候，也没有一户想到要搬迁出去，就觉得这地方好。这地方什么好？人好——长得出溜。这是一句西白兔人的方言，意思是指这里的人都长得一副好身子，男的挺拔伟岸，女的苗条修长，不像一些平川村庄里的人，长得缩头缩脚。

西白兔人家家炒制炸药，炒制炸药的原因是要开山炸石，遍地私采滥挖的黑口子大批量地需要。什么东西都是这样，一紧俏了就值钱。

西白兔人炒制炸药，从学大寨时期就有了。那时候，下了大力气和土地交锋，也相信层层梯田会出现米粮川，结果是天照样干旱，人照样喂不饱肚子。那时候造炸药是用硝铵和锯末做原料，用于开山修渠和平整土地，炸药粗糙，西白兔人叫豆面粉。

西白兔人由劳模唐大熊带领，到外村的茅厕里用羊铲铲茅厕内墙上的尿碱，据说尿碱可以当硝铵使用。长身子长手长脚的西白兔人，也就是那时候造下声势的。外村的女人看他们一队人马，掮了羊铲，背上搭了毛裢口袋，一个个丰姿潇洒、气宇轩昂的样子，就看中了他们举手投足间的几分人才。学大寨给西白兔人带来的好处，不是战天斗地获得粮食丰收，是给西白兔的穷汉们带来了山下的女人，是后来不断丰富的西白兔人口。

现在，山下没有娶上媳妇的男人稍微扳了扳指头，就数出了许多西白兔人来：李满喜、王秃子、唐大熊、唐要发、李广茂、倪树员等等，他们一个个把山下的俊闺女娶上了山。结果呢，有的人因为造炸药早就不在这世上了，有的人在岁月中突然就因为一声爆炸缺了零件。这很是让外村人议起情绪来，由此，山下的光棍汉们谈笑间不由得多了一层幸灾乐祸。

新的时期到来也好，旧的年代消逝也罢，一切已是羚羊挂角，均化作了一蓬云烟，但是，对西白兔过日子的人来说则有俗人之见：

活人不生事，那叫活人吗?!

二

唐大熊在西白兔是出了名的人物，倒不是说他当过造炸药的劳模，而是从皓齿明眸到青丝堆雪，从岩羊般矫健的步履到踽踽独行，到把命交给了实地劳作的炸药，他的一生终与西白兔有着灵与肉两方面的联系。他三十五岁上成家，差一点就成了一条光棍。在西白兔捉襟见肘的日子里，他当了制造炸药的劳模，也被推到了风口浪尖上，算是生活给了他一个机遇吧，他一下成了远近闻名的人物，也成了女人崇拜的对象。那年月要是提起唐大熊来有不知道的，怕是说出去要叫人笑话，不知道唐大熊就像不知道当前形势一样，不知道当前形势，你活人活得叫个闷葫芦。

这说的都是 20 世纪 70 年代的事情了。

走到现在，苍茫的西白兔依旧是干旱的气候和贫穷的山村，西白兔人所关心的事情也依旧是天边突然能滚过一溜闷雷来，爽爽快快来一场透墒的雨，可偏偏天上的阳光把云层切割出了一个正圆，牢牢地照定在四周的山头上。即使干旱，人也不能不考虑活命。西白兔紧扣着的麦尖山，进入新时期的 2005 年突然就打开了四季热火朝天的画卷，靠山吃山，靠水吃水，那些分布在村庄肩头上的小山垴，满壁扭曲折叠的石头，以往阻挡和困扰他们望远的障碍，现在，成了他们发财的小亲圪蛋。

唐大熊沿着一条山路独行，他不知道自己是否忘记了过去。山路沿着山垴爬高，林嶂断开处，高峻的崖壁刀削了一样耸起来，崖下有一盆洼地，没有水了，长了一盆旱蒿。干燥的石头干烘烘地扑过来一股旱蒿味，那旱蒿味有一股火药味，轻尘抖动在迷蒙的光柱中咋就闻到了那旱蒿是火药味了呢？他实在是知道炸药的好处，可以把坚硬的东西，炸得像捏碎的饼干一样无形无状。但是，人造了它，人却在它面前树不起威信来。当年开山修路的时候，他亲眼看到过炸死人，他的弟弟唐大明就因为点了哑炮，半天不响跑过去看，随了一声爆炸再也不见人了。

那哑炮里装着的炸药就是唐大熊造的。

他记得那天中午回家的时候，娘拄了棍站在院外的老树下，看到一干人往公路上跑，只有他一个人往回走，娘说："你弟呢？"他不敢面对娘，脸上却也没有泪，他的泪蓄着，在胸口上。

娘说："老大，你弟呢？"

他不知道怎样来回答，自己制造的炸药炸了自己的弟弟，弟弟呢？说死了吗？他说不出口，走到母亲面前双腿跪下了，茫然地看着娘的脸，看到娘的脸由黄转白，头发被山上的风吹得立了起来。娘不看他，决绝地往公路的方向走。他跪着过去拦住，抱住了娘的腿，公路上就有人抬着他弟弟往西白兔这边来。娘只是朝着来人的方向望，走过来的人走到老槐树下停下了，娘看到了担架上的人，血肉模糊的脑袋像拨浪鼓样晃，娘张着嘴不看担架上的人了，扭回身大声质问他："老大，你弟呢？"

他在仰头的时候，娘的巴掌打在了他的脸上。

挺着双身子的媳妇在众人面前给他双腿跪下了说："咱不稀罕当这个劳模，旱地里种庄稼，活一棵算一棵！你给娘、给我发誓，说，这辈子不和炸药打交道了，好歹让这个家安安生生，也让我给你留下一个后！"

唐大熊瞪了媳妇一眼："当劳模容易吗？我是实干干出来的，县里的领导哪一个见了我不是抬举着我先和我握手，咱这手上沾了官气呢！"

那年月，唐大熊领着人马挨村挨户铲茅厕内的尿碱，铲出来的尿碱像干锅巴放在地上，人看着地上的收获，黑闪的眼睛凝结着与天斗与地斗的满足，人也就不自觉地魁梧了起来。山下的闺女秋凤主动端碗水过去，递上羊肚肚三道蓝的手巾，也不管他两手有没有大粪臭——恋爱中的女人，闻见那臭也是香的。唐大熊的老婆，正是看中了劳模的长身玉立才来到这山上的。

秋凤上了山，山上的好景致劈面而立，绿茸茸的麦田里，蓬松松地泛着翠绿的青苗。

唐大熊说："看着好吧，虚长着，根早死了，苗倒伏着看上去长得刺棱。"

秋凤走过去抓了一下，那麦苗顺风扬了起来。

唐大熊说："旱得狗都耷拉舌头了。"

秋凤不好意思地笑了笑说："就瞅上你的好人才了。"

唐大熊膀阔腰圆，力大气粗，身短腿长，走路呼扇呼扇，看上去倒也有几分英姿。一路上指着山腰上的地告诉秋凤，山上的地没墙没堰，不能做垄，不能下耧，种地的时候，用手把种子慢坡一扬，锄地的时候能下锄的地方下锄，不能下锄的地方拔拔草，挪挪石头。要说肥，多年的树叶杂草烂在石缝里，土极肥，挂油，拿火点它，它燃。不顶屁用！

一个字：旱。

秋凤缠着麻花辫梢梢说："只要你的心不旱。"

也就才过了半年的安生日子，一切就像电影切换画面一样，出现了蒙太奇效果。那时修房，西白兔的人还没有几个能买得起砖，上山起了石头扎了根基，用干打垒的方式起墙。也就是卸了自家的两扇门板横放在根基上，往进填土捣实，一层一层起高。起到一定的高度，上梁挂椽抹顶子，也不像现在顶子上铺瓦，是就地取材铺石板。他们家的新房和当时的会计陈顺起的房挨着，两家因为是邻居，走得就近了。唐大熊因为是要宣传的劳模天天走乡串村，修房的担子就落到了自己的女人身上。盖新屋了，女人欢笑地穿梭在老窑和新屋之间，频频交换的双腿和摇摆的腰肢像戏剧舞台上的云步，走得自信，如痴如醉。陈顺起时不时要过来照看一下，女人也把陈顺起当了叔叫，大事小事透个气，结果是自己的女人因为两桶水就跟人家进了洋芋地，做了最见不得人的事，还极有能耐地怀了人家的种。人家的种在唐家仰着小脖子硬挺挺往上蹿，啥时候想起来啥时候心里是一阵一阵堵，啥时候看见啥时候是呛了胡椒面一般难受。

唐大熊说：“从前，我给你不止一次说山上旱了，你满口看中了我的好人才，结果两桶水跟人家进了洋芋地，两桶水就让你解馋了，好人才不及两桶水，说出来是烂鞋底打我的脸撕我的心呢！”

秋凤想着从前，想着前尘旧故，到死也没有回到从前。她在第二胎给唐大熊生出真正的儿子时，随着儿子的出生结束了生命。唐大熊想起这个女人来，常常会莫名其妙地想要哭，哭这个女人过早地就不在自己的身边了，让他活着背负了一块很重的石头，让他活在两难境界中，有爱有恨，或爱恨交加，不能自已，生活在西白兔人的闲话中，一辈子要人来嚼舌根。

想想自己女人的好，在村里是数一数二的好。脸庞线条清晰，干干净净，两只眼睛像两颗豌豆一样。为了炒制炸药，茅厕里的尿碱铲没了，她还帮着自己到地里采过灰灰菜，回来坐了锅熬，熬硝。多好的女人！后来经历了那件事，女人脸上的笑就瘦了。尽管有些东西想起来不是那么美好，但是，发生了的终究是发生了，不能不面对。后来唐大熊对自己的女人有了一种占便宜的心态，仿佛不如此，自己就吃了什么亏似的，两年庄稼一年种，庄稼不成年年种。山与壑之间流动着一种难以说清的东西。

四野沉下来的时候，唐大熊就兴奋，就想在女人身体上泄愤。女人哆哆嗦嗦地团坐在炕头，他啊啊喊两声，喊给隔壁的那个人听，村里的狗便应和着叫起来，西白兔的人就兴奋了，也不结伴窜房檐听窗户，只顾着自己骚情地上炕解馋。月儿从一座山的背后爬上来，淡红的，有几朵无雨的云托着，把唐大熊起伏的影子拉得很长，看上去头也变形了，身子也变形了，极有路数的撞击让他发灰的脸上皱起了缺少水分的光泽。白天他还是一个人模人样的劳模，晚上他就忘了白天当的是啥样的角色了，这个劳模，背地里西白兔的人不喊他劳模，喊他性蛋儿。

只有这样压着女人的身体，大口大口地喘气，他才觉得像踩着干旱的西白兔土地一样踏实。女人说："你糟蹋我也不要糟蹋那孩子。"女人就是在这种忧郁和痛苦中过早离开这个世界的，她的离去给他留下了漫漫茫茫的未来。

三

唐大熊一直以来不相信唐要发是自己的儿。自己是高个子，唐要发是五花个，眉眼顺自己的地方不多，但碍于出生在唐家，也就真假好赖姓了唐姓。如今，他是看儿不是儿，看儿媳不是儿媳，看孙女不是孙女。明明知道外人都知道是咋回事情，还哄自己别人是傻子。这个儿，这个唐要发！

唐要发眼看着书念不出名堂来，没等初中毕业娘就要他出去打工，要他离开西白兔，离开日日里看着他的唐大熊。那时候山里人还没有想到要动山上的石头，山上的石头在阳光下很安静地卧着晒暖。地干荒着，青苗卷曲，从山下往上运水的人是会计陈顺起的小儿子李续。正常情况下一吨水卖三块，西白兔的人吃水要卖到九块。贵不贵？贵！人不喝水不行。

娘走时安顿唐要发说："赚多赚少都要给你爸，一分钱都不能少了，一分钱都不能落下。"

唐要发茫然地望着唐大熊的背影看娘，娘的肚子像地锅一样鼓着，肚子里的弟弟快要生了，娘的脸上挂着不易觉察的哀怨，那种哀怨伴随着他的睡梦多少年了，对娘的记忆就剩下了最后这张哀怨的脸。他不知道自己到底做错啥了，每一次自己闯了祸，唐大熊都是指着他对娘说："看你的好儿子！"在别人家他看到的是女人对着自己的男人如此说的，独独他们家是爹冲着娘这样说的。

娘生了弟弟唐国发后死了，死时唐要发没有见，从县城里的工地被召回来后，发现唐大熊变了，看他的眼色多了一份怜爱。但有些事情他是不知道的，也没有人敢和他说。

唐要发第一次被山下五里庄的水仙看中，是跟了李续开拖拉机下山拉水。山上的旱窖储水量少，春口上下种，人畜吃水量都加大了，旱窖水底子沉淀着一层厚泥，桶放下去不仅吊不上水还吸桶底。这时候的西白兔人就只能等李续的水，唐大熊不让唐要发跟李续拉水，看死了盯，他说："你要是跟了李续拉水是辱没我唐家先祖。"唐要发从心里有一种抵抗情绪，偏要跟了去，你能咋！就偷着跟李续拉水。拖拉机不绝于耳的嗒嗒声，一个春天，环绕在通往西白兔的山路上。

李续没有拉水之前，西白兔人吃的是旱窖里的天水，旱窖里的水吃完了，自己下山拉，有牛车拉、驴车拉，也有人力车拉，家家户户一天里主要思考的问题就是一个字：水。但牛拉和驴拉费时费力。李续听了他爹的话买了拖拉机从山下拉水。一开始也有不买他水的人，认为贵了，比吃玉茭和山芋还贵，但是，经不住大多数人都买，你不买，就显得小家子气。穷身子长了富脸面。

自从拉开水，小个子李续个码也长高了，握着方向盘的李续好像骑在马上的将军，举手投足之间透出了一股子奔小康的优越感。李续的个子不高是因为他娘是招女婿，是从山下招来了他爹陈顺起，陈顺起个子就不高。招来的陈顺起改了女方家的姓，叫了李顺起。既然做了上门女婿，又沾了媳妇爹是老支书的光，由会计当了后来的西白兔村委会主任。当了村委会主任的李顺起来了个个体户大盘点，自己说了算，恢复了原来的陈姓。西白兔人叫名字一般不带姓，就叫名，当了干部的人你要是叫人家名，人家就不高兴，都是带了姓叫，比如李主任、王支书等等，你要叫人家李顺起主任，听起来别扭不说，还以为是带了情绪叫人家。选举的时候是以李姓选举的，成功了，就一定要大家叫他陈主任，档案里备了案的还是李顺起。老支书有点气急攻心，看在给自己添了三个孙子的分上也不好再说什么，就由了他糊弄，李家反正是有孙子了，要不要这个当爹的吧，计划生育的超额完成对姓李姓陈已经不太重要。唐大熊常和西白兔的人骂他“白眼狼”，骂他“黄瓜敲锣，越敲心眼越短”。西白兔人叫惯了李顺起，一下改不过口，又顾着陈主任的面子，干脆什么也不叫了，就叫他：“哎，大主任。”不几年因为大主任的爹，王八脑袋上竖起头——李续就走龟运了。

李续常年下山拉水就和水仙的哥哥做了朋友，力主水仙嫁到西白兔去，就把唐要发介绍给了水仙，还说他爹是劳模。不这么说好像不能打动水仙的心，这么说了，说明唐家有一个很是能抬上桌面的人物，也不是普通人家。水仙当时在漳河边上洗葱，人站在水边，绿葱叶白根子粉指头，上身穿着这个社会不怎么流行的碎花罩衣，过了清明，脱了棉挂了单，人站在水边的样子要说好看是真好看。看到公路上走来提水的唐要发，像一棵树站过来一样，两个人不自觉就拉上了话。

水仙说："要是来提亲，我就一个条件，想学裁缝，你出钱让我学裁缝，我就嫁你。"

唐要发说："容易。"

水仙说："不结婚就学，学会了结婚。有人出钱让我学裁缝，我不要，我是看中了你的人才。"

唐要发说："山下的人都是看中了山上的好人才。"

水仙说："结了婚不生孩子先开裁缝店，等赚了钱我养你。"

唐要发呵呵呵笑得两鼻夹皱起了八字样细碎纹道道。

水仙说："都说西白兔的人是高个子，我看你也不算高，也就是比李续高了一指头。"

唐要发说："我爸个子高，我结了婚还要长，这是我娘死前说过的话。"

水仙真的用订婚的钱去学了裁缝，学会裁缝的水仙结婚那天骑着马嫁到了西白兔。

西白兔的午后是宁静的，多姿多彩的秋天里，吃毕晌午饭，人们等着山下的响器家伙，左等不来右等不来，看山下，山路如同伸展四蹄长卧的牛一样慵懒，等待中的热闹就堆满了西白兔人的脸，看热闹的人要看唐家咋给这个儿办这个喜事，看隔壁的陈顺起出多少礼钱。迟迟不见该上礼钱的人来，也迟迟不见下山娶亲的人来。几只鸡披了一身热闹用爪子在等待的期盼中刨，啥也刨不到，天旱得土里都藏不住虫子。

一只公鸡和一只母鸡开始调情了，干瘦干瘦的公鸡，一只脚收拢了，踮起另一只脚，架起半只翅膀，像舞台上夜行的薛仁贵来回踮着脚走。母鸡咕咕了两声，躲了躲，表了一个姿态，公鸡依旧踮着脚尖，举着一扇翅膀围着母鸡转，母鸡这下子抬起了屁股，好了，公鸡收拢了大概是酝酿了一个中午的情绪，很直接地提起翅膀扑向了母鸡。有看热闹的就说了："咱要是也像这鸡一样野一回，给母鸡野俩蛋，算是不白活了。"

说者无意，听者有心，就见唐大熊从院子里举着个筛子出来照着鸡扣了过去，鸡架着翅膀分开了，唐大熊还不解气捡了筛子还要撵着扣，这一扣，扣到了进门来送礼钱的陈顺起头上。

陈顺起说："这是又发啥子疯，大喜的日子和一只鸡斗气？我也给你凑个份子，不多有少，贺你娶了儿媳妇了。"

那竹筛子里落下了十块纸币。

唐大熊看着那十块钱，心里突然觉得松散了。你说这王八蛋，他要是多上了礼钱自己的心里反倒不高兴，这不是明着承认这个儿吗？钱少得和其他人一样也不正常，比其他人稍多出了一点，才算是村干部的脸面，才能让大家伙儿知道这个儿到底是我唐大熊的，尽管是浪得了一个虚名。村里的礼钱都是一块两块，最多也就是五块，他上了十块，还算是妥当。手里端了筛子，走到记礼账的跟前簸了一下，那钱展展地落到了桌子上。

“记上，隔壁的李顺起。”

他的嗓门很大，大得要陈顺起和西白兔的人听，他不是不想姓李嘛，我偏要叫他李顺起。

嫁过来的水仙要求实现自己买一台缝纫机的愿望。唐大熊说：“刚结婚，欠了一屁股两肋巴债，去哪儿弄那缝纫机？”

言外之意是，不弄。这么一等就是半年，水仙有了孩子。怀了孩子的女人是双身子，干啥不干啥都有讲究，怀了孩子的女人就不能用剪刀，怕生下的孩子是豁嘴。既然水仙已经怀了孩子，唐大熊的意思是应该在家里静养，不宜干重活，就要唐要发外出去打工。水仙心里想着怀了孩子有意思，又想着开裁缝店更有意思，但裁缝店的投资大，明显是开不成了，就盼望孩子快出生。

水仙等唐要发外出打工走了，一个人住着无聊，没事就往李续的小店跑。在西白兔，除了唐家，她不认识第二个人，小叔子又小，在山下念初中，家中里外就剩下了她和公公唐大熊。农村人，公公和儿媳妇不敢话多，话多了就有闲话，还以为有了说不清楚的瓜葛，像那电视里的唐明皇一样，败了老唐家祖宗的兴。后来知道那皇帝是姓李，私下里唐大熊还高兴过一阵子。

水仙要去李续的院子里，唐大熊不敢说啥，也不好说啥。李续的小店开在村中央，店里主要卖的东西是水，钢板焊接的水箱像锅炉一样竖在院中央，有人要买水了挑了桶来，一桶五角钱。水仙来李续的院子串门还有一个心理，凑热闹。因为，李续家的院子里支着张麻将桌子。一张麻将桌子只能有四个人玩，四周却围着十几个人看。

膏药不贴疮，一百零八张。百病不能治，专治闷得慌。闷得慌的人都往李续的院子里走，口渴了还能讨一碗不花钱的活水。西白兔人叫河水是活水，叫旱窖里的水是死水。不看麻将看人脸，人脸上的表情丰富着呢。掏了钱的人脸黑着；赢了钱的人，脸上挂着眉飞色舞的喜悦。西白兔的人外出打工的多，闲余的人，看地里的庄稼长得细毛鬼筋的样子，就凑到了李续的院中。西白兔的人不叫麻将牌，叫骨牌。李续也参加打骨牌，输了，他并不出钱，要对方打水。水是商品，拿钱来买。

水仙心闷，一般是看。唐大熊看不过眼说过她几次，不让她到李续的院子里去，水仙腻烦得偏要过来看，一切内里的缘由水仙不知道，但是，她对公公的话很反感。看得多了就也想上去玩一把，开始的时候水仙往座位上坐时还有些害羞，出牌也比较谨慎，问身后站着的人，身后的人说看两家牌，不便开口。水仙就不问了，自己把牌码成两排，前排是码好的，够搭子的，后排是要打的，幺鸡、风、白板、红中等，明眼人一看就看出了她有没有牌。这时候李续总会找借口下场要别人来玩，自己回去倒一杯水出来，望着天空说几句没咸没淡的话，来回走了两步，就斜挤进去站在了水仙身后。李续说：“把好牌出了，暖着那个风。”说话好像还嫌不解决问题，就伸出了手，把两行牌码到了一起。

水仙说：“这样我分不清好坏。”

水仙要出牌了，李续说：“这张。”自己就上去拿了牌直接扔了出去。下家和上家因为李续的介入，各自取出两张牌来扣在了桌子上。李续说："扣什么，我又不是贼，人家的牌好着呢，不自摸不成牌，是吧，水仙？"

水仙捂了嘴笑，笑声不脆不响，很是招人听，但也招人恼。

李续的老婆在山下的一所小学教书，不回家，一个礼拜回来一次，回来时坐着李续拉水的拖拉机。回到村上，不等得往下卸水，村上的人就围上来接水了，这其中有唐大熊。因为李姓辈分大，李续说话就随便："劳模，我明天给你拉一车水，你把水窖里的淤泥清理干净，我打骨牌欠了你家水仙的。"

唐大熊把脸一黑，望着地上的空桶，不看李续的脸。李续也不看他，忙着放皮囊里的水。唐大熊等得人挑完水，自己挑了空桶回家。进门的时候遇上了水仙，就说："李续欠你水了？"

水仙怔了一下，马上就对什么有了反应："噢，欠了。"

唐大熊很不乐意要李续的水，他和李家的仇是用炸药也不可以摆平的仇。掏出烟袋锅子想着怎样来和水仙说拒绝李续的水，马上反转又想了，老子讨你一拖拉机水算什么，还帮你养着个人呢！

第二天李续就下山去拉水。

临出门他老婆问："听说，你帮水仙打骨牌赢了？"

李续说："赢了。"

说此话时，李续拿了摇棍发动拖拉机。憋足了劲猛摇几下，突突突冒一串青烟，灭火了。李续老婆说："赢了咋还说欠人家的水？"

李续抬起憋红的脸说："是想让我灭火是不是？一车水算个屁，论辈分她得叫我叔，你瞎想个啥？"

李续老婆不说什么了，回头嘟囔了一句：“老子都不讲辈分，儿子能想得到讲！”

李续上前照老婆的脸打了过去：“你说的是人话？”

事情一扯上公公，她就不能再往下说了，捂了脸哭了一场去了娘家。娘家人说：“人家是干部家庭，想和谁好还不是一句话的事。村上出义务工、接受救济咱都有，你说的话要娘家和人家去闹事也闹不到桌面上去，叫你婆婆听了，她也敢打你。回吧！”李续仗了当干部的爹，老婆都惹不起他了。

唐大熊在清理水窖，一桶一桶挑了稀泥往自家的玉茭地里送。稀泥挑到地里，不舍得随便倒掉，掺了化肥，在玉茭的根部挖开口用马瓢舀进去。水贵如油呢，水仙看到公公脸上吊挂的汗水，用脸盆端出水放到院子里要他洗把脸，落落汗。唐大熊看着脸盆里的水说：“我不热，端回去吧，明早你正好洗脸，你洗了我洗。”西白兔人的发音和山下的人不一样，把“洗”字的发音叫“死”，话说出来就听成了“你死了我死”。

在河边长大的女人，哪见过这么样节约用水的？就弯腰自己洗了一把脸，抬头湿着脸学着西白兔人的发音说：“死吧，我死了。”

唐大熊被弄得很不好意思，蹲下去把脸盆端起来湿了一下脸。他不舍得把手伸进去，手上糊满了泥。水仙望着公公远走的背影觉得自己的玩笑开大了，不自觉喊了一声：“爸，慢走啊！”

唐大熊站下来停顿了有一秒钟，抬起脚来没有回头紧快走，出了院门停下了，等水仙再叫，水仙不叫了。

水仙从进了婆家门到现在，还没有叫过唐大熊爸，不是水仙不想叫，是农村大多数儿媳不叫公公，一般要叫了，就和自己的丈夫说："叫你爸去。"有了孩子，就和孩子说："叫你爷爷去。"什么也没有或不在身边时，就说："和你说个事。"

水仙要叫，别人就会觉得水仙和农村人不一样，是模仿城市人假文明。水仙现在叫了，是因为水仙觉得她不叫唐大熊爸，冲着他那高挑的背影有一股说不出的热。她要不叫以后也许就没有机会了，或者说这么心动的时刻不叫，就叫不出来了。唐大熊心里不这么想，就想，早该叫了。可惜四下里没有人听见或看见，想赶快走远些，让水仙再来这么一下子，好让隔壁住着的陈顺起听见。

身后空得像一条不见发大水的干河沟，看不见有新绿的叶子长出来，阳光晒得腾起了热浪，热得脊沟上有汗往下流，像爬满了蚯蚓。唐大熊心里的雀跃就此缓缓打住了，落得一肚子失望。

水仙看着公公的背影远去了，端了一缸子水坐在了自家屋门前，不自觉地就做起了裁缝梦。打做姑娘起就想长大了要去学裁缝，给别人做衣服，也给自己做衣服，她相信自己心灵手巧，也相信自己能凭了手艺来养家糊口。想得好不见得好，日子走到现在了还是没有实现她的梦。和唐要发说，唐要发说："这想法通不过我爸。"

水仙说："为什么？"

唐要发说："不要问。"

水仙说："不要问？我要不是看上了你的人才，我嫁谁他敢不让我开裁缝店？西白兔这么穷的地方，我开店少说也能补贴家里吃水。"

唐要发看着水仙，不知道该怎么和她说，他一直以来把赚的钱都给了爸，他和爸要钱的时候，爸就说了：“女人家，不能给她安排事做，安排了事情，她就不知道她是谁了，背着你啥事情都敢做。”想了半天，他还是把爸说过的话说给了水仙听。

水仙不知道公公为什么要这么说。扭头白了一眼唐要发说：“糟蹋了唐大熊的好人才和好品牌！”

唐要发一走，水仙闲在家里和唐大熊碰面话都少了，心里系上了疙瘩，一看到唐大熊，就想起了那些话，隐约从西白兔人们的嘴里套出了唐家那些个不光彩的事情，但是，她还是肯定唐要发是唐大熊的儿。把做裁缝的梦也就此打消了，打消得倒也不彻底，时而还会想起来，还会找一些旧报纸剪一些衣服样子出来，用大针脚缝了，挂在墙上看。唐大熊看不惯，和外人说：“家里又没有死人，天天撕了报纸糊衣服，是糟蹋我唐家来了！”

唐大熊心里憋着气，憋到现在看什么都是越发不顺他的眼睛了。

水仙现在能叫他一声爸，是下意识叫出口的，现在想起唐大熊说过的话，又有点后悔自己叫了他。缸子里的水没有喝完泼到了地上，碰上唐大熊回来，唐大熊没有说话，看着地上的水放下水桶，把担子撂到了当院，弄得响声大了，在水仙心里又系了个疙瘩。

李续说要给自己家里拉一车水，水仙想，他为了啥平白无故要拉一车水？真就是人们说的那样李续和唐要发是一个爹？水仙不相信。又从生活的需要上想了，觉得人家是和自己的哥哥关系好，想体贴自己，心里就有那么点虚荣作怪，想着吃他一车水算啥，他吃了西白兔人多少年水了，他靠着当干部的爹发群众的财，他要是天天给我水不要钱，我都巴不得呢！

李续把水拉来顺着沟渠流进了水仙家的旱窖，李续他娘站在自家的大门口望着这边，看到李续和水仙一问一答地说着话，心里酸着就起了一股醋意，喊过话来："李续，算了水钱过来，娘想用钱买铁炉呢，马上立秋夜凉了，屋子里寒气上升，人老了骨寒。"

李续说："我明天拉水，给你捎个铁炉回来就是了。"

李续娘怕李续得不上唐家的钱，怕唐家的小骚狐狸精使了坏勾了李续的魂。年轻时候自家男人仗着是村上的会计，适当地能给各户调剂几斤细粮，做下了很多说不出口的事情；现在自家的男人不比当年了，会计当成了村委会主任，翅膀硬了，动不动拿前程吓唬自己，自己也冲着那张干部脸敢怒不敢言，也就是背着他说说自己的儿子，胳臂肘不要朝外拐罢了。唐大熊看了一眼大门洞探出来的头，一时有些高兴得想笑，到底没有笑出来，鼻夹周围八字形的细碎纹道道因想要笑堆在了鼻子两厢。唐大熊故意大声说："李续，我是白吃你这车水了，我是真不想白吃你啊，可不吃白不吃！"

西白兔的人就想看热闹，年轻的时候唐大熊女人吃了人家两桶水跟进了洋芋地，现在，倒要看看吃人家一车水有什么故事发生。傍晚的热闹让西白兔人苦寒的心兴奋了，也成了茶余饭后议论的话题。

四

原来西白兔缺水也没有这么厉害。山下抗旱修渠时，山上隔十天半月还有个马虎天，遇上云积得厚时也下一场暴雨，后来把山下的渠修成了，山上原先的水流就慢慢变细断流了。"劈开太行山，漳河穿山来，林县人民多壮志，敢教日月换新天”。当时响应政府的号召开山引水，但有水的日子仿佛只是被打下凡间的神仙的一个梦境，人如故，水不见了。山上不能住人了，山上的人说，山下的人也说。政府鼓励山上的人往山下迁，也列入了计划，但是，政府补贴的那点落户费，落到山下哪一个村子都不够村干部们打牙祭，还不说地啦、屋啦、吃啦的。山上的人原来还动了心思要走，眼看着有人下了山，可又回了山上，山下的地吃紧，批地基又困难，山下修房盖屋都是在自己的地上做文章，山上的人下了山才知道理想这东西对侍弄土地的农民来说还太远。也有出去搞副业的，发誓就是在外当乞丐也不回山上，有的还真不回来了，是在外看着城里人好过，偷人家东西被抓进了看守所。

人活着没有目标，看着脚下的一方方土地，政府里的官员骂山上的人鼠目寸光，山上的人骂政府光顾了腐败，哪管老百姓要死要活！

唐大熊看到山上缺了两样东西，一个是树，一个是鸟。树被山下开煤矿的砍了做了坑木，鸟没有树了只好飞走。西白兔的山上只剩下了人和石头。如果山上只剩下了人，人会很孤独的，石头也不见得就能救了人。唐大熊明白山上的人都在私下里较劲，赚了钱往山下迁，人想着明天，想着山下，就还得活下去，要说不容易那是真不容易，风吹尘刮的，白昼黑夜的。

唐大熊想起当年自己在外村修红旗渠，一年半载不回家，偶尔回家，看娘的脸黑着，瞅了媳妇不在的空隙把他叫到窑后的自留地里说：“你媳妇偷人家的汉子了，就因为两桶水，就跟了人家的汉子进了洋芋地。”唐大熊不相信地看着娘。

娘被看得心里发毛，觉得自己不该说：“我是不该说。”

半天，娘打了自己的嘴一下。娘身上罩着件蓝褂，脸上挂满了皱纹，一双小脚坚定地站在油菜花田里，一双暴起青筋的老手扶着油菜花梢，有点晃悠，被他看得不敢正视他的脸，扭头拖着小脚快速走了。

唐大熊瘫坐在了地上，地里的油菜开了花，他抬起手来看自己的一双手，油菜都开花了，已经是春暖天气，自己手上被大锤震裂的冻疮口子依然往出渗脓。他穿着一件褪色的，领口、袖口和下摆都掉着线头的藏蓝布立领褂子。家做的布鞋，鞋是千层底，是媳妇从娘家带过来的旧布，一层层用豆面糊了晒干剪了鞋样用麻绳纳就的爬山鞋。穿的裤子是媳妇下山和娘家哥哥要来的，媳妇疼他，常说他长了好人才，说人靠衣裳马靠鞍，日子穷，但是，也想着法打扮他。他被媳妇宠得没有了大人样，就是不回家，他也知道媳妇像他的小娘娘一样安分守己在家等他，可就是没想到媳妇偷人家的汉子了。这西白兔虽然穷，缺水，但是，穷人家安于现状，没有野心，善良本分，缺水的旱窖储水也够她和娘吃了，他想不通两桶水怎么就跟人家去了洋芋地？

他哭丧着脸拐过窑脊走进了自家院子，看到媳妇秋凤倚在窑门上，不知道从哪里弄来了一摞子精细瓷碗碎片，弯下腰来铺在院子里的红石头上，用锤子砸，碎瓷片砸成了米粒大的块状。她把它收起来，抬头的时候就看到了站在篱笆院墙边的他，惊得把手里的碎瓷块落在了院子里，说：“娘说你走了！”

他说：“我不走了。以后我每天供应你吃两桶水！”

秋凤不说话了，蹲在地上收拢散落的碎瓷，双手被碎瓷的尖角扎破了流着血。他看着不管，他觉得地上的东西本来是很完整的一个好东西，很完整的一束油菜花，被驴嘴过来卷了一口。他以前还笑话别人看不好自己的老婆叫人家一个外姓人睡了，现在轮着自己了。他清楚要找的目标，就在自家的隔壁，但他不能去找人家闹事，他是劳模，是有头脸的人物。从媳妇身边走过去的时候他的双脚很僵硬，媳妇一下搂了他的腿，他拿手抓了她的头发说："不是说看中了我的好人才?"

媳妇被他拖着进了窑，手里的碎瓷块塞到了嘴里，就着火台上的一碗凉水张嘴喝了下去，碎瓷把嘴和喉咙划破了，她开始大口地吐血。唐大熊害怕了，叫娘。

娘吓得缩在隔壁窑里不敢出来，知道是自己捅了娄子。

媳妇说："不要叫了，你把窗台上我晒干了的桃花取过来，我一并喝了，我要打胎，我怕是怀了他的孽种。"

唐大熊不说话了，走过去真就把窗台上的干桃花拿了过来，他毫无表情地看着媳妇大把大把干咽了下去。媳妇看着他缩回去的手，强忍着痛站起来从房梁上取下一罐头瓶獾油，帮他涂了手说："我也是为了这个家，要是觉得我在这个家没有用了，我自个下山走人，你不要闹事，留我一张活人的脸皮。"

唐大熊说："到底为了啥，就跟人家进了洋芋地?"

媳妇说："干打垒修屋，身子汗臭，到旱窖里去打水，水不多了，知道你在外搞社会主义，怕影响了，娘说，不心疼水也该心疼在外开山的两兄弟，怕我把水糟蹋完了。我心里气，出窑想找人去说，路上碰见了陈顺起，他问我咋了，我就照实说了，他挑了两桶水倒进了大锅里，我没舍得用，给盖屋的人下了面。他要我跟他去拿獾油，獾油治冻疮，他把獾埋在洋芋地。他说，去冬打了的獾埋在地里，隔一季就都变成油了，他要我去拿一些来给你抹手。我和他说要他半罐头瓶，往回走的时候，天有些黑，他拦腰抱了我。论辈分该叫人家叔，我说叔，你是我叔，他答应着就把我扳倒在了洋芋地。”

半天唐大熊说：“大没有大样，小没有小样，我这个劳模就是他爹给弄的，你要我怎么有脸出去见人？”

媳妇不出声了，双手捂着肚，肚子里翻江倒海的，疼得她面色煞白，听得从嘴里吐出一句话：“劳模就那样重要？”

唐大熊傻了，劳模还真不算个屁！当这劳模，当得老婆暖了人家的心窝子了。眼泪无声地就落了下来，是一种小孩受了大委屈又不能往出说的哭泣。他坐在了地上，觉得魂不知飘向了何处。他的哭从他的出生开始，一生的不幸，他不知道这不幸是广大的。他哭得眼睛红肿，媳妇拉了他的手，心疼得顾不上自己，只看他。唐大熊不哭了，他知道自己的媳妇是一个好媳妇，就是因为穷，因为西白兔缺水。

他站起来甩开媳妇的手走了出去，走到村中央的时候看到了陈顺起，他上去一把抓了他的领口说：“你敢睡劳模的女人，你算个什么干部！”

陈顺起拽开他的手，指着他的鼻子说：“你是不想当劳模了！我就是睡你的女人了，怎么样？是你的女人看见我屁股上的肉就不停地摇晃，这么好的女人，怎么就嫁了你这样一个只知道往死里受的驴？”

陈顺起从他面前背了手噔噔噔走了过去。看着走远了，他却不知道要做啥。他突然觉得自己真是一头驴。西白兔看热闹的人把他围得透不上气来，他像一截发干的朽木，收拢嘴唇，面目十分古怪地看着周围的人，他们的女人有的被陈顺起睡了，怎么就悄没声息不言语呢？他不知道陈顺起除了挑过来两桶水，还给了秋风一斗谷子，新屋上梁的时候正好用上了。他不明白因为穷，女人是想讨个小便宜装他的门面呢。

喝了桃花水和精细瓷也没有打下胎来，苦够了，伤够了，十月怀胎，瓜熟蒂落了。

秋凤忍痛说："给了人吧，怎么也是在你面前长着的一个人，不是一个物件，不要日日里弄得你心歪、难受。"

唐大熊说："你还知道我心歪！"

大儿子长到了十岁，不及八岁的闺女高；长到了十九岁，不及十五岁的二儿子高。唐大熊想，这哪里是我的种嘛！

唐大熊心里憋着一股气：我就是要让你陈顺起知道，你的种，本该叫我哥的，他叫了我爸！顺着你这个儿子叫，掉头你得叫我哥，我讨大便宜了。

穷日子繁衍了丰饶的苦难，最突出的特征是他的心越收越小，只要是夜色降临，他的想象就无比丰富生动。他反复不断地纠缠诘问女人和那个男人的细节，问得烦闷了，就压在女人身体上，他才觉得这明明就是我的——我的东西，我就要纵容自己好好受用她。他要隔壁的陈顺起听，我的女人让我快活得喊叫呢，风被他的喊叫凝固了，天空被他的喊叫凝固了，西白兔被他的喊叫凝固了，他的身体蜷曲着又伸展着、跳跃着、起伏着，我解馋死了啊，隔壁的驴驹子陈顺起！

阳光照拂着西白兔，异常灿烂，也格外刺眼，偶尔有云彩过来，好像有什么东西牵引着遥遥远远又走了。风起的时候除了尘土，再不见有什么东西过来。但是，一声爆炸让山上的人知道了这山上还有第二种财富。

五

爆炸声把前任村支书李满喜家三间房屋掀了顶子，把李满喜的一只耳朵炸聋了，把他小儿子的一只手炸飞了几根指头。

看打骨牌的人，当时正议论着村里这几天发生了一件新鲜事，说李满喜家不知道因为什么，在城里当干部的大儿子往回拉了好多硝胺，秋天拉这么多硝胺谁买它？又不是春口上地等着下种。

在外打工的唐要发接到水仙预产期到了的电话赶了回来，也站在桌子后看打骨牌。回到家的唐要发闲得无聊，从小到大他在唐大熊的脸上没有看到过笑，他活在一种无望的惶恐中，也不是说有人欺负他了，是空气中存在着无形的气味让他紧张。往年秋口上村里人都忙着收秋，哪顾得上聚堆？现在倒好，天越来越旱，眼看着玉茭和洋芋的长势一天不如一天了，人干得都失了水性，粮食更不见长个，地皮皱得像老人的手皮子。看着起皮的地，人说话都怕浪费了唾沫星子。

唐大熊知道这个不争气的儿在李续的院子里，真是不想去李续的院子喊他。刚走到院门口，听得爆炸声正好把李续院子里的骨牌桌子掀翻了，唐大熊叫了一声“好”，同时，也被这响儿吓得心都吊到了喉咙眼。一听这响儿，他就明白是有人在做炸药，还不是普通的豆面粉。

李满喜的大儿子很快开了吉普车回来，拉了爹和弟弟到县里去治疗。同来的一位像是医生的人，弯腰在地上找炸断的手指，哪里还找得到？李续表面上很关心，实际上是幸灾乐祸，想旁敲侧击看出点门道来。因为当年竞选村委会主任，李满喜认为李续他爸是外姓人提过不同意见。偏偏李满喜不承认自己是在做炸药，只说是自己家里的电视机爆炸了。但是，上一点年纪的人从地上的锯末、木炭等散碎的材料上已经知道了八八九九。

唐大熊对唐要发说：“快去叫上接生婆回家，你媳妇要生了。”

唐要发有些不舍地双手插在裤口袋，往回扭着头看李满喜抬了小儿子上了吉普车。李满喜叫唤着不走，从车上跳了下来，说：“我得收拾烂摊子，我要告电视厂家。”李满喜老婆在县城里给大儿子看孩子，不在家，李满喜留下来也是正常的。李满喜不愧是当了几天村支书，遇事还是镇静的，灾难面前不忘说一句谎，来掩盖事情的真相。

陈顺起走过唐大熊身边悄声说了句：“哪个鸟不知道他在做炸药？”抬头看了一眼唐大熊，唐大熊倒像自己做了什么事一样，咧开嘴说：“我儿媳妇要生了。”

陈顺起说：“生了好，生了送娘家去，以后不要让她去李续院子打骨牌了。日久生闲情，吃两拖拉机水事小，弄出笑话来不好收场，谁脸上都不好看。”

唐大熊被弄得像是烂鞋帮打了脸一样，往回走了几步，联想了两分钟心里有了曲谱，明白自己家的事情，也快要点了捻了，真要点了捻比炸药还厉害。唐大熊似乎还有点盼望着生那么点事出来，尤其是和陈顺起有联系的，他真是巴不得生出事来，把事情生大！他憋得难受，难受，心都快要歪死了。

水仙生了个闺女，接生婆说：“看唐家的小千金，长手长脚。”唐大熊路过门口听见了，心里吊着个问号，问号下面那一个黑点坠得他想哭。

当天夜里李满喜敲开了唐大熊的院子，走进了唐大熊居住的南屋。

火台上坐着砂锅，锅里滚了小米稀饭，有红枣的甜香味透着高粱秆缀成的锅篦子冒了出来。

看到进来的李满喜，唐大熊指了指自己身边的一个方凳子要他坐下来。李满喜四下里看了看，发现有什么地方不对劲，一般庄户人家在这时候是不熬米汤的，除非是家里添丁了。李满喜没有马上坐，稀罕地站起来歪头看着唐大熊走到院子里，就着清凉的月光看到大门上挂着的一串红纸剪出的钱串，明白唐大熊就是添喜了。借着喜事说这个事，肯定有门。反身进屋坐下，看着唐大熊拱手作了个揖说：“劳模添喜了！带锤儿的？”

唐大熊说：“缺。”

李满喜说：“好，闺女好。看那陈顺起，要不是他招了咱老李家的闺女，他这一辈子能当了村委会主任？到现在他也是个放羊孩！这倒好，脚尖踩着热狗屎了。”

唐大熊想错开这个话题，递过去一根烟说：“上午是做啥了弄那么大的响儿？说句不好听的话，我听说山上的石头值钱了？”

李满喜看着唐大熊说："我就知道瞒了谁也瞒不过你的眼睛。我就是向你请教来了。"

李满喜抽了一口烟，伸出手把烟灰磕到了火炉边上，火苗把烟灰吹了出来，落到了李满喜的手背上。唐大熊看到李满喜的手黑得和非洲人的一样，惊讶地说："弄豆面把手弄成这样？不是也挂彩了吧？"

这时候唐要发进屋子里来看小米稀饭，看到李满喜说："叔，和厂家打官司准赢，现在的电视质量是真有问题。我干活的那个建筑队有河南来的工人，一起出去喝啤酒，你听说没有，啤酒瓶都爆炸，把河南一个工人的手炸飞了，你猜打官司到最后赔了多少？五千！我操，五千，是因为上边没有人，你有人，打官司不吃亏。"

唐大熊想这个儿天生就不是自己的，连这么个事情都看不清楚，说你是人家的儿吧，倒没有继承了人家的风流本性，有能耐去把他陈顺起的儿媳妇们风流一遍。他很是不高兴地说："端着米汤锅，过你媳妇那边去，我和你叔有话要说。"

看着唐要发出门的背影，李满喜自言自语地说："好孩儿，就是得看好媳妇。难啊，说什么呢？如今的人和过去的人一样样坏。我不瞒劳模说，我是自己炒炸药，不想啥，就是想炸石头。"

唐大熊看着李满喜说："是不是听说什么了？是不是我那媳妇在外风骚了？"

李满喜说："哪有什么？没有什么，是要防着那李续，他天生和他老子一样吃嫩呢。"

唐大熊不说话了，望着窗外，风扑打着窗户纸，心里像刀剜了一下。

李满喜知道唐大熊和陈顺起有仇，也不在乎唐大熊的表情，把找他的话撂明了说："我来得还算是个时候，要不明天村里的人都给你家送红蛋，我都不好意思来找你。咱说正事吧，西白兔麦尖山上的石头要生钱了。过了年，县里决定村村通水泥路，咱后山的石头正好用来做铺路的石子。还有，前大凹山上的千层岩，正确的名字叫页岩，就是书页的页，就是说石头也和纸一样，是一张一张地叠在一起的，可以用来做贴墙的料。那石头好，是硬红石英砂岩，是什么意思，我不知道，就知道城市里的人模仿农村要把屋子贴一层石头，装扮成石头屋子。靠山吃山，靠水吃水，我准备开山剥皮，把石头拉下山就是钱。我给你说吧，山下的石料厂是城建局局长开的，明里说是亲戚的，暗里委托我那当干部的大儿回来，要我发动西白兔的人往山下送石头，我给你说了，话到此就烂了。我现在需要的就是炸药，我按原来的比例做了，不知道为什么，出了事故。"

唐大熊说："就那像搓衣板一样的石头能赚了钱？"

李满喜说："对，对对！能赚了钱。"

唐大熊说："稀罕了，还真是稀罕了。"

李满喜说："不稀罕，不稀罕，石头打个小磨，就是咱用得不用了的磨豆腐小磨，拿到城里卖两百块，还抢。"

唐大熊说："也和城里人穿着咱农村的有襟袄褂子一样，叫唐装，实际上就是穿我唐大熊的衣裳嘛。城市人是钱烧得没地儿花了，变着方式开始买石头？怕是大米白面吃得脑袋长毛了。"

李满喜说："长毛不长毛咱不管他，你帮我炒炸药，咱就发长毛人的财。你说，我按比例兑了，怎么它就炸了？"

唐大熊说："还是弄对了，要没有弄对它就炸不了。我和你一样，还是以前的土法，要说年节造个鞭炮什么的还能对凑，我看你上午的情形是发大了。"

李满喜递给唐大熊一根烟说："看我出笑话是不是？"

唐大熊说："同一个山头上住的人，我看你笑话，就不怕人家笑话我？你慢慢炒，不要一家伙就想吃个胖子，你给我说说你的比例。"

李满喜比一比二地说了半天，唐大熊听了说："没错，只能说是出意外了，或者火候没有把握好。我帮你弄，我也是这么弄，我弄一辈子了，也不想发那石头财，还是你弄吧，你知道我因为弟弟的事情给我娘发了狠誓，这东西危险，我不想生那事了。"

李满喜把抽剩的烟屁股弹进了火中，火冒出一股青烟来，带出的烟灰让他把眼睛眯成了一条缝。他欠了欠身子瞅着唐大熊说："成品石头，砖那样大一块卖三块，半成品石头按能下料的面积算，就那满地跑的嘣嘣嘣四轮车，拉下山，卖给石料场，一车赚六十块，一天两趟，能净赚多少，你应该比我算得快。"

唐大熊手指头在火台上写着什么，不一会，看着李满喜说："再好的东西，对我还是动不起心来。你说大批量地造炸药就不怕上边查下来？"

李满喜笑了笑："谁来查？原来的最高人民法院的规定是，非法制造或存炸药三公斤以上就要追究刑事责任，后来又改成了如果没有用来犯罪或造成严重后果，就不算犯罪，也就是罚款两百元，拘留十五天。对咱西白兔的人来说，有人管十五天饭，还省钱、省心、省粮食呢。你只要不出事，只要没有人告，你是炸石头，又不是炸人。政府要管的是山下的煤矿，石头蛋子谁待管它!”

唐大熊说：“利真大。”

李满喜说：“利很大。”

李满喜抬手腕看了看自己的夜光表，时针指着11点，不早了，该走了。从劳模嘴里知道了自己配制的原料没有错，吃了秤砣铁了心还是要大干，站起来伸了个懒腰说：“想想，不着急。我是信得过你，才把底细透露给你，有些事情是赶早不赶晚。”

唐大熊送出李满喜，回头的时候不自觉地看了看庄后的山，山是荒凉的风景，连梯田也没有。满山是层层垒起的风化的石头，月光下暗黑的山圈着一层黑色的光晕漫开来，山看上去像卧着的一头狮子。群山寂寞，大野寂寥，风刮过来，唐大熊觉得刚刚在火炉边捂出的一身汗落下了，有些秋的凉意。想象到山上的石头能卖钱，不自觉地笑了一下，看那黑色的岩石参差如堞，傲然挺立，觉得西白兔的人们又要像他年轻时候一样，来一次声势浩大的开山炸石运动了。脚脖子崴了一下，思绪断裂了片刻，想往回走时，又想到了半山上闲置的窑洞。

六

外人眼里，唐大熊早已拒绝再造炸药，但是，谁也不知道他到底还是挡不住诱惑，心里痒痒得难受。他把所有的工序准备停当了，在等，等什么，他也不知道。

窑是早年间住过的老窑。唐大熊趁着天黑把炒制炸药的锅扛进了老窑，把原先扬谷子的木锨，捣中药的木棒，还有储存下的锯末趁着黑天放进了老窑。老窑里有唐大熊盘好的锅灶，铁锅是走食堂时期大队的，后来造炸药流落到了唐大熊手里，再后来锅就成了唐大熊的私有。做这些事情是预谋了好久的，谁也不知道，连儿媳水仙都不知道。唐大熊一直生活在两个唐大熊的世界里，一个说："为了更好地活下去，你等啥？拿捏啥？别人干啥你干啥，跟定形势不落后，总会捞得好处的。"一个说："别忘了自己受的伤，发过的誓，对得起对不起谁，首先就对不起已经入土的娘。"

他先是从李满喜手里买了两袋硝铵。硝铵作为农用化肥，比一般的化肥劲大，把土，容易毁地。自从头年5月份国家明令硝铵为农爆产品禁销以来，一下由原来的四十八块六涨成了一百五十块，依旧是买不到，得走黑路。前支书李满喜因为山下有关系，山东、河南的大车路过总要高价留下几袋来，山下的小煤窑多，紧张的时候李满喜一袋卖过三百块。现在，稍稍有了一些回落，唐大熊花三百块买了两袋。

李满喜将硝铵放到唐大熊肩上说："准备干了？"

唐大熊窝着脖子说："不一定。"

李满喜笑着拍了拍唐大熊的脊背，他的脸长，颧骨高，用劲的时候两嘴角往起吊，鼻子上的八字纹紧凑到一起，听得李满喜在身后说："水仙想买台缝纫机，你都不舍得，花大价钱买这！"

扛着硝铵送到了窑洞里，想着心事往回走，唐大熊一头撞到了自家的猪圈墙上，正好被要出门的儿子看见。

"爸，你不是病了吧？怎么眼不看路，撞到了猪圈墙上，还打自己耳光?”

唐大熊扭回身看到是自己的儿，说：“骂人不揭短，打人不打脸，我打自己是我狗改不了吃屎。”

唐要发说：“咋能这样作践自己？我不走了，咱炒炸药吧，也往山下拉石头。”

唐大熊说：“不炒!”

唐要发说：“还真是那么回事情，有的人已经动作开了。山上的地干黄，种什么不长什么，光吃洋芋，人身体的营养都跟不上，出去赚那俩钱不够吃水。”

唐大熊说：“什么叫营养跟不上？营养跟不上是因为你的骨血，我咋就长了高个!”

唐要发没有明白他爸说了什么，说：“你是劳模，又是行家里手，闲着的技术不用，是浪费。”

唐大熊看着儿子说：“我沾不到你身上，我靠我的手吃饭，你只管把你的老婆养好，闺女养好，就怕我吃水想掏钱都没有人想要!”

唐要发弄了个没趣，又没有明白他爸最后一句话是什么意思，心里有些恼火，不说什么了，往村中央走，想要去看打骨牌。

唐大熊说：“你不要去看那垒城墙的营生，你媳妇也生了，出去搞副业也该走人了。出了满月，她也该移移窝，回她娘家住。等孩子大了，我看孩子，要她也跟了你出去。我给你怎么安排就按我安排的来做，你爹从什么社会走到什么社会了，什么没有经历过。”

唐要发站下听他爸把话讲完，还是往前走了。

唐大熊心里的火窝大了。炒炸药是个险活儿，他真心疼唐要发，怕他出事，事情不长眼睛，他看着他长大了，叫着爸爸、爸爸长大了，能说好好一个人就让事情给糟蹋了？要是那样，打小他就把他给人了。

唐大熊别看记着那仇，记着那仇养大了这个儿子，但他心里还是想着这个儿，要他活得好。

唐要发走进李续的院子时，麻将桌子上的人正议论着山上的石头，说石头值钱呢，都在想办法搞硝铵，趁着现在买，一百五十块还不贵，真要涨了价，不一定花钱能买得到。有人就不相信，说石头能赚了钱？看看，看有人做了咱再做。年轻一点的人根本就不知道造炸药需要什么，不需要什么，光顾了打骨牌，嫌他们议论影响了出牌。

李续不在，唐要发问其中的人李续怎么没有上场，有人说："李续下山拉水了。"就听得有人插了话说："水仙的手气好着呢，你家吃的水都是水仙赢我们的，不知道那水浑不浑。"

打骨牌的就有捂了嘴笑得出了声的。唐要发发现有什么不对的地方，就看着笑的人说："笑什么呢？不和牌傻笑。"

那人说："笑我打了一个小王八，又来了一个小王八，真是打不死的洪常青。"

周围的人听着都笑了起来。他们叫一饼是王八。

唐要发觉得自己有了孩子，西白兔人的眼神怎么都变了，说话阴阳怪气的。看着觉得不自在了，就准备要走。听得李续的拖拉机回来了。

唐要发说："你知道不，石头能卖钱，真是稀罕事情！我在外面搞副业还看到过那种石头切割的墙砖，就没有想到咱这地方有，不过我看到的是绿石头，不像咱们这里，是红石头，真是值钱呢。”

有人就问唐要发是什么形状的石头。

唐要发说：“是那种背面平整，正面鼓起来，并且敲出不规则豁口的石头。往墙上贴的时候，还必须用加了标号的水泥。贴好了也好看，怎么到了咱这山上就不好看了呢？”

“只要值钱就行。”

就有人又提起了几天前发生的爆炸，知道是造炸药出了事，还说是电视机爆炸了，他家的电视机好好的，连屏幕都没有被震碎。

李续和唐要发说：“走，去看看你闺女，我还没有给你送红蛋呢。我老婆不在，我过去送。”

他俩走到了门口，有一个李续叫嫂子的人喊：“你那红蛋在哪里放着？小心裤裆里缺了货。”

身后的人大笑着，笑声中夹着一种唐要发听来莫名其妙的东西。唐要发好像觉得自己从小到大就是在这一种莫名其妙的东西环绕下长大的。

李续走进唐家院子里的时候，迎头撞上了唐大熊。唐大熊一开始没有发现是李续，当知道来人不是别人，是李续时，快速上前挡住了要进家门的李续，说：“门上是系了红的，是喜事，大兄弟，你是孩子的长辈，不出满月是不能见面的，要是弟媳妇来，什么都好说，咱做人做事都不要坏了规矩。”

唐大熊是故意挑明李续是和自己一辈的人，论资排辈李家在西白兔确是大户，看上去年龄小的人却因为辈分大，要年龄大的人来称呼。但是，现在是什么社会了，哪还有那么多规矩，又不是不出五服的近亲，表面上谁还认这个真？唐大熊现在这么一说，而且不惜把辈分都抬出来了，就有了意思。李续停顿了一下，唐要发说："进进进，有啥呢？讲那么多规矩，被那些陈旧的规矩套死了，人还活不？"

唐大熊一下子横在了中间，肚子里窝着的火立马有了苗头："你懂什么？狼想装狗讨人一口食，到底尾巴是直的，摇不起来。"

唐要发觉得爸是过了，小题大做，或者说根本就是无理取闹。李续就台阶下坡说："算了算了，等满月我来看，现在不就是毛头吗，能看出像谁？"

这句话说出来看是无意，实际上是点了捻子，唐大熊的火一下子就蹿了起来，兜头就想上去给李续两坎子（耳光），听得屋内的人说话了："缺水的地方缺人性，回吧。"

说话声是水仙。水仙知道唐大熊是什么意思，不就是说自己和李续好吗？要说李续有没有那意思，她看出来了是有，但自己没有，就是觉得家穷，想见机多讨两口水喝。都是人，人心都是肉长的，想讨便宜还不迎个笑脸出去？听着脚步走远了的声音，水仙就想自己当闺女时候的梦想，想学裁缝，也学了裁缝，却没有缝纫机，开不了店。想自己来了山上无缘无故受的气，鼻头一酸就有泪掉了下来。

娘看着闺女哭了，想是闺女以往受了大委屈，就站在地上来回走着说："不让你往山上嫁，你偏要嫁，有什么好？光为吃水的事情就把人一辈子累死了，摊了这么样的人家，说是人才好，呸！人才好顶吃顶喝顶钱花？"

水仙在炕上抱着孩子说：“娘，你不要再说了，我心烦呢。”

她娘说：“不说哪行？长木匠短铁匠，石匠九尺顶一丈，我不说他还以为我闺女是泥捏的性子，任了他揉抓哩。窗外的，听了啊！我闺女是风箱板做锅盖，受了凉气受热气，我可不受，她这是在月子里，生的是你唐家的骨肉，要是气得她断了奶，我看你唐家是能省了水啊，还是能省了钱？怕的是省水省钱不省心！”

水仙娘继续说：“唐要发，你进来啊，进来，我要你一句话，横竖看我闺女不顺眼是不是？我真是当初和你唐家要少了啊，要是多要些，不心疼人还心疼钱呢，倒好，疑神疑鬼的，我闺女要不是善良本分的人能来西白兔？图了你好人才，好人才有什么用？驴粪蛋外面光。”

外面走开了的李续听见吵起架来了，知道事情是因为自己，就要唐要发进去。唐大熊在院当央站住了说：“供你念书呢，还人模人样念了初中，你是喝了八年墨水，还是喝了八年粪水?!”

唐要发站下了左右不是，觉得事情本来不可能发生，怎么突然就把事情搞了这么大？爸也不知道是发的哪门子火。

他看着窗户和屋里的水仙说：“好好的怎么就生事了？都是我不好，我还出去搞副业就是了，要是我回来惹你们生气了，我明天就走。”

水仙隔了窗户说：“活人不生事叫活人吗?”

唐大熊被儿媳妇说的这句话压得半天没有喘上气来，是啊，活人不生事叫活人吗！

院子里没有话再传进屋子里，屋子里的人等着，竖着耳朵等着，听得外面天空有一对鸟儿鸣叫着滑过去。也许，人和田野一样，已有的庄稼收割后，新的生命正在土里萌动，这浮躁荒凉的秋收，是西白兔人活下去必须忍受的荒芜时段吧。屋里人等得没有动静了，从里面狠狠甩出了一个秃笤帚把来。

七

西白兔人都上山炸山剥皮了，大户人家，家里劳力多的，用大锅炒，家里劳力少的用小锅炒。原先出去搞副业的也都回来了，觉得搞副业不赚钱，就是赚了钱有的也因为要不上钱，等于是一年白干了。能回来就不错了，有的连路费都拿不上，人恓惶得扒了拉货车回来。长手长脚的人走了一年回来，怎么看怎么像干旱的黄土圪梁梁，寒酸得不长绿不长红，见了西白兔人就差点要下跪了。但是，石头真是值钱了，西白兔人因为山上的石头，下山碰见了外村人，说话的底气就冲，就有点板五板六的样子，就喊着说："当初说迁到你们村吧，不行，小瞧人拿不出迁移票子来，现在，真还不想往你们村迁呢！"

山下的人说："西白兔人这下子尿高了。"

整个一个满山满地热火朝天。

春天的时候，一尺深的土里不见墒，西白兔的人也不着急。草地上长出了半寸长的草尖，因为天旱，阳光和风一露脸，草尖尖就断了。要是往年这样的天气，西白兔的人早就要出去打工了，现在却没有，因为有了石头。山上的小四轮车是经过改装的，比正常的车轮子架高了有半尺，有利于进山，走料姜石暴峭的土路。县上因为西白兔的自然条件，也往下拨了一部分扶贫款，但是，从县里走到西白兔，扶贫款就像水一样断流了，被一路上提取回扣的干部截走了一多半。落到西白兔，能拿到手里的，没有几个。有的高保变成了低保。当年唐大熊的弟弟因公死亡，他也在被保之内。

天高皇帝远，西白兔人开展生产自救也在情理之中。

唐大熊拿了钱却要开大于拿到的数字，比如拿了一百四十元，必须开五百六十元的收据。唐大熊说："我本来拿了这么点钱，为什么要开这么多钱？想不明白。"

会计说："你要是不拿，连这点也没有了。有人愿意拿钱开条子。给你钱是因为你是劳模，老劳模。要你这样开收据，是因为不这样开不好往上挂账，什么事情都是环环相扣的。"

唐大熊无奈把钱收下了。

西白兔的人由石头尝到了甜头，但是，唐大熊没有尝到，到现在，小孙女都长到一岁了，两袋硝铵还在老窑里放着，他还在等待观望，两个唐大熊的仗还在一直打着。但是，他的心思在不断递进，在出事人家的炸药上寻找原因，他不时会想起水仙说过的话：活人不生事叫活人吗？

那一年秋尾上，水仙跟了娘回了娘家住，一住就是一年。先是孩子断了奶，水仙用唐要发搞副业赚来的钱买了缝纫机，水仙想要开裁缝店，山上开不成，山下开。

水仙后来到底在娘家没有开成，为什么？在娘家是和哥哥嫂子在一起，娘家也不富裕，添了母女俩，张嘴吃了喝了，哥哥和嫂子就想着，嫁出去的闺女泼出去的水，长年来娘家住，住，好说，吃，就是吃我们的了。一个锅里盛饭，锅碗哪能没有碰磕，搞得娘和嫂子关系也紧张了。还不说春种夏收唐要发回来，也要住在娘家，嫂子的话就难听了。唐要发几次要她回西白兔，她就是不回，说是有希望的人上了那山上，看着那荒山秃岭希望也破灭了。实际上是对唐大熊有一股说不出来的恨，觉得他对她一家三口子没有那种贴心贴肺的疼。

唐要发说："回吧，山上比不得一年前了，热闹了，将缝纫机拉上山开个裁缝店，也省了常住娘家看哥嫂脸色。"

水仙想，也叫个事情，毕竟这里不是自己的家，收拾了东西要走。嫂子把缝纫机拦下了。

嫂子说："住了两年了，两年住下来就一个缝纫机也要拿走?"

一开始水仙还以为嫂子开玩笑，就说："我才准备用它赚钱，等赚了钱，我送你比缝纫机更好的东西。"

嫂子脸本来就长，这一拉越发长了，看着那台缝纫机眼睛就吊了起来，说："灯不明只怕一拨，人不知只怕一说，才知道小姑子要用它赚钱呢！我怕等得牙茬骨露出来入了土也得不上你的好处。"

水仙娘是一个很厉害说话也转得快的人，但是，因为有了这样的一个媳妇，她的话就短了。

刚买下的缝纫机，自己都没有舍得抬屁股提脚转两圈，嫂子说要留下，哪舍得放下缝纫机走人？就和嫂子说软话："嫂子，你让我带了走，不看我的面子，看哥哥的面子；不看哥哥的面子，看咱娘的面子。相信我将来能凭了它赚了钱，我给你打欠条，迟早还你一台缝纫机。"

嫂子啪地把手放在了缝纫机上。

水仙的心让嫂子拍疼了，嫂子看了她一眼，不说话。水仙以为嫂子看着自己心软了，到底是自己的嫂子，锄地锄自家人——心疼呢。却看到嫂子抬屁股坐了上去。缝纫机才有多重，中间那个放马头的地方本来就是空心，人一坐上去就失重了，脚下的轮子滑了一下，把嫂子从机面上闪了下来，嫂子被闪火了。

“一把圪针捋不到头，我说你不能带走，就不能带走，哭穷给我看，一样的米面，各人的手段。我不扳指头数你吃了喝了用了占了，就给你面子了，这么一个破机器，你都不留，说什么看哥面，看娘面，他们那老脸哪有这缝纫机值钱？怎么就没有想过把哥把娘带走？单单想了要带走它!”

水仙被说得不会说了，抬手抱了闺女含泪望着外面插不上话的娘说了声：“娘，走了。”

唐要发像竖在水仙屁股后的一根旗杆一样，摇摇晃晃跟了水仙拉着脸往山上去。

往山上走，置身在灼烫的阳光下，水仙的思绪袅袅浮游，开始的时候还有泪串连在一起往下掉，只觉得有什么东西攫住了心，牵扯着想回头看一眼，就看到了娘，娘站在漳河边最高一个土台上望着，一条像镜子一样泛光的河在娘的脚下迂回着，潺潺流淌。河水往远走，渗进黄草枯了又野花开了的远山，却就是渗不进西白兔。娘是家里的顶门杠，说一不二的人；爹是家里辛勤劳作挥镰收获的人。娘不仅主内也主外，但是，娘却在嫂子面前缺话了，还不是因为自己穷吗？还不是因为唐要发没本事吗？自己给娘的脸上长不上光。看到娘望她的身影，水仙不哭了，把女儿递给唐要发，坐下来歇息片刻，回头看着唐要发，心里的那股气就转着冲向了他。

“光说山上热闹了，是别人家热闹了，还是你唐要发热闹了？就想着出去搞副业，不见你赚钱回来，赚回来的钱，不够买米买面买水吃。你怎么就不想着发西白兔的财？你也回山上去炸石头啊！我怎么就嫁了个你，穷得要娘家人也看不起！”

唐要发说：“炸石头那还不容易？”

水仙刚认识他的时候他说“容易”让她觉得生活好有希望，现在听这句“容易”小腿肚子都想往出生鸡皮疙瘩。哪怕有唐大熊一点点性子也好，水仙喜欢那种天地间挟着一股旋风一样的男人，不应该像唐要发一样是个绣花枕头，也不应该像李续一样没有男人的骨架，矮不拉叽的。

水仙坐车回到山上的时候，看到西白兔上空有一团灰色的云团，说是云团却没有湿气，倒像一层浮尘缭绕的干雾，刺激得水仙不住地打喷嚏。西白兔因为开山炸石天空干燥得像要冒火，忽悠在空中的云团从山脚下往上聚，停留在半裸的山尖上，就看到干雾中有人往下滚石板。山下有人用牛车往下拉石板，也有人用四轮车往下拉石板。远看那人、那牲口、那车都是土灰色的，走近了就看到人脸上明显有了生气。

记得刚结婚的时候，水仙还看到过西白兔人把水泉沟的龙王爷抬出来晒。因为天旱，西白兔人就怨龙王爷不长眼睛。两个后生用学校的门扇抬了巴掌大的龙王爷，抬到阳光照的时间最长的山坡上晒，人晒得出水了也不见龙王爷眨巴眼睛。到底不见雨来，也不见云来，为了保住地里那点浮墒，牛驾了碾磙轧地。后来山坡上晒的龙王爷不见了，不知道是谁摔碎了它。不下雨的日子有人就提议把山神爷抬出来晒，晒得山神爷瘦小的身子越发瘦小了，依旧不见雨来。西白兔的人刨开地看，种子还是种子，落种时那点大粪早干得像葱皮一样卷了起来。

有雨下的日子，屋里能用得上的家什：锅锅盆盆缸缸罐罐都放到了外面。雨下得大了，敲击着家什叮叮咚咚，西白兔的上空就衍生出了像仙乐一样的回声。西白兔的地形是一个漫流坡地，村庄依山而建，为了不让天空的雨水顺了山坡流走，家家户户院前院后都挖了沟渠，有粗壮的，有细瘦的，像躺着的树，那些细瘦的枝蔓收着天空的雨水流进了旱窖。只有下雨天西白兔人的脸上才稍稍有一点生机。现在，西白兔人的脸上又出现了那种雨后的生机。

水仙路过李续的院门口听到有打骨牌的声音传出来，水仙觉得西白兔的人真是消停啊。不是说李续也炸石头吗，怎么还支着牌局？等回头问唐要发时，就听得村口上有爆炸声响了。怀中的孩子吓得一下子哭了，听得院子里有人走了出来。

走出来的人看见了水仙两口子，稀罕得上前看水仙的闺女。那人冲着院子说：“快来看啊，看唐要发的闺女，长得和唐要发一个模子脱出来的。”院里就有婆娘们走了出来看。

水仙说：“是不是谁家出事情了？”

站着看水仙闺女的人说：“谁家炒炸药炸了锅了，没事！”

水仙说：“会不会炸了人呢？”

站着的人说："想发财，就不怕自己缺了零件，管他。"

院子里在桌子上打骨牌的人喊了："进来，进来看看你那闺女吃得胖不胖。"

水仙和唐要发对视了一下，把包袱递给了唐要发，自己抱着孩子进了李续的院里。

李续不在，下山拉水了。李续没有参与炸石头，是他当干部的爹不让参与。这种事情，不出事便罢，一出了事情，给你戴个"国土资源私采滥挖"的罪名，吃不了兜着走，弄不好就把你送进去了。造炸药也不可，更是违法的事情，干部不能走违法的道路，要走也是打擦边球，弄不出毛病来，还能赚了钱有人顶。山下的石料场就是城建局局长亲戚开的，你能说是人家局长开的？因为山下收购石料山上才知道石头赚钱，山下收购是要你合法开采，是要你违法炸山了？当干部也得会当，不会当弄不好就吃亏，吃大亏！

牌桌上的人一边逗着水仙的闺女，一边出着手中要打的牌。外面有人走进来说："王秃子出事了。"

牌桌上的人抬了头问："缺了啥？"

来人说："这一回是把命也搭了。"

牌桌上的人说："下力下得狠了。人家都是一天一车往山下送，他倒好，仗凭着家里劳力多，眼红得到底让阎王爷把命收走了。"

起牌的人等了半天不见出牌的人出牌，手搁在了要起的牌上，用大拇指摸了半天说："快出啊，我要自摸了。"

另一个人说："不能烤火，你自摸有什么意思，再摸也是个白板。"

桌子周围的人笑了，好像对一切发生的事情没有感觉似的。该发生的事情它总要发生，不该发生的它也要发生，只要不是发生在自己身上，爱发生什么就发生去吧！

水仙觉得西白兔的人怎么突然就变了呢？也就是两年不到的时间怎么就变得对一切都这么不关心？但是，穷并不能让所有的心屈服。水仙现在就不想屈服，尤其是山下嫂子对自己的态度。水仙想，我怎么也应该开个裁缝店，西白兔只要一户来我这里做一件衣服，就有五十多件，从保底的角度说，我也能赚了。水仙大多数时候是幻想，是想到未来，就是没有想到现实。唐要发出去赚的那点钱，不是买米了就是买面，要不就是买水了，好容易够买一台缝纫机了，却被山下的嫂子扣下了，自家人也欺贫。水仙想和唐大熊借钱，不知道该怎么说，以前过日子，吃饭时候吃饭，吃了饭各干其事，公公和儿媳妇有多少话说？现在要借钱，水仙就得动一番心思了。

八

唐大熊白天没有事情，天天下地去侍弄那一片洋芋，其实他哪是去侍弄那干黄的洋芋，根本就是在看山上的人炸石头嘛。

水仙在大门口站了一小会，酝酿了一下情绪，女儿一只手摸着她的奶穗哼哼着要吃，水仙说：“才吃了又吃。”走过去把孩子递给了从洋芋地回来的公公。唐大熊坐在屋檐下歇凉，看到递过来的小孙女，露着豁了牙的嘴说：“跟爷爷的腮帮亲个嘴。”

水仙一边递孩子一边说：“我想买一台缝纫机，能不能匀我俩钱?”

唐大熊不吭声，就是叫猫叫狗也应该有个称呼吧!

水仙放过去孩子，拽了一下衣襟等唐大熊回话。半天不见声音，水仙想，我没有叫他爸，他一定是嫌我没有叫他爸。

水仙掉了一下身假装要进屋门，很随意地就叫了一声：“爸，我和你说话呢，没有听见?”

水仙叫他爸是有次数的，唐大熊打了个激灵，明明自己就是在等这一声叫，叫出来了，反倒觉得自己脸面上挂不住了，一下子站了起来抱着孩子往大门外走。可惜这一次陈顺起又没有听见，要他听见自己的儿媳叫自己爸了，不是说，你的儿媳妇你的儿你的孙吗?听听叫我了，到底是我老唐家的，她叫我爸了，叫我爸就等于我和你是一辈人了，我不叫你叔，你得叫我哥，说什么自己辈分大，是叔字辈，辈分大你鸡巴就不干那事了。

院子外的石磨上落了一对翠鸟，互相招呼着捡食磨眼里落下的碎粮食，怀窝里的孩子指着它们欠着身子要过去，唐大熊想起水仙的话来，把一句话音拐着送过了身后：“有话出来外面说，你闺女要看外面的景致呢。”

水仙不知道唐大熊的意思，在门上站了半天不见回话，知道公公是不想出钱，知道自己的希望是肯定要落空，不甘心，跟着走出了大门外。

唐大熊不说话，等水仙喊爸，水仙不喊，唐大熊说：“刚才你说什么了?”

水仙就看到来隔壁院子里看陈顺起的李续，李续走过来逗了逗孩子，转头和唐大熊说："你真的看不上炸石头？要我说，干脆我给你料，你帮我炒，我给你的是原料，你炒了卖我成品，赚我的差价。现在，拉水也不赚钱了，一拖拉机水还不够油钱。"

水仙没有听清他们在说什么，自顾自地说："想买缝纫机，要你匀我一些钱。"

唐大熊一看到李续就不想说话了，抱着孩子扭了头看远处的山。

李续接了水仙的话说："一台缝纫机算个啥，我给你买。让你公公炒炸药炸石头，十天一台缝纫机。"

水仙看到李续，不说缝纫机的事情了。水仙不想讨李续的便宜，讨水便宜那叫无价买卖，讨缝纫机的便宜就有价了，认真的事情不能玩，玩的事情也不能走火。真要是要了他一台缝纫机，就得把自己倒贴给他了。水仙最看不起的就是农村人到城市去当小姐，好好的人，有手有腿有脑袋，自己不劳动，进城当什么小姐？水仙想，我看不起城里的小姐，我也不让他们笑话我是农村小姐！

水仙说："我爸的事情由我爸来做主。有钱，我买缝纫机，没有钱，我也能不买。"

唐大熊觉得儿媳给自己长脸了，水仙的话像经了喇叭，大咧咧地欢闹着落入了隔壁的院子里，他听得隔壁的竹帘子响了一下，要不就是陈顺起出来了，要不就是探出了乌龟头，听清楚了又缩了回去。好啊，这个儿媳，到底是吃了唐家锅里的饭，还认得自己是她爸！唐大熊笑了起来，看着李续，笑音冲着隔壁的院子。怀中的孙女也笑了起来，缠绕着唐大熊的笑，唐大熊心里慢慢涌起了一点豪气。陈顺起的两个儿媳妇没有一个叫他爸的，唯一的一个外人养的叫了，不是叫他陈顺起，是叫了我唐大熊！

唐大熊突然放松，把眼光放远了一些，看到西白兔这块神奇而又有朝气的土地，因为有了开山采石，它居然显现出了一派盛世繁华。这山真是大啊，除了石头，没有见长过什么有用的植被，高峻的崖壁映照着荒秃秃阒静的天空，云朵不留一丝荫翳，他的脑海里顿然清晰，思维也是完整有条理的，沉睡的欲念像冬眠后的蛇，被春天的阳光叫醒了舔着舌头向他匍匐而来——痒痒得难受。山戴帽，雨飘飘；村起罩，太阳照。山尖上云雾缭绕，不见山头。有雨要来了，雨天里做什么好呢？做一样东西，潮潮的，炒炸药。唐大熊闪过李续，闪出村委会主任的高顶门楼，闪进自己家的院子里。他看到坐在石头小凳子上的唐要发说："儿，咱也炒炸药。不为别的，就为了你媳妇的那台缝纫机，就为了咱也有能力往山下迁。"

水仙兴奋地看着唐大熊叫了声："爸，你终于开悟了！"

唐大熊说："爸欠着你一台缝纫机，终究是要圆了你的裁缝梦。"

水仙抱着孩子看着自家的公公，公公不说话了，从另一间屋子里提出一桶机油，还有半麻袋糠皮。

唐要发说："爸，炒炸药不是要锯末和木炭吗，怎么弄了机油？"

唐大熊说："油包水，性子烈。"

水仙说："爸，咱还没有买到硝铵。"

唐大熊说："该准备的都准备了。"

做这样危险的活儿，穿什么质地的衣服都很有讲究，混纺化纤的，一件都不可上身，唐大熊要儿子换上布衣布裤，拿了棉线手套跟他扛了东西走。他们穿过西白兔的村街，暮色中有几个抱了孩子的女人把奶穗吊挂在外面，孩子拿着奶穗来来回回揉捏，揉捏得女人们满脸灿烂的笑。

“劳模，炒炸药？”

“炒！”

唐大熊带着自己的儿走进了原来的老窑。老窑不知道什么时候已经垒了锅灶，灶上坐着走食堂时的大铁锅，铁锅旁放着木铲和木棒槌。唐大熊往火塘里填了锯末，拿了一团麻绳燃了锯末，要它慢火引。

他开始往锅里倒硝铵，等火烧旺了往里倒糠皮。他要求唐要发不要把火烧得太旺，他一边翻炒着锅里的硝铵和糠皮，一边和唐要发说：“要翻炒均匀，要受热均衡，要看到它们的结晶体，比如像这个结晶体，它大了要用棒槌敲碎，不能用铁锤子敲，那样容易发出火花；要么是木棒槌敲，要么是铜棒槌敲，千千万万不能用铁器敲。”

炒好的炸药连锅端了倒在了老窑的炕上。唐大熊说：“掺了糠皮子是预防它结块，要等明天用，下来炒油包水，傍黑里咱就去开山。”

唐要发看着火塘里冒出的烟，听着唐大熊说话，不时地往起抬一下眉头，表示自己在听。这么着一抬，鼻子两侧就堆聚了很多皱纹道道，皱纹拽得鼻孔朝天翘了起来。唐大熊觉得唐要发的鼻子这么抬很像一个人，这人是谁呢？这么熟悉！

火塘铁锅内，倒进了剩下的硝铵，想着九比一的比例放机油，就翻出了脑子里一个根深蒂固的影子。这个人常常骂骂呱呱的，唬得人见了要绕道走。更多的时候是看着他，就这么看着生出几分惧意来，一时有些愣怔，心就开始往上提了，跳得欢快。

这个人是爹啊，是自己的爹啊，他的孙子和他长了一样的鼻子，自己这么多年来怎么就不清楚，不琢磨他的长相，不看他哪里有自己的影子呢？就看他长了个五花个子，就看他不是长手长脚。唐大熊的心一跳一跳，想着自己言尖语谗，原本心无城府，却伤了孩子妈的心，让她跟自己吃了不少苦头，早早糟害死了，没有活过一天幸福时光。唐大熊在激动中看到锅底出水了，是火大了，他没有翻炒均匀，他要唐要发点起火来看，他说：“我的儿哎，你点了火让爸瞅瞅，让爸瞅瞅，你原本就是爸的儿哎！”

唐要发点了火离远了要唐大熊看锅里炒制的东西，唐大熊借着火光看到唐要发的脸和自己根本就是一个模子脱出来的嘛，唐大熊说：“我的儿，近前来。”

唐要发犹豫了一下往前走了两步，窑口上因为有雨来夹带着一阵风，风把火塘里的火燃旺了，一块燃烧的木炭吹落进了铁锅里，唐大熊大叫了一声，像有什么东西惊醒了他，一把拽了唐要发往门口推，但是，一切都晚了。铁锅内被他们称为“油包水”的黑色粉末再次显示出了它的无比威力。

爆炸声响起的时候，炸药把唐大熊推向了窑掌，他还扭头看了一眼，看到他的儿扑向了窑外明黄的星光，看到窑外青山环绕，绿水潺潺，花香四野，西白兔理想的风采展露无遗，他的儿披着满身金黄高大起来，他兴奋地喊着：“儿啊，天下原本是一片太平啊！”

冲击力面向门口把唐要发推了出去，把他炸得像天女散花一样。

爆炸过去有一天了，唐大熊的儿子唐要发的尸体像炒爆的碎豆子一样，稀稀拉拉撒遍了西白兔的大街小巷。唐要发的老婆水仙穿了孝，跟了小叔子唐国发捡拾地上散落的碎尸块。乡间俗规，暴死的人带邪，何况这一回是父子两人。西白兔家家门上拴了红，拴了红可以驱鬼避邪，走过去的时候那红看上去很扎眼。唐要发老婆水仙拿了筷子夹地上已经有些发黑干硬的肉团团。阳光从头顶直射下来，抬头望上去有死者的衣服碎片在大树上随风摇摆。水仙看着地上像羊屎蛋一样的黑肉，腿软得一下坐在了地上，想着天空的万丈阳光和眼前的物是人非，捂了张开的嘴，头歪在肩膀上悄声呜咽起来。有几个妇女从自家院子里捡拾了几块出来，用鸡食盆盛着倒给了唐国发，看着地上坐着的水仙，走过去搀了搀她，要她起来。水仙像抓救命稻草一样，抓了对方的手哭着说："你说说，一米七几的大个子，碎得就连两碗肉都捡不够，人活了个啥？到底活了个啥？"

这一回震动大了，炸死的不是一般人，市里都惊动了，才知道还有这么一个落后的瞎胡闹的地方存在。

水仙抱着孩子，穿了孝坐在院子里，门口有两口红漆棺材，大门上斜倚着两个花圈，一个是陈顺起代表村委会送给唐大熊的，因为他是劳模。一个是李续代表自己送给唐要发的。刚下过雨，院子里的缸缸罐罐锅锅碗碗满上了雨水，其中迎大门的地方放了一个铝盆，盛着半盆水，水中放着一把菜刀，铝盆旁边，一捆树枝被拦腰烧断了。这是当地人的习俗，意指死者既去，生者哀恸，但从此阴阳相隔，生死两重天了。

有省城的记者听说西白兔因为炒制炸药出了命案，来这里采访，被人领着走到了唐大熊的院子，看到水仙的时候，他觉得这个女人长得很美。多看了几眼，就想起了“要想俏，一身孝”这句民间俗语来。

记者姓吴，看着水仙说：“你公公和丈夫以前炒过炸药吗？”

水仙说：“炒过，劈开太行山的时候。”

记者笑了笑问：“除了劈开太行山，村里以前出过这样大的事情吗？出这么大的事不害怕？”

水仙说：“出过。怕啥？活人不生事，还叫活人吗？”

记者说：“活什么人？把自己的命都要了。”

水仙白了他一眼，说：“山上没水吃的时候咋不来问？山上下种干得不发芽的时候咋不来问？山下挖矿发了，光说人家富了要树个典型，就不说把山上的风水都挖走了，挖走了风水，咋不来问？人都死了，来问啥？”

记者半天不说话，看到水仙白净的脸蛋上因抢着说话起了红晕，停了话，哄着怀中的孩子，孩子哼哼着要撩她的孝衫。她解开了腰上的麻绳掏出了奶穗子要孩子吃，用手摸了一下孩子黄乱的头发，孩子不吃，捏着怀窝的奶穗玩。

水仙说：“还不快吃？不吃，爷爷和爸爸就来吃了。”

这空当，水仙望了一下对面停放的两口棺材，鼻子酸了一下。

记者说：“知道炒炸药是违法的吗？”

水仙说：“知道。”

记者说：“知道还炒？”

水仙又白了他一眼，说：“石头蛋子不值钱，谁待管它。要活人过日子，就算违法也没办法啊。”

记者走的时候问水仙，这一辈子最想做什么？

水仙笑了笑说：“想做什么不见得能做了什么。说眼前的事，就想买台缝纫机，开裁缝店，还欠债，然后供小叔子念书，要他学了文化离开西白兔。”

记者看水仙贫寒，走时硬给她留下了五百块钱。

记者说：“我姓吴，口天吴。”

水仙想，口是靠天吃饭的，乡下人靠天吃不上饭，五百块买不来我男人的命，就算是缺钱，也不稀罕五百块，不要他的。

水仙又想，城市人就是有钱，也不在乎这五百块，留就留了。留下的钱我啥也不买，就买台缝纫机。

水仙站在挖山挖得豁豁溜溜的山口上目送吴记者走远了，手里握着五百块钱，心便有希望升起来，朝着远处招手的胳膊半天不舍得放下来。

夭　殇

一

清光绪二十六年六月初六，沁河西岸豆庄，上官家的小女儿上官芳和东岸下里村王书田家的独生儿子王安绪订婚。媒人送过上官芳的生辰八字，四十岁的王书田从中堂上的香炉下，取过来一张红纸，很慎重地包好。到上屋和七十岁的母亲请了安，要了自己儿子的生辰八字过来，也用红纸包好放在两只青花瓷碗中。两只青花瓷碗被放进了柴房的水缸里。这一切，让王安绪大伯家的女儿春香看在了眼里。

夜里，两只碗有轻微的碰撞声传出来，春香瞪着一双惊惧的眼睛看着，瞅四下里无人，掀开缸盖，她看到两只青花瓷碗不即不离地随着水纹游荡，春香的心一下被什么揪了起来。春香不希望两只碗靠得太近，靠得太近就有点变化人的性情，春香不怎么高兴。一个从小和王安绪结伴长大的人，知道对方要和另一个与自己一样的人在一起了，给谁谁会高兴！春香用勺子磕了一下其中的一只碗，这只碗就打着旋沉了底。春香吓了一跳，没想到它这么不经磕，心慌地取了凳子踩了扑进缸里去捞。缸是八斗缸，和春香的个一样高。双手划动，把水中另一只碗搅拌得在缸沿上叮当作响，缸里不断有水溢出来，脱落的碗里漂起来的红纸悠悠地紧贴了另一只碗的碗沿。她把红纸捞出来放进水面上的碗中，碗中就盈了红红的一汪水。春香看到那水不是水，是血，油灯下泛着血光。真的是害怕了，那怕不是一般的怕。

既然捞不起那只碗，干脆就不捞了，一屁股坐到地上，有一股寒凉上涌，人也就抖了起来，渐渐地抖出一个字："死!"

当一个人决定要死的时候，一定是遇上了比死更可怕的事。春香就遇着了。按光绪年间民间的规矩，男女双方订婚了，男方家里就要取两个人的八字一起放在祖宗牌位下，或水缸里。祖宗牌位下要放三天，三天家里不出事情说明合婚，要选日子迎娶。放水缸里的要看两只碗是不是紧挨一起，在一起，说明合，不在一起，那肯定是不合了。一切由男方家看结果来决定。要说这样大的事情怎么能让黄毛丫头看见，可偏偏就让她看见了。春香平日里一般不到小叔王书田家住，可今儿因为奶奶轮到小叔家了，就跟了过来；又因为哥哥王安绪喜欢吃软糕，她从家里带了些过来要哥哥吃，她和哥哥青梅竹马。她就看到了不该看到的一切。看到了心里不怎么高兴就决定住下来。夜里，偷偷从奶奶的炕上溜下来，想要鼓捣出个事情来。事情不是想鼓捣出个什么样来就能鼓捣出个什么样来，事情一鼓捣就走样了，让一个小女孩的心放不下，就想了那个字。那个字想了，还没有想到要去做，等到要做了却又忘了那个字。

既然不能恢复水缸里的原有景貌，那么就赶快溜走。春香溜不走了，迎头遇见了婶娘高秀英。

高秀英说："春儿啊，黑灯瞎火的来柴房做甚?"

春香扭了一下腰想要闪过去，可天上有月亮，月亮下春香的脸煞白，被缸里的水打湿了的衣服紧贴在身上，滑溜的地让她无法闪过去，重重摔倒了。有些蹊跷，高秀英走进柴房举了灯笼照，不得了，石头地面不吃水，灯影下看水汪汪地能照出人影。一只碗放在地上盈盈地映出半碗血光来。她扭头反身出了门，看都不看拖了地上的春香找婆婆去说。说什么呢？说自己独生儿子一辈子的福气就这么被这个丫头冲撞了。

春香此时是个木人，什么也不怕了。

见了婆婆说了柴房的事，婆婆取了长烟袋抬胳膊就敲，一敲，两敲，春香不说话。婆婆说："说话呀，小贱骨头。"春香仍旧不说话。

高秀英发现有什么地方不对劲，是春香不对劲，闪猛了终于没有过去，傻了。

二

光绪二十七年九月十六，豆庄上官家的小女儿由十二抬陪嫁和一顶花轿抬着，从沁河西岸上船划向东岸的下里村。上官家的十二抬中有一抬很让沁河两岸的人眼热，这一抬不是别的，是用红布包着的一条毛瑟枪。说明上官家陪嫁小女儿，是陪了看家护院的家伙。上官芳坐在花轿里，外面是一把红木花梨嵌大理石的椅子，即将做丈夫的王安绪十字披红坐在上边，此时，他正不停地打着哈欠，一个接一个，有眼泪往下掉，双手来回揪扯着手皮，手被揪得泛红，秋日的阳光下像两头紫皮大蒜。十八岁的上官芳还不清楚她的丈夫是鸦片烟瘾上来了。从东岸到西岸，沿河村多，两岸看热闹的人也多，十三艘小船绑着红布绾成的花，像一条长龙划到下里村。下里村古渡口上岸处，八音会正闹得欢，新郎下了船，上了马，由八音会的人引着往王家圪洞走。要到青乡里就要先进入王家圪洞。王家圪洞是一个统称，也是一条胡同。一进胡同口的三槐里，是王安绪大伯家的院子，也就是春香的家。大伯家大门外的条石小路上用石头垒了半人高的障碍，八音会的人马停了下来开始吹打，一曲罢了又一曲起，不见有人出来搬开路障。上官芳不清楚遇上了啥事，想撩开盖头看，送客嫂嫂伸进手捏了她的肩膀一下，她停下了手。

八音会里吹唢呐的一位后生有些不耐烦了，抬脚踢了一下石头，三槐里大门呼的一下蹿出了一条狗，只见那狗一口咬住了吹唢呐人的裤管，来回甩了几甩，听得哧一声半条裤腿撕了下来。后生说了声：“我日！”就听得大门里的人说话了：“咋了？日谁了？日子长着呢！黄毛，让狗日的过！”狗叼了半条裤腿扭头钻进三槐里虚掩的大门。后生叫道：“我的裤……”

闹得欢的八音会的人们像被打了脸，有些麻瑟瑟。吹打乐器因后生的喊叫往下滑。骑在马上的王安绪似有所悟：都是一个祖先，日谁和谁呀！这一句话他说不出来，鸦片烟瘾让他的嘴有点哆嗦，也抽得厉害。娶客家姐此时正扶着他。

早有人报了青乡里的王书田，他在大门口张望着，听到乐器的响了就是不见人影。那个急有些上攻，迎面的风吹得他不住地往下咽唾沫，想按住火，那喉咙就干得冒起了烟来，嘴里说着："靠，靠，靠。"

终于听见了乱糟糟的说话声，王书田狠狠地往地上吐了一口唾沫，扭身回了上屋去招待来宾。

上官芳下了花轿，所有的人都在看，那眼睛却不是盯了她，是她身后的那条毛瑟枪，想见识的人们小心议论着。突然，王安绪一头栽下马来，幸好马旁有人做了垫背。看到儿子两只手抽成了鸡爪，王书田走过去掴了他一个巴掌，叫人架进了书房。也就是一袋烟的工夫吧，王安绪像换了一个人似的，桃花满面走了出来，接下来是婚礼正题。

下里镇是沁河明代八景之一的"沁渡秋风"。它沿河修筑，靠山面水，古老的堤坝把下里置于高高的土丘台地之上，山上的村落很自然地以山为屏形成规模，院落和院落成台阶上升，随山势挂壁。居高临下背靠白虎"山"，平地青龙面绕喧闹"水"。以景补脉，真个是：秀水青山连天碧，千仞堡垒万般固。从村头古渡上岸处一块金石碑记中，可以看到北宋元丰八年，该镇西有一位武举人叫王向岩，曾官至中尚，他回乡在古渡下里不足十户人的村落建了一座关帝庙。因关帝庙的建造，后有张姓李姓迁来扩大为镇。王姓家族所住的三槐里和青乡里统称王家圪洞，小街两行是院落门头，为两层四合小院，由王书农的院落拐一个坡是青乡里，要拾级而上。据说，王家先祖因为犯事，他的后人才返乡落脚。此武举人也可延伸为王姓家族的先祖。王姓家族先后出过几个秀才，始终没有弄武的人再出现。有算命先生说，王姓家族在未来要有一个习武人独霸一方，此人给王姓家族带来的灾难是灭顶的。王书田是在爹临终时听说的，当时有哥哥王书农在，哥俩关系还没有弄僵，也没有太在意。就是到现在也还是不在意，不在意的原因是王姓家族延伸到现在，后人有些稀少，能提拿得起来的人不多，大都在吃老本，出租土地。人要是有半点活下去的东西垫底，谁想出去闯荡！

上官芳走进青乡里时，她就不再是一个女孩子了，一个不是女孩的少妇，往昔已成为幻影。她透过门楣望：一个陌生的世界，一个陌生的男人，某一种开端从此就开始了。上官芳从随身带来的包袱中取出那支枪，枪是当时人们叫的毛瑟枪。因为在红布包里裹着，也因为女人家沾不得阳气，上官芳就没有多看。王安绪看到她把它提起来时有些吃力，可还是提起它迈出了门槛，他想上前帮她，她笑了一下躲开了，她要把它亲自交给公公王书田。

上屋，王书田和高秀英坐在中堂前的太师椅上等儿媳前来拜见。

上官芳迈动一双小脚颠颠地向前走，头也不敢抬。这是四合院，由外走来，木底鞋踏上上屋的砖地，发出清脆的嘎嘎声。迈出门槛迈进门槛，一些事情来不及考虑，双膝就跪在了蒲团上。上官芳放下手中的重物说："母亲爹爹在上，受儿媳叩头。"

高秀英递下收头钱说："来了下里，比不得豆庄。你家是大户，王家也是大户，门当户对，我把你当我的女儿待，安绪有什么不体面的事你要学会担待他，毕竟是你的丈夫，来时想必娘家母亲有过交代了?”

上官芳说：“儿媳清楚。娘家母亲是有过交代，要儿媳学得一个忍字，一要少说话，说就说得要体面；二要懂温顺；三要以婆家的名利为重。娘家爹爹说了，要儿媳在处理生活的得体上谨记：良贾深藏若虚。”

王书田望着长身玉立、皮面白净、眼睛细长的上官芳，想，真是一个深沉而不瑟缩、温顺而不失稳重的好媳妇。又看了看自己的儿子那一副落魄吃打的样子，心就哀怨起来，怕好媳妇也要因自己不争气的儿子，性高于天、命薄如纸了。

上官芳说：“爹爹在上，容儿媳把娘家陪来的东西交给爹爹。来时娘家爹爹说了，现在时局混乱，陪嫁来的也就是图个安稳，家里仗着个家伙，外人也就不敢来欺了。”

上官芳拿起红布包递给公公王书田，王书田弯腰接起，透着窗户射下来的光看着说：“秀才人家哪懂得这个？怕也只是个样样，造了个声势。那就收起来啦。你们退下去吧。”

上官芳和王安绪告退出来，就看到自己的丈夫嘴巴扯了很大在打哈欠，上官芳感觉很好玩，想想自己以后日日要与这样一个人厮守在一起，就免不了有些好奇。

回到住屋，王安绪说：“快给我取过烟泡来，我困得厉害。”

上官芳说：“这东西就这样解困?”

王安绪抽了几口，静静地闭了一会眼睛，睁开的时候脸上就有两朵桃花落下来。

“看到了吗？我脸上写了舒坦了。”王安绪回答。

上官芳望着自己的丈夫想起了从前的日子。她是上官家的小女儿也是唯一的女儿，掌上明珠。是母亲的胳膊环绕着她长大的，哪有和人这样低眉顺眼说过话？现在到了一个从不曾想到的环境，眼前的景，景中的人，那人上嘴唇刚出芽的小胡须，上官芳就不想以前了，想上去摸一摸。她移动着手指，抚摸着王安绪的脸颊，他的脸长长的，皮肤黑黑，颧骨很高，双眉像两条寸长的扫帚平放着，平平的鼻子上有三五粒雀斑。上官芳想把那几粒雀斑抠下来，大概是痛了，王安绪一下翻起了身抱住她。

十七八岁的小男女像夏天的热风，把世界就堵在了门外。

秋天，是雨、太阳、风和四季的轮回。雨过后，青乡里的院子里出现了水坑，王书田拄了拐杖站在水坑旁，他的心事很重，他看到水中的自己，那哪里是个人嘛！他叫儿子出来到上屋一趟。

高秀英搀着他，王安绪过来也搀着他，走进上屋他示意关上门。

王书田说：“安绪儿，爹怕是熬不过今冬了，我得了啥病我是明白的，是你结婚时种下的祸。你大伯是你祖母改嫁带来的孩子，你早先的祖母不会生养，你祖父就决定要找一个生过孩子的女人，就找了丈夫去世的你祖母，也就是说我和你大伯是一个娘两个父亲。你订婚的那天，你大伯的女儿春香搅了柴房的水缸，被你妈撞见了，春香怕训斥摔倒在柴房里，摔重了，变傻了。那夜叫了郎中，也把你大伯和大伯母叫了过来，我把真实情形说了，你大伯母立马站起来在我脸上掴了两巴掌。”王书田有些气喘，安绪端过来一盅水要父亲喝。

“我不生气。这时候你大伯说话了，说是欺生，王家人欺常姓人，你大伯原来的祖姓。咱们王家圪洞的两院房，青乡里和三槐里，青乡里是祖屋，要大一些，按长幼该你大伯住青乡里，可他不是王家的血脉只能住三槐里了。我知道他从心里一直记恨，一直堵着，我也知道他肚子里搁着这事呢。你祖母听了他说的话，叫喊着扑过去要撕你大伯的脸，你大伯挡住了她，越说越激动，话有些火，你娘听得不中听就插了话，你大伯站起来掴了你娘两巴掌，你大伯诅咒王家从此在下里断子绝孙。你祖母喊了一声：造孽！一头碰在了放粮的石仓上，你祖母用手指着你大伯咽了气。”王书田咳嗽了一阵，吐出一口血痰。

“你知道我为啥要告诉你吗？因为你大伯心里有气怄着。我知道那气很冲。你现在顶天立地是个男人了，可你不争气染上了鸦片烟瘾，你那大伯是披着王姓的狼，他从来就不念我和他是一奶同胞。你要争气啊，要给咱王姓后代争气，改掉烟瘾，和上官芳过日子，生出几个健壮的后人来，爹死也瞑目了。”

王书田又取出几本账本来要王安绪过目，并一一做了交代。王书田说：“我们王姓祖上曾出过进士，走到现在你爹也就是念了个秀才，你还不如你爹，眼看家业难守啊！再难守也不可做败家子，要戒掉鸦片烟瘾，记住了！”王安绪塌鼻梁上就有眼泪往下滑，几粒雀斑变得深黑。高秀英想起了那一碗血光，一下拽住了儿子的胳臂哭着说：“儿，娘就指望你和你媳妇的肚子了。”

这一年冬天，上官芳和王安绪拱在棉被里打造儿女时，四十岁的王书田走了。凉意袭上了上官芳的双腿，她不知道一连串的灾难就要到来了。

三

第二年夏，上官芳生下儿子王丙东。

第三年秋，上官芳生下儿子王丙南。

第七年冬，王安绪去世。临死前的王安绪两只眼睛凹得像两只干缩的倭瓜，裹在被子里，看不见鼻梁上那几粒雀斑，他“透明”的身体躺在上官芳的臂弯里，一动不动西天而去。

两个寡妇支撑起两个男孩的教育和四十亩出租的农田。

租种沁河河滩三十亩沙滩地的是郭壁村的李栓，王姓家族走到现在家存的积攒因不断地减增人口已经空空，而且债台高筑。高秀英和上官芳商量想卖了河滩地。这时候有人就站出来想要买下这三十亩地。买地的人是租地人李栓。

下里村的人不相信李栓能买得起地，但是，李栓就是买了。

李栓放出话来说：“河滩地是我日弄出来的，就像养活了一个人一样和它有了感情。现在比不得从前，要卖地就得先卖给我，我种王家的地是迟早的。”

这叫什么话？婆媳俩商量来商量去，觉得有人从中间作梗，想不起是什么人，就哀叹家里没有了顶梁柱外人就要下看。上官芳说：“这么些年了，大伯和咱家老不上门，现在有人要找咱的碴儿，是不是也应该和他商量商量了？”

高秀英因丧夫丧子的打击，身体极度衰弱，用手指了指胸口又指了指嘴，摆了摆手。上官芳说：“咋说也是大伯，我去找一找看看。”

上官芳抱了小儿子牵了大儿子走下大门外的台阶，走近三槐里的大门。上官芳要怀中的小儿子拿起门环拍拍门，就听得有下人叫了声：“谁呀?”

“是我，青乡里安绪家里的，大伯在吗?我给他老人家问安来了，烦你通报一声。”

有一会工夫门开了，上官芳随了下人走进了正屋。她看到王书农坐在太师椅上，头戴毛织贡瓜皮帽，身穿青哔叽夹袍，手里取了水烟袋咕噜噜抽着。上官芳说：“大伯在上，受侄子媳妇给您老人家的头。”一边招呼两个孩子也叩头。

王书农没有想让他们母子起来的意思，放下水烟袋说：“我怎么就没有见安绪娶过媳妇?”这时候，有一个女子披了头发从门外走进来，看着地上跪着的人咧了嘴笑，笑声由小而大，上官芳身边的两个孩子就哭了起来。上官芳呵斥孩子不要哭，然后说：“是光绪二十七年九月十六进的门。”

王书农说：“是光绪年间的事啊。光绪年已是老皇历了，我不记得了。你还知道我是你大伯!”

上官芳说：“知道。只是因为家里一直有事没有过来拜见，又因为过去的旧事，侄子媳妇现在提起，肯定还伤大伯的心。青乡里的日子不好过，活到现在我们守业都难了。不来拜见是小辈的错，还希望长者不记小辈错。”

王书农把水烟袋端在左手上，用烟嘴指了指依旧在一旁傻笑的春香说：“她吓哭了你的两个儿子，你知道她是谁?”

上官芳说：“想是妹妹春香了?”

王书农说："还算好记性，有些事情因你而起，想必你也该记得了。你来是和我说李栓买地的事吧？"

上官芳说："大伯真是明白人，真要有劳大伯了。李栓是郭壁人，一直租种河滩那块沙地，现在一下提出想买那块地。不是不卖，家里已经借了不少外债，债台高筑，讨债人年底来讨拿什么去还？地是要卖，只是不想卖给李栓。"

王书农把盘在太师椅上的腿伸展了，用手捋了捋头发看着春香说："噢，不想卖给李栓，那么想卖给谁？"

上官芳说："说心里话，谁也不想卖，希望大伯看在祖母的面上能给周转一下，大恩永记，容我儿到能知觉、懂情怀时当报不忘。"

王书农皱了一下眉头看着春香说："你不觉得太久了吗？可惜我这女儿连个废话都不会说。"马上又调转了话题说，"很好，能想到大伯就好。你看，不管你是不是安绪的媳妇，不管往日有过什么纠葛，难中能想到你的大伯就好。有八年了吧？八年了，我无时无刻不在想你们，这日子越往前走就越觉得重，就越觉得痛，能想到大伯就好，就好！河滩地那就不卖了，不过……"

上官芳听到王书农似有什么迟疑的事，抬起头来看着说："大伯还有什么不好说的事？自家人就说出来，侄子媳妇也不是不懂大理，以往的事情我也隐隐知道一些，要是我的公公和丈夫做错了什么，八年了也请求大伯看开些，咋说王家圪洞也就剩咱这一脉血亲了。"

王书农换转了手上端的水烟袋，说："是啊，只怕这一脉也要断了。哦，不说这些了，刚才说什么来着？是李栓买地的事吧，只是怕引起隔壁李姓家族的猜忌闹出笑话来。既然决定不卖了那就这样吧，你把租种地的契文取过来，和李栓说，地要租种给大伯，现在王家还有长辈在，要他来和我商量，租种地的年租金是多少还是多少。你现在就回去取来地契，我也好给你打点一下。你看如何?”

上官芳弯腰抱着小儿子磕了头说：“有大伯做主，侄子媳妇还怕什么，只是不知道该怎么感谢大伯。”想了一下想说什么又没有说出来，说了声：“那侄子媳妇告辞了。”

上官芳站起身，腿有些麻，打了个踉跄，春香就大笑着说：“好哇，好哇。”上官芳看着春香想，她要是不傻，真是一个俊秀的人。牵了儿子走出三槐里，从心里想着大伯的好处：没想到借钱就借了，紧要的时候还是自己的亲人帮忙。说大伯记仇那都是从前了，大伯还是咱大伯。

回家和婆婆说了去三槐里的收获，高秀英说：“也许你那大伯真的回心了?!”

取了租地契书又一次走进了三槐里，看到大门洞站着一个人，是春香。春香的脑袋里好像有笑不完的事，春香的胸前挂着一粒饭渣子，上官芳掏出手帕想帮她弄下来，春香一把抓住那手帕不放，上官芳笑了笑丢开手走进了堂屋。发现太师椅上多了一个人，是本村的地保张五爷。跪到地上给大伯和张五爷请了安，因为有外人在不大好说话，等大伯叫起。听得王书农说：“东西拿来了？拿来就递上来吧，张五爷也好做个证。”上官芳把东西递上去说：“大伯请过目，一切由大伯来做主。”

王书农起身，从竖柜里取出一小包银钱递给上官芳：“这是你河滩地的，你取了去，有张五爷在，我王书农怎么能不管不顾呢？起身去吧，有什么事过不去就来找大伯。”

上官芳告辞出来，手里的银钱变作了希望和温暖，心里一热就有泪掉下来。

纳闷的是，李栓没有再来找上官芳说买地，李栓不来上官芳心里反倒不怎么踏实了。不踏实归不踏实，日子推拥着挤得满满的，心里就把这事搁在了一边。因为日子过得紧使唤人都已经辞去，空空的一个大院里什么也听不到，就听到孩子的哭声。两个孩子中间只隔了一岁，你争我吵，你欺我霸，整日里，清鼻涕和着眼泪不断头地流，不时听得上官芳的呵斥声。忽一日听得有唢呐和笙音传来，像是大伯家办喜事了，想不起是谁，大伯家的女儿春香傻在家，是谁呢？怎么也不通告青乡里？以前因为结仇互不上门，现在不是已经说和了吗，怎么也不说一声？上官芳抱了孩子迈动小脚走下了台阶，迎面碰上村中一个熟人。熟人说：“李栓招了你大伯家的老姑娘春香，陪嫁是李栓要买的三十亩河滩地。”

上官芳觉得距离喉咙五寸的地方有些闷，咬着自己的下嘴唇竭力装出想笑的样子，没有笑出来扭头上了台阶进了青乡里。王丙南哼哼叽叽用小手撩她的大襟衣服，想吃奶了。就听得一巴掌下去，王丙南脸蛋显出了五个红印子，半天没有哭出来，又一巴掌下去哭出了声，红印子变成了血印子。高秀英急忙走出屋叫道：“什么事憋了这大的气打孩子？”要过王丙南搂在怀里哄。

上官芳说：“王书农招李栓上门，陪嫁是咱河滩地。”

高秀英一把拉住上官芳的小袖：“你说什么啊？那地不是租出去的，怎么成了陪嫁？”

上官芳说：“我也不晓得，要去问问！”

三槐里的鞭炮响得震耳，周围看热闹的人远远站开了，上官芳迎着炸下来的鞭炮声走进大门。王书农站在院子里迎送来人，上官芳走上去正视着他说：“大伯家办喜事怎么也不通告一声？我想问问，李栓陪嫁的那三十亩地是咋回事？”

王书农把小辫子从前胸甩过后背，立马表现出感到意外：“那三十亩地不是你要我做主卖给李栓的？张五爷在场，红嘴白牙定了的事，你也拿了银子的，怎么现在倒咬一口了？”

这时候主持婚礼的张五爷走过来说：“是啊，媳妇，我是亲眼见的。大喜的日子里，舌头没长脊梁你可不能胡说。”

上官芳感觉自己掉到了悬崖边上，手里抓着的一根绳子也脱落了，气流冲击着她的胸口，心没着没落的，一下就号啕大哭了起来：“你可是我王家的大伯呀，一年的租金买了三十亩地？你怎么配做王家的大伯？你让我和我婆婆说什么？”

王书农说：“我这是办喜事，不是要你来叫丧，你扯了嘴号什么？你和你的婆婆说什么，这事也要我来管？卖地的时候你找我，要我来帮你卖，现在地卖了反倒落了这么个话！”

上官芳说：“事情哪是你说的这个样子？你说的这个样子，要是别人还说得过去，你是王家的大伯怎么也敢做这样的绝事？”

王书农拿了旱烟袋锅子在手掌心磕了一下，抬头笑了起来：“做绝事？下里村人谁见过我做绝事？谁不知道我是看着人的眼色长大的。人还不到山穷水尽的时候就想着卖地，那是败家子！王家出了不肖子孙啦，大伙来看看，这就是我王家的妖精，克死我母张金花，克死我弟王书田，克死我侄子王安绪，克傻我闺女王春香，现在又想要来搅我傻闺女的婚事。只要我活一天就要守住这份家业不败，就不能让贱人得逞。你怎么就连一个被害得半傻的人也放不过，妖精！”王书农背转手弯腰冲着上官芳说。

看热闹的人都拥过来看她，她张着个嘴说不出话来。眼泪掉到前胸落到膝盖滑到地上，人们指指点点说着什么。上官芳掩面跌跌撞撞出了三槐里，爬着上了台阶看到婆婆高秀英抱着王丙南站在门墩旁，上官芳抱住高秀英的双腿叫了一声：“娘——”气绝在了大门口。

有腿快嘴快的，早把这边的情形告知了婆婆高秀英。像春风刮过草地，悠悠缓过来一小口气，看到婆婆高秀英吐了一地血，无常的命运毫无表情地就这样来了。她急忙上前扶稳婆婆。高秀英指了指天，指了指地，指了指她，从嘴里蹦出两个字来：“祸水！”上官芳惊讶地瞪大了眼睛，呼吸减得很慢很慢，然后，长长吐了口气，眼泪在眼眶里打转，到底没有掉下来。

“娘啊，我不是祸水。怎么你也这样来骂我了？我是为了王家，我养了儿在王家，你也是女人，你要是这样以为，我还说什么？说给谁来听、谁来信？”

高秀英捂着自己的胸口说：“要我怎么信你？你来到王家，王家出了多少事？自己干不了事还想逞能，心强命不强，倒好，我王家咋就娶了你这么一个祸水？你去给我把地要回来啊！”

地收不回来了。

上官芳被不断降临的灾难攫住了，这一年高秀英带着满腹的仇恨去了。上官芳借了高利贷葬了婆婆，为了还贷，她卖了娘家的陪嫁。上官芳买了猪、牛，她不相信日子是一潭死水，她要它活水长流。

母子三人守着剩余的十亩地过活。她的心里支撑着一重希望：两个后生的成人。此时，他们正在院子里打架，她喊了一声："你们什么时候才能知道娘的苦啊？"上官芳哭了起来，为自己哭，也是一个母亲为抚养孩子哭，她的哭暗含着她的仇恨。以前没有做母亲的时候她做上官家的女儿，她渴望一种有别于上官家的生活，从来没有想到要发生坏事情，现在，当孩子们一一从自己的身体中出来了，自己也经受了地狱般的苦。娘家因为遭了水患年景一年不如一年，娘家不给自己添乱，自己怎么能去求娘家人？哥哥不说什么，嫂子那双眼睛她就不愿意看。指望不上娘家，指望谁？自己在哭声中只能指望另一个祝福，其实，那根本就不是祝福，更像是一个诅咒，因为，灾难阻止了她想象中的未来。长大、长大、长大，长大的孩子们可以为自己做主，长大的孩子是未来的指望也是黑暗和光明的分界。

真的有指望了。这一年王丙东十三岁，王丙南十二岁，那头牛犊长成牛了，在租种地的同时她决定也出租牛。可事情说来就来了，它毫不含糊，因牛而起。李栓敲开了青乡里的门。李栓说："听说你家添了牛，春天了借牛耕耕地。"上官芳说："不借！"说完就恶气顿生，用力把门关上。李栓撂下一句话扭头走了。

"王家圪洞的牛，我日，怎么也不长个记性。"

隔了几天，下里村东张姓人张亮来借牛耙地。牵了牛路过三槐里，牛脖子上的铃铛叮当叮当响得脆耳。大门吱呀一声开了，王书农走了出来，嘴里咬了旱烟袋锅子，跷起腿在鞋帮上磕了一下说：“借王家的牛耙地？”

张亮说：“耙地。”

王书农望着高天上的流云说：“自己要是有牛了是不是就不用借别人的了？”

张亮说：“那是。”

王书农低下头往烟袋锅子里按了一撮烟丝说：“那就牵了不用往回送了。”

张亮吓了一跳，拽了缰绳扭回头看，看到王家圪洞还是王家圪洞，王书农也还是王书农，石头是石头，门头是门头，是自己听错了？

王书农拿烟袋锅子指着张亮说：“是真的。害怕什么？我们王家的牛，王家的长辈说话了你害怕什么？”

张亮说：“要我买，我是买不起。要送我一头牛那不是天上掉饼子了，哪有这等好事？老叔真会开玩笑。”

王书农说：“我是开玩笑了吗？没有，这样大的岁数和你开玩笑？笑话。”

张亮狠劲捏了自己的大腿一下，不像是梦。

王书农说：“进来说话吧！”

张亮牵了牛走进了三槐里，出来时上官芳的牛就不是上官芳的了，它一下就变成张亮的了。

王书农和张亮说：“你只要想要这头牛，这头牛就是你的了。参与买卖的事要有证人，我就是你的证人。我是看见你日子过得苦，古话说，马不吃夜草不肥，你想想看，我也不想讨你什么便宜，就想争口气，她搞傻了我女儿，我搞她一头牛，说到桌面上吃亏的还是我。”

张亮说：“你直接搞她的牛就是了，怎么要我来讨这个便宜？我没有恩给过你呀，我授受不起。”

王书农说：“我小时候被王家打，你爹给过我一个糠团子，人不能知恩不报吧？你牵了她的牛，你获利我顺气有什么不好？”

张亮回头再看院子里槐树上拴的牛，觉得那就是他张亮的牛嘛！

上官芳不见往回送牛就差了王丙东去问。儿子回来告诉她：“张亮说了，是你忘了，还是他忘了，牛不是已经卖给他了？”

上官芳说：“张亮说的？”

王丙东说：“是啊，是张亮说的。”

上官芳说：“你是不是没有操心听，听得说走嘴了？”

王丙东说：“不信，那你去问嘛！”

外面下着小雨，上官芳戴了顶草帽出了青乡里往张亮家走。沁河水有些看涨，泥泞的村路有些滑，沁河两岸有人在等上游发大水，水也许能冲下来一些有用的东西，有小孩子举了石头等着砸洪头。上官芳顾不上看这些，她的胸腔里也涨着一个洪头，脚高脚低地走进了张亮家的茅草屋。

一进门就看到了她的牛，牛和人住在一起，张亮的穷酸是她始料不及的。她说：“张亮，我与你无冤无仇你因何想要赖我？我一个寡妇人家拉扯着两个孩子你怎么忍心赖我？就算你家里穷见不得眼前利益你说给我听，我白借你牛用也行。常话说富人容易残忍，穷人常常怜悯，你怎么也学了富人那一套套？”

张亮的脸红一阵子，白一阵子，说不出话来。张亮老婆说话了："你王家圪洞是大户，不在乎这一头牛是不是？牵回来的牛是送不去了，不是我们不想送，是人家不让送。"

上官芳看着自己的牛说："谁不让送了？借是你张亮去敲了青乡里的门借的，你张亮借了牛不见还回青乡里是吧？借了人的不还人，想赖，赖一头牛，你张亮就富了？"

张亮瞪了他老婆一眼。张亮想这事不大好解释，不能直说，可也不好把弯子绕得太大，就说："我是从青乡里牵了牛，我还走了王家圪洞，我还路过了三槐里。我一路过三槐里，我说你卖给我了你就肯定卖给我了。"

上官芳说："你路过王家圪洞怎么啦？路过三槐里又怎么啦？你不路过能牵了牛走到地里，走到你家？"

张亮说："我是不该路过，我路过不是我想让牛是我的，是有人想让牛是我的，我不想让牛是我的也不行，因为我就想有一头牛。"

上官芳哼了一声说："知道了。张亮，一头牛富不起来，人要是丢了良心就志短了。牛我不要了，就算我王家上辈欠了你，就算我王家这辈子不该养这个畜生！别忘了，我王家是不想闹事的，真把事情闹大了，我娘家陪过来的东西想必你是听说过的。"

上官芳说完抓起草帽，外面的雨落得很大，打在草帽顶上发出乱响。上官芳抓住草帽下的布条，提了心跑，一路小跑回了王家圪洞，路过三槐里，她站在门口狠狠跺了一脚，泥水溅到了她的脸上，她捡起一块石头想对准王书农的门扔过去，她想理论，终究还是压下了火，脑子里飞出了一段不大连贯的想法：儿子还小，不能让他下了毒手，忍字头上一把刀，能忍住就能化解一切。为等待活着，活出血也要等待。她倒要看看一头牛能把人养肥到哪儿，就当是沁河发大水冲走了。

隔了一天张亮把牛送回了三槐里。张亮说："这牛不能要。人家是有陪嫁的，娘家的毛瑟枪那可不是吃素的。老叔，咱命中无牛，牵了睡不稳当。"王书农说："一个人要想成大事就得做绝事，也就是一头牛，怎么就不敢要？那毛瑟枪又怎么啦？她一个女人敢把你撂过去？想你也成不了大气候。这样吧，你不要我也不会亏待你，你扛了那半袋麦子走吧，也算你帮我出了恶气的报酬。"

张亮扛了麦子出来，脚有些打飘，一打飘就上了台阶走到了青乡里。他把麦子放到石门墩上，喘了口气想叫门，抬起了手又放下了，想到什么，脱下布衫把两个袖口挽住，打开布袋掬出些麦子放进袖中，绑好布袋口绳，双手捏了肘窝处搭在双肩上往回走，走了几步觉得自己真是背了个祸害，再回头看门墩上的布袋还在，有些不舍，放下布衫搂在怀里含了两颗泪珠走下台阶，一路吊了心回了自己的茅草屋。

上官芳到院外挑水时看到了门墩上的麦子，布袋口上写了一个王字，是王家的布袋，那么是谁送来的呢？是王书农？她厌恶自己怎么能想到他。她想也许是祖上有人借过，现在连布袋一起还回来了，便扭身叫了王丙东要他拿回去。

王丙东说："娘，是谁送的麦子？"

上官芳说："不管是谁送的，往后要是有人提起来，记着欠了人家一份人情。"

四

上官芳守着自己的儿子，计算着家产，日子过得紧紧缩缩，剩余的十亩地，因为两个后生的不断长高越来越顾不嘴了。上官芳决定还应该租一些地来种。两个后生就像两口锅，每天往里填的水米不是以前的勺子了，是瓢，要几瓢。年景不好，收成也随着下落，租种土地的佃户刘三交不起租银悄然失踪了。有说刘三出去参加了土匪，因为被疑为匪，刘三种过的十亩土地没有人敢种，再说，刘三也没有退耕。上官芳找到刘三的老婆问话，刘三的老婆说："来年春上交满租银就是了。"

收不回租银，再租其他人家的地，因无力付租就有些磕绊。这时候听说王书农要租佃，王丙东背了母亲想前去试试。

王丙东长这么大第一次走进三槐里。王书农已经六十多岁了，鬓角上的白发像断丝一样飞起来，后脑勺上挂着一条猪尾巴，背着手，不看来人。王丙东发现他手上的烟袋锅子，铜烟嘴换成了翡翠。走进堂屋王丙东跪下来叫了声"大爷爷好"，磕了头。王书农扭转头看着地上的王丙东说："你是谁家的儿，叫我大爷爷？"

王丙东说："来人是王安绪的大儿，也是您老的侄孙子王丙东。"

王书农明显皱了一下眉，猛吸了一口旱烟说："如此说来真是大了，想必是你娘让你叫板来了？"

王丙东说："我不明白大爷爷的话，我是听说大爷爷要租佃，想问一问能不能租给侄孙子种？"

王书农说：“你的娘知道你来了三槐里？”

王丙东说：“我娘不知道。”

王书农“哼”了一声。一口接一口抽着烟，一锅烟完了在手掌上磕一下，磕下来的烟灰顺着阳光的亮飘到王丙东的眼睛里，有些干涩，有些辣。

王书农说：“听说你的娘把陪嫁都典当了？那么有一杆毛瑟枪不知道在不在了？”

王丙东没有想到大爷爷会问这种话，好像阁楼的条桌上有红布包着个长东西，娘不让动，也不让上阁楼，想来问的一定是那东西了。“好像在阁楼上。”

王书农想说什么没说出来，示意地上的人起来。

“你的娘是个败家女人，不懂得守业，不懂得什么是安身立命的根本，她命带祸由。自从她嫁到王家，已经有多人因她失血折命，敬奉着那杆毛瑟枪怕是王家将来要因它遭到大的血报。”

王丙东打了冷战，望着烟雾中王书农的脸，那张老脸白得毫无血色，扁平的鼻子下说话的嘴巴咧开很大。他不知道到底王书农长了个啥样子，也忘记了自己到底是到三槐里干啥来了，呆呆地站着有些抖。

王书农一看这样子就知道王家的后代要绝了，也就是试探试探罢了，小崽子就这样了。

王书农棋艺不高，可也不是看一步棋的人物，在他整个的人生规则中，一切将要发生的事情都应该按着他的预计来。换个比方说，就像在上好的田里开了个口子，有水来了要流走，必然要经过口子，田是干渠，口子是支渠，再从口子上挖口子叫斗渠，依次为农渠、毛渠。水流走了地脉不完能行吗？他要把王姓家的田挖开让水流到他的田里来。

王书农说：“你的娘不懂得道理，你应该懂得是不？说明你是懂得的。你刚才说想租种我的地，好啊，回去先把那杆毛瑟枪拿来，我要那杆毛瑟枪也就是想把它毁掉，来化解你娘身上自带的祸由。想得出来你是懂得疼人的孩子，想帮助你的娘打口粮了，那就去吧。”

王丙东轻飘飘走出了三槐里，爬坡走上台阶，看到自己的娘正担了水桶要拐过大门，到屋后的井中挑水。他说：“娘，我来。”

上官芳说：“十六岁的肩膀骨嫩，回家去吧。”

王丙东想起了那条毛瑟枪，三步两步进了屋，看到弟弟在柴房烧火，抽身上了堂屋的阁楼。一眼看到了有些泛青的红布包袱，顾不上看是不是毛瑟枪，兜在怀里下了阁楼。下了楼想不起该往哪里藏，看到炕洞就胡乱塞了进去，抬起头来看到娘挑水走进大门，水桶晃悠，有水洒下来，阳光照着那水不是水，像血。

王丙东怀里揣了毛瑟枪走进了三槐里。这时候他看到王书农迎了出来，王书农说：“取出来吧，我要当着你的面毁掉它，毁掉它就毁掉了你娘命里带的祸由。”

王丙东从怀里掏出来递给大爷爷看，大爷爷不看，说：“有些东西是不能看的，祸由这东西是有障眼法的，常能迷惑你的性儿。”就在这当口那只毛瑟枪从王书农的手里脱落了下来，那哪里是什么毛瑟枪，它就是一个像枪一样的树疙瘩嘛，王丙东想到真是遇上障眼法了。听得王书农说：“我日，小婢子敢诈我！”拂袖而去。

站了很久，王丙东跌跌撞撞回到了青乡里，进了家门看着母亲有些发怔。上官芳问：“你怎么了，儿？”

王丙东说：“我遇上障眼法了，看到好端端的毛瑟枪成了一截树疙瘩。”

上官芳一把揪住儿的手说：“哪里见着毛瑟枪了？”

王丙东脸煞白看着娘，恐惧地说：“在三槐里，大、大爷爷家。”

上官芳放了手往阁楼上爬，只一会工夫就下来了，她下楼梯时是坐着下来的，木梯子擦着她的衣服，焦虑带来的不安是出奇的静。她站稳了脚，落定了神，伸出胳膊狠狠抡出了一个圆，啪地甩出了响。

上官芳原本陪嫁来的就不是杆毛瑟枪，上官芳是清楚的。出嫁的前一天，爹把她叫到书房说：“女儿，爹给你的陪嫁中有一杆毛瑟枪，不是真的，爹眼看家道中落，能为你撑腰的也就是这个虚设了。现如今世风日下，你婆家因为婚事出了一些麻烦，我与你未来的公公见过面，我们一起共同商量过此事，也知道不可能陪你真家伙，可你要记清了，它曾经是清祖征服天下的庇护，在它的庇护下，破碎山河重新形成清祖辽阔完整的疆土。有生命的东西只要想活命就怕它，你只要藏着掩着它，外人想动你王家的家产胆子就壮不起来。”

上官芳把这段话讲给两个儿子听，上官芳说：“你们都大了，娘熬到现在给你们交的也只能是一把枯骨。娘要告诉你们，你们的那个大爷爷是披着羊皮的狼，不要希望从他身上得到关照，不要想着去找他，你们见过发善心的狐狸吗？丙东儿，告诉娘你找他干什么去了？”

王丙东看着娘发抖的身体，从心里就不想把真实情形告诉娘了，就说：“我路过他家门口看到门开着就进去了，大爷爷说想看看咱家的毛瑟枪要我取来，我背了娘从阁楼上取下来要大爷爷看，发现那不是毛瑟枪是树疙瘩。”

上官芳说：“王书农说什么了？”

王丙东说：“他笑了几下，扭头撇下我回屋了。”

上官芳摸了摸王丙东的脸，搂过来两个儿子哭了起来：“告诉娘，疼吗？娘出手重了。”

王丙东哽咽着说：“娘打得不疼。”

隔了两日，王丙东看到大爷爷家的地里有人在烧荒，由不得又拐进了三槐里。见了王书农也没有下跪，单刀直入说：“大爷爷，那地是我先说好的，你怎么租给了别人？怎么说我也是王姓家的后代。”

王书农捋着胡须说：“哪见过这样和长辈说话的！来人，把这恶少给我赶出三槐里。”

王丙东觉得有一股气在胸腔鼓着，这股气有着不可估量的载力要冲出来，他的身体一点点地弯曲，两只眼睛像獾露出狰狞的光来，他吼了一声：“为啥这样对我？”

王书农站住了，扭回头，脸上挂了笑：“穷富都是命里注定的，常言说，‘救急不救穷’，这个穷坑我是填不满的。”

一下没有明白过来，当到底明白时，一个孩子心中的愤怒就像一头驴子徒劳地怒吼：“为啥？”

王书农大笑起来：“还问？因为你住了不该住的地方，因为你的娘命带祸由，因为……”他看到王丙东正承受着两种重力，和自己当初走进王家时一样，让他一辈子都无法忘怀，只能低矮地站着。有一丝怜悯从心头掠过，马上就又系死了，“因为我想把你们王家的小叫驴都熬成驴膏！”

王丙东冲上去狠命拽了一下那条猪尾巴辫子，然后撒腿跑掉了。听得有喊叫声传出来：“狗，让我逮着就不要想活命！”

隔天，王丙东背着上官芳把挂在偏房屋檐下的玉米摘下几穗来，他要弟弟帮他揉搓下种子，背了种子他走进了河滩地。看到张亮在点土豆，这是他料定了的，来就是为了滋事出气。他冲过去说：“这是我租种的地，你没有理由种土豆。”

张亮说：“种不种不是我说了算，也不是你说了算，是主家说了算。”张亮在双手上唾了一下，举起镢头用劲刨下去，土里咕噜出来一块料姜石，他在弯腰捡拾时，王丙东想到他一定是在捡拾武器，来不及张亮抬头，王丙东肩上的玉米袋子就飞了过去，把张亮砸了个狗啃屎。

两个人从地垄上滚到河沿边，眼看滚到沁河里了，站在岸边的看客大声叫道：“滚啊，滚啊……”这时候王书农从吊桥上放下话来：“我的地想租给谁就租给谁，嘴上连乳毛还没有褪净就如此横霸，给我打。以为你真有毛瑟枪，拿了个树疙瘩来日哄人，这等少调失教的东西，打死了有我。”

张亮本来是不想动手，听王书农这么一贼，心中似有了几分胆气，一下站了起来说：“老子本来不想动手，是你逼我要两岸人来看笑话，你看老子不整死你！”说罢此话张亮一把揪起了王丙东，伸出手左右开弓，霎时鼻血糊满了王丙东乳毛还没有褪净的小脸。

王丙南扒开古渡口上看热闹的人群跳下河，游到对岸，看到哥哥瘫在地上，自己反倒吓得不会说话了。王丙东说：“扶我，扶我。”

王丙南顾不上联手决斗，架起哥哥上了吊桥，王丙东嘴里叫着：“打狗日的，打狗日的！”王丙南哆嗦着不敢打。路过王书农的身边王丙东抬起头吐出一口血痰，王书农下意识看了一下自己的裤脚，雪白的裹腿上有一个红印子，阳光下刺痛了他的眼睛。他两手牢牢抓住了吊桥旁的铁绳，他害怕掉下去，吊桥下是滚滚的沁河水。

上官芳看到儿子被打成这样子，气得跺了脚说：“谁叫你去？饿死也不去求他。”说着拿了手巾小心翼翼擦着儿子脸上的血迹，手巾上的血水在铜脸盆里，晃着窗户上的方格子一涌一涌。上官芳努力让自己平静下来，把过去不曾对孩子说的话说了一遍：“人穷骨头不能软，宁可去抢，不能去求！”

夜里，租种地的佃户刘三来送缴租。看到炕上王丙东小脸肿得像个发面窝头，坐在炕沿上磕巴了两口旱烟说：“东家，出身书香，家道中落，只是命里不顺，路途不熟啊！”

上官芳惊讶地抬起头看，真想不到刘三出去两年不到讲起话来咬文嚼字。就说：“刘三，你真是面善心长的人，没想到出去学了见识，你在外面做什么营生？”

刘三迟疑了有半袋烟的工夫说：“做什么营生？给人家当跑堂，探探口信什么的，小差。”

上官芳说：“你要是出外缺个人手，能不能带了我家东儿出去，一来赚个零花，二来也练一练身骨和胆略？”

刘三一下有些惶悚，不敢抬头看上官芳。刘三说：“东家，我不能带兄弟出去，我今年不知明年的事，我来也就是想和你说一声，明年的今天我刘三不来缴租，就不是你的佃户了，不是我刘三不守信义，实在是穷命不保。”

上官芳看着刘三，不明白刘三的话是什么意思。王丙东说话了：“娘，这真是把咱逼得走投无路，我再在屋里蹲下去，憋不死也要脱层皮。刘三哥你就不要推了，带我出去吧！”

刘三摸了一把脸，手卷成筒状在嘴巴上停留了很久，用烟锅嘴敲了一下炕沿说：“你们要我怎么说？我实在是说不出口啊，我要能说出口早说清楚了。我也就是看着东家善良才说，我在外做了刀客，也就是下里人常提起的恶蚊子，靠的就是打家劫舍。我把兄弟带出去，这不是害他是什么？咳！”

王丙东有些激动了，撑着支起半个身子说：“娘，这么一说我真得跟刘三哥出去了，我要出去闯，闯不出个人样来我就不回来。娘，三槐里的老杂毛不是想谋算枪吗？我要带一杆真枪回来，我要灭了他和张亮，我要报仇！”

上官芳说：“儿，不能这样想，张亮和咱一样，有些地方还不如咱，他到底是穷苦人家出身。”沉默了一会又说，“你走我不拦，就要看刘三带不带你出去。刘三要带你，你出去了要学出息点，不要忘了是谁逼你出去的，给咱穷人争口气。”

上官芳说完此话望着刘三。

刘三说：“这不是什么债背在身上，是命，一条人命，我怕背不动啊！”

王丙东挣扎着想起来，想下地给刘三跪下。刘三扶住他不让他起来。

上官芳说：“现在世风日下，乡下抢滩霸地，百姓无处讲理，哪里还有活命的地方？人善被犬欺，你只要带他走，一切后果自有天定，哪里黄土不埋人？”

刘三抬起头，看着这个白面细眉的女人，慎重地点了点头说：“有我刘三在，就有兄弟在；刘三灭，恩情灭！”

伤好了，刘三也给地下了种，他们商量好了走的日程。

上官芳又嘱咐了儿子一些话：出门在外要懂得“义”，结交朋友要赤胆忠心，要懂舍利取义，不要轻易动手杀人，对待和自己一样的人更要学得“给”。上官芳俯下身拉展了孩子的黑布裤脚，帮他背起干粮布包，要弟弟去送哥哥，她说：“娘不送你了，送不送你都在娘心里。”

月黑风高的静夜，王丙东随了刘三，划了小船逆流而上。他离家时除了胸腔里一颗复仇的心以外，手无寸铁，他对送他的弟弟说：“你在家要好生照顾咱的娘，天底下其他可以再有，娘就一个。哥走后防备着三槐里那老贼，不要闹事，等哥回来报仇！”

古渡口岸上两只举起来的手臂像两根竖起来的旗杆，王丙东看见上面风扬着猎猎涌动的希望。

五

人走得饥肠辘辘时终于进了山。一路上刘三和不断出现的人打招呼。刘三说：“都是弟兄，春忙完前后脚赶回来，也有新入伙的。”

到了山头，刘三指着茅草房门口站着的一个黑脸汉子说：“大驾杆子，黄皮子，兄弟们也叫黄哥。对了，大驾杆就是这里的老大。”

刘三要他停下来，自己走过去说了一通什么，就听得黄皮子说：“既然是自家来人，就请取烟问饭。”刘三示意他过去，刘三说：“我这位兄弟出身寒微，外圆内方，还望老驾杆多方关照。”黄皮子说：“来到山上就是一条汉子，夜里把他们新入伙的孤装（结拜）到一块，日后就情同骨肉了。”

“孤装”不是一件容易事，保人具保，头回说了，二回要有个字据，交由“字匠”保管。他们讲究“行低人不低”这个绺规，这个“保”也就算个人决定的“绺子”手续。上面要写明你的来意，是不是自愿“走马飞尘，不计生死”。

首先是“过堂”。刘三把一个酒壶放到王丙东的头上，在他耳朵边说了一句：“是汉子就不要尿裤。”这时候大驾杆走过百步之外抬起了枪，听得啪一声，头上的东西碎了。大驾杆叫人去摸他的裤裆，摸回来的人叫了一声：“顶硬（挺得住的汉子）！”

接下来是“拜香”，就是插香盟誓。插香要插十九根，其中十八根表示十八罗汉，当中一根是大驾杆的。除了陈设的香烛表馔外，桌上还摆着压上瓤子（子弹）的勃朗宁、自来得手枪。烧香磕头时念的咒语是：“我今来入伙，就和弟兄们一条心，从此往后，互相扶持，对待众家兄弟，不准有三心二意，如果有三心二意，上前线炮打穿心而过，五狗分尸，肝脑涂地。我如违反了规矩，叫大驾杆插了我。”孤装时选烧一炷香，然后燃着表，端端正正地跪在香坛面前，口里即念此咒，念毕，磕三个头，仍站在原位。王丙东发誓的时候，与众不同，他将应该说的话说完后，将桌子上摆的手枪拿起，向着自己的胸口，猛地甩了几下，加念了两句咒语：“我如有三心二意，现在枪发了我也算。”大驾杆黄皮子想，真他妈是条汉子。“都是一家人了，起来吧，去认认众哥们。”

刘三领他走到“炮头”那儿，炮头说：“你还不会使唤枪吧，每天早起别踏被窝，到你的卡子时精灵点，生命都在这里。”拿了枪和子弹给了他。刘三又领他到“粮台”那儿，粮台说：“我们在外追风走尘的，不容易啊！啃富（吃饭）时别挑肥拣瘦。听说过孔融让梨的典故吗？要好生学着点。”取了衣服、被子、手巾给了他。拜完了绺子里的四梁八柱，热腾腾的酒筵早就陈设齐全，循年龄大小依次坐下，让菜斟酒。酒过三巡喝得有些晕乎了，刘三将王丙东拉到石床前一块躺下。床上摆有楠木大烟盘子、象牙洋烟枪、宜兴烟斗翠玉嘴、犀牛角烟盒子、烧蓝太谷灯等，刘三一一介绍完后说：“咱过的是当官老爷的生活，要是在家种地哪能享受得到这种甜头？”然后极其熟练地吸了几口，让过来要王丙东吸，王丙东想起了父亲，把烟推开了。半夜听得外面有人吵，起身摸了摸刘三不见了，推了门出来看见有人就问了话：“人都哪里去了？”那人说：“下山摸吃儿了（抢粮食去了）。”他听不懂匪话又问：“那他们吵什么？”那人说：“家里有两个赛角（土匪掳来的妇女，被奸淫过），争抢。”

就这么到了一个陌生的环境，王丙东想不出这是一个什么样的环境，心里怀着仇恨，想我什么时候才能报仇？却又想起了来时母亲的嘱托：“仇是要报的，君子报仇三年，小人报仇眼前，有些祸要学会避而不惹，根稳固的时候再回来。”

在流逝的日子里沉淀下来，王丙东学会了刀客的黑话。比如行动时只要听到大驾杆传下话来，拉地硬些就是要求快走，拉地软些就是慢走。土匪行里吃饭也是有一定的黑语和规矩，如果说错了，不挨打也得挨骂。吃饭叫填瓤子，筷子叫挑篾，碗叫瓢子，吃饭时筷子不兴放在碗上，碗不许弄碎，碗破碎是最大的忌讳，可能会因此送命。

有一段时间了，大驾杆黄皮子想从他的下面人中间选一个驾杆头，和自己搭伴打天下。“炮头”想当二驾杆，炮头来“碰杆”时拉了有十几个弟兄，“粮台”也想当，也拉了弟兄，整天闹嚷嚷。更可怕的是有人在拿着一个猪脑削片，这意味着有人想起事了。黄皮子把他们叫到一起，摆了八碗十盘说：“既然落草为寇了，就是一棵树上的柿子，要么不熟，熟了风一吹就得一起落地，谁要想挂在树上晾，别怪我黄皮子不讲义字。”说完扔起个酒瓶子，手起枪落，瓶子爆出了花。

“我给你们放一天假，都他妈下山给老子提了仇人的脑袋来，哪个剁得狠，我用他当我的杆头，‘炉子亮’（月亮）回架子（山上），最迟不能等‘轮子发’（日出），想当杆头的给你放胆的机会，可要让我查清楚你杀的不是仇人，别怪我的瓤子不长眼睛。”

这是一个机会，王丙东和刘三商量想下山杀人，杀谁，王书农。杀王书农不是说想杀就能杀得了。王丙东说：“他们起局的时候都有资本，我没有，现在有机会让我回下里杀我的仇人，我杀了他，就有可能当驾杆头，当了驾杆头就有时间带人回去报仇，杀王书农也好，杀张亮也好，杀一个算天照顾。”

刘三说：“你和我不一样，你是要杀回去报仇的。同是下里村人，常语说，兔子不吃窝边草，在行不懂行，我不能坏了规矩。哥祝你此行一路顺畅，恕我不能与你前往了，我在家恭候你归来。”

马上壮士绝尘而去。弃了马，划了船，王丙东尽量克制着自己的情绪，还是显出了张扬的个性，来自上官芳身上的节制和涵养在他本性中转化成了残忍和极端的仇恨。

顺流而下，先是到了他被打的河滩地。他看到张亮在扬谷子，一把一把的谷种按一个角度扬下去，在傍晚的落日下，像扬下去一波沁河水。扬下的谷子"雨涝不误挖渠子，天晒不误锄苗子"，锄过三遍，谷子绿的时候满河滩一片绿，谷子黄的时候满河滩一片黄，河风吹过，一波一漾，这时候谷子地里会竖起用谷秆做的草人，草人的手里拿了一些碎布，头上戴了破草帽，草人在吓唬鸟，却吓唬不开人。王丙东想这些的时候是在等待天黑，天一黑他就要下手了。他眼看着张亮扬完了谷子，他本来不打算先拿他下手，可是在这里遇见了，他要是不下手好像道理说不过去。

也就是一眨眼的工夫，他走了过去。王丙东说："认识我不，鸟?"

张亮抬起了头，看看是王家小子。张亮说："怎么不认识，上一回打得落了水的，不就是你吗?"

王丙东低头闻着满地的青草香气："是啊，上一次是打得我落了水，可这一次呢，鸟?"

张亮傻笑了一下说："你是来找我报仇的？好啊，咱单挑。"放下扬谷的斗站起身拍了拍手准备出击。

王丙东也傻笑了一下说："我是来取命的。"一下从怀里掏出了一个黑家伙，"鸟，抬起头放出亮子看清楚了。"

张亮一看，叫了声："妈呀，你从哪儿弄了个真家伙？你大爷爷说你娘陪嫁来的是个檀木疙瘩，这么说你真是做了恶蚊子?”

王丙东说：“我大爷爷卖了你，他要我来取你的项上葫芦，你把头挺起来，不要学得乌龟样。”

张亮霎时瘫在了地上：“我给你们家送过麦子。我也是穷怕了，我没有什么给你，我也不欠你的命，我还有老娘有小孩，你要我什么也不能绝了我的命。”边说边趴在地上磕头。

王丙东听说送过麦子，想起了娘叮嘱的话，扣动扳机的手松了下来，却又想到满河滩黑压压的人群看他打自己，实在难解心头之恨，不由抽出刀来，走上前手起刀落张亮的下嘴唇掉了下来。

“看在你给我家送过麦子的份上，饶你一命。我要你冬天吸雪，夏天兜雨!”

张亮“啊”了半声，血就像夜色下扬出的谷子随风而起，河水淹没了他的叫声，一切依旧是哗哗的空音。

他丢下张亮往村里走，当他走进王家圪洞时，他看到三槐里的大门敞开着。照壁后站着一个穿月白衣裤的女人，披着头发傻笑着，吓了王丙东一跳。王丙东举着火把晃了晃她，火苗一下燎了她的头发，一股子燎毛臭，她拍了掌大笑起来。王丙东手执刀枪，杀气腾腾，从王书农的正院、偏院，跑进跑出，发现没有一个人在，狠命捣毁了一些家什一路扬长而去。王丙东本来是想回去看娘和弟弟的，现在，大仇未报无颜回家，朝着青乡里磕了三个头，弯腰走过吊桥，想把气撒往张亮身上，发现他人已经不见。在刚才下手处找到了一块下嘴片揣在怀里，王丙东长叹一声大叫了一句：“天不疼我!”

王书农在王丙东进村时已经得信跑了，是刘三报的信。刘三怕日后扳不倒三槐里，自己家人受罪，再一个怕，是怕遇有事变不能落脚老家，人要是落叶不归根，人就不是人是木头了，到哪儿也得任人宰割。

王丙东一路上想着报仇的事，怎么出师就这么不利呢？老贼，我还要回来。

上了山看到陆续有人提了包袱往回走，王丙东见了黄皮子时，黄皮子说："小不点子，剁了仇人的脑袋了？"

王丙东说："我只割下了仇人的下嘴片子。"

黄皮子感了兴趣："怎么仅割了嘴片子？"

王丙东说："因为他不是我真正的仇人，他仅仅是骂了我，辱没了我的祖宗，我割了他的嘴片子，我要他冬天吸雪，夏天兜雨。我的仇人我没有找见。"

黄皮子笑着拍了拍他的肩说："在道，你比剁脑袋的人想得绝。"

回来的人把包袱扔在院子里，院子里起了响声，咚，咚，咚，落下来又浮起，干涩生硬。黄皮子把他们叫到一起，问了各自的情况，黄皮子笑了，露出了一口黄板牙。黄皮子说："你们中间有不少人说了鬼话。要你们单枪匹马去杀人，以你们的性格来判断，你们的仇人想来也和你们一样残忍，怎么说杀就杀了呢？我要没有这一点判断能力你们就不会和我来碰杆了，日哄谁也日哄不了我呀！我也就是当下才决定了，我想让丙东做我们的杆头。"

亮子下刀客们抬起头看看黄皮子，看看王丙东，王丙东一下没有明白过来，扁平的鼻子上，细长的眼睛眯起来，有些不大胆壮地说："说的是我吗？"

黄皮子说："就是你，从现在开始你就是二杆头了，下边的人要听你来指挥，哪个不听，你只管插了他。可你也必须给他们做个榜样，不赌不嫖不抽不私。"

黄皮子说："做刀客的人都是没钱的人，没钱的人最讲骨气，也最讲义气。人要是有了这两气，那可就不得了，上可以顶天，下可以立地。古来多少英雄豪杰，起事前都他妈是穷光蛋。我们现在有枪了，别丢掉了做穷人时的良心，为了做二杆头滥杀无辜。只有丙东说了实话，这二驾杆就非他莫属。"

王丙东开始领了人下山行事，绑票回山时，他们走进寨门，听得有哗哗啦啦往枪里装瓤子声。王丙东怀疑了一下，心中一惊喊道："你要行死我吗?"

"我为什么要行你?"

王丙东说："那就压着腕!"

"闭着火!"

等他走近时，只一枪过去，王丙东的双眉中心就长出了一只血眼睛，仰面朝天倒了下去。

王丙东的死，是因为有人看不惯他年轻轻就当了"二驾杆"。

刘三听得枪响，从屋里奔出来，一看再看，心里的火苗霎时蹿了起来，手起刀落那人的胸口就喷出了血泉。

这一年王丙东十八岁，在阳世活了十八年，做刀客做了一年半。

刘三的脑袋像装满了一锅麻油，憋闷得没有一丝缝隙，才十八岁，连女人都没有啃过，就这样完蛋了。黄皮子走过来看了一眼，叫刘三进了屋。

黄皮子说：“人是死了，出了事情都他妈心歪，你回去叫一下他的当家人。”

六

上官芳乍一听说此事有些傻，有些惊呆，上苍给自己降下来的不是幸福，不是欢乐，是灾难。她大叫了一声：“天杀！”女人泼辣的东西一下吊在了她的胸腔，两行长泪挂下来。以往，一些忍耐的情绪都在脑海里藏着，等待着一个契机被激活、被唤醒，现在它发芽了，它冒出个嫩头来。她一把抓了刘三的领口，就这么流着泪看着，好久她用自己的头猛撞了刘三的脸一下，刘三的鼻血就被撞出来了。她说：“你不是给我发过誓吗？你发过的誓怎么就化泥了？你还我的儿啊！”

刘三想，她要掴自己的腮帮子就让她掴，可就是没有想到她用头撞自己的鼻子，好一阵子酸痛，捂了鼻子有些眩晕地说：“只要心里痛快，你就撞，我要吭一声我就不是人。”

上官芳说：“你不吭声就是个人了？人在情在，人走情就灭了。这是你说的人话！”

刘三从青乡里出来叹了口气，一路想着这事回了家。坐到炕沿上闷了心事不说话。老婆说：“以往回来猴急似的要办那事，今儿咋了？”刘三说：“我要再过几天没有音讯，你就带了闺女嫁人。”老婆说：“好好的嫁什么人？”刘三说：“你嫁你的人就对了，不该问的不要问，老子有人了想换个嫩的。”刘三老婆瞪了眼睛看刘三，以为他在说笑话。

刘三天不亮就要走，老婆拽了他的胳臂不放，刘三说：“你这样拽着我，你是要我早把你扔掉啊，还不放手。”他老婆就放了手，低下头咬了下嘴唇不敢哭。

为避嫌，刘三在五里以外等着接应上官芳母子。

黄杨木大门先于下里村醒来，上官芳拉着丙南迈出门。外面的雾大，两步之外什么都看不见，鸡还在叫，叫声被雾胶住了。她是今早第一个起床的人，路上积着雾，她走得不急，甚至有些太过从容。裤子上扎着绑腿，细脚伶仃的，走路像踩高跷。丙南急忙上前去扶，她不要他扶，她有棘木拐杖。有人赶了牲口走过来说：“安绪家的，起了，这么早要上哪儿?”她说：“回娘家。”脸上还露出了笑。

下了古渡口上了小船脸上的笑就挂不住了，风吹着脸，雾湿了头发，船家要她进舱坐，她说：“不!”一副斩钉截铁的模样。

船往前顶着，蔓延百里的沁河两岸千树万树，宛若条条利箭要戳穿什么。什么也没有戳穿，只戳穿了她的心。想自己女人柔弱的情怀是什么时候生出了一颗男子刚硬的心，想起来要儿子去当刀客?刀客是做什么营生的?是杀人放火，是浑水摸鱼的土匪!做人的不能正当做人，成事不足，扰民有余，自以为省力，却丢了性命。那么，是谁不让过好好的生活?是谁逼得走了这条路?是仇人王书农。

下了船有大驾杆派来的轿夫，一路护送上了山。山里的绿色已经褪尽，一概是枯草的黄色，是一种漫漶的苦涩。

上官芳落轿的第一步看到了一口血红的棺材，棺材前放着一个失尽血的人头，两旁是系了白布的占山刀客，山风猎猎，香烟袅袅。上官芳踉跄着走过去坐下来，真的坐下来的时候，她倒惊异了，十八年的苦真该哭一回，可是她突然没有了悲伤。她的哭哪里去了呢？天地间灰蒙蒙一片，她看不见的太阳已经落尽，她的苦在这山风猎猎中溃掉了。山上起风了，黄草叶在地上转圈子，转来转去都堆到了她的面前，她突然就说话了："是不是你呀，我的儿？要是真的是你来缠着娘，你就来娘的怀窝里吧，娘的怀窝里暖暖的，冷的时候不凉，热的时候不烫。日月无形，你的羽毛还没有丰满，你来娘的怀窝里是要娘来抚摸你吗？娘的心肝，娘的肉啊！"上官芳手里捏了地上打旋的草叶，有一会，身子骨挺挺地站了起来说："做一个刀客，被人吃了黑枪是没有脸面的，也就是说他一定是什么地方得罪了众家兄弟，才落得如此下场。我以前见他的时候，他活蹦乱跳，现在再见他人已经没有了，就当还在外糊口，不想了，一上这山上来我就不想了，一看这景我就不想了。既是在山上没的命，就把他埋到这山上，让他呼吸着这山上透爽的风睡去吧。没有命的儿啊，随了风去吧——"

大驾杆黄皮子有些顶不住自己的情绪了，有眼泪往下掉，手捧着一张字据走近前来说："是丙东的娘，也就是我的娘。我们出门在外，打小里就不知道什么是伤心，今儿我学得了。这张字据是我与您老立下的，以后我就像照顾亲娘一样来照顾您。"

上官芳说："我养他一回，却没有看好他，让他受了罪，让他临去也见不着娘，他往昔的一件件、一桩桩事情，缠着我呢，我只能做他的娘，怎么好做你的娘？"

黄皮子把上官芳让进屋，他觉得这个娘和一般的女人不一样。黄皮子留上官芳住下后，出门第一件事就是要粮台做一碗热汤面，第二件事是要把那个喽啰的脑袋煮了做尿罐子。

丙东埋到了寨外的一块坡地上。白花花的人群号着从上官芳面前经过，光秃秃的山岭上风吹得起哨，于情于人于景，人生如梦瞬间半生，上官芳体验到了什么是真正的大痛！就在这时候谁也想不到的事情发生了，刘三手中的枪响了，刀客们大乱，想不清楚谁他妈又要开黑枪，却看到刘三倒在了王丙东的坟堆旁。

刘三讲了一个义。

上官芳跑过去抱起刘三的头，刘三叫了声："你能给我做娘吗?"上官芳来不及答应，刘三说："我对不住你……"一歪脑袋断了气。

黄皮子叫道："他妈的，一双落了草，都他妈是真汉子。"

半坡上堆起了两个山包，黄皮子望着墓堆说："今儿送一人，睡去一双；如今二当家的娘来了，我们要留她在山上住几天，各位要好生相待。我现在当着众家兄弟的面拜娘，也是要大家见个证，有我黄皮子的一天就有娘的一天。"说完跪在了上官芳面前叫了声："娘，收了孩儿的一片孝心!"

这时候上官芳的眼泪往下掉了："我大儿子没有学好吃了黑枪，我还有二儿子，我把他留到山上，你们要好生调教。今儿我收了头，我就得尽娘的义务。"她从长衫下取出一块桃木符递给黄皮子，说："也算是我给你的见面礼了。"

这时有几个小点的刀客嘀咕在一起，黄皮子看着不大顺眼大喊了一声："造反不成!"吓得他们出溜一下跪在了硬土地上，大胆一点的说："我们商量，不知道二驾杆的娘能不能让我们也叫一声？大伙都来做刀客，二驾杆活着和弟兄们好似一人，他的娘也就是我们的娘，今天不知道明天事，有娘疼也算今生大幸。”

黄皮子用喊山的嗓门大叫道：“谁想认娘就跪下！”

呼啦啦，跪倒一片。

这让上官芳有些措手不及，这场面她哪里经见过？

想了有一阵，上官芳才说：“我不懂佛理，可也有解佛之意。依我看，我做你们的娘，就应该让你们持守戒律，去恶之非，这样才能过上平稳的日子，绝不应该用强抢来完成个人的想望。可是，这世道黑暗，难分清浊啊，就是勤扒苦做，有碗饭吃的简单想法也让人行不通。现在，你们走了这一步，说明天不遂人意，既然天都没有仁爱了，人总得找个活路吧？迟早是个走，走也走个饱人，就一条道走到黑吧，孩子们，我今儿在丙东坟前答应做你们的娘了！”

黄皮子叫道：“鸣枪！”

百十条枪朝天放响，山林中的鸟扑啦啦飞了起来。

刀客们齐声高喊：“娘——”

那个“娘”缭绕了很远。

七

秋天的早晨总是阴沉沉的，所有的早晨都像要下雨。树叶还在堆积，一片两片地落下来。王书农坐在小马扎上，坐得不太稳当，风吹得他的手和脸有些干，摸上去沙沙响，是皴皮子在响。他的心开始一跳一跳，他招手叫过一个丫鬟，想站起来，因为心慌怎么站都站不直，只好弓着腰把双手背在腰后，他要丫鬟叫两个家丁拿了枪过来。家丁领了他，丫鬟提了马扎往大门外走，他的腰慢慢挺了起来。整个王家圪洞静悄悄的，巷子窄窄，雨天留下的车辙和牲口的蹄脚把路面切成了条条和窝窝，窝窝里积满了碎草和小石头蛋。一路都有树叶贴着地走，王书农磕磕绊绊提了心走到巷子口，看到王家圪洞的门脑顶上，有家丁坐着打瞌睡。他从丫鬟手里夺过马扎来狠狠地甩了过去，他骂道："我日，等刀客来了把你的脑袋剁了，就不打瞌睡了。"家丁一激灵站了起来看远处，沁河水面上有船划来，悠悠地划过了下里，有风吹过打不起浪。

自从上一次接了刘三的信，王书农心里就一直不是个事了。怎么能是个事呢？这世上什么最怕，俗话说：好人怕赖人，赖人怕二愣瞪人，二愣瞪人怕不要命的人。王丙东看来是不想要命了。王书农也害怕死。打那次走后，他就开始要李栓给他往家里买枪，雇家丁。他不是存心想和王家的人斗，按道理他也是王家的人。记得母亲当时领他来到王家，看到大户人家的排场，他和母亲的眼都很热。可继父不喜欢他，动不动就抬手打他。有一次家里的炕洞里跑出了蛇，继父要他上前抓，他不敢，继父说："抓！"他上前闭了眼睛抓住了那条蛇，蛇缠了他的胳臂，他的手臂由红变紫，他好害怕，松了手，蛇反口咬了他，那一次要不是娘，差点要了他的命。他发誓要把王家的人灭掉。可惜他这一辈子缺儿，生了一个闺女，也被青乡里害疯了。现如今，招了李姓家族的李栓上门，可惜生的又是一个闺女，他盼孙儿啊，他要光耀"常门"祖宗。他这样想着就往前走了一截，走到了青乡里的台阶下。

青乡里的黄杨木大门上，上了铁葫芦锁，他迟疑着不知道该上去，还是不该上去，也是正犹豫间，有一个家丁说话了："听说，刘三把安绪家里和他二儿丙南接走了。说是丙东遭了黑枪，这青乡里眼看着就一个一个完了。"

王书农眼睛一亮，扭转头看着家丁说："你这话可是真的？"

家丁说："听船老大说的。说是一天早上，安绪家里和她二儿坐了船在五里外要刘三接应。"

王书农一下来了兴致，要丫鬟回去再取一个马扎来，他要上去坐坐。青乡里的高台上面，原来是有看河楼的，不知道什么时候塌了。小时候在看河楼上看沁河发大水，后生们驾了船捞大水冲下来的衣物，实在是好看。后来看不上了，因为，青乡里不属于自己的了，现在看来自己的想法就要实现了，他想上去，不是一般的想，很急迫。

气喘吁吁走上去，丫鬟给他屁股下放了一个马扎，王书农摸了摸又摇了摇看看稳当不。定神坐下来，拄了棍看着远处，发现眼睛看那远处更清楚。他说："你去给我打听一下，看是不是丙东已死，要是真的，那小婢子就该回她娘家了，我要在看河楼上搭台唱戏。"

王书农的想法大，他把闺女嫁给李栓，是要和李族大结亲。他把牛送给张亮也是想贿赂张姓，现在张亮的下嘴唇没有了，张姓人记仇就记在了青乡里，明里没有说什么，暗里是叫了劲。这样好，真好。

家丁出了王家圪洞，下了古渡口，就看到安绪家的回来了。抽头上岸往青乡里跑，他要告诉王书农上官芳回来了。

王书农听了家丁禀报，提了心站起来看了看古渡口上有人下船，下船的是一个女人。王书农还是不放心，要家丁告诉门头上的人加强戒备。下了台阶，由于心慌，一脚踩住了一个小石头蛋子，嘴里叫了声：“我日。”倒了下去。摆手要家丁抬了他往三槐里走，刚进大门，听得有小脚嚓嚓声走过，王书农想她那个儿怎么不见了，他咒她那个儿也死掉。听不见再有动静，才想起腿，用手一摸，肿了。老婆大叫道：“你这是怎么了啊?”他一把捂住了她的嘴。

上官芳等三七纸烧完才回了下里村。有人问她这几天去哪里了，她说回娘家看家兄了。有人问她，丙东去哪里了？她说到城里做事去了。有人问她，丙南去哪里了？她说和他哥哥搭伴在城里。她一一应对，谁也不知道她心里疼得在滴血。天一黑，她颠了小脚走过王家圪洞，她才看到门洞上有家丁，她不怕，拄了棍照路摸索着往前走。进了刘三的家，看到刘三老婆抱了一岁的女儿在炕上喂奶，只一刹那，她就不想告诉刘三老婆了。她把大驾杆黄皮子给的钱放到炕上，说：“好生照顾闺女，刘三捎回来的，要计划着用。租地刘三已经买断了，你好生找人来种下去，以后，刘三有个三长两短你就指望地来活命了。”刘三老婆低着头，想刘三走时说过的话，突然听到自己买了地，抬了头咧了嘴看着上官芳问：“刘三找了小了？我也就生孩子不几天，他就要讨小，给我买了地，也算有良心。”上官芳的心一下感觉有针挑了肉一样，急急告辞出来。

过三槐里看到春香靠了门笑，手里拿着她曾经用过的那块手帕，她想走近再送春香一块手帕，她往前走的时候，有人一把拽回了春香。她看门旁有两个拿了枪的家丁守着，她的后脊梁紧抽了两下，装了看不见拐上了青乡里。

台阶上歇了口气，看着远处古渡口来往的船只，迷蒙的天光下，她觉得有些记忆是无法从生命中抽去的。从小女儿时代的怕走夜路，怕听鬼故事，怕独自陷入绝境，到现在把自己放逐到了一个令人绝望的苍凉之境，到底是什么啊？河风依然像若干年前一样徐徐、一样依依、一样凉凉，但吹到脸上，她倒怀疑自己是否活过以前了？为什么守着这样一条欢快的河，却过着最痛苦、最受欺凌的日子？

上官芳决定不亏待自己短暂的生命，生命的这一头是望不到那一头的，她觉得报仇和活命都一样神圣。

上官芳坐了小船离开了下里，小船戳破暗夜的沉寂，飞卷的河水卷起了她的仇恨，她复仇的心火是冲天的。

生活的剧变，让上官芳不知道该怎样处理和应对这种刀客生涯。她想到的是要小儿丙南加入刀客。

她和黄皮子商量孤装要举行的仪式，要丙南来做，练练胆量。黄皮子说："兄弟长得人高马大，练不练吧，有兄弟丙东做榜样，想他也是一条汉子。"

黄皮子叫了炮头、粮台（管吃喝的）、水香（管站岗和放哨的）和翻垛的（刀客中的军师）。他要炮头拿根草棒点燃栽在墙头上，离百步远黄皮子放了一枪，草棒上的亮没了，还有一小截黑在。黄皮子拿给丙南看，他说："不怕的，兄弟，哥不会吓着你。"丙南有些哆嗦。黄皮子进屋取了一炷香过来，他把香点燃栽到丙南的脑袋上，百步远他放了一枪，丙南吓得尖叫了一声，人也就软了下来。人一软不说，上官芳看到他头上的香头不是像草棒上的亮飞到远处，而是掉了下来。她让炮头过去看看。黄皮子说："我去看看。"三步并了两步走过去摸了一下丙南的裤裆，是湿的。黄皮子犹豫了一下，却故作镇静地高声喊道："顶硬！"大家听到了高兴得喊叫起来，八盘十碗就端了上来。

上官芳的心事有点重了。她坐着一动不动，没有言说，没有任何举动，黄皮子走过来在她背后站下，把手放在她的头上，黄皮子说："娘，你是不是有心事？心里是不是想起了仇人？我明天就带了人下山去灭了他，替娘出气。"

上官芳摇了摇头说："娘的仇只能娘来报，娘的仇人是娘这一生的心痛，要亲自手刃他。"

黄皮子说："娘，你是不是也想打香头了？"

上官芳说："不是娘想打香头，你把那炷香做了手脚，你摸着他的裤子是湿的，我养的儿我知道，他和他爹一样，也是他爹抽鸦片最凶的时候有他的，他弱，胆小。有些事真让我不省心啊。"

上官芳决定自练枪法。黄皮子给她从乡下驮来十几马背萝卜，秋天的萝卜水大，黄皮子说："娘，给你定个任务，你就用萝卜来当靶眼吧！你打中的萝卜，晚上就是我们的菜。"

枪在上官芳手中举起来，一枪放过去，手臂晃了一下，瓤子飞到了天上，萝卜还是萝卜。

上官芳说："真是十年学得一个举子，十年难学得一个江湖。我要打不中萝卜，你们晚上就没有菜吃了，娘得好好练。"

这是匪风炽盛的年代，山头上的刀客们不时在发生一些变化，常常是夜里走时好模好样，黎明回来，生命的活蹦乱跳就隐在了世界的另一头。上官芳穿着从山下抢夺来的鲜亮的裙袍，走过来，她的身影在众刀客群中显得高大，她俯下身亲吻他们的脸，看到他们用力地呼出最后一口气，然后所有痛苦紧张的表情都趋于舒展和平缓了，她把他们送到山坡上。她的伤痛，深如黑洞一般孤独无助，她的仇恨在一点点加深。山坡上的土堆逐渐多起来，她想山坡上的奇迹是许多梦的破灭，许多梦在黑夜开出了花，到黎明就凋零了，她因花的凋零而颤抖，而大喊大叫，她的喊叫撕裂了整个山包。

上官芳的萝卜从秋天打到春天，练得百步、千步之外瞄准萝卜的缨子也能打飞，不仅如此，树上的叶子打过去一准一个洞。上官芳想，我的这个名字已经是从前了，叫什么好呢？命运无常，就叫“无常”吧！她叫过儿子黄皮子来，她说：“你不是早就想叫我的牌吗？现在可以了，以后出去叫牌就叫无常，娘也跟着去，你给娘做一个抬斗，娘要看那些个富户怎么把我的儿们打睡。娘要那些个富户听了我的叫牌就打战。”

黄皮子说：“娘，那你就做总驾杆吧。”

她说：“既然叫了牌子，那就按你的意思来。”她把刀客叫到一起训话。她说：“孩子们，以前我只会拿针拿线，现在叫拿刀拿枪，没办法呀，这是人家逼的，要从头学，跟你们学，大家抬举我当总驾杆，推不掉就一块干吧。不过我有几句话要说在前头：第一，眼前咱要抢富户、拉肥票，购买枪支、子弹，招兵买马，扩大势力；第二，拉票不伤人，女票不能欺凌，快结婚、还没有出嫁的快票，谁也不准近身；第三，只拉成人不拉小孩，外出弟兄如有出事的无论如何要抬回来；第四，江湖有理，朝廷有法，三刀六眼，自绑自杀。帮规积威，日久成形。孩子们，好生记清，不要怪娘的瓢子不长眼睛。”

八

冬日午后，上官芳从山下掳来一个快票。快票是离山上有七十里地的马家营老财马保的女儿马小红。马保因为吝啬，家里富得流油却不想借给穷人一个子儿，又因为马保的势力大，远近的刀客没有一个敢动，虎嘴里拔牙，上官芳不信这个邪。

当时马小红正和娘生气，娘要她穿那件水红褂子，她不，她要穿那件杏黄镶嵌绲边绣梅花小袄。娘偏是不让穿，说：“还没有过门就不听娘的话了，还了得了你。”马小红一扭身出了门。娘说：“你出去吧，叫刀客抢了你。”

外面下着雪花，她用脚踢着下个不停的雪，雪在她蒜瓣瓣脚尖尖上响着一种声音，她走得急，不是往前走，是来来回回转悠，坠着霜雪的刘海衬出了她那张秀丽的脸。雪真是下得太大了，悄无声息的雪地上就走过来一顶红轿子，轿子里的女人撩起了小窗问话：“知道马保家怎么走?”马小红说：“我就是马保的闺女，我给你领路，不远，那座房。”她掉转头指给她看，就这么掉转了头，她就被捂了嘴蒙了眼装进了轿子，抬轿子的轿夫跺跺脚，抖落身上的雪花一溜小跑走了。断后的黄皮子要插千贴了一张纸在马保的门上，上面写着叫牌人“沁河无常”。

快票抬到山上已是傍晚，有人引她走进一座土房子，解开了她的蒙眼布。她看到轿子里那个面善的女人，她不知道这是什么地方，吓得哭起来。上官芳说：“不要哭，你的家人说不定夜里就来赎你了，我们也就是想拿俩零钱花，对你们家人来说也就是破财消灾，你们家的银钱堆得成金山银山了，我们只要很小一份，是很小的意思嘛。”

刀客们走进走出看到这个马保的女儿真水。也就是多看了几眼，有帮规谁敢下手？问题就出在王丙南看见了。十七岁的他记载了小男人成长的渴望，像一棵挺拔的树，到春天了就一定要长叶子，纵然有飓风吹来，也吹不落他的嫩头儿。于是乎这样的夜晚就不平静了，就不安逸了。山上风大天寒，云彩被吹得走远了，露出月光来。王丙南看着月光，心里不觉得冷，反倒像生了一个小火炉。他实在是想采撷那朵夜色深处的花。他和人要了鸦片抽，他背了他娘抽，娘要知道了是要掴他嘴巴的。一抽再抽胆气渐生。他知道那个女票就和娘住在一块，她在里间，娘守在外间。要想进去，不能从门进，一拔门就会有响动，一有响动娘就听见了，那还了得?！要想进去，得从里间那扇窗户进，窗户是活的，夜静的时候风大，风有时候会吹哨子，只要轻轻摘下它跳进去拿刀子架在她的脖子上，就办了事情了。

上官芳等赎票，等不来。山下捎了话来说，一下筹不够那么多大洋，要明天来，也要闺女守个洁身。婆家说得更绝，如果不能落个干净身子，宁愿让撕票。上官芳和来人说：“有我看守谁敢来偷花?”要来人告诉马保放心筹银子。

夜已经很静了，天空中，一点点地聚集到一起的星星伏向窗棂。在这不平静的夜里，王丙南听到了自己心的跳动。窗户里的人因为害怕一直就没有闭眼，她听到有气喘声飘过来，在窗户下闭了很久，开始拨弄窗框。因为有风吹过，有哨响，一切就淹没了人为的拨弄声音。马小红不敢叫，小心下了炕走到外间，推醒了上官芳。上官芳揉了揉眼睛坐起来，以为是闺女不敢一个人睡，挪出地方来要她躺下。马小红拿起上官芳的手指了指窗户，上官芳从枕头下摸出了枪光着脚走到里间，就看到冷风从空洞洞的窗口吹进来，一个黑影轻轻跳上了窗台。上官芳手起枪落，砰一声那个黑影倒头掉了出去，吓得马小红尖叫一声，山上的刀客就乱了起来。

黄皮子第一个跑到了上官芳的门口，隔了门扇问："娘，谁吃了瓤子？"

上官芳说："点了亮子看看里间的外窗下，娘就不开门了。"

黄皮子叫人点了亮子来，看到窗户下趴着一个人，后脑门上有个洞，流出了白色的脑浆。用脚踢反过来，立马吓得叫出了声："我的娘啊，是丙南弟啊！"

上官芳从炕上跳下来，小步跑到窗前，用手抓了胸口，等吊起来的心下了半截，才从里间探出了头望着窗下，有一会说了话："定了规矩都是一样的，抬了去，给娘上了窗户，风大。"

上官芳一夜无眠，马小红一夜无眠。

这是上官芳练习枪法以来对着人发出去的第一粒"瓤子"。

这一夜两个女人坐在炕上拉着手，互相抓得都很紧，长长的指甲似要嵌进肉里。风敲着门扇，马小红看到上官芳那两只细长的眼睛里透着亮。那亮慢慢变红，吓得马小红把脸埋下来闭上眼睛。天光透亮时，上官芳说："他是我亲生儿子，年头年尾我丢了两个儿。"

马小红哇地哭出了声。上官芳说："我想了一夜，都是我不好，我要不把你抬到山上来，也就不会失去我的儿；我的儿要不对你产生念想，也就不会吃他娘的瓤子；他的娘要是不被人逼，就不会上这山上来。逼他娘的人是祸头的根源，我要不灭了他，我下辈子不做人。”

门外山风呼呼，马小红看到上官芳一夜间长出了白发。

早上山下的来赎人，马小红骑在驴背上蒙了眼睛，赶驴的叫了声：“嘚。”马小红却挣扎着要往下跳，赶驴的叫了声：“吁——”从驴背上扶下了她。她摸着走到上官芳面前跪下磕了三个头，扭转身上了驴背，赶驴人叫了声：“走。”小黑驴撒开四蹄欢欢下了山。

身后传来上官芳的话：“闺女，不是我心黑，这也是一个行当，你好生去吧。”

这一年冬天，刀客大都下山猫冬，上官芳也打点了行装，想回下里一趟。回下里有两件事情要办，一件是给刘三家里送一些吃喝，二是想当插千，探一探三槐里的情况。

沁河水冻得有些不大实，她坐在轿里沿着沁河岸走，沁河岸两边的树上光秃秃的，不如山上的树白花花的霜裹在上面好看。太阳就要落山了，西天上有三两絮晚霞镶了黑边挂着。轿抬到沁河岸边的一座小桥上，忽听得有人喊了一声：“站住，带私货没有?”上官芳明白自己是遇上响马贼了。她示意轿夫停下来不要吭声。在轿子里问：“冰天雪地的，想来你们也是穷苦人，那就赏你们几个过年吧。”轿子窗户上的布帘子掀了起来，一只手伸出来，噗、噗、噗掉下几块大洋。

响马贼跑过来捡起，相互看了一眼，这一眼是有内容的：你能噗噗扔下来白花花的仨仨俩俩，你的口袋里一定还多。听得其中一个人说：“要丢就丢给够，要不就留下命来!”上官芳闭上了眼睛想，人心不足啊！也就在其中一个要掀开轿帘的时候，上官芳说：“走开吧!”那人他不走，上官芳发现那人的下嘴唇露着牙床。上官芳说：

“你是张亮吧，我已经认出了你。”嘴唇露着牙床的张亮就越发地不能走开了。他立时从怀中掏出了一把菜刀，对着轿中的人砍过去。两个轿夫喊了声：“找死！”也就在两个轿夫出手时，轿中的枪响了，张亮倒在了地上，另一个吓得就跑。张亮想到自己是死了，好一会，睁开眼睛看，周围漆黑一片，摸了自己的下嘴唇，凉飕飕地兜着几个大洋。张亮吓坏了，想自己遭遇了一场梦，不知道是真梦还是假梦，不知道自己是真死还是假死，嘴里含着的是真钱还是鬼钱。

上官芳留了他一条命。

轿子从吊桥上过了河，上了古渡口，听得有锣敲响，有狗叫，她看到人影晃动，不知道出了什么事情，她要轿夫抬了往刘三家走。其中一个说：“娘，过不去了，有拿枪的活动，莫不是窑变了（出事了）？”上官芳说：“想是那个溜掉的小子告发了，这样说来怕是两件事一件也办不了了。”她要他们停留在暗处，自己想回青乡里看看。王家圪洞上架了炮台，从暗处出来两个人走上前拦住说：“这是王家圪洞，要王老爷说话才能进。”上官芳说：“我找的不是三槐里，是要找青乡里，想进青乡里打问个事。”黑暗中的人说：“青乡里的人全死完了，要找人就去鬼府找吧！”上官芳心里的火一下蹿了起来，想从袖管里扣动扳机，还是忍住了，要轿夫抬了往豆庄走，她说：“我的宅，我回不去，这叫什么世道？我一定要回来报仇！”

九

上官芳决定报仇。

难报这个仇，是自己那三寸金莲作怪，走，走不稳，跑，跑不快。她要孩子们协助她来报仇。

王家圪洞里火把冲天，黄皮子从三槐里出来迎接抬斗上的上官芳，上官芳说："王书农那老贼抓住了？"

黄皮子说："抓住了，全家大小二十六口都被我们圈住了。"

上官芳说："这是我与他的恩怨，你们就不要插手了，扶我下去。"

下了抬斗，走进三槐里，火把围着的上屋中堂，一圈人中上官芳首先看到了王书农。她看到他老了，原来还有几根断丝样的头发飞起来，现在，竟然秃头秃脑了。"把他们放了，没有他们的事情。"上官芳指着用人们说。

此时屋子里只剩下了三槐里的住户。上官芳说："现在就剩下咱们王家人了，是也罢不是也罢，真也罢假也罢，我就是不知道，你也是吃了王家饭长大的人，怎么就不懂个里外？你说也罢不说也罢，现在我的枪不长眼睛，压根就不想饶你的老命。你不是一辈子都在想算我王家的财产吗？都给你了。你不是早就想住进青乡里的祖屋吗？现在也归你了。可惜王家的财产做了常家后人的坟墓，从此王家要绝了人烟了。"

上官芳举起了枪，也就是在这一刹那春香用身体挡住了王书农。春香手里缠着一方手帕，丝质的手帕在火把下泛着亮影。上官芳看到春香的眼睛里滚下了两滴泪珠，有黄豆粒那么大，从她的腮帮上滚到前胸，落到了地上。上官芳听得春香笑着弯下了腰，倒在了血泊中。

那一块手帕飘落到上官芳的脚下。

这一枪不是上官芳打的，是李栓打的。李栓站在春香身后，王书农从八仙桌下摸出来一把藏着的枪递给李栓，李栓发枪时没有想到春香会动，本来是想借了春香的肘窝发枪的，她这么一动一笑，枪横着发了。李栓的手在上官芳抬手落手间炸开了一朵血花。就听得屋外黄皮子喊道："娘，要不要我帮忙?"上官芳说："娘不想杀他了，留他一条老命，要他给闺女送葬。"上官芳走近春香，把那块手帕盖到她的脸上，她看到她依旧笑容满面。

上官芳说："人要是傻了就好了。"说完扭头上了抬斗，她的脸上有泪掉下来，一滴一滴被风刮落在了王家圪洞的地上。

1929 年冬，土皇帝阎锡山在山西大搞扩军。沁河无常的人马已经扩充到一千多人，想报仇已经不是个问题了。这时，阎锡山感到了威胁，他派第十五军第三旅王辅旅长，到沁河诱沁河无常接受收抚。来人先把黄皮子说动，才征求上官芳的意见。她一开始表示不同意。她对来游说的人说："我拉杆是为了生存，不是想当官。再说，一个小脚女人，也不可能带兵当官，前无古人呀。"

来人说："你不能用妇人的眼光来看。历来玩枪杆子，一部分是为了养家糊口，一部分以为英雄可以造时势，不思谋自己的后路也该思谋给孩子们创立一个正式前程嘛。做了官还怕没有生存的活路?可是刀客你总不能当一辈子吧?况且你也得替他们年轻人想想，你不要前程，也不能耽搁他们一辈子呀。"上官芳说："容我思量思量吧。"

上官芳和黄皮子商量，黄皮子说："收编后，有军饷，不怕围剿。人不能老当刀客。"

上官芳想了一会说："是啊，娘要不是被逼，怎么能想到要当刀客？游侠非终身之事，梁山岂久居之地？一经招安，不仅出人头地，亦且耀祖荣家。只是娘怕是个套子。"

黄皮子说："行武人讲的就是一个义字，想他不敢把事做绝。只是娘的大仇没报，孩儿今夜就领弟兄下山灭了他。"

上官芳摇了摇头说："只怕我是妇人之见。仇是迟早要报的，眼下最紧要的是你们的落脚，愿走的走，不愿走的留下来。如今天下大乱，谋个出路，等将来太平了各回故土落脚，享受天伦之乐，想来真是个好事。我看你去意已定，娘就不多说什么了，娘得给他们提一个条件。"

上官芳提出的条件是：一、按实有人数改编；二、原班人马不能遣散；三、收编后，所有军官，都由她亲自指派。

王辅回去禀报之后很快达成协议。1930年初春，沁河无常上官芳坐在抬斗上，带着一千多人马，浩浩荡荡开到潞安城，按实有人数，编了一个团，上官芳指派黄皮子当团长。她亲自将人马、枪支点验交给阎锡山部队。黄皮子要她留下来，到潞安城找一处住下，不要再回沁河，一生的伤就此封口，也该由孩子们给她养老了。她说："不，我还没有报仇。山上还留有人马，娘的心愿未了，一旦了了心愿，娘想回沁河岸上的下里种几亩地，收养几个孩子养老。到时候天下太平你也立了战功就来下里找娘，娘给你看儿子，守着一条河不怕日子不富裕。"黄皮子抹了眼泪，弯下腰要上官芳踩了他的背上马，上官芳敲了一下马屁股，匹马单枪回了沁河。

打马前行。

未来美好的渴望和复仇的激情，一波一波击打着她的心灵。从出嫁到现在，从一个人嫁到王家到一个人走出王家，中间有一段过程，这一段过程布满了血腥。她渴望的生命无限延续，爱情无限甜蜜，欢乐无限充溢，被阴冷的不时登门的死神切割丢了，没有爱，没有生活，没有自由，没有幸福。外部的无限压抑创造着内心的无限积累，从一个小姑娘到一个小妇人，到一个含辛茹苦的娘，再到一个刀客，生命的形式就像一条河，在等待一场雨或一场雪，一场壮观骇人的爆发。

这时候，黄皮子正被押解着往一个乱山冈上走。他的嘴被狗皮膏药糊死了，说不出话来。准备枪决时，给他撕开一条小缝，他用尽力气喊道："都是行武人，怎么就不讲个义？我当初怎么不听我娘的话？我日你们的妈，日你们的爸，我日死你们全家！"

一枪过去，黄皮子的脑袋开了花。

天道无情，人心无常，无纲无常，小鬼索命。

打马前行。

上官芳的眼睛一直没有离开沁河，她生命的河。沁河有一条小船划过，后边拖着长长的水纹。如果不发大水，这条河是美丽的，美丽得让人心颤。河水缓缓，她长舒一口气，也就在这长舒一口气的空隙，枪声在她马前一百米处放响。山中四下有人喊道："沁河无常，你被截断了退路！把枪缴出来吧，要不打你一个马蜂窝！"

上官芳知道，自己是死路一条。

在马上把两支三八盖子往地上一扔，跳下马来说："现身吧！"

沁河无常被擒！

这是沁河西岸一处枪决人的去处，因为怕扩散消息引起骚乱，枪杀时两岸的村庄静悄悄的。

正午的天空没有一丝云彩。

上官芳看着天空，想这山这水，山水要少了人家少了人，倒更见秀丽了，有了人就有了污浊气，有了仇恨，心上就长出了毒芽。她看到有一只黑乌鸦从远处飞来，如黑色火焰升起，紧接着有数百只、上千只，如大团的乌云在沁河上空聚集、翻腾。正午的天空迅速暗下来，鸟粪如天空掉下的雨粒。啊，啊，啊，嘶哑的叫声响彻山谷，所有的人从屋子里走出来用手遮挡着它粪便的袭击，看它们振动双翅飞翔，却不明白是怎么回事。

上官芳抬起头望着，黑色的奔放，黑色的狂欢。听得啪一声枪响，撕裂了灰暗的天幕，上官芳看到尖硬的石头在柔软的水中泛着红光，红是红日一般的亮丽和刺激。她在倒下去的时候想着春事已浓了，想起一双绕膝的小儿，她教他们念两句小时候爹爹教过的古诗：乌鸦月昏比绕树，游子日久定思归。

霎时天空晴朗，乌鸦散尽时，上官芳的头发上沾着几根乌鸦的羽毛，风吹过，羽毛扬起来落入河水中，河水浪涌波飞，羽毛于无羁绊中自由张弛，悠悠远去。

十

若干年后，王家圪洞三槐里的中堂后供奉着一个小牌位，上写着：供奉混钱十八尊弟子沁河无常之灵位。牌位下的一个小几上放着一杆用红布包着的树疙瘩——毛瑟枪。

这时候的王书农已经八十岁了，他没有儿子，李栓给他抱养了一个孙子。孙子不是常家的血脉，也不是王家的血脉，在王家圪洞落生，孙子的后人就是王家的后人了。这天，王书农拄了拐杖拿了马扎，坐在青乡里河楼旧址上看河。河水不旺，和人一样流着流着就断了。孙子趴在他的膝盖上问："爷爷，中堂后敬了什么神？"

王书农说："胡子神。"

孙子说："什么叫胡子神？"

王书农说："打家劫舍的贼。"

孙子说："说是贼，怎么又叫十八尊？"

王书农看着沁河水说："十八尊是十八罗汉中的达摩多罗，也就是布袋和尚。传说啊他小的时候家穷，他娘说，出去谋生吧，看你能学会什么道理。他走了一年回来了。他和娘说，天下不公平。娘说，何以见得？他说，富人太富，穷人太穷，富人宁愿吃喝嫖赌也不愿意接济穷人。娘说，你想怎么办？他说，世上什么行业都有了，就缺一个杀富济贫的行业。娘说，你要去打家劫舍，人家不就认出是我的儿子了？他说，我戴上面具，面具上插些毛，就认不出是娘的儿了。于是他化装成长了满脸胡子的样子就去杀富济贫了。因为他脸上尽是胡子，有人见了就喊，胡子来了。"

孙子说："为什么敬她？"

王书农说："因为她是咱王家的人，她是被人逼着去当胡子的。"

孙子说："谁逼她了，爷爷？"

王书农擦了擦昏花老眼，说：“不问了，不要打破砂锅问（璺）到底，记住了，她是咱王家的人，应该像王家的先人一样接受后人的香火。”

孙子指着远处说：“那里有个山叫胡子山。”

王书农看着远处，他的眼睛看得越来越远了，看着，看着，有泪流下来，泪水把眼睛洗得越发亮了，他看到远处的山顶上什么也没有，只长满了一些杂树。

后　来

永恒于你的纯真，无异于永恒你坦诚的人生。

一

正午的阳光有些毒，有些细碎的尘粒飞舞着，贺晓长长吸了一口气，这口气使他有些晕眩，在瞬间的晕眩中，幻觉出现了，觉得天空扩大了许多倍。扩大的天空只一闪就从贺晓的脸上移走了。很短的一截路，从这边进入那扇门里，身后跟着的狱警让贺晓下意识地想纠正自己的走路姿势。他盯着脚前的影子，尽量下颌内收，双目平视。下沉的双肩让他的胸凹进去，如缺氧的一尾鱼，精神头不足，虽然他很想在即将见到的父亲面前精神起来。口袋里仅存的一张拾圆人民币，被贺晓叠成了一只千纸鹤，捏在手心，长时间的被捏着，导致手心发热，出汗。在有限的阳光下，贺晓心里想起了“就像暴力，暴力它美丽”这句歌词。想起它，有闷胸身亡的危险，此时，贺晓多么想有暴力发生啊！

贺晓捏着千纸鹤的手伸向父亲看过来的眼睛，伸过去的手如他脸上挂着的表情，有点羞涩。他叫了一声“爸爸”。

贺红旗嗓子痒了一下，想咳嗽，或者想流泪。贺红旗握成半拳头状的手在鼻子下碰了一下，是想稳定心情。再抬头时两只眼睛盯着对面的儿子。

儿子叫他“爸爸”，很早以前，他的回答是：“做啥?”现在，他没有回答，掂了掂那声音的分量，他揣测，儿子在叫“爸爸”时，有多重感的无奈在里面。

贺红旗笑容谦和地看着儿子身后的狱警，黑框眼镜厚厚的，这就让狱警看到他时，仿佛隔着一个世界。贺红旗想把气氛弄活泛点，盯着对方气质儒雅地点了点头。狱警面无表情。贺红旗有一点伤自尊，一个人的知识和成就在这地方多么微小！

洋溢着见面的难过。

贺红旗说：“这不该是你待的地方。”

贺晓又叫了一声：“爸爸。”

贺红旗知道，这一声“爸爸”叫得很委屈。

旁边有狱警，什么话都是多余。

对面的儿子埋下了头。这是一个很亲密的动作。往常，儿子的脊背要是痒了，总是在贺红旗面前伏下头，他伸进手去，偶尔，有他自己挠痒挠不到的地方。为儿子挠痒，他的手总是先在自己的胳臂上试验一下指甲的锋利，然后从儿子埋下头的领口处伸进去。依据儿子哼哼的指点，由一块地方到满脊背的辐射，不一定能找到痒的确切位置，可以逗逗儿子，手的寻找留有充分的余地和自由寻找的心灵空间，有故意找不到的地方，儿子的哼哼，证明那个地方在痒。他总能挠到儿子的痒处。

看守所，是限制人正常出入的地方。贺红旗抬起来的手放下了。他知道，儿子埋下头的动作是心的重压让他逃逸现实的唯一动作，也有迷失脆弱自己的惶恐在里面。

贺晓迅速抬起头，再一次叫了一声："爸爸。"

这一声"爸爸"能听出，是儿子渴求的精神源头。

贺晓伸过手来，探着，贺红旗把儿子伸过来的手接住，潮湿的，燥热的，千纸鹤像一尾挣扎的鱼，痛苦，喘息，慢慢僵直和熄灭。

无氧的鱼搁浅在了贺红旗的手心。

贺红旗缩回手，肯定地说：

"儿子，能居住的地方都是家！"

总算见过了儿子。

一只千纸鹤，展开看，除了钱本身固有的，上面还写了一行字。那上面写着：

找到马小丽，她害了我，报仇，爸爸！

一切因钱生事。钱，是一张薄纸片儿，一个坚强到顽强的人，它给人带不来心灵的平实，许多时候面对它愈顽强似乎愈虚弱。正午的阳光像一个梦，城市的陌生包围了贺红旗。他从儿子消瘦高挑的身姿上发现了儿子内心的坚韧。是好，也是坏。贺红旗寂寞地走着。生命是一种仪式，只有到了这样的地方，人才会意识到这一点。贺红旗想。款步而行，谁也不清楚贺红旗此时苦得拾不起来的心情。贺红旗想到两年前，儿子背着乐器离家的时候，他愿儿子保持青春的勇气与纯良，他认为这是一个人走出家门，走向社会最大的选题。他拍拍儿子的肩说："生活原本不易，世道也的确艰辛，无论经受什么样的打击，都要咬牙挣扎向上。"儿子说："放心吧爸爸，音乐会平息一切。"

一切好像还在眼前。但是，很明确，可惜生命不是一首乐曲。

走着，突然的涕泪忽至。贺红旗想，那 ATM 取款机为啥就在儿子身上出现了系统故障？刚才贺红旗没敢多话，忍着不去破坏儿子对他的希望。多说一个字，那种场合，都会多出一种猜测。他已经听律师讲过了，法院一审判决最坏的打算，可能要援引《刑法》第 264 条，根据该法条，对有"盗窃金融机构，数额特别巨大"情形的犯罪人"处无期徒刑或者死刑，并处没收财产"。

这就等于说，贺晓没有青春的活路了。

那么这一行小字又说明了什么呢？那个女孩？叫马小丽的，修长的两条腿，儿子坚决要跟着她往南方，眼下，落败而止。一件事情如果当初想得太多，真到了今天这一步，反而觉得是理所当然的结果。可这既定事实的结果超出了想象范围，熟悉的想象突然变得很怪诞，让人没有一点遐想的机会。

贺红旗不相信这事是真的。假如不是真的，那么怎么会出来这么一个假的?!

贺红旗想象那些生活中恶的逻辑的代言者，最终成为恶的结果的承负者。儿子贺晓不是恶，他不该是承负者。自作聪明，贪小失大，只能说是儿子在自己构织的迷局里陷落了。儿子的罪不该是这样的结果。当一个人面对不停吐钱的机器，不停地吐出你渴望拥有的欲望的纸币，如果是一个人，还是一个有欲望的人！贺红旗想象不出结果。如果有结果，他会对结果的畏怖来制止恶行。一切太难，面对一个充满欲望的世界，一个充满欲望的孩子。世界不会因为你的欲望而改变什么，一切完全经不住推敲。欲望是希望，也可叫作陷阱。当涌出来的钱在一双眼睛的注视之内，一个人的胸怀有多大？他会怀有“没有人会知道这一切”的心情，激动抱钱而归。贺红旗想着这样的事情和结果：过于成熟的世界，儿子犯了最简单的错误。接下来的那个女孩呢？她起了什么作用？如今要儿子这样的嫉恨！

生活真有这样的结果。

贺红旗是北方一所大学里教哲学的教授，当儿子发生这样的事情后，他很想用理性来分析或者分解这件事情，一切好像让他陷入了尴尬处境。在儿子逃亡的一年时间里，他与儿子没有任何联络，唯一的一次，儿子被轻松的逮捕了。很准确地说，是他把儿子送到了这个地方，他不知道这个地方还有没有家的温暖。

地上有一听空了的易拉罐，贺红旗像一个二十锒铛的小青年一样飞起一脚踢过去。它飞起来，落进一块草坪。行人投过来异样的目光，原有的矜持与尊严没了，踢过去的声音像一把钝锈的刀，连空气也被错落地割破了，残破的音节无力地散落下来。有鄙视的眼眸投过来。行人想不到这个人出格的举止背后的心情。去他妈的“这就是生活？那好，再来一次”。尼采的话多么空洞无力，贺红旗紧跑几步上去想再踢一脚，却看到一个捡垃圾的老者，用一个自制的铁叉子，灵巧地将易拉罐叉进了背上的竹筐子。

二

孤独少年操琴而歌的贺晓，走到现在，成为媒体和网络热议的问题青年，这便不是做着先锋梦的流浪文艺青年贺晓所能想到的。他只是想用自己的方式去生活，结果出了差错。这是贺红旗对儿子的简单评价。又有几个能知道他对儿子最难述说的心中最爱呢。对于儿子，贺红旗总是和认识他的人大拇指一歪，说：“我的儿子。”

饮如甘饴的世俗空间，父与子，那是地老天荒的爱呀。

十年了，十年是好长时间的过去。十年前贺晓的母亲去世，贺晓十四岁，正上初中。妻子最后死亡通知书上写的是：“血癌”。一个鲜活的生命离世，留下来的痛要比死去的人承载得更重。生命不能承受之重，给父子今后的生活一个巨大的问号。为了儿子，妻子最后留在这个世界上的话是：“不要在儿子走进青春期的这些年里发生成年人情感上的错误，我们给了他生命，就必须承担他活着的幸福的责任。”同在一所大学里教学的妻子，用她最后的关爱很理性地告诉贺红旗：生活只能是失去一个人的悲哀，而不能添加一个陌生人的快乐进来。十年的日子很快，快如烟花。儿子贺晓由高中到大学，到决定做一个流浪的音乐人，其中滋味让贺红旗给世人留下了绝好的口碑。

十年前的1997年，大学出台了评定职称的新办法，一是对科研成果进行量化打分，二是对申报各级职称的资格作出硬性的限定。比如申报教授，就规定了四个条件：主持一项国家课题，有一篇权威论文，有两篇核心论文，有一部专著。这四个条件得具备其中二者。一个冷学科的哲学教师，在面对家务、孩子、寂寞的自己时，时间短得像缩水的绸布。看着狼多肉少的结果，他有些不想去冲刺了。

病床上躺着的妻子说："红旗啊，我看你脸上的皱纹已经与副教授不相称了。"

妻子措辞巧妙，生命将去之人，足以令人相信她的真诚。就算有人说，评职称就相当于拿蚯蚓钓鱼，一条蚯蚓就能逗得群鱼乱咬。话虽然粗了，但也说明了事业拼搏难言的残忍与痛苦，需要耗费十年或者更多的光阴。他蛰居小屋，伏于书卷或稿子上，身后的书架是他熟悉的经过搬运筛选淘汰后存留下来的书籍。面对身后的书籍，脑子似一只悬空的吹了的灯泡，怎么也衔接不到稿子上。但是，"正高职称"于胸的占据感，让他不时地把外面扰人的诱惑拒之门外。教师的职称就是名片。这张脸上的皱纹已经与"副"不相称了，该"正"了。就硬性的资格限定范围：主持一项国家课题，对于哲学和小城市的二类大学来说怕是不可能的。那么就必须为一部专著而奋斗了。台阶再高，路已至此，不说平常的开会有人问话了，就一张表格的填写，那上面的职称一栏，人家说："贺教授，你怎么还没正啊？"他看到那些正了的人满脸喜悦，人家叫"贺教授"好像自己是假冒的，叫"贺副教授"才是真实。呀呀呀，那份虚荣的自信心让贺红旗当时就难以自持。

箭在弦上，一箭射了十年。妻子说："别给我浪费钱了，我这病是一个窟窿填不满。你把钱取出来用来出书吧。"职称在家庭中的地位真是太重要了。

十年里，就因为评职称，把人性的智慧发挥到极致。要让学术权威们去肯定很难，难在你的论文没有获过奖，惋惜之情足以让人相信他们的态度。接着是同等条件下的相互诽谤、谩骂、拉票。妻子去世，平常很近的关系，就因为评职称，连路人都不能做了。怀着敌视，好在真实的细节是小说家编不来的，就让它埋到时间中吧。

教师的价值观到底是为了教学呢，还是为了自己努力一生拼搏到最高职称?!

庆幸的是儿子没让他操什么心，只是在最后选择上舍弃了一路奔忙学过来的物理专业，走上了流浪音乐的道路。在这一点上的矛盾，他认为他是败在了一个女人的手里。由此觉得，一个男人一生最亲近的人不是生他养他的人，是一个和他毫不相干的人，这个人的出现可以改变一个男人的一切。

贺红旗记得那是两年前的一个傍晚，城市上空盘桓着风，风一吹，恍若秋天，满街道都换了长衣长裤。贺红旗从学校出来，过了马路，走了一站地的路，到一个叫"补找过去"的书店想买一本书。他看到儿子穿着短衣短裤横在一个骑了自行车的女孩子面前。那个女孩子穿了露趾凉鞋、及膝短裙，是坠有蕾丝的那种。一只脚点地，一只脚踏着脚踏，看上去她的腿很修长。但她气质独特的真正原因还在她的自行车上，车筐里有两只小狗，两只小狗圆俏活泼，在儿子手掌的抚摸下不时看着过路的行人叫两声。儿子从女孩手掌举着的零食袋里取出一截薯条要两只狗狗吃，儿子又从零食袋里取出一截薯条放到女孩嘴里，女孩把头弯下来，把嘴里的薯条送给两只狗狗中的一只。

莫名其妙的落寞，贺红旗觉得那最后的薯条应该是放进儿子的嘴里，而不是那只貌似天真可爱的狗狗。

那晚回家后，儿子贺晓突然对应聘的一家电脑公司提出了拒绝上班的理由。贺红旗问他，怎么会突然有此想法？

贺晓说："青春总是摇摆的。我想去南方。"

贺红旗说："南方落实到个体身上，不是一个无比绚烂的梦，不要想象过分浪漫的事，你应该是生活在正常世界的人，一份工作，扮演一份小角色。你的正业是工作，副业才是音乐。"

贺晓说："决定了。我的一生没有正业。"

贺红旗说："比如爸爸，现在是正高了，一生努力得到了社会的承认，人生目的很明确，你该为你的所学而努力，而不是去玩弄那些个乐器，你的价值观不应该出现这么大的偏差。"

贺晓："我不想在你的身上找到快乐的突破口，你的一生没有快乐可言。"

贺红旗说："你一定是为了那个女孩？"

贺晓惊讶地看着贺红旗说："你知道了？"

贺红旗说："我下午看到的，我知道那个女孩，她是艺术系的，她家在南方，叫马小丽。"

贺晓说："爸爸，我爱她。"

贺红旗有些伤感，改变自己的生活有一千条理由，都不抵一条“我爱她”。

爱和生活的重点，往往不是哲学理解的那些东西，生活被一个简单的爱字征服得忘乎所以。

“你说，你不爱爸爸？不爱北方！”

贺晓说：“不一样爸爸。我爱你，我不会失去你，我爱她，有可能她成为别人的，我们还没有从形式上走到一起。”

贺红旗迟疑了几秒钟，说：“我没有你妈妈了，我不能没有你。如果你不介意，爸爸说一句不该说的话。”

贺晓皱起一双眼睛看着贺红旗。

贺红旗说：“你干了她，然后，她会跟你一起留下来。”

贺晓不假思索地说：“不，我想和她地老天荒。”

地老天荒？多么幼稚的四个字！

这样的争执是没有结果的。不可能把人生提高到哲学的高度。哲学有高度吗？当你回答哲学是有高度时，显然哲学的高度不是万能的，当你回答哲学没有高度时，哲学包容万物的尴尬是让我们红脸的。去意已定，一个非此即彼的困境。贺红旗被逼到了墙角，满眼泪花，却爱莫能助。贺红旗从鼻子酸困的一刹那里，知道自己老了。

老了的人总是敏感。总是泪多。总是想把自己喜欢的东西握在手心。

贺红旗要贺晓把那个叫马小丽的带到家里来。

那天已是半夜了，好像是从一个聚会场合告辞回来的，贺晓的舌尖上残留着酒精带来的亢奋感觉，晃晃荡荡终抵家门。那夜马小丽只叫了一声“贺教授”，以后就不停和贺晓唱歌。贺晓想让女孩知道自己的心情，他的唱要比真正的音乐人更投入。人的状态是那种病态的抽风状态，把一些生硬的旋律抽得荡气回肠。贺红旗感觉这不是自己的儿子，自己的儿子咋成这样了呢？如果他想借着酒劲在音乐中出出青春的气，或许贺红旗还可以理解，用这样的唱来展示人生，贺红旗不理解。整个一晚上他都黑着脸，他们俩却是熟视无睹。贺晓怎么会如此不善经营自己的名声和青春的利润呢？晕眩的节奏之间，粗糙的美学欣赏。贺红旗喊道：“别唱了！”

贺晓说：“在这样一个沉闷的家庭，充满腐质纸张脆裂的家庭，要发生的一切，或许比寻常状态下发生的一切更有意思！”

“多——米——少——多——”

“多——多——少——少——”

他们的歌声从客厅的墙壁上反射回来，贺红旗一下就感觉了冷风吹进了骨缝里。

直到有人敲门，一切才安静下来。马小丽依偎在贺晓的怀中离去。贺红旗感觉问题严重了，他不能让贺晓离开自己，这样的青春是黯然的、烦躁的、残酷的，也是莫名其妙的！

贺红旗为了儿子的事情去求岳母，他不得不这样做，虽然这么多年来岳母一直在记恨他。岳母认为她唯一的女儿把命送在了他的手里，当初她就不希望女儿嫁给他这样一个呆头呆脑的人。岳母认为他这样的人将来是没有什么出息的，如他局促不安的长相一样。当被一个女人从骨子里面看不起的时候，他这辈子肯定不会在这个女人面前咸鱼翻身了。贺红旗有一张普通的脸，不高的身材，不活泼的性格，不够赢人的才气，和所有事物所有的人混在一起，永远不会是中心的一个小数。

岳母是学数学的，总喜欢拿人做一个数字来衡量他的宽度。贺红旗在岳母的心目中是可以四舍五入的那种。

三

这个城市的时针，一直被太阳带着行走，天快得很，一个人的一生就老了。贺红旗不着边际地这样想。

街道比以前宽了，却显得比以前更拥挤。青蛙一样交错行驶的车辆，贺红旗躲着，同时躲着嘈杂难辨的市声，一切似乎标榜着这座小城的繁荣。

岳母家住在大学的旧家属区。原本这所学校是一所专科，后来专升了本。岳母和岳父是原来专科时候的教职工，没等专提升本就退下来了。岳父原来是后勤处的，相比岳母的教师职业，岳父显然属于远离文化圈子的那类。在日常生活中，岳母固执而谨慎地认为，她的决策是这个家庭的正确走向。这时候的岳母已经不是当年的岳母了，她病在床上，准确地说是瘫在床上。腰椎间盘突出手术后，她就躺在了床上。但是，岳母语气中暗含着的锋芒不减。

贺红旗弯腰坐在了床边的一个木头矮凳上，看着床上的人叫了一声：“妈。”

岳母已经知道他坐在了自己的身前，眼睛没有离开手里的书，也没有表示什么。

贺红旗手里掰开了一只他带来的香蕉，递给岳母，又叫了一声“妈”。

这时候的岳母缓缓摘下了眼睛上挂着的老花镜，接过香蕉来说：“你一定是又遇到什么事情了，不然你是不会想到你妻子的母亲的。”

贺红旗感觉时间有了重量，不知道该怎么打发。

岳母说：“你说吧。”伸出手来，贺红旗从旁边的纸巾盒子里拽出两张纸巾送上去。

贺红旗说：“是贺晓，他不想参加工作，想到大城市去做音乐。”

岳母把香蕉皮和纸巾团在一起放在了枕头旁边，等最后一口香蕉咽下肚子后，回头看着贺红旗说：“我还以为是不想参加工作想考研呢。”

岳母盯着贺红旗的脸接着说：“这就是一个孩子没有母亲的后果，没有了方向，当初我说，你们不要让他去学那些旁门左道的东西，你们不听，说什么孩子有节奏感，吓，饭店里吃饭，用筷子敲碗也叫有节奏感吗？说学什么一门乐器的人聪明，结果数字概念一塌糊涂，同样的看上去是阿拉伯数字，音乐把他引上了歧途。”

贺红旗嘴里“嗯”了两声。

岳母说：“我的女儿一贯以来就是一个目光短浅的人，不然也不会找了你。找了你又生了这么一个叛逆的儿子，总是不给安抚人心的消息。”

岳母把头扭向了窗外。

贺红旗两只手指交织在一起，感觉手指硬邦邦的。在岳母面前，他和儿子的成长一样，是从蹒跚学步，到经历了许多次受伤和蒙羞，最终才学会了做人的。与儿子的成长不一样的地方是，儿子的成长经验让儿子叛逆。他自己从某种意义上已经对生活的不协调无动于衷了，这是因为他接受了它们，无常的命运是永远存在的，他带着毫无表情的沉着承受了一切挫折。更准确地说是接受了岳母。

“他还是个孩子，您得把他挽留下来。”

说此话时贺红旗的脸和窗外的天空一样是青灰色的没有跳动。

岳母说：“这就是你的本事！你要他来见我。”

贺晓和岳母的谈话最后的结果可想而知，岳母像曲谱高上来的音节，落到了尖出去收不回来的恐惧中。她认为所有人都想从她身边走开，她一生，活着的行为就是为了矫正这个家庭。

岳母用眼睛看着贺晓，贺红旗都有点发毛了，贺晓却是若无其事。岳母说：“你看着我的眼睛。”

贺晓说：“姥姥，我以为你的嗓子会小得自己都听不清楚了，没想到这么亮，你的音质像一块脱离地面的石头毫不犹疑地砸向了对方。”

岳母盯着贺红旗说：“这就是你的儿子，流着和你一样无知的血。”

最可恶的是贺晓在谈话中间接到了女朋友的电话，贺晓压低到八度的声音对着电话说：“乖乖，我一直在想你。”他的这一蠢行于当时的谈话是多么的不协调，他想着外婆老了，人老了器官也退化了，耳朵背了。想不到的是，外婆的嗓门像一个逃跑的音节向上攀升。贺晓诧异地看着外婆，等她提起来的嗓门降下来，他感觉到了弥漫在屋子里的光线越来越阴暗了，发生的事情令他很沮丧。声音指挥着他的平衡和方向感，在微妙中，贺晓的大脑对比着外婆传到在场的每个耳朵所用的时间，他利用两个坐标，辨别出了声音的源头所在的方向和最后的落脚地，他多么希望外婆的耳朵官能出现障碍，由此引起她此时的头昏眼花，引起身体的不稳而松懈下来。

相比电话里的声音，那个女孩的一句“我爱你贺晓，跟着我的爱往南走，我等待你最后的结果。”真是有柔弱无骨的效果。

音乐课的老师说：“声音对于我们身体的动力学具有重要的作用。”两种声音的对比包含着一种意义，一种要用身体来阐释的意义。上升和坠落之间的，生气勃勃与绝望之间，天使和巫婆之间，逃离或是妥协之间。

贺晓大声冲着屋子里的人喊了一句：“我爱你们，但是，你们不能够给我刺激和兴奋。”

逃离。

在摔上门的刹那，贺晓冲着电话说：“我爱你！”

为一个女人放弃就业，又算了什么呢？为一个女人放弃生命有的是。

贺红旗突然的自怜起来，他很鄙视自怜的人，但是，面对儿子他突然觉得自怜自有可取之处。回到家，看到儿子准备好的行囊，他合上窗帘，透过慢慢合紧的缝隙，他看到外面的院子，穿梭的人群，房间在暗了下来，光线被窗帘挡住了，这让他想起了生病，因为只有病人才会在有光的白天捂上窗帘。此时，如果有妻子在，一种有别于正常的生活，拥有的爱人最简单的解释就是心暖，在儿子的事情上她会分担，因为儿子是她未来的雕塑。是什么让他生活在这样一个不可解决的矛盾中呢？被同时朝两个方向拉去，向外是儿子，向内是自己，当他想朝一个方向移动的时候，总会有什么东西要把他朝别处拉，不是走向儿子，就是走向自己，没有旁支。在昏暗的房间里，贺红旗躺在床上，是平息内心最好的休息。

寂静无声的家，空空的卧室，人生一段时光，十年就这么结束了。

儿子贺晓在很晚的时候才回来。他迈着踢踏的步子，开门的声音也很响，接下来是拉亮客厅的灯光，黑暗与光明的分界。

贺晓再一次拉亮贺红旗卧室的灯光。

贺晓说："爸爸，你怎么啦？"

贺红旗侧起身，看着儿子说："不怎么，只是恐惧时间，它很无情地让你长大了。"

贺晓转身回到了客厅把木吉他放进盒子里，不经意地说："爸爸，这不是你的错。我十二点的火车，今夜就走。"

贺红旗猛地拉开窗帘，他突然想开了，不要去改变眼前，眼前只会改变即将来临的一切。

就这样儿子跟着那个叫马小丽的女人走了。

那一夜贺红旗没有去送他，是赌气也是想给儿子一个闯世界的寂寞的开始。

一年前的父亲节，儿子打回电话说，"爸，我不回去了，相信你儿子，有一天回家时肯定是个人物。"他笑着在电话这头，听那头传过来木吉他的琴弦声，有人在唱，带着热血喷涌的感情，接下来是不可抗拒的掌声，淹没了儿子电话里的声音。儿子说：“爸，你该吃啥就吃点啥，该喝啥就喝点啥，过节了，放开自己吧。”他坚信自己的感觉，儿子在外一定混得不好。儿子不想让自己知道他的心情。儿子的一只脚在大街上徘徊，一只脚渴望踩上音乐的贼船，儿子是音乐的业余打手，普天下这样的发烧打手太多。

儿子只能在酒吧或街头散打。

接下来儿子说：“爸爸，告诉我你的卡号，我想父亲节给你寄点钱过去。”

他说，“不需要，有你的问候就是最好的安慰。况且老爸也不知道什么叫卡号，唯一的就是爸爸的工资卡。”

贺晓说：“物质和精神是人生并行的两条线。就冲着你没有存款，爸爸，我以后得孝敬您。”

贺红旗是在公安人员找上门来的时候，才知道发生的一切。公安说，你儿子从一个城市的取款机上取走了二十万元，他取走的钱是不属于他的钱，因为，你儿子的账上只有两千，机器出现了故障，你儿子很轻松的取走了不属于他的钱，在那个城市失踪了。你知道他的下落吗？

他一开始还笑了一下，天下有这样的好事？

他说：“那不得是上帝平白无故送他的礼物吗？”

接下来他笑不出来了。

贺晓的手机号变成了空号。

不安与恐惧，不安包围了贺红旗。恐惧，不论是否自身招致而来的，都是另一桩与不安很不相同的事情。贺红旗企图建立起一种虚幻的安全，他不相信事实。那是贺晓很小的时候，有一个雨天，天空起了雷声，有衣服在院子里的晾衣绳上飘荡，在大雨来临之前，所有的人奔跑着回家。一个女人把手提的包包做了头顶的一方雨伞，她扭动着身体奔跑，头顶的包包有珍珠的亮片闪着光，她跑进楼道的一霎那里，返身又跑了出来，她迅疾地拽下晾衣绳上的衣服，又一次返身跑进了楼道。没有人知道她的钱包掉在了地上。雨下了起来，不停地落在地上，最后走进楼道的放学归来的贺晓拣到了它。环绕在贺晓周围的雨水，有人从楼上望着地上的贺晓，他穿着运动短裤，雨水淋得他干干净净的。她妈妈看到雨水中的他，跑下楼，抬起手来打他的屁股。贺晓说："我拣到了一个钱包。"妈妈把他搂在了怀里说："现在，我们回家写一个纸条贴在大门上，等看到的人来认领。"

贺晓不动，固执而坚决地站着，等那个丢失钱包的人来。

当记忆再一次如雨水一样涌到贺红旗眼前，他对发生在贺晓身上的一切他是不相信的。那个雨天中的男孩，他是那么小，那一段记忆像吸尘器一样滤掉了贺红旗脑海中的现实，他不相信，他要拿儿子的再一次出现做一个了结。

儿乎没有重量的世界里，天堂和地狱没有什么区别，贺红旗面对当下发生的，他不得不接受一个现实：儿子进去了，到了做梦都没有想要去的地方。

四

决定来这个城市寻找儿子，也就决定了在这个城市长久停留。一审马上就要开庭了，贺红旗想依着纸币上的那句话找到一个人，那个两年前和贺晓一起离开他居住的城市的女孩。律师告诉他一个模糊的地址，他落实到，那个叫马小丽的，有了一个艺名叫“马马”，半年前刚结婚，是在这座城市的一家教堂举行的。

那是一个傍晚，暗红的晚霞让人生发惆怅。贺红旗觉得自己和蝼蚁一样，在社会这根发丝上爬行，有几次那根发丝眼看要断了，他不能够爬行的时候，生活吊着他，一定要他苦撑着活下来，他真不知道生活的意义所在？但是，那根发丝上挂着许多不大不小的诱惑，细想想：有些诱惑并不是喜悦，而是灾难，灾难更容易让人有信心活下去。

贺红旗穿过寂静的教堂，阳光透过天窗射进来，墙上有了看似静止的光斑。高大的穹顶之下，墙上的花窗，彩绘的玻璃有着与宗教般配的主题。地上的细瓷砖上还散落着一些零星的彩色纸屑，这是不久前一次婚礼在这里举行所留下的痕迹。婚礼过后的寂寞是教堂唯一的色彩。可以想象，披着婚纱在教堂里举行西式婚礼，是很多人心向往之的事情，不过按教会规定，在教堂举行婚礼的男女两方之中，必须有一方是教徒。没有听贺晓说过马小丽有什么信仰，那么，一定是她的夫家了。贺红旗在寂静的教堂里踱着步，悠缓的，如果没有人知道他此时的心情，那么，他的现在，会让所有的人认为他对上帝充满了无限的喜悦和爱。

贺红旗找到了这里的神甫，他说他来打听一件事情，关于一个叫马小丽的女孩半年前成为人妇的事情，她的婚礼在这里开始，想知道她在什么地方居住。神甫三十多岁，戴着一副黑框眼镜，眼镜的度数不下五百度，从镜片的厚度上贺红旗想到，神甫是一个读书读出了寂寞的人。神甫谦恭有加地告诉贺红旗，那个叫马小丽的女孩给他的印象很深。神甫说，看到她就有一种不一样的清凉，嗅到一种无以名状的气息，好像是那个女孩的气质。那个唱“多——米——少——多”的女孩，她的存在几乎是一个可以让贺红旗掉泪的失望。贺红旗不想知道她的气质，只打听出了她居住在这座城市一个地方，那个地方和他租住的小区不远，或者说仅仅是隔着一堵横墙。

贺红旗决定在那座小区的门口守候。

他不得不守候。之前，他打听过小区的保安，保安用极度怀疑的眼光盯着他问：“你想做什么，找这个人？”贺红旗说，因为她是我的学生，我想见到她，只知道她在这个小区住着，不知道确切的位置。

保安说，对你打听的这个人，我们不知道。你既然是她的老师，就应该有她的确切的地址，你必须离开小区的门口，否则我们报警。

贺红旗觉得很伤感，他是一个站在讲台上受人尊敬的人，为啥流落到了这般境地？为啥处处的要与一个“警”字呱嗒！

下起了小雨，细细的雨丝从苍茫的天上织下来，织出更伤感的气氛。贺红旗走到远离小区的一棵树下。不被保安看到的树下，树上的雨织得厚了，脱落下来，落在地上有声音，像是下冰雹的声音。雨像虫子一样在贺红旗脸上拱，他的镜片模糊了，有车辆疾驶而过的影子，他不知道车里是否有他要找的女孩。他只要离近车辆，就会有保安走过来，他的结果会更悲凉。雨下得大了，贺红旗跑到离这里有一站地的一个公交站牌下，雨濡湿了他的头发，像是刚从澡堂里走出来的人，没有人在意他，但是，他知道，他在流泪。雨下得哗哗盖过了他的吸鼻涕声音，他尽量不让自己弄出声音来，也许他根本就没有弄出声音来，雨声灌满了等车人的耳朵，他装得十分镇静地用手抹了一把脸，鼻涕和眼泪一起被他甩了出去。公交车停了下来，有到站下来的，也有上去往下一站或更远的。车开走了，贺红旗用袖子搌搌脸上的水，特别是眼睛中的水，怔怔地看着雨下，也就是几十秒钟的时间，有人说："大叔，你来坐下。"一个女孩站起来，要他坐到站牌下的塑料椅子上。他在回头想说谢字时，发现那个女孩已经上了又一辆开过来的公交车。他低头弯腰坐在了空出来的椅子上，抬头时他发现了一个啃甘蔗的女子，文有极不自然的棕色长眉，嘴唇很薄，用牙齿挤尽的甘蔗渣子吐在了一个粉红的塑料袋子里。她的样子不像南方人，倒很像北方女子。贺红旗说，你来坐吧。她不客气地坐了下来，贺红旗有些沮丧。突然看到滑过眉头的视线里有一家银行，外面的墙上嵌着一只取款机。他很是不自觉地站了起来，走进雨中，走过马路，走到银行的门口。取款机旁有人在排队等待，贺红旗就那么站着看。

一个两个人很匆忙地取了钱装进袋子走了。

有人盯了他一眼，又有人盯了他一眼。贺红旗不管那些，只是看，一切看过去稳妥而富有次序，嵌在墙上的取款机冷静着，也很牢靠着，让人相信它是守信用而可靠的。尽管有人觉得贺红旗是一个可疑的人，他确实也充满了非常复杂的心理。他在想：那里面有多少钱？好像不是主要的。当那里面的钱属于他的时候，钱是有情感的，贺红旗相信：它跟了谁就属于谁的，这是钱的性质。当那里的钱不走，就那么蜗居着，钱对外面渴望见到它的人是没有感情的，钱不带任何感情色彩，那么，吐钱的机器它会带了感情色彩吗？它是货币的存储器，你看它站在那里，它比钱本身的存在还骄横。

这不，保安过来了。

保安指着贺红旗说："你在这里做什么？没什么做的走开。"

钱的骄横是"人"给予它的。

顶着雨滴在大街上走着，他在寻找吐钱的机器，众目睽睽下，贺红旗加入了自己的表演，就如同站在那里的不再是自己，而是一个故事里发生过的角色，自信于自己的等候，等候总会有奇迹发生！真是一种无法满足的奇迹啊！贺红旗穿过马路，走到另一公交车的站牌下。是很茫然地走。一个原本健康的人，却恨无恨处。没有多少人的站牌下，他坐在了椅子上想律师的话。

律师说，个人盗窃公私财物价值三万元至十万元以上的，为"数额特别巨大"，而我国刑法对此相应的规定是，处十年以上有期徒刑或者无期徒刑，并处罚金或没收财产。而在本案中，贺晓不仅将巨款挥霍一空，还私自潜逃直至被抓获，并无任何可获从轻或减轻的量刑情节。假如法院适用了规定的最高刑也并无不妥之处，一切在法定范围内。你是贺晓的父亲，你就这么一个孩子，他半年之内花消掉了二十万元，他始终不说。我想知道他把钱花到了什么地方？你该了解你的孩子，也许知道他把钱花到了什么地方并不重要，只是我想知道，或许有帮助，因为，毕竟还有一个处没罚金或没收财产的最后结果。

回到现实中的贺红旗想：贺晓持银行卡在银行柜员机里取钱，这种方式是合法的，是符合银行与客户间的合同协议，是一种公开的行为，该不是秘密的行为。比如自己走了好几家银行，排队取钱没有不正常的行为，如果你不取钱站到它旁边才是有盗窃行为的人，你是取钱来着，只不过是对方发生了意外，想发生意外就会意外吗？显然是不会的。贺晓把钱花到了什么地方呢？父亲节他也才寄过来五百块，与二十万元比较，五百元是个小数，就像岳母眼中的贺红旗一样，是不算数的。

一个女人打着一把雨伞走过来，碎花的雨伞，江南的味道。

贺红旗不知道该不该给这个女人让座，让座的原因是她怀着孩子，足有五个月大的肚子，走路的姿态像水边的鸭子一样，晃过来，不是走。

贺红旗站起来说："坐这里，很干净。"

女人收起雨伞说了声："谢谢你！"

贺红旗的心脏在距离自己的嗓子不到两寸的地方跳动了一下，它在泵出，受到什么刺激。他轻声喊了一句话："马小丽。"

女人抬起头看着他说："你好面熟。"

贺红旗说："我是贺晓的爸爸。"

马小丽站了起来，她眨巴着眼睛，突然闯入视野的这个男人，让她吃惊，她凝神定睛看着看着，突然有眼泪掉了下来。

贺红旗有些慌了，想要她坐下来，马小丽不坐，就那么站着，零星的几个等车的人冲着这边看。贺红旗想，到底怎么了？难道自己有什么失当之处伤害了对方，比如不该说是贺晓的父亲？或者自己被雨淋湿的样子吓坏了她？当想到这些时候，他突然整个身体软了下来，包括他的心脏的回落。这让他陷入了从未有过的尴尬处境，他搓着两只大手，想调整一下视角，从自己对面的这个女人的置身之处，看街面上的雨，在他的目力所及的范围内，雨把城市洗刷得很干净。

贺红旗失笑了一下，世界真小。

贺红旗说："你这是要去哪里？"

马小丽抹了一眼睛说："去超市买水果。"

贺红旗说："你什么时候有时间，我想和你坐坐？"

马小丽说："您把电话告诉我，我有时间好约你。我不带电话，我怕它的电波辐射我的孩子。您是想说贺晓的事，对吧？"

贺红旗不看对方，看着开过来的公交车说："不管你们是因为什么分开的，他的离家出走，是因为你，当然，还有音乐。现在，他什么也没有了，我只想知道他和你在一起的时候，他都做了什么。"

马小丽接过贺红旗递过来的名片，匆忙装进手袋里，看着开过来的公交车说："等我给你电话。"

如果她不是一个孕妇，而是一个单身的女孩，贺红旗会拽住她不让她走开。他看到马小丽消失在关上的车门内。一片迷离的雨中，他后悔没有要下对方的住宅电话，假如，她在逃离，无常的命运是永远存在的，他还要替儿子寻找吗？

这是一起没有受害人的犯罪。贺红旗站着，或者说是走着，他想淋淋雨，雨就像一张安全网，让他清醒一些。他突然觉得一个男人活在这个世界上的目标正在老去，他多么希望他的目标不要老去啊，不管在生活中遭遇了什么，特别是现在，没有目标的生活让他越来越不适应生活。他的大学教授的体面，他的为人师表，他的与世无争，想想看这一生除了职称的争斗，他一直是冷眼看社会的，谁想到生活是多么易变呢，那些像夜一样偶然发生的事情就可以改变生活中的一切。贺红旗不想失去他唯一的儿子，他觉得儿子是他的又一次职称竞争，只是，他找不到拯救儿子的入口。

马小丽会是儿子的入口吗？

五

发现这个城市的温暖是在阳光出来的那一瞬间。是午后。贺红旗接到了马小丽的电话，约他在一家咖啡屋。这之前他一直在摆弄那只千纸鹤，没有头绪，他是一个很有逻辑的人，怎么会如此反复盯在那两个“报仇”的字上呢？他甚至莫名其妙地嫉恨什么。

在寻找咖啡屋的过程中，贺红旗觉得阳光射得他有点头晕目眩。这个城市和那些楼房，熊熊燃烧的已不是太阳，而是拥挤的人和整个建筑。他在这个城市几天来所感觉的温暖是将要见到的那个女人。贺红旗在咖啡屋的门口看到了昨天的马小丽。与昨天不一样的地方是马小丽戴了一副阔边的有色眼镜，遮掩了她的大半个脸，如果仅仅看她面部剩余的部分，那曲线连接成的图案，很像是一个明星。明星把这样的眼镜叫作黑超。如果不戴这样的“黑超”，明星还会是明星吗？明星其实都有一张普通人的脸，戴一副大框眼镜本身就是一个问题。贺红旗感觉这个女人有点怪。为了掩藏自己心态他紧走几步赶上去说，“不好意思，来晚了，我对这个城市实在是不熟悉。”她微笑了一下。他跟着她走进咖啡屋，找了一个靠窗户的能看到外面景致的地方，坐下来。

贺红旗长这么大从来没有进过这种地方，这地方喝的东西比吃的东西贵，贵得叫人感觉不到钱的乐趣。马小丽要他看放在桌子上的一本印刷很精美的单子。贺红旗只看了简单的一眼，以前从学生的谈话中知道那是有闲有钱人的贵族享受方式。他真实地面对它们时，他想象不到它们会有这么贵。贺红旗想，他和对面的这个女人，是不同语境下的两种言语与精神在进行跨越时空的交流。他紧张甚至有些把握不住自己地说："你来点什么吧，我什么都不懂。"

马小丽抬起头看着贺红旗，眼睛里射出深度的疑惑，"那么，我给您要一听汉斯吧，我点一点甜点。"

贺红旗点点头。

她要小姐过来。

马小丽说："一份水果沙拉，一壶柠檬茶，一个冰激凌，两份干果，晚一点上两份比萨。"

贺红旗说："你能把你们分手的时间告诉我吗？"

马小丽说："我该叫您叔叔呢，还是贺教授？"

贺红旗说："贺教授吧。"

教授是一种有分量的并且很尊贵的身份象征，不是普通人能得到的尊称，有距离，但同时也有威严在里面。贺红旗不想打破这种谈话格局，因为对方已经是他人的新娘了，她把那个原来她曾经爱过的人送进了死胡同。在这里，任何暧昧的称谓都会把谈话陷入错乱和混沌中。当然，这里，贺红旗更希望平等、诚实。

马小丽说："我们分手快一年了。"

这就是说，贺晓拿到巨款之时，他们还在相爱。

钱在眼前的这个女孩身上格式化了。

贺红旗想尽快进入主题，甚至没有来得及调整自己，他很急促地说："你们离开学校，有两年了。我没有见过贺晓，两年后我来这个城市看他，他不是普通人了，他在一个人人厌恶的地方，我去探视他，他只会叫两个字，爸爸。他犯了小孩子的幼稚病，但是，他是成年人，成年人犯了幼稚病他就得判刑。"

看着窗外，不远处有一个工地，龙门架很高，透过楼与楼之间空白的狭缝，能看到一个有形的楼在那里崛起。贺红旗扭回头来看着一动不动的马小丽。看到对方没有回答，或者不知道该回答什么？贺红旗进一步说："他是你爱过的男人吗？"

黑超下面有水珠子滑下来。贺红旗从餐桌上拿起一张设计得很雅致的纸巾送过去，接着回过头又看窗外，想平稳一下对方的心情。从这里看过去那栋楼刚完成了框架结构，正在装修外墙立面，穿越狭缝看那栋楼，感觉它的造型十分奇特，既不是方状，也非棱形，而如一个朝下张开的蚌，飞檐倒挂。贺红旗想不出这样的建筑风格标榜的是什么，难道是后现代主义的时尚？

听得马小丽说："我爱他，但我没有一点办法。"

贺红旗说："是吗？你爱他，我很感动，尤其你们这一代人身上，爱也许是一个时间段，但我还是感谢你。"

马小丽抬了一下头。

贺红旗发现了她抬头时和整个身体的不协调，是很微妙的那种，有惶恐在里面。

贺红旗突然笑了一下说："我是不是把你的心情弄紧张了？我只

是想知道你和他在一起的时候发生的一些事情，因为，我有可能很多年没有这个儿子了。”

马小丽小声叫了一句：“贺教授。”

贺红旗调整了一下心情说：“我想讲一个我小时候的故事。我突然想起的。我想起了我小时候和几个和我一样大的男孩子看到工厂外的一个不高处的木架子上的变压器，它对我们的诱惑。当时，那个变压器正准备安装，它刚拆了包。铜或者铝，在我们那个年代很有诱惑，对我们小时候的年龄段而言，那变压器上包含了我们需要的内容。有几根电缆线拖在地上，很吸引我们。不是因为电缆线的长度，是因为，电缆线的中间也是铜芯。谁也没有想到，我们几个孩子把那个变压器和电缆线在不到半天的时间里全吃掉了。我们几个孩子爬在没有人看管的变压器上拆卸那些零部件，那样的情景就像窗外，那里正建筑的楼一样，那里有很多建筑工人，我们就是变压器上的建筑工人。那是在建什么呀?”

对面的这个女人有些紧张，僵直的身体始终僵直在那里。贺红旗又一次把话题引向了窗外。

马小丽把脸冲着窗外看了看说：“贺教授，那里是在建一个剧院。”

贺红旗接着说：“我说吗，看上去有点奇怪。我接着讲我小时候的事吧。你可以吃点什么，这样的地方很适合你这样的女孩子来。我接着讲我的小时候吧。我们用了不到半天时间，就把变压器拆掉了。用斧子砍断电缆线，为的是抽出里面的铜。在我们这些孩子的眼里，它的价值是废铜的价值，而不是它的完整。我们一根一根绕成团，我们每个人都扛着一捆，走到离工厂不远处一个地下防空洞里。那个防空洞是用来备战的，因为没有战争，它闲置在那里。我们把电缆线的外层揭掉，那铜在没有阳光的防空洞里泛出金一样的光芒。我们那时候还不知道黄金的价值，只知道用斧子把那些电缆的皮剁碎，唱着东方红，等待天暗下来。铜被缠绕成了一团，我们几个均分开，天黑的时候卖到了收购站。当铜换成钱的时候，我们很兴奋，我们商量用这些到手的钱做什么呢？要做的好像太多了，但又具体不到一件事情上。我想起每个人的脸上都爬满了希望，希望不像是现在的演员做出来的那样的手托下巴的遐想，希望是藏在心里的，跳动的心脏告诉每一个人，希望就在明天。我们握紧手里用铜换来的钱，脸不敢仰起来，仰起来脸，生怕一不小心把明天的希望丢了。”

马小丽把脸上的黑超摘了下来，架到脑门上，很熟练地倒了一杯啤酒放在贺红旗面前。

贺红旗喝了一口，他想，对面的这个女人，不知道听懂了他的话没有，他的故事还没有结束，只是一个诱，诱她开口。

“我们几个怀揣着钱回到家，还没有来得及和弟弟妹妹们炫耀，事情就败露了。我们被关在一个地方，由各自的大人领着。他们怎么也想不到几个孩子就那样很轻松地把一件很重要的东西毁了。我们的罪名是盗窃。这时候，我们才感到了浑身疼痛，因为下的是内力，当身体内什么东西也不存在的时候，我们松懈了，也开始了知道了什么叫怕和失望。怕，也是由简单造成的，失望呢，好像是转眼间的事情。一个工厂的变压器和它的电缆线，是一个工厂的希望，我们毁坏了，我们很单纯，单纯也是会犯错误的。你明白吗？贺晓他没有怎么付出体力劳动，简单的，因为奇迹，他犯罪了，我只想知道他有钱了，希望做什么？那个时候你还在爱他吧。”

马小丽点了点头。

贺红旗说：“繁华世界，耗费了多少人的视线和精力得不到的东西，他很简单地就得到了，真是一件幸运的事啊，叫人想笑。”

马小丽轻声又叫了一声：“贺教授。”

贺红旗盯着她看。

马小丽低下头说：“我一定做错了什么。”

贺红旗说：“好像与你没有多少关系。”

马小丽说：“有。”

贺红旗吐了一口气，坐直了身体，很礼貌，也很儒雅地笑了笑，那笑在脸上好像也没有绽放开，只是收敛着的那种，把举到嘴边的啤酒杯放下了，眼睛中含了鼓励，盯着马小丽。

马小丽说：“他拿到钱的时候，我是第一个知道的，我们没有想到法律，心在跳，人生真好。因为，不管音乐再怎么给我们精神自我满足，收入也还是有限的。他当时还说，这样做是不是不厚道。”

贺红旗“嗯”了一声。

马小丽说：“那天晚上有演出，他想出去买包烟，口袋里没有钱，只有卡，他取钱的时候发现了惊喜，他打电话告诉我，要我别参加演出了，马上到他的租住屋，他说，今夜，他发财了。”

贺红旗往后靠了靠身体尽量让自己靠紧沙发的靠背。他想用放松的身体给对方继续说下去，造成一个对谈话很无所谓的听众，让对方进入角色。

贺红旗喝了一口啤酒说："我还真不知道他会抽烟。那他买烟了没有？"

马小丽居然像个孩子似的笑了一下说："买了。那么可怕是事发生了，他怎么会不抽烟呢。"

贺红旗说："他居然还有勇气想到了买烟。"

"不过后来，他又到咖啡屋去参加演出了。他反复几次出去，给我的感觉是，他在闹肚子。可是，我一直没有明白，为什么那晚，怎么说呢，他有些让我眼花缭乱，他放松了木吉他的琴弦，然后进行有力的扫刷。放松了琴弦的木吉他像打击乐一样有力，又富有弹性。他唱着，'在我的爱里，流淌着野蛮的血'。您知道他离开你以后的变化吗？"

贺红旗说："想象不出来变化在哪里。"

马小丽双手捧着水杯，很轻地放下来，放到桌子上，举起手来放在自己的头顶，很是神往地说："他留着板寸，但一边额角上方却垂挂下长长的一缕黑发来，看上去阴毒，放浪，不规范，很显他性格。"

贺红旗笑了，并且摇了一下头，嘴里含糊着说："真想不出来，他有那么不爱惜自己的形象吗？他是在掩饰他内心对未来的恐慌。"

马小丽突然觉得面对的是一个教授，他不知道人在音乐中那种焦虑的神经是需要情感释放的，当然，还有象形的释放。是感情因素而不是思想性。另类，是音乐的一盏灯。这个，教授是不懂的。

贺红旗说："后来呢？"

马小丽有些紧张了。说："贺教授，我们就唱了一首歌，他说不舒服，我们就离开了那种嘈杂的环境。我在屋子里等着，他去取钱，他说这个世界疯了。”

也许是为了刚才描述，她害怕对方不理解，她用了“嘈杂”二字。

“那晚，准确地说应该是黎明前了。他把烟放在嘴上，不马上点燃，我们看钱，不是直接地那样盯着看，是斜着眼睛看。我帮他点燃烟，烟气缭绕着，看床上铺开的钱，不是一沓一沓的那种，是散开了的。他一根接一根地抽，很快一包烟没有了。我知道，没有那些烟挡住心里的慌乱，他是拿不定自己的。一个人，可能拒绝伸过来的一只手，面对犯了烟瘾的人，决不拒绝一支烟。您想想看，我们面对的是钱啊！”

在说到钱的时候，马小丽压低声音看了看周围很认真地瞪了一下眼睛。

那一瞪，是对欲望满足后的肯定吗？

贺红旗说：“你们点钱了，是吧。那种希望过手的感觉是很有感觉的是不是？”

马小丽马上觉得自己失态了，她看到贺教授用一种猜疑的眼神看着她，她突然觉得找她谈话，是不是一件阴谋？她想做明星，但并不想犯罪，花掉那些钱不是她想要做的，实际上自己也没有花，那些钱就没有了。

贺红旗说：“面对钱，你们就没有想到送回去？比如贺晓，他不是一个胆子很大的人。”

马小丽不说话了，低下头开始吃水果沙拉。一盘沙拉很快就没有了。吃完沙拉的时候，她要服务生上比萨。这中间没有话，贺红旗就看她吃，他怀疑一个人的胃会放下那么多东西。

贺红旗突然也想抽一支烟了。或者说不是因为抽烟，是想整理一下自己的思绪。明知道这里不许抽烟，贺红旗还是故意问了问马小丽，马小丽示意了一下，表示可以到那边去抽，或者到卫生间里去抽一支烟。

这时候，因为太阳转换了角度，贺红旗发现马小丽的身体全被罩住了，看上去全是太阳的辉煌。这样的太阳光下是藏不住秘密的，过去的时间同这个女人一起在旅途上走着，就要走来了，他必须诱她说出一切。

贺红旗说："我去抽一支烟，你吃一点什么，有孕在身，这已经打扰你了。"

贺红旗走得很慢，他穿越大厅，他知道每个角落都窝着人，在释放情感，用语言，或者不用语言的注视。没有人看走过去的他，只有他知道，他走过的心情有多么重。贺晓说，"这样是不是不厚道"，那么贺晓接下来一定还有矛盾，他要找的就是那个矛盾，难道他没有想过把钱送回去吗？贺红旗想知道。抽一支烟，让那个女人放松再放松一些，那么多钱花出去的时候，贺晓不可能是为了自己。

一支烟之后，贺红旗返身走回了大厅，他能看到一个人的耳朵，但是不能知道那耳朵里都装了什么声音。他以为走错了地方，实际上他没有走错，那个他曾经坐过的位置上已经坐了人，马马或者说马小丽不见了。

他返身跑出了大厅，看路上的行人，没有她，他突然觉得他把这个女人想得太好。

回到大厅问服务生，说已经结账，有纸条留下来，纸条上写着：贺教授，我要先走了，对不起，我突然想起来我丈夫这个钟点正等我去做弥撒。

还有没有见面的可能呢？

贺红旗很懊恼地走出了咖啡屋，这个城市给他一阵阵的逼仄紧张感，他看不到奇迹，他不知道奇迹是怎么发生的。他真想卡住自己的脖子大声尖叫，奇迹给人带来的后果有多怕，谁又体会得到！

六

贺晓从一扇紧闭的门走到另一扇紧闭的门前，他的自由只有一段狭长的甬道。身后的那扇门刚开启就又重重地合上了。越来越暗淡的光影，仿佛自己的身体失去了重量，无路可退。路程很短，抬眼就望见了尽头。贺晓不忍心抬脚，又觉得无计可施，窗外的阳光无遮无掩在早已碧绿的树叶上舞蹈，有风刮过，树叶开始不停地纷纷，看上去阳光是无比的生动。一切，只一闪，什么也看不见了。依旧是很暗，生活的表面是如此脆弱，跨向前方的脚步是可以把一切闪过的，犹如时间。贺晓想着，时间闪过了还是时间，一切闪过了就什么也不是了。贺晓想哭。

这是贺晓第三次和贺红旗坐在一起谈话了，说什么呢？该说的都不能说，不该说的似乎也说不出口。

贺晓从爸爸的脸上读到了严肃。

贺红旗说："爸爸在这个城市住下了，等待你最后判决。"

贺晓说："知道。"

贺红旗说："爸爸丢弃了工作，就为了你。你的外婆，活着好像就是天生是来了解社会的，她躺在床上，两年没有出过门，但她知道了你的一切。"

贺晓说："她那尖利的想把一切唤醒的嗓门。"

贺红旗说："你知道，我是教授，我用了十年的时间赢得了这个职称。目前工资和这个职称始终还没有挂靠，这些都不是重要的，我要还你从 ATM 机里拿走的钱，你该知道，我是还不起的。爸爸计划把家里的屋子卖掉。"

贺晓看了看爸爸。

贺红旗说："爸爸在这个城市找到了你的女朋友马小丽。"

贺晓彻底地把身体坐直了，眼睛一眨也不眨地盯着爸爸。

"爸爸，她花掉了那些钱，不要放过她，她该死。"

贺红旗说："如果真是她花掉了那些钱，我还真不知道她该对你负什么样的责？她已经结婚了，怀了孩子。"

贺晓的眼泪突然涌了出来，为了压抑内心的情绪，他努力吸了一下鼻涕。泪水濡湿了他的眼睫毛。他看上去还是一个大男孩。

贺红旗说："你把二十万元用在了这个女人身上，她却抛弃了你！"

贺晓站了起来，大声地喊道："她没有抛弃我！你为什么要对我的个人隐私这么感兴趣？"

贺红旗没有动，也不觉得眼前的贺晓有什么异样，语气也没有变，他说："在法律面前你那点事不叫隐私，叫隐瞒细节。"

警察走近贺晓把他摁在了座椅上，贺晓耸了耸肩膀，这是他唯一可以用来表示的抗拒。

贺红旗有些伤感，青春期的儿子在决定做什么的时候，那是五头牛犊也拉不回来的。看看如今，人真是不能通过记忆去追怀那些藏匿在深处的感受的。假如有一天会与过去的儿子再度相逢，他会对儿子说，放纵你的性情去做人吧，人真是没有几天光景。但是，那一天，会是什么时候再现呢？

贺红旗说："你看看我身后的这扇窗户，对你来说，这扇窗户就是这个城市的封面。现在，你走不进去了，那个女人就生活在身后的这个封面里，对你来说，她是你急待翻阅的内容，可惜这个封面对你是海市蜃楼。多少年之后，你或许能走进去，但是，一切已是物是人非。你在这个城市的某种偶然，造成了你现在只能看到这个城市的封面，一切过往都已经成为记忆，你如果愿意回忆的话，当然，这是你的隐私，你在这个封闭的地方可以尽情地无限期地回忆。"

贺晓低下了头，一刹那的光束滑过他的脸颊，看上去呈现出病态的黄，疲惫，茫然，该是没有自由的寂寞了。对儿子怀揣一份自豪的憧憬，突然的在此时此刻没有了。贺红旗一下觉得自己支撑不住了，人活着，活着有多么不易？身后的这个城市的封面，就像二十年前的自己，在没有翻阅之前，想象着人生有可能发生的故事：遇到一个女人，一场风花雪月的开始，那些未知的情节，惊心动魄的怀想之后，一切慢慢变老，怀想总是美丽的，吸引着自己去阅读。爱了，有了自己的儿子，人生路好像走宽了，从一支胎毛笔开始，手印脚印，儿子好像成了自己未来的又一张封面，不只是爱情的满足，更有对未来文化上的满足。人生的未来像通往寺庙的台阶一样，一阶一阶往上攀，攀高的人开始在意世俗的评价，在意许多，比如：房子的大小、职务的高低、行头的贵贱，甚至差旅，甚至医药，为了这些而努力，就这样一直走，往欲望的高处走，以一只蜗行的甲壳虫姿态而存在，因那些存在于自己周围方寸之间的同类——互相攀比、互相聊以自慰、互相耻笑而活着。攀高处是什么呢？也不过是一座寺庙。明丽的阳光下，泛着生之黯然而诡秘的光，一个人被挤到风景尽头的时候，才发现人生忙碌一番，到最后什么也不是自己的，甚至不知道自己是在给谁修炼这人世间的一切？

贺红旗说："我原本有一个健康的，快乐的，阳光的儿子，他离开我走向这个城市，带着自己的梦，这个城市给了他童话。童话，是美丽的，所有美丽的东西都是有毒的。"

贺晓说："那个女人就是有毒的。"

贺红旗说："这就是你的不对了。爸爸虽然很嫉恨她牵着你走出了爸爸的视野，但是，我想说的是：无论世界怎么样，人自有一份心里的端正和庄严，这端正和庄严一直隐在生活的后面，支撑着生活，不会让生活潦倒和堕落。你还是一个少年，尚未健全的心智还领受不到一切。人世间所有发生的一切，都与自己有关。人不知，总在埋怨。"

贺晓说："爸爸，如果是一个精神病人，是不是会很幸福？"

贺红旗不知道贺晓要说什么，但是，他知道精神病人的幸福就在于不知道什么是幸福。幸福是自己的，别人看到的幸福只能算作是一种仪式。

贺晓说："爸爸，你回答我？"

贺红旗说："不会，因为，精神病人的精神障碍是他不知道什么叫幸福。"

贺晓说："爸爸，你离开这个城市吧，我拿走的那些，看上去本不属于我的东西，其实是它强行给我的。你没有必要对我负责。假如我要被判很长的徒刑，你替我还上那些钱已经没有任何意义，我只是不甘，我很在乎自由。"

说完此话后，贺晓伸出脖子，像龟头一样探过来，小声说："爸爸，她怀着的那个孩子是我的，我干了她。"

这是贺红旗没有想到的。他站起来说："你犯了比你目前的罪更严重的错误，你真该死！"

贺红旗感到头嗡嗡地响，好不容易走出来，穿过漫长的喧哗与拥挤，好不容易回到住处，强烈的沮丧感袭击着他，他有一种被愚弄的感觉，但又不知道那愚弄他的到底是谁？生活完全经不住推敲，贺晓这头畜生，到底做了什么？贺晓居然在这样的地方和时间段里做父亲了！成年和未成年，贺红旗一直认为它的分界线不是一个女人，应该是一个等待出生的孩子。这在心理上和感情上给贺红旗造成了巨大的不适，这种不适是世界上任何东西都难以填充和弥补的，尽管贺红旗知道迟早会有这么一天来临。

这样的情形下发生的一切，结果会是什么呢？难道是酷暑让自己热昏了头？贺红旗不敢往下想了。他的脚步加快了，不知道要到什么地方去，他甚至想哭。人来这世上真不容易，如果不按唯物的，按唯心的来说，大概要好几百年吧，这么不容易地来到世上，做了父子，原本想在有限的生命里尽可能地多做一些自己想做的事情，偏偏命运就不让你这样很省心地按自己的方式生活。贺红旗停下了快速行走的脚步，望着街边浓密的树阴，他仰起疲惫得有些苍老的面容，把蓄在眼里的泪水用劲挤出来，抹了一下，如果不是这意外的劫难，他这辈子来不来这个城市，都是两说。

贺红旗决定见一下律师，把开庭前的费用给人家。

贺晓的罪有多重？现在已经不重要了，他只想让儿子在一个没有自由的地方里思想上有一个自由的出口，是健康的，而不是扭曲的。

律师说："ATM 机是否等同银行等金融机构，这个认定很关键。如果是，量刑大不一样。ATM 大多设置在银行之外，并不在银行里边，银行下班了，公民仍然可以照常取款。故而，对 ATM 的身份性质，应该有一套非常复杂的推理或说明。"

贺红旗说："这些都是您的事情了，在法律上我知道的不多，我只想说，去年的英国《每日邮报》报道，英国苏格兰皇家银行一部 ATM 发生了故障——取 10 英镑吐出的却是 20 英镑。于是数百人排队'占银行便宜'，直到 ATM 机里面的钱取光。24 岁的理查德 - 索尼称，他排了一个半小时的队，终于接近取款机，但钱已经被取光。他说：'我感到非常失望，因为一些人仅仅排了 40 分钟，便将他们所有银行卡内的存款全部取出，并且获得了双倍资金。而我则完全失去了这个大好机会。'我能想象现场的气氛应该是非常热闹的，一定是所有拿了钱的人都沉浸在狂欢的宴会中，我的儿子贺晓他在获取这额外的赐予后，他的心被扭曲了，他不是快乐，是心惊肉跳。我感到了迷茫。《每日邮报》对此事的整个报道，给人一种喜剧的感觉，在法制较健全的英国，国民把之当成一种幸运降临，同是ATM出错，英国银行与中国银行与储户都是服务业与客户的关系，都存在利用ATM失误恶意支取现金超过本金，但是，取了钱的朱伯特太太说：‘我们全家都是普普通通勤奋工作的人，这只是额外赠予，谁不动心呢？’而他们的辩护律师尼尔－威廉姆斯认为，站在这样的机器面前，就像小学生站在糖果店面前，‘任何人都难以抗拒想多拿一点儿’。”

律师说：“贺教授，这是一起没有受害人的犯罪，在英国，因为银行可以从保险公司那里得到赔偿。这里，贺晓的心情是中国式的，并不是单纯意义上的据为己有，因为，他是在这片土地上出生并长大的，他得服这个规矩，服这个规矩，才能够看一切都见平常。就说对待生活的态度吧，获取是一种简单的东西，而态度，是跟灵魂紧密相关的复杂的东西。那些钱，我们不说它的途径到了哪里，简单说，在事情发生后，他的躲避就是道德上的犯罪。我们每个人都应该珍惜诚实，相信我，最后的量刑轻重我会争取的。”

法律在行走的土地上像多出的山丘，人像细小的石头一样，你可以迁徙，可以移动，但你必须绕这山丘走。贺红旗掏出费用放到桌子上，他说：“道德是一杆秤，人生下来，就有了斤两。而在二元社会结构下，面对这样的情形，就需要秤砣来制约了。法律是秤砣。贺晓给你添麻烦让你费心了。”

律师说：“贺教授，这是我的职业。”

贺红旗从律师处走出来，行人如织，没有人感觉他的存在，他的存在是大多数的存在。他开始莫名地怀念那个叫马小丽的女孩，在他的眼里，她始终是一个女孩。假如她真的怀了贺晓的孩子，以后的生活将会给她带来什么？生活不相信眼泪，如果真的是贺晓的孩子，那是一辈子用拼命的付出也永难平复内心的伤痛啊！贺红旗想，他在这个城市剩下的日子不是为了贺晓，怕是为了这个由女孩过渡为女人的马小丽了。

七

再见到马小丽已经是两天后，贺红旗没有想到马小丽要来他的租住屋。

贺红旗在小区的大门口等着，太阳艳艳的，照在高楼的玻璃墙上，反射出不同颜色的、但同样炫目的光芒，令他感到一种焦躁的压抑。贺红旗来回走着，按照自己判断的大致方向，他看着左面的街道，从来没有这样惶惑过。当马小丽闪过来的时候，他发现对面过来的这个女孩让他莫名地产生一种温柔的爱怜。她穿着淡黄的宝宝装，踏着八字步，像一只母鹅，她的脸上没有戴黑超，走过来有几分妖娆和风致。看到贺红旗时，她紧跑了几步，跑近了说："贺教授，要您久等了。"

为了儿子，贺红旗是准备打持久战的，别看屋子很小，一切很齐全。贺红旗要马小丽坐到沙发上，他回转身从阳台上的暖瓶里倒水。贺红旗的背影有几分落魄，头顶上的稀疏似乎已经笼罩不住岁月了。马小丽想着，这是贺教授吗？他的精神已经从头顶上开始衰微了。

肚子里的小生命动了一下，她要站起来的打算放下了，很安静地等待一杯水端过来。

贺红旗把水放在茶几上，拉过来一个矮凳坐下来。

马小丽说：“贺教授。”

贺红旗说：“有一件事我要告诉你，我准备离开这个城市了。”

马小丽挑起一双丹凤眼说：“是等贺晓判决之后吗？”

贺红旗说：“也许，或者可能会不等了。”

马小丽说：“他会判无期吗？”

贺红旗点了点头，又摇了摇头。

“这都不重要。”

马小丽端起水杯，热气扑在她的脸上，对面看过来，显得她的嘴窄而额阔，一束马尾吊着，她没有喝水，只是用热气呵着脸，抬起头来时，有两行泪缓缓地流下来。

马小丽说：“贺教授，我知道您想知道那些钱的去处，那些钱就像风刮过一样，真的，转瞬就没了。”

贺红旗说：“我想象不出。我和贺晓他母亲用了将近一辈子的时间赚得的钱，一套房子，一个病人，一个学生，工资卡上才没了。但总的说来还是办了三件事，我大致算了一下，我的三件事也就是你们用半年时间消费掉的那个数，你们不可能没有做一件事，起码一件事该有一个开头。原谅我这么直接。我甚至不知道什么叫存折，我不是想要你来补偿，只是我想知道它都用来做了什么？”

马小丽说：“什么都没有做，真的，等想做什么的时候，发现什么也做不成了。”

贺红旗说：“我是从来没有求过人的，我的内心一直保持着一个教师的尊严。现在，我求你，把发生的一切告诉我。”

马小丽挑了一下眉头，把手里的热水杯放到茶几上，有几秒钟的时间，她看上去一副很茫然的样子。

“那些钱很好，真的，然后，它给我们一种底气。我们原计划是用来过一段时间的好日子呢，贺晓想到要去旅游，然后住五星宾馆，吃这个世界上我们还没有吃过的东西，坐头等舱，像富人一样。后来感觉那样的日子是一种浪费，毕竟我们都还年轻。想着还不如做音乐，实现其中一个人的梦想。然后，贺晓就想捧红我，因为，我与那个 ATM 机没有任何关系，这样，我们就想做歌，想录小样，然后用我们自己的方式去创作、录音。真正有一天我成了媒体人熟悉的歌手，钱对我们来说不是问题的。您听起来像是一个自我安慰和自我鼓励的理由，对吧？贺教授，当时，那钱的确给了我们浪漫的幻想。人在什么环境中想什么样的事？它和平常不一样。只是还没有开始一切，只是想着走红后的我，贺晓就开始怕我抛弃他，他突然变得很敏感，很多疑。尤其是说到钱上。然后，那些钱始终在布里包着，其实我们一直在这个城市，一直在幻想，钱让我们不敢坦然面对白天，黑夜也让我们忐忑不安，那些日子，其实，我们一直不快乐。”

贺红旗说：“你喝一口水吧，你等一下，我给你买了水果，为了孩子，尽量不要吃反季节的水果，我买了这个季节的葡萄，不知道你喜欢不。我这就去拿。”

走向厨房的贺红旗想到，我怎么会突然关心开那个孩子了呢？年轻的快乐总是简单的，面对欲望之后的一切，真就是谁也不能掐着时间绕开它吗？！

马小丽取下一串葡萄来，好像连皮都没有剥，送进去一粒，又一粒，一连串的送进去几粒之后，被舌头拧干了水分的葡萄皮吐了出来。有趣的情形，如果不是发生了这样一件叫人难过的事情，这个女孩被领进家门，等于是牵进来一束月光。

马小丽掏出纸巾来擦了擦手继续说：“钱让我们对一切要求变得更具体，比如一袋方便面，要怎么来吃。我的意思您可能没有听明白，我们因为钱的原因，不出门，就在屋子里，盯着那包钱幻想，然后，从很简单的事物开始。比如方便面要怎么来吃，我说，煮好了，然后放一点青菜、西红柿，然后加一点点蒜苗，会很香。他说，不要，要把它煮一下捞出来，然后用火腿炒了吃，我们虽然不能马上花掉这钱，但是，可以想象，假如现在是在西餐厅，这样，是不是会像意大利面呢？我说，麻烦不你呀，有一天你会跟着一个叫马马的歌唱家天天吃西餐。他就把手里的方便面照着我的脸扔了过来。他喊道：这是上帝给我的礼物，真正有那一天的时候，你会是谁的女人！”

贺红旗一下感觉到了问题和他想象中的一样了。在一个突发的事件中，会发现自己与周遭世界固有逻辑之间有了距离。钱让他们之间把彼此的性情走向了无节制的裸露，无节制的幻想，没有一立足之地的平庸安慰！很薄的纸片，很高的价值，很小的开始，还会有很大的动静吗?!

马小丽说：“贺教授，我不知道该不该接着往下说？”

贺红旗说：“孩子，我该用什么样的名义来给你肯定呢？”

马小丽抿了一下嘴，顺手取起一颗葡萄来放进了嘴里，那张小嘴一下子像红豆粒一样的缩在了一起。

凝想片刻之后她说："我们的生活被它打乱了，没有声息，贺晓变得更加任性和自我，他原本不是这样的人呀，我认识他的时候，贺教授，他虽然没有系统地学过乐理，但是，他的幻想、苦闷和追求，都在他怀中那富有弹性的木吉他中。他用进行曲一般的旋律改善了民谣的脆弱气质，他的胆量是朴素的，不像后来的这样多疑、不稳定，甚至到了对我动手的地步。他的身体病了。我们在一起的时候，他给我买过一枚水钻戒指，我习惯把它戴在中指上。那些日子他一定要我戴到正确的婚姻位置上。我说，我愿意和你一起生活，因为和你朝夕相处是一件幸福的事，但这种幸福不属于法律，更不属于一枚戒指的正确位置。他说，没有它的正确位置就没有幸福的保障，一切会漫无章法，混乱不堪。他很清醒，只是你想象不到，那枚爱情的水钻我要小心戴着。结果有一天它莫名其妙地丢了，他罚我跪在那堆钱面前，我饱尝了人性脆弱最无力的煎熬。我们在一起过夜，他倾注了过多的精力，他说他要把我的身体撕裂成巨大的伤疤。我们就看着钱，看着高出来的纸币，感觉不到它可以给我们换来一切，真正面对它时，才知道快乐和它的存在是两码事，好像是这样。我们总是在开始酝酿一件想好的事情中，然后，用不到半天时间就开始否定它。它的直接关系是，我们不能在有阳光的外面生活，放纵地做我们喜爱的事。一切都在屋子里，把不存在的事情想得似明天的希望就要来临一样，接下来，他开始怀疑一切，然后，真的想不到用什么样的方式来花掉它。"

贺红旗说："钱一直在你们的眼前，对吧？"

马小丽点了点头。

贺红旗说："那么你们从没有离开过这个城市？"

马小丽点了点头。

贺红旗想到她肚子里的孩子，他不知道用什么方式和方法把话题转到这上面来，两人甜蜜相爱，试图用爱来填满生活中的每一个内容，哪知道甜蜜和痛苦在瞬间转化，爱情可以很长，也可以脆弱败落。这样孤独、苦闷的环境下，做爱会是他们唯一的发泄。那么这个孩子的出世，永不可能知道的真实会是一种什么样的结果呢？！

“你后来离开了他？”

马小丽说：“是他离开了我，那些日子他几近疯狂。”

贺红旗说：“贺晓伤害了你？”

马小丽说：“贺教授，是钱伤害了他。”

贺红旗说：“我没有想到你会把问题想得这么深刻。”

马小丽说：“是我们走过的经历。贺教授，我离开他的时候，那钱还在他的租住屋子里放着，它被无聊打发时间的贺晓一沓沓的码好了。那段时间，我不想去唱歌了，艺术本身也该是个好生意人，我没办法对付这个社会，我也没有办法宣传我自己，因为热爱音乐而穷困潦倒对女人来说不是一件什么光彩的事，我还爱着我自己。贺晓不知道自己是谁，需要什么？同时，钱把他的神经改变得很焦虑了。贺教授，我看不出它有多好，有多吸引我，它除了能带给我贺晓情绪好的时候的一丝幻想，然后，它给我带来受骗的感觉。看着它，我想起了小时候，我先是被妈妈送去学画画。我没有天赋，可妈妈非常热衷地要她的宝贝女儿拿起画笔，我学了两年，最终的成果被老师送去参加画展，老师和我妈妈说，拿五千块吧，保证给你女儿一个优秀奖。我妈妈舍不得拿那么多钱出来，也没有那么多钱，我们家刚集资了房子。我那时候还不知道名誉和金钱的交易方式是可以联系得很紧密的，同时能给我带来荣誉。老师后来老是训斥我的画没有灵气，我也很抵触我的妈妈，一直怀疑她对女儿的爱。我的画便真的越来越没有灵气了。我喜欢音乐，喜欢蹦蹦跳跳，喜欢在舞台上那种人人仰望的感觉，也就是说我很喜欢虚荣，我多么希望用这些钱来满足我的虚荣啊，做一首歌，送去参展，我想赌一下我的虚荣，包括我的青春，我不想让我的梦想再一次失去。但是，我知道，我不能，贺晓对一切都开始了不信任。他说，臭女人马马，滚吧，我玩腻你了。贺教授，我有自尊，我不想错过，我不知道他为什么会变成这样？但我不知道该依赖谁？我出门的时候，他狠着声音说：我要杀了你，二十万元足够偿你的命！”

贺红旗拿起一串葡萄，摘下一粒看上去很饱满的递给马小丽。“不要困在成名的圈套里，人生，努力着，快乐着已经足够。”

马小丽接过葡萄来说：“贺教授，你相信，不是我告发的他。”

贺红旗说：“是我告发的他，孩子，你的正确就在于你离开了他。”

马小丽眼中的泪水开始往下滚落，很急促的，也很无声的，直到贺红旗揪出一团卫生纸手足无措地递过来。马小丽说：“谢谢贺教授！我真的很爱他。”

“他已经成了你的过去。”

贺红旗搓了搓手站起来，窗户上的阳光射进来，盯在对面的墙上，主家原来的一幅电脑合成的风景画在墙上挂着，一半在阳光下，一半在阴暗处，闷热的空气限制了他的呼吸，他不知道该怎样挑明接下来的话题。

马小丽看出了什么，同时也站了起来。贺红旗说：“坐，坐，这屋子里很闷，我们是不是应该出去走走？”

马小丽想了想，点了点头。

八

半下午的太阳依旧是晴空投射，无风，空气仿佛凝固了似的，贺红旗后悔要马小丽来租住屋，这样的地方，是不是有些委屈了这个女孩？

贺红旗说：“要不我们去一个咖啡屋，这样，会好一些。”

马小丽说：“贺教授，我五点还要到教堂去做弥撒。”

大好的机会。

贺红旗说：“问一句不该问的话，你结婚有多长时间了？”

马小丽说：“我正要和您讲呢。我被贺晓赶走后，我不放心他，其实我的不放心是多余的。他彻底活在了自己的幻想里了。贺晓后来用那钱买了股票。”

贺红旗说：“孩子，我是想问你结婚有多长时间？”

马小丽说：“那是我最后一次接他电话的时候，他告诉我的。他买了一台电脑，在屋子里炒股。他说他转眼就要成百万富翁了。”

贺红旗说：“你最后一次接他电话是什么时间？”

马小丽说：“5 个月前。”

贺红旗想，贺晓那个“她怀了我的孩子”的想法，该是贺晓什么也没有了的那段时间最孤独的幻想了。一个人的灵魂围绕着日常的意象，他曾经拥有的二十万元现金的生活在他宜于回忆的夜晚，仍然有这个女人的影子，在没有实际想象的日子里，孤独经历了废弃的欲望，他返回到了以前这个女人给他的温柔里，只是一切都被时间耗损得面目全非了。

贺红旗说："人总是一往情深地把钱当自己最亲密的朋友，看到它总是在脸上浮着猎人似的微笑，其实，真正的猎人似的微笑是它，它能毁灭一切。"

马小丽说："对！我说不属于你的东西永远也不属于你，我等你，你去投案吧，我们重新开始。他冲着我扔过来一个水杯，血从我的发际流下来，他居然笑着说，你陪我守着它到最后。什么时候是最后？贺教授，你是有修养的人，你一定能理解我当时的心情。"

贺红旗说："原谅他孩子。"

马小丽说："我父亲本来不同意我和贺晓，这时候有人给我介绍了一位现在的先生，我们认识三个月就结婚了。我的先生是做电器生意的，我们恋爱的时候他很健康，他希望用他的钱为我做一件事，满足我一件一生最想实现的梦想。贺教授，你知道我当时的梦想是什么吗？其实，很奇怪的，人的梦想是不断变化的。"

贺红旗说："我想不出，我怕把你想俗了，而，实际上是我俗了。你是一个很让人喜欢的女孩，你应该得到该有的一切。"

马小丽说："我少年心气依然在那件事情后还很旺盛，我说，满足我开一次歌会，哪怕没有听众，我的唱只想唱给一个人，那个人不是贺晓，是我现在的爱人。因为，我心里还有虚荣。"

贺红旗说："那不是虚荣。我说不出什么了，对你，我很希望看到美好，你的美好的台步。"

前方有一个乡下女人挑着两篮子水果，刚摘下来的，她的吆喝声掩埋在城市的噪音里。有几个孩子在光滑的水泥地上踢着两颗鹅卵石。先把其中的一颗踢到前边去，接着又把另一颗踢过去。挑水果的乡下女人扭回头笑，有一个孩子动手拿了篮子里的一粒水果，乡下女人笑了，很是象征性地对着拿她水果的孩子抬了抬手，一个喷嚏让她抬起来的手缩了回去，那只，洒满阳光的手捂住了嘴，那个，孩子被抬起的手吓了一跳，绊了一脚，摔倒了。接着，乡下女人的手从嘴边挪开了，指着那个孩子大笑，笑弯了腰。

马小丽说："可惜，他在一次车祸中失去了腿。在我认识他的一个月后，他被对面过来的车撞了。但是，他很英俊。这一切让我懂得了神的存在与不存在，其实并不重要，重要的是我依然有爱。我嫁给了他，他在轮椅上。这世界真奇怪，为什么，我只能与有限的人、有限的事发生联系呢？那些我曾经认识的那么多的人，从我的身边散开了，去了不知的地方，我能记住的，并且记住我的人能有多少？我相信，一切都因为上帝，生活充满了神灵。我的先生已经不用坐轮椅了，他拄着双拐，他说，那个遥远的罪恶就潜藏在我们身边的陌生中，但是，我们不怕。"

贺红旗说："只是我想知道，你幸福吗？"

马小丽停下脚步来说："因为，我怀了他的孩子，我得到了上帝的赐福。"

贺红旗觉得他不能再问什么了，好像该问的都在他的想象之中。

贺红旗最后一次见到贺晓，他是想告诉儿子，他要离开这个城市了，回北方教书去，回去把房子卖掉，还他欠下 ATM 的债，如果可能的话，他还想告诉儿子，他也想恋爱。关于那个马小丽的女人，该祝福她，她和你只能是从前了。

真正见到贺晓的时候，贺红旗只说了一句话：“一时之间有梦！”

贺晓说：“是一时之间如梦吧?!”

贺晓最后判了三年。

电话里律师说：“贺晓和 ATM 机的官司已经歇业，但愿他们是一盏机械文明时代的江湖之灯。”

贺红旗说：“我爱他。”

律师说：“你说的是贺晓呢还是钱?”

贺红旗已经扣了电话，贺红旗在电话旁的纸上写下了：

钱可以装饰人的一切！我更爱它。

男女、生死和情义

——2004年葛水平的中篇小说《喊山》及其他

孟繁华

2004年至今，在三年左右的时间里，葛水平连续发表了20多部中篇小说。这些作品，以"原生态"的方式，在缓慢流淌的物理时间里，充分展示了太行山区"贱民"生活的残酷和艰窘，在极端化的自然和社会环境中，在简单又原始的人际关系中，揭示了社会最底层和最边缘群体的生存状态和精神状态。在她舒缓从容波澜不惊的叙述背后，聚集了强大的情感力量，表达了她对文学独特的理解，同时也表达了她坚韧不拔的文学意志和勃勃雄心。因此，葛水平是近年来批评界关注和议论得最多的作家之一。

山西是中国现代革命重要的区域之一，无论是抗日战争还是解放战争，那里都发生了无数可歌可泣的英雄故事。因此，现代文艺的表达为这个地区奠定了最初高亢、壮美和理想的基调，为“红色文艺”作出了典范性的贡献；进入共和国之后，声名远播的“山药蛋派”在新的文化环境中独树一帜，在以“阶级斗争”为主调的“农村题材”的写作中，他们专事“中间人物”的塑造，固执于乡土中国的描写和发掘，成就了文学却毁灭了自己；80年代，“山西作家群”异军突起，他们握珠怀玉气象万千，文学成就在那个大时代里屈指可数。葛水平就生活在这样一个有辉煌文学传统的区域里，伟大的传统让一个青年女作家出手不凡，起点就是高端。我们也知道，要超越那个传统是何等的艰难。但我们在葛水平的创作里，看到了她在粗粝、恶劣的自然环境中，在简单、贫瘠的物质生活中，对人性发掘所能达到的深度。黄土高原在这里不仅是一个地理概念，不仅是一个自然环境，同时，对于葛水平来说它更是一个精神概念和精神环境。因此，发生在葛水平小说中的事件，与其说是生活故事，毋宁说是精神事件。在葛水平的小说世界中，那寻常的日子里所发生的一切，男女、生死、情义等，就这样超越了地域而与我们有关。

男女关系是人类生活最基本的关系。在有其他精神诉求的社会环境中，会衍生出许多别的关系，如同志关系、朋友关系、情人关系、上下级关系、同事关系等。但在葛水平的小说世界中，最要紧的关系往往只是男女关系。当别的关系都不存在的时候，惟有男女关系是必须存在的。在这个最基本的关系中，暴露出的也恰恰是最基本的人性。人性的善与恶、文明与野蛮、理性与非理性等，都会在男女关系中赤裸地表达出来。葛水平在揭示这一关系的过程中——从抗日战争、中华人民共和国成立后一直到当下，社会历史发展的时间几乎是激越跳动的，但在那地老天荒的黄土高原和太行山区，物理时间几乎是凝滞的。她在巨大的社会历史变动中发现了“不变”。现代文明虽然也缓慢地浸润了那些封闭的所在,男女关系也发生了细微的变化,但男女关系中的命运似乎仍然是宿命式的。我们发现,在揭示这一关系的过程中,葛水平在忧愤中怀着巨大的悲悯,两性关系是如此攫取人心欲罢不能。

《狗狗狗》的故事发生在1945年光复前夕,穷凶极恶的日本鬼子在垂死挣扎,他们杀害了山坳里无辜的平民。这不只是故事发生的背景,同时它还是女主人公“秋”与男人关系的重要起因。秋十岁时被栓柱的爹用五尺布买来给栓柱做童养媳,但成婚圆房只是个形式,栓柱没有正常男人的功能。不仅如此,在鬼子进凹时,栓柱的行为更让秋所不齿。如果说栓柱没有男人的功能,秋还可以忍受的话,那么栓柱的节操则是秋不能忍受的。于是,秋与青皮后生武嘎的私情就不仅仅是男女关系了。当武嘎从军之后,劫后余生的十二岁的少年虎庆就是秋最后的慰藉和希望。这个惊魂未定的少年夜晚不能自己入睡,他必须附在秋的身上才有安全感。一个只比秋小五岁的孩子,天长日久将会发生什么是可以想象的:

虎庆侧着身子,那地方像一个快乐羞涩的鱼时起时跃试图想去摸高处的岸。岸没有探到,探了一下树梢就缩了回去,缩回来又不死心地探了出来。这么着一探出来,似乎不明白是怎么回事,挺着脑袋不敢走近。虎庆就开始大口喘气了,一些羊膻味儿、狗皮的酸臭味儿、秋的肉味儿,趁这夜的风一起涌来,在他嘴里一起做着一件事,弄得虎庆就想咳嗽,一咳嗽就不断头了,越咳越厉害,以至喘不上气,脸憋了通红。秋坐起来用手在他的胸口上往下搓了几下,虎庆就不咳嗽了。还有些羞涩的小锤锤不敢再探了,歪过脑袋平静地睡去。

"生命缺失的体验让她的仇恨不断增生而不是消减"，对鬼子屠杀的仇恨在这里转移为对灵性延续的渴望。因此，栓柱的功能性缺失在这里也具有了政治的含义。虎庆终于走出了少年，秋也终于变成了"大肚子女人"。她一直生育到五十二岁。在这里两性关系与政治密切地缝合在一起，但如果滤去抗日战争的政治背景，男女关系的本能要素仍然是第一位的，这在葛水平"后期历史"的叙述中仍然可以得到证实。不同的是，《狗狗狗》是以女性为主体的，她还没有真正成为男性争夺的对象，男性在这里还处于弱势：一个是没有男性功能，一个是未成年，成年的男人已远走他乡。

《甩鞭》的故事发生在1949年前后。王引兰是晋王城里李府的一个丫头。十六岁时不堪李老爷和太太的凌辱，鼓动送炭人麻五带自己逃离了李府，然后被麻五娶了做妾。《甩鞭》中的主体地位是变化的：麻五的存在，男人是主体，但王引兰因其千娇百媚和处女身，一直受到麻五的宠爱。要种油菜便种油菜，要吃酸的给酸的，要吃甜的给甜的。于是作家有了这样的议论："男人有些时候是很听话的，他的听话是需要一个不听话的女人来媚惑他，就像他的财产要女人来挥霍一样，历史只是女人对男人的调教。"这是女人对男人的征服，历史上这样的故事不胜枚举。但落实到王引兰这里也许还勉为其难。从大户人家走出的女人，终有一些不同，也正是这些不同才让麻五神魂颠倒。但大历史的发展却不是女人调教出来的。土改运动让"地主"麻五一命归天。

麻五的死，与大历史有关，但更与男人对女人的争夺有关。那个被麻五用两张羊皮换来的长工铁孩儿，对王引兰窥视已久垂涎已久，他不能忍受麻五的占有。于是，每当他听到麻五与王引兰的男女之事后，他都要和母羊发生关系。畸形的性爱必然会导致畸形的心理。于是,当长工可以斗地主的时候,铁孩儿便想出了这个灭绝人性的招数。铁孩儿不仅是从性的角度要阉割麻五,要毁灭他深恶痛绝的所在,事实上他也从肉体上彻底地消灭了麻五。在历史叙述的关系上,如果说《狗狗狗》是民族的,那么《甩鞭》就是阶级的。但无论民族的还是阶级的,都是由女人的身体推动的。麻五死了之后,王引兰嫁给了李三有,李三有也被铁孩儿算计摔崖死了。为了王引兰铁孩儿不惜杀掉她两任丈夫,本能的驱使足以让一个男人疯狂:

我说我为了你就是为了你。当然,我不说谁也不知。今儿说了是我想和你说,都和你说了吧。你不知道我有多想你。为了你什么都敢干。我要真说了?还是说了吧,不说怕什么事也干不成。你以为给麻五坠蛋容易?我是费了一番心思的,我说麻五你日能啊,为了两张羊皮你要我给你当十年长工,我不干了,他哄我说,你等着啊铁孩儿,我要到城里搞一个粉娘回来,我先要她,要是她早被破了身,肚里有了旁人的种,就让给你。我等啊,麻五这个老王八死龟孙咬住你就不放了,让我夜夜空想,我也是人,我和麻五没有两样,他想干的我也想干,和谁?谁不知道我是寡汉条子,窑庄女人多,哪个有你好?没奈何我就和羊。羊让我尽兴,羊不是你,羊是畜生啊!……

说麻五欺骗了铁孩儿也成立,但铁孩儿的逻辑显然是混乱的。尤其是他将单相思转化为仇恨继而杀害麻五和李三有,是原始欲望极度失控后酿成的恶果。这里和阶级仇民族恨没有关系,它是初民原始欲望宣泄仇恨的极端形式。

《喊山》的历史又切近一些,它应该是当下生活的一部分。岸上坪的韩冲和发兴媳妇琴花有男女私情,而且是交换关系充满了庸俗气,是经不得事情的,因此乏善可陈。果然,当韩冲因麻烦来借钱时,琴花与丈夫沆瀣一气夫唱妇随果真断了韩冲的念想。但这却并非闲笔,它是反衬后面男女情缘的。新来的人家男人名腊宏,带着个哑巴媳妇和孩子。腊宏突然被韩冲炸獾的雷管炸伤死去了。孤儿哑母今后的日子可以想象。韩冲"犯了事"拿不出钱"一次了断",但他不委琐,立了字据负责养活他们母子三人。韩冲果然践行承诺,"一日三餐,吃喝拉撒",没有半点不耐烦。于是日久生情,哑巴红霞这个被拐卖的农村妇女,和杀人逃犯腊宏过的不人不鬼的日子终于过去了,她爱上了这个不曾经历过的、有情有义有担当的青皮后生。《喊山》是一部充满了浪漫气息的小说,韩冲和哑巴红霞没有身体接触,但这里的两性关系比身体接触过的韩冲与琴花要动人得多。红霞是因为韩冲开口说话的,当韩冲被警察带走的瞬间,一句"不要"刻骨铭心,甚至比哑女的"喊山"还要动人。

葛水平的男女关系叙述,不是当下流行的肉欲横流欲望决堤般的书写和宣泄,不是电影《色戒》式的夸张的情色渲染。当然,她的人物和环境没有提供这样的条件。更重要的是,葛水平的出发点不在这里,她要揭示的是在男女关系中所表达出的最基本、也是最根本的人性。

生死,是葛水平小说反复出现的主题和场景。生离死别阴阳两界是人生必须面对的大限。但葛水平的小说里,生死大多与男女关系有关。《甩鞭》中的麻五在争夺女性中是死得最惨的,蓄谋已久的铁孩儿在憎恨中等来了复仇机会,这是历史提供的机会:

等到了土改斗地主，我想总算翻身了，我领麻五上茅厕，我说麻五你欠我的！麻五说欠你的可是还不了了。我说把王引兰给了我你就不欠了。麻五说我是趁火打劫，他现在什么也没有了就是不能没有你。我看没戏就想了一个恶招，我说麻五你不让我好活是不是？我也不让你好活，我给你鸡巴上栓个秤砣，你要能经受住一后晌斗你，也算不欠我了。他想了想不同意，我就说你要不同意我就让农会关了你禁闭，我去强行搞你的小老婆。他就同意了。他自己给自己系上了秤砣他要我看，我看他系得蛮紧就说行。没有想到一个时辰没下来他就死了。我也不是有意害他，真的不是。你听我说完了，你说我不是为了你我是为了谁?!

铁孩儿有他的理由是因为麻五确实欺骗了他——麻五忘记了铁孩儿男大当婚的年龄，麻五没有把铁孩儿当人对待。于是铁孩儿不仅用十倍疯狂百倍仇恨消灭了麻五，而且是奇耻大辱的方式。这里有阶级仇恨的性质，但本质上还是一场争夺女人的情杀。李三有之死属于同样的性质，只是手段略有不同。铁孩儿用“激将法”将李三有引入了死亡的悬崖，同样是情杀性质。最后，当一切真相大白的时候，铁孩儿也惨死在王引兰的刀下。但值得注意的是，在葛水平这里，不是在赞美或宣扬“暴力美学”，而恰恰是通过死亡来揭示暴力的恶及其来源。于是，葛水平小说中的死亡就别有深意了。贫困和性资源的匮乏，导致了本能战胜理智、非理性战胜理性。镶嵌于民族或阶级的大历史背景下的叙事，显然有策略性的考虑，它使葛水平的“男女之情”在“正史”中演进，叙事便获得了“政治正确”的通行证，否则就是爱恨情仇的通俗文艺了。

但在葛水平的男女、生死的背后,最为动人的还是情义。恶人心里积聚的是怨恨、憎恨和仇恨,恨最后一定导致暴力和死亡。情义是恨的相反一极,它是善的情感表达,是动人心魄的温暖和爱,是恨的化解力量。情义在女性那里要更多更充分。《甩鞭》中的麻五将王引兰从李府救出,王引兰理应感谢他,但他娶王引兰就是乘人之危了。但麻五死后,农会让王引兰控诉麻五,王引兰不控诉,而是用别人不懂的方言讲述麻五的好处;她告诉女儿新生的话是:“跪下,给你爹磕头。没有他就没有你娘。”她对第二任丈夫李三有说:“既然说开了,我也就明人不做暗事,人是嫁过去了, 到末了我是要回来窑庄和麻五合葬的。人总得懂个情义吧,麻五死时不明不白,怕也听说了吧。”即将二婚出嫁的人,在未婚夫面前如此的表白,可见其意志的坚决。对李三有的残酷却是对麻五的情深似海。但李三有摔崖死后,王引兰又用自己备用的楠木棺材下葬了李三有。她想了几天,“她的决定有一种不争的气度, 她懂得人处于世间时,情分的重要。”情分和情义是王引兰的生活信条,她不能背叛。这时我们才有可能理解为什么她亲自手刃了铁孩儿: 铁孩儿是一个只有憎恨而无情无义的人。

《狗狗狗》中的栓柱是一个没有节操也没有男性功能的“狗”,但对虎庆说的却是:“他是我的男人,我现在要不理他了,他活着还有个啥意思。”“你还小,有些事情不懂,人是懂情分的,恨一个人,只要和这个人在一起睡了就不会恨一辈子。”这个逻辑有点张爱玲定理的味道,但在具体运用上,葛水平修正了它。包括《喊山》中的哑女红霞,她是腊宏拐买的,她不仅忍受着凶残的暴力,装扮成哑女几近失语,甚至牙齿也被腊宏用老虎钳拔掉了两颗。因此,哑女红霞无论怎样怨恨、仇恨腊宏对读者而言都是可以接受的。但是,葛水平仍然设计了红霞在腊宏坟前的最后诀别,尽管红霞复杂的心绪让人难以把握。

韩冲大概是这些作品中为数不多的有情有义的男人。他对哑女红霞一家的照顾,自然有履行合约的义务,有意外炸死腊宏的歉疚和赎罪的意味。但日久天长,韩冲一如既往,就不能不说是情义了。值得注意的是,韩冲是这些作品中一个唯一面对女人没有非分之想的男人。从一开始接触哑巴一家,给他们住房、接济粮食一直到负担起哑巴母女三人的全部生活。当然,男人的情义和女人是不同的,红霞是真的“热爱”了韩冲,而质朴的韩冲想的是在真情义中赎罪和拯救哑巴母女的生存。

男女、生死和情义,是最要紧的文学元素,没有这些关系、场景和情感,文学就无以存在。葛水平以自己独特的经验和想象,在生死、情义中构建了说不尽的男女世界。于是,那封闭、荒芜和时间凝滞的山乡,就是一个令人迷恋的朴素而斑斓的精神场景,那些性格和性情陌生又新鲜,让人难以忘记。

2008 年 1 月 22 日

创作年表

出版各类作品集：

1.《美人鱼与海》(诗集) 香港亚洲出版社，1992 年

2.《女儿如水》(诗集) 山西高校联合出版社，1998 年 10 月

3.《心灵的行走》(散文) 中国文联出版社，2002 年

4.《喊山》(中篇小说集) 春风文艺出版社，2006 年

5.《守望》(中篇小说集) 百花文艺出版社，2006 年 10 月

6.《陷入大漠的月亮》(中篇小说集) 河北教育出版社，2006 年 12 月

7.《官煤》(中篇小说集) 湖南文艺出版社，2007 年

8.《地气》(中短篇小说集) 北岳文艺出版社，2008 年 8 月

9.《所有的念想都因了夜晚》(短篇小说集) 春风文艺出版社，2010 年 4 月

10.《今世今生》(散文集) 文化艺术出版社，2010 年 1 月

11.《喊山》(蒙文版小说集) 中央民族大学出版社，2010 年 4 月

12.《喊山》(小说集) 浙江文艺出版社，2011 年 5 月

13.《喊山》(小说集) 台湾宝瓶文化公司，2011 年 10 月

14.《裸地》(长篇小说) 作家出版社，2011 年 10 月

15.《绽放的华栱》(晋东南古建筑解读) 文物出版社，2011 年 9 月

16.《走过时间》(散文小说集) 昆仑出版社，2013 年 1 月

17.《来一场风花雪月》(与人合著对话集)

北岳文艺出版社,2013 年 10 月

18.《一时之间如梦》(中短篇小说集) 21 世纪出版社,2013 年 5 月

19.《河流带走两岸》(散文集) 北岳文艺出版社,2013 年 5 月

20.《过光景》 河南文艺出版社,2014 年 12 月

21.《我走我在》(散文随笔集) 浙江文艺出版社,2014 年 4 月

22.《裸地》(长篇小说再版) 北岳文艺出版社,2014 年 11 月

23.《观色》(散文随笔集) 敦煌文艺出版社,2015 年 9 月

24.《幕后的私语》(自说自画集) 海峡出版社,2016 年 3 月

25.《甩鞭》 花城“中篇小说金库”,2016 年 5 月

26.《喊山》(电影版珍藏版小说集) 北岳文艺出版社,2016 年 8 月

27.《绣履追尘》(散文随笔集) 高校联合出版社,2016 年 8 月

28.《涅槃》“上党琉璃” 北岳文艺出版社,2016 年 12 月

29.《尘埃》“上党寺观壁画” 北岳文艺出版社,2017 年 3 月

小说改编成为影视作品的有:

1.《地气》2006 年,(同名小说) 山西作家协会影视制作中心

2.《喊山》2012 年,(同名小说) 中国电影频道出品公司

3.《喊山》2016 年,(同名小说) 海润影业和威秀电影亚洲公司联合出品

创作戏剧、电影剧本:

《陌上桑》(戏剧剧本) 1996 年

《考课》(戏剧剧本)　　　　　　1997 年

《长平之战》(电视剧本 6 集)　　1998 年

《盘龙卧虎高山顶》(电视剧本 34 集)　中央电视台中国电视剧制作中心

《地气》(电影剧本)　山西影视剧制作中心 2007 年 10 月开拍

《本色》(电影剧本)　《中国作家·影视版》,2011 年第 10 期发表

根据路遥长篇小说《平凡的世界》同名电视剧《平凡的世界》56 集 2015 年播出。

小说、散文获奖:

长篇小说:

《裸地》获首届《中国作家》剑门关文学奖

《裸地》获 2011 年度《中国作家》鄂尔多斯文学奖

《裸地》获 2011 年女性文学奖

《裸地》获 2010—2012 年度“赵树理文学奖”

《裸地》获 2016 年山西省“五个一工程”奖

中篇小说:

《喊山》获 2005 年度《人民文学》奖

《喊山》获 2005 年度《小说选刊》奖

《喊山》获第四届“鲁迅文学奖”

《甩鞭》获 2006 年度《中篇小说选刊》奖

《地气》《甩鞭》获《黄河》2004 年度文学奖

《比风来得早》获《上海文学》首届“中环杯”中篇小说特等奖

《荣荣》获第五届《北京文学》奖

短篇小说：

《瞎子》获“德威杯”首届蒲松龄文学奖

散文：

《河水带走两岸》获第六届“冰心散文”奖